大香师

【双生卷】

沐水游 · 著

重庆出版集团
重庆出版社

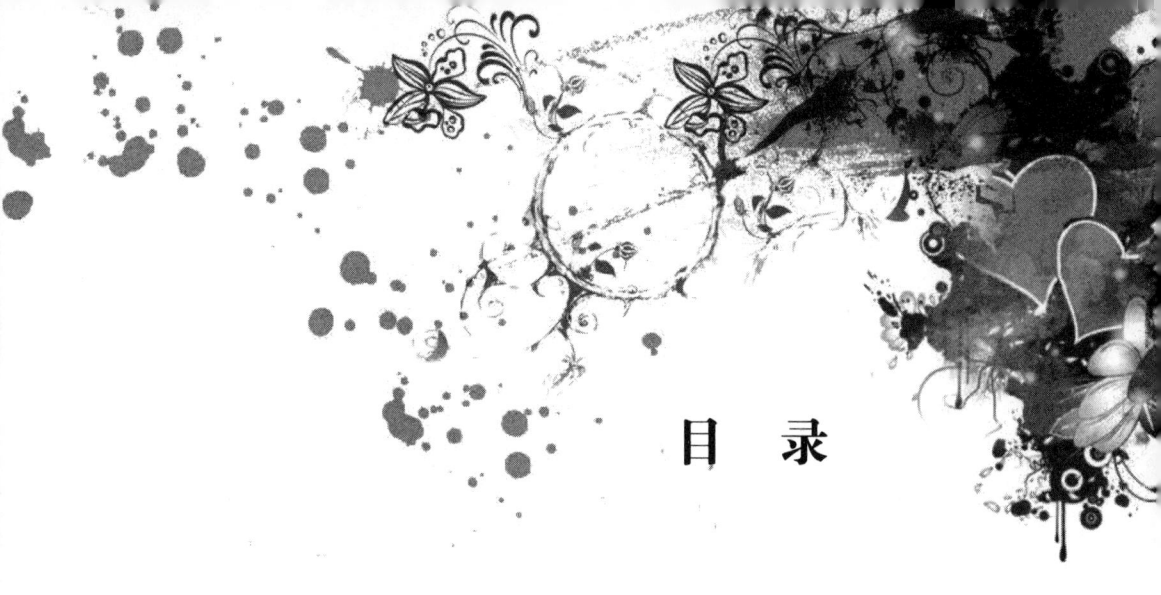

目 录

第037章	幸运·病重·做梦	1
第038章	选择·车祸·结束	10
第039章	答案·纷杂·问话	21
第040章	疑惑·提点·指定	29
第041章	时间·入殿·名册	38
第042章	晾着·调查·赌约	45
第043章	帮助·本意·出手	52
第044章	谈成·法子·交代	59
第045章	设计·事发·警告	66
第046章	内奸·拜访·追查	73
第047章	反击·丧命·小结	81
第048章	赏罚·差事·身世	89
第049章	托付·决定·许诺	99
第050章	小心·香境·围聚	107
第051章	扑朔·迷离·回忆	117
第052章	白园·手语·破开	126
第053章	秘密·解释·入门	137
第054章	对话·回溯·柴门	147
第055章	赠香·条件·分配	158
第056章	帮忙·不换·委屈	168

第057章	矛盾・交易・说服	177
第058章	喝茶・说明・见面	184
第059章	故事・记忆・错过	193
第060章	拒绝・许诺・兴趣	200
第061章	选择・闺蜜・落水	208
第062章	救人・事发・承认	214
第063章	推断・真凶・长跪	221
第064章	对话・一夜・担忧	230
第065章	猜测・帮忙・合作	238
第066章	过往・前因・怜爱	245
第067章	拿信・要人・交代	252
第068章	比试・认真・异样	259
第069章	辨认・卷子・鸿沟	266
第070章	香境・亲事・高墙	272
第071章	柴门・开门・回忆	280
第072章	结束・飞越	286

第037章　幸运·病重·做梦

安岚有些茫然地站起身，打算出去问一问时，正好赤芍进来了。

"赤芍侍香。"安岚行礼，然后不解地道，"今日不是……"

赤芍道："今日的斗香取消了，你可以留在晋香会，回去准备最后一轮的比试吧。"

安岚怔住，直到赤芍转身后，她才回过神，忙追过去问："为什么会取消？谢少爷呢？"

赤芍站住，看了她一眼，那眼神有些怪异："让你直接晋级还不高兴？"

"我……"安岚面上依旧带着几分茫然，只是瞧着赤芍面上那等冷冰冰的表情，她迟疑着问，"此事实在太过突然，赤芍侍香能否告知原因？"

赤芍打量了她好一会，才道："你是个幸运的，不过他比你更幸运，谢云大香师已经点名要谢蓝河，所以他自然不能再留在白广寒大香师的晋香会。"

安岚愣住，直到赤芍走远后，她才回过神。

谢蓝河……是直接进入长香殿了吗？

所以，她这算是，捡了便宜？因而赤芍刚刚才会那么看她，有点儿不屑，又有点儿可怜，还有点儿等着看笑话。靠着意外，白捡了便宜的人，却最终还是要被淘汰。

赤芍的眼里，是这个意思。

安岚心里说不出是什么感觉，似松了一口气，又似被什么堵在心口般，终究是有些不舒服。

……

大雁山上，有片地方种满了青竹，绵延成林，林中有孔雀开屏。

谢蓝河对着那正背着他引逗孔雀的男人，微微垂下脸，此时他面上神色极其复杂，目中带着明显的不甘，只是因为低头的关系，没有让人看到。他旁边的女人知道他此时在想什么，着急地推了他一下，他依旧不动，那女人只得乞求地捏了捏他的手。

这动作，是他们母子间的暗语，始于他六岁那年。

那时谢六爷对蓝七娘的热乎劲已经过去了，又因谢六奶奶的关系，母子俩的生活过得不是很好，一度陷入举步维艰的地步。偏那时候，蓝七娘三天一小病，五天一大病的，孩子又小，身边也没个妥当的人照顾。身上的那些毛病也没能请个大夫好好瞧瞧，于是一拖再拖，拖到直接躺在床上下不来了。

蓝七娘身边的老嬷嬷没办法，去谢府求见谢六爷，结果被打了出来。

老嬷嬷哭着回来后，瞧着躺在床上出气多进气少的蓝七娘，又领着谢蓝河去谢府，希望谢府看在谢蓝河也是谢六爷的骨血的分上，救蓝七娘一命，好歹别让孩子这么小就没了娘。

谢蓝河还记得，谢府的那些仆人是怎么辱骂他和嬷嬷的，并且府里的好些哥儿也都偷偷溜过来看。他当时并不愤怒，只是感到害怕，谢府大门外砌得比他还要高的台阶，令他无比恐惧，他想拽着嬷嬷走，嬷嬷却拉着他跪下……跪下对着谢府高高的台阶不停地磕头。

头磕破了，脸上被看门的人啐了口唾液，然后才求得一袋子铜钱，据说，是谢六奶奶赏叫花子的。只是，从始至终，他都没见过那位谢六奶奶。

他忘了自己当时有没有哭，只记得嬷嬷抓着那丢过来的钱袋子，抱起他哭着走了。

回去后，他有些呆愣地在蓝七娘床边守了一日一夜，一直握着蓝七娘的手。

嬷嬷用那袋求来的铜钱请了大夫，熬了三碗药，终于让蓝七娘睁开了眼睛。

蓝七娘从鬼门关回来后，第一眼就看到儿子额头上的血迹，老嬷嬷只得在旁边略略解释了一遍。蓝七娘一时间开不了口，于是一边流着泪，一边一次又一次地轻轻捏着他的手。

那是身为母亲的愧疚和歉意，他当时虽还小，却已经能明白。

也就从那之后，蓝七娘每次对他感到愧疚时，或是求他时，都会悄悄捏一捏他的手。这个动作，代表这母子俩相依为命的那些年，那些旁人无法体会的经历。

可是这一次，谢蓝河没有任何回应，依旧那么站着，一句话也不说。

而此时，谢云给孔雀喂完食物，然后微微抬起手，便见站在他跟前的那只孔雀一下子张开自己华丽炫目的尾羽，华光流转，正在附近悠闲散步的孔雀似乎得到指令，要较量似的，也都跟着纷纷开屏，有的还特意在林中起舞，整个竹林瞬间异彩纷呈！

蓝七娘握住谢蓝河的手又紧了几分，谢蓝河却只是微微抬脸，依旧一言不发。

谢云转身，蓝七娘便垂下脸。

"你心有不忿？"谢云看着谢蓝河，面带微笑，那是长辈看着自家小辈时的笑容，"若是不愿……"

"不！"蓝七娘慌忙抬起脸，"七少爷只是腼腆，见到大香师后就不太会说话，他心里是极愿意的。"

谢云笑了笑，面上带着理解，那样的笑容，奇异地抚平了蓝七娘的紧张。

此人，即便是一个微笑，一句话，似都透着高华的气质，当真是君子如兰。

谢云道："回去准备一下，过几天长香殿的人会去谢府接你，入了开阳殿后，就先从侍香人做起吧，能不能入弟子之位，还需看你自己。"

"七少爷，还不快谢谢大香师！"蓝七娘按捺住激动的心情，急切地对谢蓝河说了这么一句，随后似怕谢蓝河还那执拗脾气，又低低求了一声："河儿……"

谢蓝河终是抵不过母亲的渴望，咬了咬牙，忍住心里的郁气，对谢云深揖："多谢大香师抬爱。"

谢云将手里那只孔雀翎扔给他，明明是很轻的羽毛，却直直往谢蓝河跟前飞过来，谢蓝河下意识地接住，然后不解地抬起脸。

谢云看着他道："孔雀骄傲，是因为确实有值得骄傲的地方。"

谢蓝河一怔，再次垂下脸："是。"

……

从开阳殿出来后，谢蓝河就直接往山下走，蓝七娘只得在后面追着道："河儿，娘知道你心里不痛快，但是，娘并没有去求六奶奶，只是求了六爷，是六爷让人带着娘上来的。河儿，娘知道你不愿跟那府里的人扯上关系，可是，咱到底是进了那里，如今只有送你入长香殿，才能摆脱他们……"

谢蓝河突然停下，转头看向蓝七娘："为什么要求他们！"

"没有求……娘只是，试探地问了问谢大香师的意思，之前不也是他将你带回谢府的吗。所以娘就问了他，能不能直接让你进开阳殿，刚刚，你不也听到了，谢大香师直接就应下这事，说明你真的是……"

"娘！"谢蓝河看着蓝七娘，强忍着心里的愠怒，"你明明知道，谢家六奶奶说过，只要我进了开阳殿，咱们就还是谢家的一条狗，摇着尾巴回来，为的就是这块肉骨头！"

蓝七娘讪讪地道："你别听她的，大香师的事能是她想怎么说就怎么说的吗！"

"你为什么就不能相信我！"谢蓝河终于忍不住提高声音，随后又深呼吸了一下，才接着道，"娘，我知道，我知道你紧张我，生怕我入不了白广寒大香师的眼，生怕我灰溜溜地回去，所以你一直想着要为我做些什么，想给我添点助力。可是，你怎么就没想过，你这么做，日后你在谢六奶奶跟前，还怎么直起腰？日后我又要怎么去面对白广寒大香师，即便是在谢云大香师面前，我也抬不起头！"

谢蓝河肩膀微微垂下，低声道："我已经不是六岁的孩子了，你为什么就不能相信我呢……"

蓝七娘有些愣怔地看着谢蓝河，好一会后，才哑着声道："不是娘不相信你，而是，而是那个位置太难了。娘知道你不愿待在那府里，所以就只有长香殿这条路可走。可是，那晋香会里，除了你以外，还有方家的少爷，还有丹阳郡主。就算你怪娘，娘也一定要让你进长香殿，你本就该属于这个地方。"蓝七娘说着就握住儿子的手，"没错，娘是求谢大香师了，但是，若谢大香师不认可你，娘再怎么求也是没用的，而且你能保证自己一定能进天枢殿吗？"

谢蓝河咬了咬牙，没有说话。

蓝七娘道："若是，娘是说假如，你万一无法在白广寒大香师的晋香会留到最后，那谢大香师怕是也不愿收你！"

谢蓝河依旧不语，他知道蓝七娘说的是事实，良久，终是一叹。

这些不甘，其实都是心里的傲气和曾经的愤怒及委屈在作祟，说到底，他现在就是不知好歹，旁人求都求不来这样的机会，他反有所不满。

只是才往山下走几步时，不想就看到安岚。

安岚朝他微微颔首："恭喜了。"

谢蓝河面上顿时露出几分窘迫，那一瞬，他甚至觉得自己像是做了亏心事，不敢看安岚的眼睛。相互尊重的对手等着与他公平一战时，他却不声不响地寻了个后门，直接摘得战果。

……

安岚回了源香院后，站在院门口，看着里头熟悉的一草一木，竟有种恍若隔世之感。已经有香奴将她回来的消息传出去了，她正打算去见陆云仙，不料就看到金雀急急忙忙从里头冲出来，红着眼圈道："婆婆病了！"

七年前，安岚因白广寒一句话留住了命，只是才七岁的小姑娘，受了那么重的伤，之后若没个妥当的人看顾着，也不一定能活得下来。

安婆婆就是在那个时候，走进安岚的生命。

长香殿的人将安岚丢回来后，就走了，源香院似她这样的孩子很多，受罚卧床的也不少，出事了，香使们最多是让人送点药过来。药就搁在床边上，若是自己能动的，胡乱抹上一把，或者有个交好的帮把手，命贱的便能挣扎着活下来。

金雀那个时候还没进长香殿，安岚也是才刚刚进源香院，那时候的她，一脸的菜色又沉默寡言，自然没能交上什么朋友。

安婆婆在十多年前就已经在源香院当差了，就负责烧水的活儿，那天也是巧，安婆婆从安岚那屋的门口经过时，正好听到安岚在里头低低地喊了几声"水"，于是安婆婆便往里看了一眼。

那还不能算是正经香奴的房间，里头阴暗潮湿，长年累月都带着一股子发霉的味道。铺着一张破席的木板床上，趴着个像小猫似的女孩儿，身上还带着血迹。这么多年，这等事也不算少见，奴才的命本就不值钱，一个小错一顿打，很多时候，活不活得下来，当真是看命够不够贱。

安婆婆生出恻隐之心，只是不等她走进去，安岚就微微转过脸，往门外看去。

安婆婆一怔，她从没见过，在伤得那么重的情况下，眼睛还那么清亮的孩子。

于是安婆婆进去给安岚倒了杯水，又给她送了一碗粥，再又找了套干净的衣服给她换上。过几天后，安婆婆去香使那求了个情，就将安岚从那小屋里带了出来。

当年，若没有白广寒那句话，她就没命了。

但那些年，若没有安婆婆，她也不可能活得下来。

她很明白，这两份恩情并不一样，安婆婆是她最亲的人，这些年她早将婆婆视做自己的祖母。

"是老毛病又发作了吗！"安岚脸色一变，当即转身往安婆婆那快步走去，"我走的时候不是好好的，这次严不严重，找大夫了吗？"

"其实不是老毛病发作，是前几天感了风寒，我照着以前的法子给婆婆熬了药，婆婆吃下后，也觉得好些了，我，我便当还是跟以前一样，过个几天就能全好的。"金雀一边跟着安岚，一边忐忐地道，"谁想，今儿早上，婆婆瞧着就有些不行了，我，我已经让人去请大夫了，陆掌事刚刚也让人去看了一眼。"

安岚忽然站住："什么不行了？"

金雀红着眼圈道："我也不知道是怎么回事，昨儿婆婆都还能下来走呢，今儿忽然就下不来床了，你，你快去看看吧……"

安岚不等金雀说完，就重新往前快步走去。

她心脏跳得厉害，手脚已经有些发软，婆婆本就有病在身，近这几年，身体更是一日不如一日。她总是很害怕，但她从未将这样的恐惧表露出来过，她总是想，只要她拼命往上爬，就总能将日子越过越好，就再也不用去愁婆婆的医药钱。到时候她可以请最好的大夫，可以用最好的药，她就可以再不用感到恐惧了。

可是，她如今的日子确实是越过越好了，但婆婆的身体，却并没有如她所想的那般，也跟着越来越好。

已是深秋，屋里烧了炭，安岚掀开帘子进去时，顿觉得一股热气扑面而来。婆婆年纪大了，加上腿脚总有些炎症，越来越耐不得寒，以前舍不得烧炭，只有在深冬的时候，才会烧上一些……安岚坐在安婆婆床边的凳子上，紧紧握着那只枯老的手。

安婆婆此时看起来似睡着了，除了脸色看起来比往日苍白些外，瞧不出有什么不妥。但此时已经快中午了，金雀说，已经这么睡了一个上午，之前还以为是贪睡，也就没在意。只是太阳都快升到顶头后，金雀又过来看了一眼，却见婆婆还睡在床上，叫都叫不醒，她一下子就慌了。

"大夫什么时候能过来？"安岚低声问。

"应该快了，半个时辰前让人去请的。"金雀站在安岚身边低声道，随后又抬手小心放在安婆婆鼻子前试了试，感觉到鼻息后，她才微微放心，接着道，"婆婆以前可从没这般过，昨天也是好好的，我昨晚还特意来婆婆这说了好一会儿话，婆婆的精神瞧着也不错。"

安岚没说话，只是紧紧握着安婆婆的手，眼圈微微有点红，但没有哭。

金雀总觉得是自己没照顾好安婆婆，想自责几句，又怕安岚更难过，想安慰安岚，又觉得自己没这个资格。她其实也很害怕，婆婆于安岚来说是亲人，于她来说，又何尝不是。

于是，两人都沉默地守在一旁。

一会后，金雀看了安岚一眼，小心问了一句："那晋香会，你……"

安岚点头，金雀的眼圈一下子红了，忍了忍，才低声道："太好了！"

安岚却摇了摇头，看着床上的婆婆，这一轮，她通过得有些莫名其妙，所以并没有觉得多开心，如今再看婆婆这样，就更没有那份心了。

之前在天枢殿，赤芍看她的眼神所表露出来的意思，又何尝不是她所担心的事。

金雀还想说什么，却这会儿，一个香奴探头进来道："金香使，大夫来了。"

"快请！"安岚忙抬起脸，金雀也跟着站起身。

片刻后，一位花白胡子的老大夫走了进来，安岚和金雀退到一边，紧张地在一旁等着结果。

老大夫似拿不准病症，第一次把脉后，摇了摇头，又把了一次脉，并且第二次的时间比第一次还要长。

"大夫？"待那大夫放下手后，安岚忙开口，"婆婆她怎么了？"

"先吃两服药看看。"大夫轻轻一叹，说着就开始写药方。

金雀接着问："大夫，婆婆为什么一直睡着？"

那大夫掉书袋般地说了一大通，金雀和安岚都没听懂，他便简单地道："寒邪入体，加上多年病痛缠绵，又这么大年岁了，能这般睡着，总也比醒着受苦强。先吃两服药看看，若是能醒过来便能好，若是醒不过来，那就准备后事吧。"

安岚顿时呆在当场，金雀也蒙了，好一会后，才结结巴巴地道："大，大夫，你说什么？什么后事，你可，可别乱说话，我……"只是她话还没说完，眼泪就下来了。

那大夫似已见惯了这样的事情，也不见怪，将药方开好后，又交代了煎药的法子，然后摇了摇头，就拎着药箱走了。

"怎么会这样……"金雀喃喃道，"我再去请个大夫。"

"刚刚那位大夫对婆婆的身体最是了解，这些年给婆婆瞧病的，大都是他。"安岚低声道了一句，然后看了看手里的药方子，接着道，"先去抓药。"

她看起来太过平静了，平静到金雀愈发觉得心慌："我去抓药。"

安岚将药方子递给金雀："快去快回。"

金雀点头，只是她将转身时，又一个香奴找过来，瞧着安岚果真在这儿，那香奴松了口气，就在门外道："安香使长，掌事请您过去。"

安岚正要拒绝，金雀忙道："你去吧，我看着婆婆，药我找个香奴去抓。"

安岚看了她一眼，黑白分明的眼睛看起来毫无情绪，金雀只觉得鼻子有点酸，忍着吸鼻子的动作，接着道："去吧，总不能叫陆掌事亲自过来见你，你好了，婆婆瞧病抓药的事也能顺利些。"

安岚垂下眼，片刻后，就站起身："我一会就回来。"

她出门后，金雀就叫了个香奴过来，将抓药的事吩咐下去，然后坐在安婆婆旁边，狠狠吸了吸鼻子，好一会后，才低声道："婆婆，你可不能丢下我们走啊。"

……

"我听说了,当真是可喜可贺!"陆云仙瞧着安岚后,不等安岚进屋来,她就先站起身迎过去,"听说最后一轮比试定在……除去今日的话,便是两天后了。"

安岚点头,表情有些呆愣。

陆云仙打量了她一眼:"怎么,不高兴吗?"

安岚摇头,不是不高兴,而是此时,但凡心里有一点儿高兴,她都觉得是个罪过。

陆云仙虽不是很清楚她心里的感觉,但却知道安婆婆这几日不好,刚刚还急急忙忙又去寻大夫,此时再看安岚这脸色,估计情况不容乐观。她想了想,就叹一声,安抚道:"你也别太担心,安婆婆一把年纪了,身体难免有些毛病,你要看得开些,别太熬着。夜里你叫几个香奴过去轮流伺候,最后一轮晋香会就在两天后,千万别因此损了精神。"

安岚默了一会,就站起身行了一礼:"多谢掌事。"

陆云仙笑了笑,将早准备好的乱香往安岚跟前一推:"听说那天要你们自己准备这东西,我知道你还没有这个,拿去吧。"

安岚一怔,陆云仙又道:"不是给你,只是让你拿去用,你以前也很少碰这些东西,如今只有两天时间,你多少熟悉一下,免得到时候手忙脚乱。"

"安岚,你去歇一会吧,婆婆已经喝下药了,这儿我看着就行。"金雀坐在安岚身边,低声劝道,"婆婆要是醒了,我一定马上告诉你。"

安岚没动晃,也没应声,依旧那么坐着,有些怔怔地看着安婆婆。

她看起来并不像难过,因为那双眼睛此时显得有些呆呆的。

"安岚……"金雀握住她的手,"是我不好,我没有照顾好婆婆。"

"没有。"安岚这才转过脸,"你去睡吧,这儿我看着就好。"

金雀咬着唇摇头,她的眼圈一直红红的,安岚沉默了一会,垂下眼道:"我不是在怪你,我,只是有些害怕,我其实也……不知该怎么办才好。"

生老病死,本是人生常态,可是这样的常态却不是每个人都能平静接受的,至少对安岚来说,就很难接受。

安婆婆对于她来说,是什么样的存在呢?

一直以来,安岚都很少认真地去想这个问题,就是现在,她也没有特意去想,但是,现实却以一种极为粗暴的方式让她看到了答案。

她是个无根的人,安婆婆就是她的根,只要有婆婆在,她就会觉得扎实,觉得安心,觉得有所依托。

只要有婆婆在,她就觉得,无论遇到什么样的困难和委屈,都有一个可以哭诉的地方,有一个能允许她软弱的怀抱。

她那么努力,用了那么多的算计,才总算走上那条路。

而婆婆,其实并不怎么赞同她的选择,只是因为她的执着和坚持,才默认了她的决定。她也曾想过顺了婆婆的心意，但是孝顺的心意却抵不过心里的渴望。更可怕的是，即便是到了现在，到了此时，她对那个地方的渴望一样没有熄灭。她甚至还想着两天后的晋香会将会是什么样的情况，婆婆能不能在那之前醒来，她能不能在丹阳郡主和方少爷两人中脱颖而出。

婆婆此时就躺在床上，躺在她面前，并且很可能已到了弥留之际，而她竟还有心去想自己的事。

她不知道该怎么去面对这样的自己，自私得令她感到可怕，真实的想法如此丑陋，令她手脚冰凉。

她忐忑不安甚至恐惧，同时，又为自己感到羞愧，为婆婆养了这样的自己感到难过。

这些纷乱的感觉在她心里搅了一整天，时而这个占上风，时而那个占上风，折磨得她异常痛苦，于是脸色愈加苍白。

外面起风了，夜里的寒意比白天重了许多，安岚那么呆呆地坐了近两个时辰，腿都有些麻了，感觉到有风从门缝里溜进来，便不由自主地打了个哆嗦。

金雀心思没有安岚那么细腻，但是，她却比任何人都能明白安岚的心情。她起身往炭盆里添了些新炭，然后就推开门出去了。

安岚没有问她去哪，果真，没多会，金雀就又回来了，手里抱着一床厚厚的被子，身后还跟着两个小香奴，两香奴有些吃力地抬着一张宽面长凳跟着金雀进来。安岚起身将门掩上，然后看着她们道："这是——"

金雀让那两香奴将长凳放下后，再将被褥往凳子上一放，然后就让那两小香奴去旁边的耳房歇着，并吩咐她们夜里别睡得太死，要随时留意这边的动静。

"总不能这么坐一夜，我们轮流守着。"金雀铺好被褥后，就道，"你先歇一歇，我守着，你休息好了起来叫我。"

安岚还有些愣怔，金雀急了，红着眼道："婆婆这样，我也很难过，不能叫你一个人熬着，我……"

"我知道。"安岚开口，似不敢看金雀的表情，垂下眼，低声道，"我去睡，你累了叫我。"

金雀哽住，然后点点头，她脾气急，眼泪浅，无论是为婆婆还是为安岚，她都能哭上一哭。但是，这个时候，她是绝不能哭的，哭了会晦气。

安岚躺下了，将目光从安婆婆那收回来，然后不由自主地落到搁在旁边的乱香上。她怔怔地看了片刻，然后就闭上眼，并转过头。

金雀没有忽略安岚这个动作，但这个时候，她什么都说不得，只得握着安婆婆枯老的手，不停地揉搓着，心里乞求道：婆婆，你一定要醒过来，一定要醒过来。

本以为不可能睡得着的，却不想，躺着没多会，她竟就入了梦乡。

梦里，她还是在婆婆的屋里，金雀也在。

只是金雀趴在婆婆床沿上睡着了，婆婆却醒了过来，正一脸慈爱地摸了摸金雀的脑袋。

安岚片刻的震惊后，慌忙坐起身，也不顾被子被褥掉到地上，就急步走过去："婆婆，你醒了！你，你没事了吗？！"

"我能有什么事。"安婆婆抬起眼，看着她笑，"怎么都在这呢，睡觉也不回屋睡去。"

"婆婆，你真的没事了！"安岚有些颤抖地握住安婆婆的手，感觉到婆婆的手还是跟以前一样温暖，眼泪终忍不住掉下来，"我，我以为你会醒不过来呢，大夫都说……"

"瞎说什么。"安婆婆看着她摇头，"什么大事，也值得你哭，快把眼泪收了，回自个儿屋里睡去。"

安岚摇头："婆婆，你不怪我的是不是。"

"怪你什么，怎么说起胡话来了。"安婆婆笑了笑，然后似想起什么，就问，"哦，第三轮晋香会，你没有通过？"

安岚摇头，低声道："通过了。"

"那就好。"安婆婆反握住她的手，将她拉到自己身边坐下，"你啊，注定是要走那条路的，好好准备，下一次的晋香会是什么时候？"

安岚道："两天后。"

安婆婆点点头："那好，可别迟到了，大香师最不喜欢迟到的人。"

安岚含着泪点头，只觉得心里一块大石头放下了。

安婆婆又道："好了，我没事，你快回屋歇着去吧，将金丫头也带回去，别都跟我这熬着，熬坏了身体怎么好。"

"是。"安岚说着就叫金雀，又轻轻推了金雀一下。

却不想，这一开口，醒过来的却是自己，并且一睁眼，就看到金雀站在她身边。

她一时间没能缓过神，于是有些茫然地道："婆婆醒了？"

"没有。"金雀摇头，然后问，"你做梦了吗？刚刚听到你在喊我，眼睛却是闭着。"

"我……"安岚坐起身，往安婆婆那看过去，果真看到安婆婆还躺在床上，哪有一丝醒过来的痕迹。她有些蒙住，心顿时沉了下去，刚刚，是在做梦？

"安岚？"金雀瞧着她神色有些不对，担心道，"你怎么了，你的脸色好苍白。"

安岚愣怔了好一会才缓过神，然后才道："我没事，我刚刚，梦到婆婆醒了，一点事都没有。"

金雀微松了口气："真是个好梦，那婆婆一定会没事的。"

再怎么好的梦，也只是个梦。

安岚慢慢站起身："你歇一会吧，我换你。"

"不用，我还不累，还是你——"金雀瞧她脸色不好，就要推辞，只是安岚却摇头，然后直接往安婆婆那走过去，在旁边的凳子上坐下。

金雀转头，看着烛光下那单薄的背影，莫名地，她觉得那背影像是在哭泣，她的鼻子即有点酸。为什么，她们无论做什么事，都这么难！

片刻后，她走过去，将旁边的棉衣拿给安岚，然后一脸认真地道："婆婆一定会没事的，你也一定能留到最后的。"

安岚接过棉衣的手微颤，金雀知道她的恐惧和焦虑，并视为理所应当，可她，却觉得不能原谅。

第038章　选择·车祸·结束

到了第二天，安婆婆依旧没有醒过来，幸好药还能喂得进去，于是安岚和金雀只能相互安慰，心里盼着安婆婆明日就能醒过来。

只是，两人这么守着安婆婆，却一下子将源香院的差事给搁下了。

安岚如今还是香使长，但她自坐上这个位置后，就没尽过几天的职责，之前还一下子离开了半个月。幸好这一路过关斩将，越来越引人注意，陆云仙也就没有什么不满。但是，现在她都回源香院了，却还这么干坐着，陆云仙就有些看不过去了。主要是，就她这样的干耗时间，看在陆云仙眼里，完全是没有必要的事情。

陆云仙明白安婆婆对安岚来说不同于他人，所以安岚一回来，她就吩咐了几个香奴过去轮流看着了，这两天婆婆若有一丝要醒过来的可能，都会马上去通知安岚的。就算安岚不放心那几个香奴，好歹金雀也在一旁守着呢，为此，她甚至允许金雀搁下手里的差事，偏她这一番苦心，安岚竟还不知足！

陆云仙认为，在这个时候，安岚应该将晋香会的事情放在第一位，至少要保证休息的时间，不能这般没日没夜地熬着。不过是个小姑娘，这么熬上两天两宿，脑子不都成糨糊了，还比什么香，肯定让人直接刷下来，到时哭都没地儿哭去。

但是陆云仙的建议，安岚一直不听，甚至陆云仙让香奴来请她过去，她都推说走不开。

"她这是想做什么！"陆云仙的声音带着几分薄怒，她这不是在装，而是真的有些恼了。

安岚对她的话置若罔闻，她还勉强能理解，可以不予计较。但是，她对于安岚进入晋香会之事，一直以来，都是给予全力的支持，包括现在也是。安岚走了多远，她的心也跟着提了多高，眼下已经到了最关键的时候，在这件事上，她比任何人都紧张，绝不愿看到有任何不该有的意外出现。

可偏偏，这个意外就来自安岚本身，叫她如何不恼！

这可是关系到她前期的那些投入很可能会白白打了水漂的，并且关于以后的畅想也都将变成空谈。

陆云仙越想越坐不住，就准备亲自过去，只是她才站起身，石松就从外头进来了。石松如今已升了库房的小管事，每个月这几天，都要将清点的账目拿过来给陆云仙过目。

"放在那。"陆云仙看了石松手里的册子一眼，往桌案上示意了一下，就领着两个香奴往外走。只是，她刚走到门口，迟疑了一下，然后转头打量了石松一眼，片刻后问出一句："你跟安岚的关系如何？"

石松微怔，一时不明白陆掌事问这话是何意。

陆云仙便又道："安婆婆病了，你可知道？"

石松点头，自王掌事倒台后，他跟安岚虽一样很少接触，但两人之间的关系，到底跟以前有所不同了。并且，安岚还有意让他跟金雀多多通气。于是，这样一张由安岚编织的无形的网，在王掌事走后，开始发挥作用。

陆云仙想了想，就道："安香使长已经在安婆婆那守了一天一夜了，后天就是最后一轮晋香会的比试，你去劝劝她，让她先顾着休息，别影响了后天的正事。"

石松迟疑了一会，就应下，却没有保证一定劝服安岚。

"去吧，办成了这事，自有你的好处。"陆云仙说着就从门那走回来，这个时候，她不愿跟安岚闹出什么不快，而且，她总不敢确定，自己亲自去，就真能劝得动安岚。

……

石松走到安婆婆这里的时候，正好安岚出来倒药渣。

他有好些日子没有看到她了，但是，一直有听到她的消息。论起来，如今的源香院，名声最大的不是陆掌事，而是安岚。几乎每个提起安岚的人，语气里都带着几分艳羡，大部分人都没想到，不久前还只是个小香奴，怎么这一眨眼，马上就要飞上枝头变凤凰了呢？

他从没就此事插过嘴，因为他一直知道，那姑娘的心有多大，那么长时间的韬光养晦，为的就是那一日。旁人只看到她如今的风光，却不知她曾为此付出多少努力，费了多少心思。

幸运从来不是白得的，即便有白得的，也必定享不了那样的福分。

"你还好吧。"石松走到安岚跟前，打量着她苍白的脸道。

安岚倒了药渣后，又将药罐洗了一遍，然后接过香奴递过来的热水洗了洗手，才看向石松，淡淡地"嗯"了一声。

石松沉默了一会，又问："婆婆怎样了？"

"还没醒。"安岚擦干手后，问了一句，"你怎么来了？"

这段时间，源香院应该很忙，眼下还是属于新旧交替的时候，要完全稳定下来，至少要半年时间。

"我来看看婆婆。"石松说着就询问地看向安岚。

安岚有些意外，却还是点点头，石松便掀开帘子走了进去。

金雀正给安婆婆捏着胳膊，忽然瞧着他们，不由得愣了愣。石松只觉得这屋里有些热，于是进来的那一瞬，忽有瞬间的恍惚。

看到床上那个老人，再看安岚那双虽透着焦虑，但依旧清亮的眼睛，石松想要劝说的话留在了肚子里，只是离开之前，他还是忍不住说了一句："那么多年的努力，总不能就这么放弃了，我们可以等，但你还能再回来吗？"

安岚只觉得有把刀子在自己心口处挖，这句话，她已经想了一夜了。

但是，依旧没有答案。

第三天，药已经吃完了，婆婆依旧不见醒过来的可能，两人的心沉到谷底。

金雀又将那老大夫给请了过来，那大夫自己看了一会后，摇了摇头，然后给安婆婆施了几针。待那大夫收针后，遂听到安婆婆梦呓般地喃喃了一句什么，安岚和金雀慌忙凑过去喊婆婆，只是安婆婆也只是微微皱眉，然后又睡了过去。

两人同时转头："大夫！"

那老大夫微微蹙眉："还能有反应，只是声音已微乎其微了。"

安岚着急道："什么意思？"

那老大夫摇了摇头，又开了一张方子："再用一服药，只是过了今晚，若是能醒过来，怕也只是回光返照。"

……

又到了晚上，这已经是第三个晚上，两人都有些支撑不住了。

金雀没有多说，早早就让安岚去休息。

那张凳子昨儿也让陆云仙换成一张舒适的躺椅了，若不是因为安婆婆的房间小，陆云仙怕是要往这里搬一张床进来。

虽是换成舒适的躺椅了，但安岚却一点睡意都没有，该想的，不该想的，前面两日两夜都已经想了，如今，剩下的只是等待。

下半夜，金雀再次换安岚去睡一会的时候，她才终于合上眼，小睡了片刻。

只是，还是如前两天一样，她只要睡过去，就能看到婆婆醒过来，好端端地躺在床上，还跟她说话，说自己没事儿，是她瞎担心，让她赶紧准备晋香会的事……

这样的好梦，几乎让她不愿醒过来。

但是，眼睛一睁开，天就已经亮了，婆婆还是没有醒。

金雀仔细检查了婆婆的鼻息和心跳，还是跟前两天一样，于是她咬了咬牙，就道："你准备准备，不能耽误了晋香会，我给你梳头发！"

安岚怔怔站了好一会，就拨开金雀的手，然后坐到安婆婆身边。

"安岚！"金雀急了，"婆婆若是知道了你这样，也定会不高兴的，你先去寤寐林，完后再回来，到时婆婆若醒了，你不也一样能见上，如今你在这守着又有什么用。"

安岚开口，声音有些沙哑："若是，我走了，婆婆就醒过来了怎么办？若是，那真的是回光返照，我怎么办？若是，婆婆真的醒不过来了，我，至少要送婆婆最后一程……"

她越说到后面，声音越低，最后简直说不下去了。

金雀站在她身后，眼泪倾涌而出，她看着还放在桌子上的乱香，又看了看旁边的漏壶。这几天，安岚在守着安婆婆的同时，一直在看着里面的东西，一件一件拿出来轻轻抚摸，那神情，总令她说不出的难受。

她蹲在安岚身边，两手抱着膝盖，脸埋在胳膊里好一会，将眼泪擦干后，才抬起脸声音含糊地道："可是，晋香会怎么办，就是今天了。"

安岚沉默了一会，才道："我以后，还会有机会的，可是，我陪婆婆的机会很可能再没有了。"

金雀咬着唇，不敢反驳这句话，也无法反驳。

她知道安岚说得没错，但她也清楚，对她们这样的人来说，对安岚来说，晋香会的机会，说是上天垂怜，千载难逢也不为过。

相对金雀的矛盾和难过，安岚显得平静多了，并且一边给安婆婆捏着胳膊，一边道："你别哭了，起来给婆婆揉揉腿吧，天这么冷，婆婆一直这么躺着不动，手脚都会变僵的。"

最后一轮晋香会，定于巳时开始。

迟到者，视为弃权。

寤寐林在大雁山脚下，大雁山在长安城外，故寤寐林离皇宫很远。

天还未亮，城门才刚开，一辆挂着四合如意香囊的双轮锦帐马车就从皇宫出发，直接往城门外跑去。

丹阳郡主准备得很充裕，此时离晋香会开始还有两个时辰，而马车从皇宫到寤寐林，跑得快些，只需一个时辰的时间。所以，她上了车后，就闭上眼睛开始养神，其实昨晚她睡得很早，刚刚即便起得早了，也不觉得困。

丹阳郡主的马车内只跟着秀兰一个贴身丫鬟，她自小身边就有四个贴身丫鬟，这才来长安，就只带了两个，秀兰和秀梅。只是秀梅才来长安没几天，就因水土不服倒下了，后又因天气的原因着凉，这会儿还躺在床上。

所以在长安城的这段时间，就秀兰一个丫鬟为她忙前忙后，太后后来也给她拨了几个宫女，但都不得她重用，只是客气留置，让秀兰使唤她们做些不轻不重的活。清耀夫人过来后，也想着再给丹阳郡主添个得力的丫鬟，只是清耀夫人身边的丫鬟虽个个都是拔尖的，但亏就亏在对丹阳郡主的喜好都不是很了解，也比不上秀兰自小就服侍丹阳郡主的情分，所以这事儿也就暂时搁下了。

今日的天比前几日要冷上许多，马车出皇城的时候，就开始下起了小雨，雨中还夹着雪粒，潮湿的空气里透着刺骨的阴寒。

但马车内很暖和，不仅暖和，还很香，很舒适。

丹阳郡主正靠在熏笼上闭目养神，秀兰便从匣子里拿出一个珐琅嵌丝小手炉，往里放了一块刚烧好的红炭。待手炉略有些温度后，她便开始埋灰，然后放入一块玉堂甜香饼。如此，待马车到了寤寐林后，香饼正好烧完，接着再放入银炭，然后将香炉递到丹阳郡主手中，于是香饼留下的余香便能跟丹阳郡主身上佩戴的香囊相互呼应，贵而不冷，甜而不媚，闻之令人舒心。

丹阳郡主出行，自然不会只有一个丫鬟跟着，此处虽是天子脚下，但到底是出了长安城，所以，丹阳郡主的马车后面，还跟着四名护卫。之前，跟在丹阳郡主身边的护卫一般就两名，但今日，清耀夫人给她另外加派了两名护卫，丹阳郡主并不反对。

因此，眼下虽天才灰蒙蒙亮，而且自出了长安城后，人烟愈渐稀少，但这一路，丹阳郡主并不见有丝毫担忧。闭目养神的时候，她想的是，今日的晋香会，来观看的贵人都会有谁。

白广寒大香师选侍香人，绝不是件小事，只要被选中，就有可能会是大香师的继承人，甚至是天枢殿的下一任主人。被选中者，无论最后能走到巅峰的可能性有多少，即便只有不到一成的可能性，那也是不能让人忽视的。

第一轮和第二轮，大香师都没有露面，第三轮，一下子来了三位大香师。

今日，这最后一轮，会有几位大香师到场呢？比试的题目又会是什么？方玉辉和安岚他们，都准备得如何了？

丹阳郡主思索了一会，就停止了琢磨。

她不应该在这事上费神，心若因此乱了，那到了比试的时候，定会受到影响。

只是，就在她才静下心的时候，马车突然不受控制地震动起来，拉车的马如疯了一般往前狂奔。丹阳郡主从熏笼上摔了下去，秀兰大声惊叫，跟在马车后面的护卫拼命追赶呼叫……只是一瞬，那匹马就往旁边的陡坡冲下去，带着车厢一块翻滚。

无数恐惧的惊叫声和马匹痛苦的嘶鸣声，在丹阳郡主脑海里炸开，她觉得自己死定了。只是，死前的那最后一刻，她却感觉到秀兰扑过来抱住她。

丹阳郡主只觉得眼前一黑，天地霎时安静下去。

因为下雨的关系，丹阳郡主很快就醒了过来，却一睁眼，就被眼前的景象吓得差点再次晕过去。

她不知怎么被甩出车厢外，而马车就在她旁边，并且几乎已经全部散架，拉车的马已经奄奄一息，并且正好压在秀兰双腿上。她依稀记得，当时若不是秀兰扑过来抱住她时，推了她一下，那此时被压住的很可能就是自己。

"秀兰，秀兰！"丹阳郡主有些哆嗦地伸出手指放在秀兰的鼻子前，天太冷，她将手放在那好一会才感觉到一点儿微弱的呼吸，于是忙轻轻推着秀兰的肩膀，"你醒醒，快醒醒，秀兰……快来人，快来人啊！"

可是，没有一个人应她，她不知道这究竟是在哪，跟在后面的那几个护卫去哪了？甚至连车夫也不见了。她不敢往下想，不敢往下想为什么会发生这样的事情，马为什么会发狂，护卫为什么没有任何行动？

"秀兰，快醒醒，秀兰……"丹阳郡主断断续续地叫了约一炷香的时间，没能叫醒秀兰，却终于听到另外一个声音，却是从陡坡上面传下来的。

"郡，郡主，您没事吧？"

丹阳郡主忙抬头，顺着那声音的方向看过去，就看到车夫那张惊惧中带着几分惊喜的脸。

"你——"丹阳郡主小心拉开秀兰的手，有些吃力地站起来，看着那车夫，震惊道，"你怎么在上面？"

马车翻下来了，车夫应该也跟她们一样落下来才对，却怎么——

丹阳郡主此时不仅觉得身上冷，心更发寒，却不想，这会儿秀兰醒过来了。

"郡主……"微弱的声音从旁边传来，丹阳郡主低头一看，便见秀兰微微抬起脸，随后眼泪从眼里淌出来："我的腿，好，好痛！"

丹阳郡主心头一颤，她刚刚就怀疑秀兰的腿怕是不好了，于是赶紧蹲下去握住秀兰的手："别哭，别担心……"然后她又抬起脸，对着那车夫道："你快下来，帮忙拉我们上去！"

谁知那车夫似完全没有听到她在说什么般，自顾自地开口，并且一边说一边哽咽："郡，郡主，我刚刚实在太害怕了，所以，所以就先跳了车。郡主，求您别怪我，我家里还有老母亲要养，媳妇儿上个月才生了儿子，郡主，我不想死啊……"

"我知道，我不怪你。"丹阳郡主开口赦了他的罪过，然后接着道，"你下来，带我和秀兰上去，只要我和秀兰没事，谁也怪不得你。"

那车夫一愣，这才回过神，然后抹了把脸，赶忙应声。

只是当丹阳郡主看到他颤颤巍巍地从上面下来时，明显一只胳膊没使上力，心里顿时一沉，忙问："你的手和脚怎么了？"

好容易下来后，车夫忍着疼痛道："刚刚，也扭到胳膊了，可能，可能有点脱臼。"

丹阳郡主原本苍白的脸色又白了三分，她怔了一怔，才道："那几个护卫呢？你可有看到？"

车夫摇头："小的刚刚也在上面找了，没见着他们。而且，这条路后面，坍塌了一堆石土，把后面的路都堵住了，他们怕是……"

要么死了，要么是被石土堵在后面，一时半刻是绝不可能过得来的。

丹阳郡主趔趄了一下，只是秀兰的呻吟声让她不得不打起精神，便不再管护卫的事，转头对车夫道："你和我一块，将秀兰的腿从马腹下面挪出来，她得马上看大夫！"

那车夫下来后就瞧到秀兰的境况，刚刚又打量了几眼，这会儿一听丹阳郡主这么一说，便有些担心地道："郡、郡主，一匹马得好几百斤，若是小的这条胳膊没脱臼，或许还……小的眼下就一只胳膊能使得上力。"

丹阳郡主如何不知这个理，但秀兰已经开始哭了起来："郡主，求求你救救奴婢，奴婢不想死啊，郡主，奴婢不想变瘸子，奴婢还想长长久久地伺候郡主……"

丹阳郡主红着眼道："你放心！"

只是，几百斤重的马，光靠一个一条胳膊脱臼的男人和她一个弱女子，怎么可能搬得动。而且能用来给丹阳郡主拉车的马，必是健壮无比，于是两人费了半天劲，累得差点虚脱，却还是没能挪动半分。

雨还在下，夹着雪粒，冷得刺骨。

丹阳郡主背后却出了汗，秀兰越来越绝望，同时对丹阳郡主的依托也越来越大。

那车夫已经看出，再这么下去，也是无济于事，必须找人来帮忙才行。而且他的胳膊实在是痛得厉害，他也需要找大夫，不然时间拖得越久，情况将越严重。

于是他道："郡主，要不小的先带您上去，您不是赶着去寤寐林，这里离寤寐林不远了，现在就走，还来得及。"

秀兰顿时慌了，这是要丢下她的意思，但是那车夫说得也没错，今日丹阳郡主就是为晋香会而来的。她可不敢说，丹阳郡主会为了她而错过晋香会，可是，若真留下她，她怕是就真的死定了。

而丹阳郡主要走的话，这车夫定是要一路护送的。

不然，丹阳郡主若是再有个万一，这车夫肯定脑袋不保！

这地方，说不定有野兽出没，秋天又正好是野兽们寻找食物过冬的时间。

"郡主，求求你……"秀兰微弱地开口，丹阳郡主目中露出为难，秀兰能想到的事，她自然也都想到了。

"什么时候了？"丹阳郡主有些不敢看秀兰，转过脸问向那车夫，"这附近可有人家？"

"看天色，离巳时顶多还有半个时辰，小的走过几次这条路，要一直往前，大约快到寤寐林的时候才有人家。"车夫抬头看了看天，又往周围瞧了瞧，然后苦着脸道，"从这到寤寐林，脚程快些也得小半个时辰，郡主，没时间了。"

"郡主……"秀兰是个外厉内荏的性子，眼下这境况，她是认定丹阳郡主若离开的话，她必是活不成了。于是拼命地伸出手，抓住丹阳郡主的裙摆，不停地苦苦哀求。天很冷，衣服已经湿了大半，丹阳郡主忽地打了个哆嗦，她垂下脸，本是要看秀兰的，眼神却不由自主地停在衣服的污泥上。

华贵的衣裳此时已不堪入目，她有瞬间的怔忡，长这么大，她身上还从未这般狼狈，也从未这般凄惨为难过。

怎么办？

已经没有多少时间了！

这等样子，若是，若是早些赶到瘖寐林，或许还能有时间换一身干净的衣裳。

可是，秀兰却紧紧抓着她的裙子，让她迈不开脚。

秀兰这丫鬟，其实是她四个贴身丫鬟里，最没有眼色的一个。只是因是自小就服侍她，而且有护主的心，所以她一直留在身边。若是跟着她过来的是玉梅，定不会让她这么为难……丹阳郡主想到这，忽地又打了个寒战。

"郡主，奴婢下面还有两个小妹妹，娘亲又已经瞎了……奴婢若死了，奴婢一家子就都没活路了啊，郡主，郡主，救救奴婢吧，郡主……"

丹阳郡主含着泪道："你别担心，你那两个妹子年岁一到，我便请太太让她们都进府里当差，你娘也一样月月都有份例，定不会亏待她们的。"

到底是服侍自己多年的人，主仆的情义不同一般，她终是无法下狠心。母亲说得没错，很多时候，她都想着要两全其美，所以行事反而太过优柔寡断。

然而，她说出这番话后，秀兰却哭出声，绝望道："郡主，当真不管奴婢死活了吗……"

"怎么会，我何曾——"丹阳郡主心一揪，慌忙道，只是话没说完，她突然意识到了什么，声音一下子卡在喉咙里。

或许，秀兰说的，没有错。她之所以会想那么多说这么多，就只是为了给自己一个马上离开这里的借口！

她脸色惨白，怔怔地看着秀兰说不出话来，无论如何，这都是一条鲜活的生命，并且是为了护她才受的伤。虽护主是奴才的本分，可是，能守着这等本分的奴才并不多。

她应该，应该……

秀兰似抓住最后的救命稻草般，死死抓着丹阳郡主的裙摆，丹阳郡主因瞬间的失神，遂趔趄了一下，于是反射性地拽了一下自己的裙子。因动作过大，使得她系在腰上的玉佩发出清脆的撞击声，她下意识地看了一下那玉佩，随后怔住。

母亲给她的那个小香囊，不见了！

丹阳郡主一怔之后，便是一惊，随即环顾周围，没有，没看到，是掉了吗？还是……她又自己检查了一下系香囊的地方，她记得当时特意打了好几个结，用的丝带也都是新的，颜色鲜艳又结实。

她越想越心惊，呼吸一下重了几分。

昨晚，她歇下之前，清耀夫人过来找她，屏退了左右，然后给了她一个小巧的香囊，样式很普通，就是做工较精致，但看起来跟一般闺阁女子做的香囊也没什么差别。

然而，清耀夫人却极其慎重放在她手里，并一脸认真地交代："这是你姑姑亲手做的香囊，是你爹好容易才求得的，明儿你须带在身上。"

丹阳郡主一时不解，拿着那香囊看了看，又闻了闻："这是？"

清耀夫人看着她道："你应当知道，大香师最可怕的手段是什么。"

丹阳郡主一怔，询问地抬起眼，清耀夫人接着道："那样的人，这样的地方，谁敢不敬谁敢不怕，又有谁敢不防备。七位大香师，若不是相互之间有制衡，各自也有可以约束可以利用的地方，那些贵人又哪里能睡得安稳。"

丹阳郡主大惊："母亲的意思是，这香囊可以……"

"白广寒大香师亲自挑选侍香人，此事关系到天枢殿继承人问题，绝非小事，任何意外都有可能出现，你带着，以防万一。"清耀夫人低声道，"若有什么意外，你记得看一看这香囊，到时心里就明白了。"

"呜——"秀兰的哭声将她的神思拉了回来，丹阳郡主有些愣怔地垂下眼，心跳不停地加快，这就是，这就是大香师的香境吗？

雨水落在脸，冰冷刺骨的感觉那么真实，从坡上摔下来，疼痛的感觉那么真实……什么是真？什么是假？她恍恍惚惚地想了一圈，心绪却愈加纷乱。

若，若这真的是一场考验。

那么，白广寒大香师想要的，究竟是什么结果？

是留下，还是马上离开？

丹阳郡主冷汗涔涔，既然七位大香师相互制衡，白广寒大香师又怎么会料不到，姑姑会将那个香囊给她呢，或许，方玉辉那边，也有类似的东西。但是，白广寒大香师根本不在意这些，因为，没人知道，他想要什么样的答案。

即便他们识破了题目，却依旧要自己作答！

……

与此同时，源香院这边，石松第二次找了过来。

"掌事很恼火，你真的不去？"石松进了屋后，在安岚身边站了一会，才低声道，"你，不会后悔吗？"

安岚不语，像是没有听到这句话，但她放在膝盖上的手指微微有些发白。

这样的事不能去想。

因为，无论选择哪一边，只要结果不是好的，以后心里都会不甘。

她或许能让自己不后悔，但却无法抚平不甘的心。

石松走了，时间一点一点地过去，金雀一句话也不敢说，不停地跑进跑出，她一早就让人去请大夫了，但是也不知怎么回事，都那么长时间了，大夫却还没到。

金雀站在屋檐下，看着天空飘落的细雨，想着这些年安婆婆照顾她们的一点一滴。

在源香院这个地方，在当年那样境况下，当真是恩重如山，如今，安婆婆已是弥留之际，无论是她还是安岚，都不能离开半步。

可是，这些年，安岚为着那个目标，一步一步走来，吃尽了苦头，却一声不吭。后来为扳倒王掌事，她们不知费了多少心思，好容易到了这一步，怎么就……金雀跺了跺脚，就转身，这时候走到门前又停下了，只隔着一张门帘，她却不敢进去。

她进去说什么？

金雀咬着唇含着泪，有些茫然站在那帘子前。

却这会儿，忽然听到安岚在里头忽然喊了一声："婆婆！婆婆你说什么？"

金雀大惊，却才掀开帘子，不及进去，一个小香奴就跑过来道："金香使，大夫来了！"

大夫进去后，安婆婆又梦呓了几声，眉头紧皱，随后不等大夫上前查看，安婆婆就醒了过来。

突然让所有人都一愣，大夫把脉过后，也有些纳闷，又仔细看了一会，才说从脉象看没什么大事，就是上了年纪的人了，身体有些虚弱，注意多休息就行。

金雀问前几天是怎么回事，那大夫也说不出所以然，含糊了几声后，又开了一帖补身体的方子就走了。

安岚才上前，却不及开口，安婆婆就先道："晋香会？"

金雀回过神，赶紧道："安岚担心您，就没有……"

"怎么……唉，好孩子，你快去，快去，婆婆没事！"安婆婆说着就看向金雀，"你陪她去，快去吧！"

安岚有些僵直地站在那，她甚至不敢问现在是什么时候了。金雀也没有说现在是几时了，又哭又笑地应了安婆婆后，就抱起旁边的乱香，然后推了安岚一下。

马车陆云仙早已经准备好，她们一上车，就马上往寤寐林跑去。

安岚直到上了马车后，还觉得自己像是刚刚梦醒，不由自主地打了个哆嗦。

好冷，细雨绵绵，夹着雪粒，冷得刺骨。

源香院离寤寐林并不远，马车跑得很快，一会就到了。

安岚很急，加上冷的关系，手脚有些僵硬，于是下车时脚一扭，就摔了一跤。

下了一早上的雨，路上已有积水，而她这一摔，正好就摔到旁边的积水上，跌了一身的泥泞。

她终于回过神，金雀受惊地叫了一声，就要放下乱香去扶她时，安岚却自己站了起来，然后往铜雀台拼命地跑去。

她从来没有跑得那么快过，寤寐林里的侍从回过神时，她已经从旁边跑过去了。

安岚一直看着前面，即便是阴天，但此时天已大亮。

她不用问，也知道巳时已过，并且过去很久了。

她知道，现在即便过去也没用了，这样过去，也不过是徒遭人笑话，可是，她还是想看一眼，她还是想看一眼。

寤寐林的铜雀台，一年当中，待客的次数寥寥可数。

长安城的人都知道，光用银子是打不开铜雀台的大门的。曾有位江南富商不信邪，让人抬着满满五箱黄金过来，想包下铜雀台为自己办一次寿宴，却不想连铜雀台最外面的台阶都没能摸到，就被人给请了出去。

所有来铜雀台赴宴或赴香会的客人，无一不是盛装打扮。

天下着细雨，但铜雀台的台阶下面，一口足有三人合抱的青铜瑞兽冲天双耳香炉内，正燃着熊熊火焰，香烟如云，香气弥漫，数里可闻。

此时，铜雀台上，碧瓦飞檐下，雕栏玉砌间，那一个个峨冠博带，长衫广袖的身影，宛若天宫中的仙人，就连那立于阶旁的侍女，也似仙娥般高贵。

冰冷刺骨的雨雾没有丝毫影响到香会，反为此次香会添了几分难得的意境，偶有几缕灵动的琴音传来，几可让人品出仙宫的缥缈。

她带着一身的泥泞闯进来，突兀无礼得像有人在笑语声喧的宴会上砸了满桌的碟碗。

琴音中断了，正低语的人们也都停止了交谈，纷纷看向她。

安岚跑到这边后，抬起脸，冰冷的雨丝早就打湿了她整张脸，雨水混着泥水顺着脸颊往下滴。她看到铜雀台上的盛况，勇气瞬间流逝，脸色急转苍白。她呆呆立在那，看着眼前仙境一样的地方，茫然无措得像个受惊的孩子，一动都不敢动，只是剧烈地喘息着。

身上的衣裳已被打湿，冰冷的寒意从四肢往心脏蔓延。

今日的铜雀台，七位大香师都到场了！

谁都想亲眼看一看，白广寒会选一位什么样的侍香人。

净尘轻轻一叹，双手合十，百里翎难得没有开口说话。

崔文君往下面看去，却一眼之后，微微皱了皱眉，余下的几位大香师则都看向白广寒。

此时白广寒就坐在铜雀台的主位上，身子微侧地靠着椅背，一手支着脸，神色淡淡，眉眼间似带着几分疲惫。景炎走到他旁边，微微弯下腰，在他耳边低声道了几句，他也只是略抬了抬眼，然后再没有别的表示。

金雀终于追过来了，她怀里紧紧抱着乱香，却过来后，也如安岚一样，被眼前的一幕给震住。

她们，是外来的闯入者，满脸污泥，一身狼狈。

景炎从铜雀台上下来，走到安岚身边，嘴角边依旧噙着一丝微笑。

那样的笑容，似亲和又似疏离，他是个温和得让人看不到底的男人。

"结，结束了吗？"安岚僵直了好一会才开口，声音在打战，整个人都在打战。

金雀屏着呼吸紧紧盯着景炎，眼里带着浓浓的乞求。

这几天，为守着婆婆，安岚没有正经梳洗过，出来的时候又那么急，连衣服都没来得及换，还是那套半旧的家常衣裳，刚刚下车时又摔了一跤，还正好摔在泥水里，于是一身的泥泞，满脸的污渍，头发还被风吹乱了，被雨水浇湿了，正一缕一缕地贴在脸上。

　　从不曾有这般狼狈的人踩上铜雀台的地砖，追过来的侍从本是要将安岚和金雀请出去的，却因景炎朝她们走过去而收回脚步。

　　"结束了吗？"安岚再次问，苍白的脸上僵硬得没有任何表情，她就好似在追问一个能让自己死心的答案。

　　景炎抬手，伸出修长的手指，替她拨开盖在眉毛上的头发，上下打量了她一眼，似笑非笑地道："脏小孩。"

　　他的声音依旧那么温和，但却让人辨不出，究竟是何意。

　　安岚一双乌黑的眸子定定地看着他，随后，景炎才似惋惜，又似叹气地道："是啊，时间已过，都结束了。"

　　那么轻的一句话，却有千斤之重。

　　安岚霎时面无血色，她没有哭，甚至还跟刚刚一样，没有任何表情。但是，此时此刻，她的那张脸，那双眼，却令人有些不忍看。

　　砰地一声，金雀手里的乱香落到地上，呆呆地看着安岚僵硬的背影嚎啕大哭。

　　哭声惊动了铜雀台里的鸾鸟，景炎有些怔住。

　　铜雀台上，有人一开始略生愠怒，但不知为何，那哭声多听了一会，心头的愠怒便不由得化为叹息。

　　"阿弥陀佛。"净尘宣了一声佛号，感慨道，"至情至性。"

　　百里翎看向安岚，却发现，那姑娘真的一点要哭的意思都没有。

　　金雀的哭声让安岚回过神，她怔忡了一下，才朝景炎施了一礼。感谢他这段时间的帮助，抱歉她让他失望了，都结束了。

　　她慢慢转身，弯下腰，拎起乱香检查了一下，然后给金雀擦了擦眼泪，握住金雀冰凉的手："走吧，我们，该回去了。"

第039章　答案・纷杂・问话

　　谢蓝河想下去，却刚一抬步，就被谢云给制止了。

方玉辉面上淡淡，眼里露出几分怜悯，但那是胜利者施于失败者的。

金雀咬着唇止住哭声，可她越是忍住，眼泪反而越多。安岚紧紧握住她的手，低声道："别哭了，我们回去。"

她声音很平静，却只有金雀听得出来，那声音里带着一丝乞求。

金雀再哭下去，她也会忍不住的，真的会忍不住的。

她不能在这里哭，那是她仅能守住的，最后一点坚持。

情绪的宣泄，会让她将所有的软弱毫无保留地展现出来，多年过去了，她还是那个满身污血，惊恐无依的孩子。

金雀死死咬着唇，抬手擦了擦脸上的泪，然后用力地点头。

只是，就在她们要转身时，铜雀台的大门那儿，又走来两人。

一个穿着青缎掐牙背心的丫鬟，撑着油纸伞，扶着位身着绯色宫裙的少女缓缓行来。

金雀愣住，不由自主地收了哭声。

丹阳郡主，这是才刚刚赶到，还是，还是临时出去，这会儿又过来的？

安岚也有些怔住，亦有几分意外，但此时她面上更多的还是漠然。

刚刚，她进入铜雀台时，就已经看到方玉辉的身影。

其实，这样的结果，也不算意外。

总归，都结束了……

丹阳郡主看到安岚此时这副模样，也有些愣住，直到安岚要从她旁边过去时，她才回过神："安岚姑娘，你这是？"

安岚看了她一眼，什么都没说，而就这会，铜雀台的侍者却走到她跟前，欠身道："安岚姑娘，请跟我来。"

安岚不解，金雀含着鼻音问："你，你们要做什么？"

严格来说，她们刚刚是私闯铜雀台了，但今日的情况到底不同。总不能因为这个，就要罚她们吧！

那侍者解释道："景公子请安岚姑娘去换身衣服。"

安岚怔了怔，回头，便见景炎还站在那，眉眼含笑，雨丝风片，衣袂蹁跹。再往上看，白广寒也正往她这边看，只是铜雀台上纱帘重重，雾一样的白纱时聚时散，似那男人捉摸不定的眼神。

……

金雀被留在外面，请到铜雀台上，坐在最下首。

丹阳郡主则被请到方玉辉和谢蓝河那桌旁边。

有侍女给她们送来热水和棉巾，随后又有侍女给金雀送来一碗热腾腾的姜汤，金雀受惊地站起身，有些惶恐地接受那几个侍女的服侍。直到坐下，喝了半碗热辣辣的姜汤，身上稍微回了点暖意后，她才缓过神，然后小心翼翼地抬起脸，看向座上那几位传闻当中的大香师。

"白广寒在做什么？"崔文君拈了一片糖渍的玫瑰花瓣，再接过侍女递过来的棉巾轻轻擦掉手上黏黏的糖水，"三个人，竟迟到了两个，他是选了方家那位少爷了？"

柳璇玑"咚"的拨了一下铁琵琶上的琴弦，然后抬起脸，看着白广寒道："广寒先生到底意属谁，若再不说，可就有人要出手抢了。"

柳璇玑，天璇殿的大香师，喜音律，身边常带着一把铁琵琶。性格张扬，言语直爽，相貌美艳，眼角有颗泪痣，斜着眼睛看人时，能让人心跳瞬时加快数倍。即便她全身上下都包裹得很严实，并端端正正地坐在那，也有种从骨子里透出来的性感。

她是个对自己的美貌与魅力有着极高掌控性的女人，又因身居高位，游离世外，所以放任自己颠倒众生。

听闻此言，方玉辉一惊，忙看向白广寒，再询问地看向方文建。

柳大香师为何会说这样的话？难道白大香师选中的人不是他吗？丹阳郡主和安岚都迟到了，就等于弃权，为何……

白广寒只是瞥了柳璇玑一眼，然后转头低声吩咐了两句，随后起身往外去，紧接着净尘和百里翎也都起身，柳璇玑扬眉一笑，看了崔文君一眼。

崔文君却根本不关心这事，她看了金雀几眼，就吩咐旁边的侍女去叫金雀过来。

……

"方玉辉不愧是方家的人，那性格跟方文建简直是一个模子出来的，自身利益为上，即便同方家利益冲突时，他也会选择先考虑自己。"百里翎笑了笑，想了一会，接着道，"不过这倒不能说他是完全自私，而是那个孩子有着极强大的自信，他相信只要有他在，就能重建方家的辉煌，因为他的利益就是方家的利益。"

白广寒看向净尘，净尘双手合十宣了一声佛号，才道："丹阳郡主身上有崔文君的香囊。"

百里翎笑得幸灾乐祸，媚色横飞："哎呀，光头还真是出师不利。"

净尘纤长的睫毛颤了颤，接着道："丹阳郡主在索取和回报之间极是为难，故而很容易受到影响，是个可以塑造的孩子。而且，丹阳郡主最后破了香境的手法，令小僧很意外。她明明可以等香境自行散去，却还是自己强行破开，似乎为证明她自己。"

白广寒听完他们的陈述后，微微点头："辛苦了。"

第四轮的考验，是问心。

丹阳郡主的香境由净尘出手，方玉辉的香境由百里翎负责，而安岚，因为她天生能窥视香境，所以是白广寒亲自出手，并且不止她一人入香境，从开始到结束，都与现实连接得天衣无缝。

安岚回到源香院的那一刻开始，就入了香境，一直到她上了马车离开源香院，才算出了香境。

白广寒久久不作声，百里翎便问："你选谁？"

选谁？这个答案，连白广寒自己都有些意外。

那样的良材美质，实在出乎他的意料！

……

与此同时，安岚已在厢房内换了身干净的衣服，湿漉漉的头发也被侍女们放下来，并用热腾腾的棉巾仔细擦过一遍，然后再给她抬了张熏笼过来，请她坐在旁边熏干头发。

屋里很暖和，身上的衣服还带着淡淡的花香，但她却还是觉得没有丝毫暖意，整个身体一直在微微颤抖。

侍女们退了出去，景炎进来了。

安岚忙起身，有些拘谨地站在那，待景炎走过来后，她才有些僵硬地行礼："多谢公子。"

"怎么还是哭丧着脸。"景炎打量着她道，"被选中了还不高兴吗？"

安岚抬起脸，有些茫然地看着景炎，她面上依旧无一丝血色，连唇色也极为苍白，只有那双眼睛，黑得慑人。

景炎眉眼含笑，面上的表情，说出来的话都让人如沐春风："恭喜你了，天枢殿的安侍香。"

好一会，安岚才找回自己的声音，不敢相信地道："公，公子……的意思是？我，通过了？"

景炎看着眼前这还在瑟瑟发抖的孩子，答非所问地摇了摇头："那些侍女伺候得太不尽心。"他说着就脱下自己的罩衣，直接披到安岚身上，然后轻轻拍了拍她的脑袋道，"是啊，到了天枢殿后，别偷懒，要学的东西还很多，可别让人给踢回来了。"

安岚呆呆地站在那，带着体温的罩衣令她整个人瑟缩了一下，却还不足以令她回过神。惊喜来得太突然，像是个没有丝毫道理可言的梦，令她甚至不敢眨一下眼睛，她也不敢问原因，只是紧张又僵硬地站在那，就连喜悦也不敢表露出来。

景炎见她披上自己的罩衣后，显得更小了，心里微微一叹，便又在她脑袋上轻轻拍了拍："不是只有你，还有丹阳郡主。"

安岚眼珠动了动，景炎微笑着道："你和丹阳郡主都通过了，如果她愿意，你们将同时入天枢殿。"

安岚能在不自知的情况下窥视别人的香境，丹阳郡主则可以在已知香境的情况下，强行破了香境界，仅这点，目前还说不好谁更优秀。

百里翎笑眯眯地看着净尘道："为何不顺便试一试她的能力究竟到哪？"

丹阳郡主会破香境，却不代表，她能破开净尘大香师的香境。

安岚的偷窥香境和丹阳郡主的破开香境不一样，前者是无意识的，更近乎是命运的安排。而命运这等东西，既缥缈，又强大，任何人在他面前，都有挫败的时候，大香师也是人，所以也不会例外。而丹阳郡主破开香境的行为，则是有意识的，因而，可以称得上是在香境里跟大香师正面较量，若用个文雅点的说法，便是——斗香。

不过是个乳臭未干的丫头，净尘若真奈何她不得，那大香师这个称号可就是个笑话了。

净尘一脸诚恳地道："丹阳郡主是金枝玉叶，小僧明白她的心意便可，何须节外生枝。"

普通的斗香，不过是评香味，评意境，评香名，评香方等这些东西，无论输赢，都不会造成任何伤害。但当斗香上升到香境后，就完全不同了，在香境里，甚至可以让死亡真的发生。因此，即便是大香师，也不会轻易斗香境。

百里翎嗤笑："我瞧你就是偷懒。"

净尘面上一红："阿弥陀佛，小僧绝不是懒惰之人。"

百里翎正要问白广寒究竟选哪个，白广寒却直接转身走开了，百里翎就要追过去，不想净尘忽然往前两步侧身拦了他一下："维持香境整整三天，即便是白广寒大香师也会累的，你就别闹他了。"

百里翎抱着胳膊站在那，微微眯着眼，看着白广寒的背影道："真是个没劲的男人。"

……

崔文君从金雀嘴里知道安岚迟到的原因后，沉默了好一会，才问："你说，那位婆婆姓安？是娘家姓，还是冠的夫姓？"

金雀有些战战兢兢地坐在旁边，想站起身，又不敢。她无论如何也想不到，有一天，自己竟能跟长香殿的大香师平起平坐，所以脑子有些发蒙，说话也有些不利落。崔文君问出这句话后，她愣了好一会，才反应过来，又想了好一会才道："这个，奴，奴婢也不清楚，自奴婢进源香院起，大家就都这么称呼安婆婆了。"

崔文君便不再问，半阖着眼坐在那沉思，安婆婆，原来还在长香殿呢，她都快忘了这个人了。片刻后，她往铜雀台外看了一眼，然后站起身，也走了出去。

金雀有些愣愣地坐在那，不知这会儿自己应该做些什么好，旁边的浅明有些郁闷地瞪了她一眼，然后一脸骄傲地撇开脸。

柳璇玑却歪着头打量着金雀，刚刚，金雀在下面那一哭，实在是让人印象太深刻。而且，明明是完全不同的两小丫头，但那一刻给人的感觉，却像是在照镜子。

崔文君出去的时候，百里翎正好进来，两人擦肩而过时，百里翎忽然站住，笑眯眯地问了一句："崔先生也对我家小丫头感兴趣？"

崔文君却看都不看他，就直接朝净尘走过去，百里翎遂幸灾乐祸地看了净尘一眼，也不理净尘求救的眼神，笑眯眯地走开了。

净尘只得双手合十，对朝他走过来的崔文君念了一声："阿弥陀佛，崔先生，别来无恙。"

崔文君淡淡地看了他好一会，才开口："他在哪？"

净尘一脸诚恳地道："小僧这些年都在寺里，不曾过问红尘俗事。"

崔文君移步走到栏杆处，垂下眼，看着刚刚安岚和金雀站的那个地方："你知道，我的耐心有限，我已经等得够久了。"

她这话不是玩笑，除去她大香师的地位不说，仅凭她清河崔氏嫡系女的身份，就足以影响到很多事情。更何况，她看起来还很年轻，很貌美，有足够让男人痴迷的条件。

净尘手里拿着一串佛珠，宽大的袖袍被铜雀台上的风吹得鼓鼓的，时而猎猎作响，更显得他身材高大修长，加上棱角分明的五官，即便是光着一颗脑袋，并且依旧是僧人的打扮，却也一样让铜雀台上的侍女管不住自己的眼睛。

……

丹阳郡主听到自己入选后，还不及欣喜，接着又听到安岚也入选的消息，并且，赤芍明白告诉她，眼下她们只是白大香师身边的侍香人，但是最后，真正的侍香弟子，只有一位。只要侍香弟子被定下，那就相当于是大香师的继承人，天枢殿下一任的主人，到时，没有被选中的，自当就要听命于被选中的人。

"郡主不用着急做决定，大香师已经吩咐，给郡主一天的时间考虑清楚。"赤芍说着，就往外看了一眼，然后接着道，"或者，郡主可以去问问崔大香师的意思。"

丹阳郡主一愣："这也是白大香师的建议？"

赤芍垂下脸，微微欠身："不是，是我多嘴了，请郡主别放在心上。"

丹阳郡主迟疑了一下，才又问："安岚姑娘，是什么意思？"

赤芍抬起脸，淡然道："安岚只有一个选择。"

没错，安岚只有一个选择，只有一个机会，自然不会犹豫，更不可能会拒绝。

所以，当她确认自己真的能以大香师身边的侍香人进去天枢殿后，她才总算回过神，而这会儿，景炎却忽然开口："知道方玉辉为什么没有被选中吗？"

安岚有些茫然地摇头，她有自知之明，真比较起来，方玉辉比她优秀很多，其实，三人当中，她是最普通的一个。

景炎沉默了好一会，才开口："所有人都以为大香师要找最优秀的人，其实世人都误会了，那样的优秀，大香师完全可以培养。"

安岚询问地抬起眼，有些想不明白景炎为何要说这些话。

"大香师要找的，从来都只是合适。"景炎迟疑了一会，才道，"你和丹阳郡主，更符合白广寒的要求。"

安岚怔然:"什么要求?"
景炎微微一笑:"以后你便知道了,若是你能一直留在天枢殿的话。"

"知道你为何能被选中吗?"景炎又问。
安岚依旧是摇头,茫然当中还带着几分忐忑,这是她现在最大的疑问。
她不仅迟到了,而且还是带着满身狼狈闯进铜雀台,结果,却听到自己被选中的消息,激动归激动,但更多的却是不安。
景炎看着她道:"那就回去好好想想。"
安岚有些拘谨地点头,然后将披在自己身上的罩衣拿下来,小心抖了抖,再双手捧给景炎:"多谢公子,奴婢已经暖和多了。"
景炎做了个伸手的动作,却没有接衣服,安岚微怔,随后才反应过来,遂有些慌张地给景炎穿上罩衣。景炎跟她的身高差距很大,她又不曾做过这等服侍人的活儿,于是动作难免显得笨拙。幸好只是一件罩衣,很简单,只是穿上后袖子那里需要稍稍整理一下,而她正接着动手,景炎就已经抬起手,自己整理了两下,然后打量着她道:"白广寒不喜旁的人近身,你们也不是侍女,他平日里的生活起居不用你们动手。但日后若是正式拜了师,那么服侍师父,便是天经地义之事。"
安岚微怔,垂下脸道:"奴婢明白。"
景炎整理好衣服后,负手道:"以后把奴婢这个自称改了吧,进了天枢殿,又是跟在白广寒身边,就再不是谁的奴婢了。"
安岚有些忐忑地道:"是。"
"记得,好好想想。"景炎出去之前,又道了一句,说话时,嘴角边噙着一丝笑。
安岚应声后,发愣了好一会,直到铜雀台的侍女进来后,才回过神。
待她出去时,谢蓝河等人已经知道这个结果,方玉辉不敢相信,他想不明白为什么会这样,想去问清楚,却被方文建给带离了那里。
大香师的决定,从来就没有义务要跟任何人解释,更何况,即便是解释了,这个结果也不会有任何改变。方文建很清楚这一点,所以,不愿方玉辉因一时意气,得罪白广寒或是百里翎。
"叔叔,为什么?"方玉辉虽是听话地跟着方文建离开铜雀台,但终是不甘心,从始到终,他都是表现得最好的那一个,却为什么最后偏偏是他落选?
方文建坐在宽大的马车里,靠在一张斑斓虎皮上,沉默了好一会才道:"此事你无须再问了,接受这个结果就行。"
"叔叔!"方玉辉依旧不甘。
方文建冷冷地看着他,方玉辉微怔,片刻后,终是慢慢垂下眼,低着头应了一声:"是。"

方文建这才缓缓开口:"即便今日你被选中,你也成不了白广寒的继承人。"

方玉辉即抬起脸,眼里写着不服,方文建道:"你姓方,而白广寒直到现在,都不曾跟我打过招呼。"

大香师挑继承人虽是不拘一格,只要被选中,无论之前是奴才还是乞丐,都一样能改头换面进入长香殿,若是资质足够,运气够好,最终甚至能成为某一香殿的主人。但是,在这样的过程当中,其实还是有一些不成文的规矩,那便是大香师之间,不会选对方族里的后辈作为继承人,除非,双方私下已有了关于此事的协议。

若白广寒真有考虑方玉辉的话,至少在刚刚,会让人跟方文建说一下此事。但是,没有,白广寒从始至终,都没有任何表示。所以,方文建便明白,今天为何会有这样的结果。

"丹阳郡主……"方玉辉心里还是过不了那道坎,于是迟疑着开口。丹阳郡主的亲姑姑也是长香殿的大香师,为何丹阳郡主就被留下了。难不成,白广寒大香师和崔文君大香师私下已经达成某种交易?

方文建没有开口,但此时他心里已是这么认为。

只是这一次,他却错了,因为白广寒同样没有去找过崔文君,无论是间接还是直接,都没有。

所以,当崔文君听说丹阳郡主被选中后,便微微抬了抬眉。

白广寒,这是何意?

崔文君猜不透白广寒的心思,于是也不打算猜了,从露台那走回来后,正好瞧着安岚已换了身干净衣服从里面走出来,她沉吟片刻,就命人去请安岚过来。

丹阳郡主本是要过去给崔文君见礼的,只是才刚一抬步,就听到崔文君吩咐侍女去请安岚,她微诧,就收回脚步。

姑姑,为何要见安岚?

丹阳郡主想不明白,于是怔怔坐在那看着,崔文君看起来还是那么温柔漂亮,也还是跟以往那么多次一样,不曾往她这看一眼。她不明白,姑姑不仅不喜欢她,似乎还有些讨厌她。其实,小的时候,她就感觉到这一点了,也曾问过母亲,但母亲只说,是她想多了。

安岚没想到崔文君大香师要见自己,她正琢磨着景炎说的那事呢,所以这会儿一见崔文君,不禁又有些发愣。

而崔文君还未开口,旁边的柳璇玑就先笑了一句:"这两丫头,怎么一个比一个呆。"

崔文君瞥了柳璇玑一眼,随后才将刚刚问金雀的话又问了安岚一遍。

安岚心里诧异,大香师为何问起婆婆?

只是她的答案跟金雀一样,崔文君并没有问出别的什么来。

崔文君身边的嬷嬷接着问:"如此说,你是七年前才进源香院的?"

安岚低头道："是。"

"进源香院之前，你在哪？"

"奴婢，奴婢不大记得了。"

"怎么可能不记得，那时你至少已经七岁，早就能记事了。"

"奴婢不敢妄言，奴婢确实是没有印象了。"

"安婆婆现在的身体如何？"

安岚顿了好一会才道："婆婆已经病很长时间了。"

"什么病？"

"大夫说是年轻时膝盖留下的伤，如今只能好好养着，是无法根治的。"

崔文君沉默许久，便站起身，离开那儿。

安岚有些茫然，直到崔文君大香师下了铜雀台后，她才抬起脸，却看到丹阳郡主朝她走来。

第040章　疑惑·提点·指定

丹阳郡主先施了一礼，安岚起身回礼，随后两人站在一块各自沉默。

安岚茫然于崔文君大香师和安婆婆的关系，她一直以为婆婆只是婆婆，可如今……崔文君大香师为何会忽然问起婆婆，她既觉得诧异又感到惶恐，加上刚刚景炎说的那番话，于是此时面上的表情有些发怔。

丹阳郡主在知道自己入选后，便明白她之前冒险做的决定起了作用，只是她没想到的是，安岚也同她一起入选。知道这个消息时，她说不清心里究竟是什么感觉，有点好奇，有点介意，还有点紧张，只是，这些情绪，却都比不上她看到崔文君大香师让人去请安岚当面问话时的诧异。

姑姑，甚至都没看她一眼，却让人去找了安岚！

为什么？

丹阳郡主情绪很复杂，她不愿让这些情绪影响到自己，于是没有着急开口，只是沉默地站在那打量着安岚。她想起第一次看到安岚时，那个时候，对方还只是个不起眼的香奴，若非她心中有所感应，也不会注意到那个小香奴。

她知道，既然被她所看到，既然让她有所介意，就定然是不同的，所以，她时时留意。她的感觉没有错，那个小香奴，每见一次，都给她一次意外，身份的变化，快得让她感到诧异。

更让她诧异的是，安岚往上走的每一步，几乎都凭着自身的能力。

特别是在晋香会上的表现，一次次的意外和危机，她很清楚，安岚并没有外援。

对方能走到这一步，她不敢说不服。

但是，姑姑，为什么要见安岚？

晋香会的事她无话可说，可是，姑姑对安岚的在意，甚至对金雀的在意，却令她无论如何都不能不介意。

难道，姑姑看中了安岚？

不是……没有这个可能，她出生于清河崔氏，自有长香殿起，崔氏就出过不止一位大香师，所以她很清楚，所谓的"身份"在大香师眼里不算什么。崔氏香谱里就有记载，曾有位市井出身的少年，同时被两位大香师看中，那两位大香师甚至为此起了一场斗香，后来还将另外几位大香师都卷进去。

崔氏女，面对某些特别的人时，心里会有所感应。

姑姑，也是出身崔氏嫡系。

丹阳郡主还在沉默的时候，安岚已经回过神，然后才意识到丹阳郡主站在她面前已多时，却未发一言，于是有些不解地开口："郡主？"

丹阳郡主回过神，本是想问崔文君大香师刚刚说了什么，但不知为何，忽然改口道："安岚姑娘刚刚身上为何会那么……"

安岚怔了怔，才有些不好意思地道："嗯，下车的时候不小心摔了一跤。"

丹阳郡主点头，只是迟疑了一会，又道："听说，安岚姑娘也迟到了。"

安岚点头，然后也看了丹阳郡主一眼。

丹阳郡主亦是迟到了，但同她一样，也入选了天枢殿，为什么？

她心里的疑问一点都不比丹阳郡主少，只是眼下这事，却不好问。总不能是，最后这一轮的晋香会，是谁迟到谁入选。

安岚觉得，定是有什么事被自己忽略了。她从第一轮晋香会开始回想，第一轮是"形"，第二轮是"香"，第三轮是"意"，那么第四轮呢？第四轮考的是什么？

第一轮和第三轮都是在已知的情况下进行的，第二轮却不是……安岚心里一惊，最后这一轮，是从什么时候开始的？只是那段时间里，大香师并未在场，又如何断定？

安岚有些茫然地抬起眼，看向铜雀台外面那口还在焚香的青铜香炉，香雾如云，瞬间就有万千变幻。雨还在下，铜雀台的景色美得不真实，她的心莫名地揪了一下，什么是真？什么是假？她又怎么敢断定，之前，大香师并未在场？

之前婆婆生病，难道是……

安岚一下子急切起来，想马上回去看个究竟，于是当即抬步往外去。

"安岚姑娘？"丹阳郡主还想与她多说几句，却不想安岚忽然就转身。

"郡主，我，我忽然想起还有急事。"安岚回头说了一句，就快步下了铜雀台的楼梯，金雀本是在一旁等着她的，见她忽然疾步出去，以为出了什么事，也赶紧追过去。

谢蓝河走了几步后，便停下，然后转身走到露台上，看着下面那匆忙离开的身影，沉默了片刻，才微微扬起嘴角。

……

丹阳郡主回宫时，清耀夫人已在她房间里等她多时了。

"想不到，竟是这样的结果，你和她一块进天枢殿，白广寒大香师当真是……好手段啊！"听完丹阳郡主的诉说，清耀夫人略有些感慨地道了一句，然后就看着丹阳郡主道，"你终究是心软，如今事情反倒不好办了。既然你一开始就发现她，就应该一开始就有所应对，不该如此放任，果真是留了祸患。"

丹阳郡主微微垂下脸，沉默了一会后，才又抬起脸，却略过安岚的事不说，而是开口问："母亲说的白大香师的手段是指？"

清耀夫人看着丹阳郡主："你觉得，你和安岚之间，白广寒大香师更看重谁？"

丹阳郡主微怔，片刻后才道："大香师的心思，我如何猜得到。"

清耀夫人淡淡一笑："怕是大部分人，都会以为，白广寒大香师会更看重你。你既是清河崔氏出身，又有郡主的封号，并且自小就有才名，还有位亲姑姑是长香殿的大香师，她，拿什么跟你比呢？"

丹阳郡主讷讷道："大香师怎么会在乎那些。"

"不，大香师会在乎。"清耀夫人看着丹阳郡主轻轻摇头，"你的身份，在任何事情上都能锦上添花，唯独在这件事上，反而是累赘。"

丹阳郡主怔住，只是她略一想，遂明白了清耀夫人的意思，于是脸色微变。

清耀夫人轻轻叹了口气："你出自崔氏，无论大香师之间有什么协议，日后，你心里都会偏向崔氏。若天枢殿真的传到你手中，再加上你姑姑的玉衡殿，莫说百年后，只要白广寒大香师不在了，那么景府好容易在长香殿培养出的人脉定也会跟着凋零。而那位安岚，无根无源，说起来，同白广寒大香师的身份如出一辙，可以说，无论是对景府，还是对白广寒大香师，都是最合适的继承人。"

丹阳郡主脸色微白，好一会才道："这并不一定。"

清耀夫人道："确实不一定，只是，傻孩子，咱们不能不多想想，不能不多做些准备。"

丹阳郡主垂下眼："让母亲费心了。"

"我不为你费心还能为谁费心，好了，你也别太担心，我知道该怎么做，那姑娘……"

"不！"丹阳郡主猛地抬起眼，"母亲，我并非此意！"

清耀夫人微微抬眉："怎么？"

丹阳郡主站起身，认真道："母亲，不是我心软，而是我不愿。丹阳所拥有的已经够多，若如此，还只能靠手段存活，丹阳未免太悲哀。"

清耀夫人怔了好一会，目中露出几分嘲讽："旁人可不一定就这么认为，亦不会照着你的意思去行事。"

"既然母亲能想得到，大香师又怎么会想不到。"丹阳郡主看着清耀夫人道，"若真如母亲所说，白大香师更看重安岚，那么自然会多加关注，所以无论丹阳做什么，大香师心里都会清楚。"

清耀夫人哑然，随后一笑："行了行了，怎么说都是你有理，既然你不愿，那就先这样吧。"

她母亲的为人她清楚，丹阳郡主看得出来，清耀夫人并没有真正放弃那个想法，但眼下清耀夫人已经表态，她不好再多说什么。

"姑姑，今天特意找安岚说了一会话。"迟疑了片刻，丹阳郡主还是将此事道了出来。

"嗯？"清耀夫人倒真有几分意外，遂问，"她说什么了？"

丹阳郡主摇头："女儿只是远远看到，并未听到说了什么。"

清耀夫人眉头微蹙，崔文君自小就是个清高傲气的性子，加上天赋异禀，年纪轻轻就入了长香殿，随后又顺利坐上大香师的位置，于是将那性子养得越来越孤僻，这么些年，极少有人能入她的眼。

丹阳郡主自小聪慧，又得皇上御赐郡主封号，后来更是才名外扬，论起来一点都不比崔文君少时逊色，但身为丹阳郡主的亲姑姑，崔文君也一样未将丹阳郡主看在眼里。

清耀夫人又问："说了很长时间？"

丹阳郡主摇头："也没有，就几句话的工夫，随后姑姑就忽然起身离开了，安岚……看起来一脸茫然，倒不像是跟姑姑有旧。"

清耀夫人面上露出几分沉思："这件事，我会好好查查。"

丹阳郡主看了清耀夫人一会，终是忍不住开口问出一句："母亲，是不是跟姑姑有过什么过节？"

清耀夫人目中露出厉色，丹阳郡主即垂下眼，有些忐忑地道："因为，姑姑似乎一直就不怎么喜欢我，所，所以女儿就胡乱揣测……"

安岚走到寤寐林门口时，又看到景炎，此时他正候在一辆包着白银挂着锦帘的马车旁，旁边还有六辆同样大小的马车，都是清一色的白银装潢。依唐国的车驾等级制度，白银装潢外观的马车，除亲王外，便只有长香殿的大香师能用。

安岚慌忙收住脚步，有些拘谨地垂首立在一旁，随后又小心抬起眼，看向景炎以及他旁边的那辆白银马车。

白广寒大香师就在车内吗？

其实，从第一轮晋香会开始，她就没得过白广寒大香师一句话，可如今，她却马上就要进天枢殿了，并且还将是大香师身边的侍香人。一直以来那么渴望的事，眼看就要实现了，如今仅是想一想，就紧张得手心冒汗。

送大香师出来的人不少，安岚几乎淹没在人群中，只是她一出来，景炎就往她这看了一眼，然后回头隔着车窗跟车内的人说了几句话。

片刻后，景炎便吩咐旁边的侍从去叫安岚过来。

"公子。"安岚走过去后，先朝景炎行了一礼，再又朝那马车深揖，然后有些忐忑地看着景炎。

景炎唇边噙着笑看着她："何事这么匆忙？"

安岚又往那马车看了一眼，欲言又止。

景炎注意到她的动作，便笑着问："难道是有事想亲自对广寒先生说？"

安岚从马车那收回目光，咬了咬唇，就抬起眼，看着景炎道："最后一轮晋香会，是不是从我回源香院的那一刻起，就已经开始了？"

景炎唇边扬起一个完美的弧度，眉眼间的神色愈加温和："为何这么说？"

安岚迟疑了一会，又道："那是香境吗？"

景炎眉毛微扬："你知道香境？"

"婆婆跟我说过。"安岚看着景炎，然后又看向那马车，"那几天，真的只是香境，婆婆并没有发病，是吗？"

"你何不亲自去确认。"片刻后，车内传出一句话，声音低沉，语气淡淡，颇有几分漫不经心。

安岚一怔，记忆中的那个声音霎时模糊起来，她一时间有些茫然。

白广寒大香师，之前即便是坐在铜雀台上，看起来也跟另外几位大香师隔着一道跨不过的鸿沟。也或者说，他周围永远蒙着一层纱，旁人总以为自己已经看清楚了，却实际上，一转头，记忆马上就变得模糊。

这个男人，永远像个谜。

景炎公子，也一样让人看不透，但，景炎公子至少是能接近的，眉眼神色都是清晰的，可以让人感觉得到温度。

"所以，你找到答案了？"景炎的声音将她拉了回来，安岚沉默了一会，轻轻摇头。

"呵……"景炎低笑，抬手，食指在安岚额头上轻轻点了点，有些亲昵地道，"小狐狸，现在不是考核，即便说错了，也不会取消你的资格。"

"我不知道是不是……"安岚面上露出几分赧色，"第四轮晋香会，是要我做出选择吗？我，选了婆婆，但为何？"

车厢内的人沉默，景炎也沉默。

之前，他就已经告诉过她答案了，不是因为她最优秀，而是因为这个选择，正好符合了白广寒的要求。丹阳郡主的应对确实是优秀，但那也不是白广寒选她的主要原因，那只是她自己一厢情愿的误会而已。

"站在至高无上的位置，必须有良心的底线，被欲望吞噬的人，绝非良才。"片刻后，景炎才缓缓道出这句话。安岚怔然抬眼，景炎看着那双清亮的眼睛，心里喟叹，他只道出一半的原因，另一半，日后她自会发现。

原来，是这样吗？

安岚怔了好一会，直到景炎要转身上马车时，她才又忙问出一句："可是……大香师怎么会知道？难道大香师当时也在源香院？"

景炎回头看了她一眼，同车内的人交流了两句，才开口道："没错，入了天枢殿后，你告诉我，白广寒当时在哪儿。"

安岚愣住，还想再问，景炎却已上了马车，随后就有侍从过来请她离开。

白银马车很快就离去，安岚有些呆呆地站在那，直到七辆马车都远去后，她才回过神，同金雀一块上了回源香院的马车。

白广寒大香师，当时也在源香院？不，应该是在香境里！

可是，为何她自始至终都没有看到？！

……

"确实是个特别的孩子。"景炎上车后不久，白广寒慢慢道出一句，"我看了那些药方，近几年的药方，大部分都是她写的，不是大夫，却知道如何为病人调养身体，用量还拿捏得极准，这样的天赋真是少有。"

"她并不自知。"景炎点头，安婆婆这些年用过的药方他也仔细看了，连近段时间的药渣都检查了，其实药方没什么特别，只是，安岚将那些药方的药性发挥到了极致。她的天赋或许就是因此被唤醒，再经过日复一日的练习，然后巩固下来，并触及规则，从而变成一种本能。

白广寒沉默了一会，看了景炎一眼："那孩子看起来虽有些呆愣，其实心思缜密，不过，对你很是信任，这很好。"

景炎一声喟叹："对她好一些，我看顾不到的地方，你多想着。"

"自然该如此。"白广寒沉吟一会，又道，"丹阳郡主，崔文君似乎并不在意。"

景炎道："这不奇怪，那些年崔家发生了不少事，不过我倒是有些奇怪，崔文君对小丫头也有几分兴趣。"

白广寒微微扬眉："或许，这一回去，她就过来找我要人。"

景炎也扬了扬眉："你是说，她想要安岚？"

白广寒道："你不这样认为？"

景炎笑了笑："那并不重要。"

……

回了源香院，还未走到院门口，就看到陆云仙正领着一众香使站在门口那等她了。安岚走过去，正要给陆云仙行礼，陆云仙即提前一步走过去，握住她的手笑道："还这么见外做什么，我早就得了消息，当真是可喜可贺！"

安岚此时却没心情说这个，忙问一句："婆婆呢？"

陆云仙笑道："在屋里呢，已经让人告诉她了，不过安婆婆腿脚不利索，我便让她在屋里等着你给她报喜去。"

安岚迟疑地开口："婆婆，病了吗？"

陆云仙道："怎么会，知道你放心不下，我让好几个人去伺候着，这些日子啊，连喷嚏都没打一下。"

虽已是意料中的事，但亲耳听到陆云仙这么一说，安岚心里还是咯噔了一下。那几天，果真，是香境，只是……她忙看向金雀，却见金雀面上并无丝毫异样，她愣住。随后才想起来，金雀刚刚在回来的车上，比往常沉默许多。

"金雀？"她叫了一声，"你没事吧？"

"嗯？"金雀不解，"我没事啊，你不去找婆婆，告诉婆婆这个好消息吗？"

"你——"安岚试探着问，"你都不记得了？前几天婆婆病了的事？"

"婆婆病了？"金雀诧异，"婆婆一直好好的呢，安岚，你没事吧！"

金雀忘了？

之前陪她一路奔去瘄寐林的时候，金雀还记得所有的事情。

安岚心里大惊，她可以确定，那几天，并不是就她一人入了香境，不然金雀不会是这样的反应。那么，婆婆也入香境了吗？

安岚快步往安婆婆那走去，景炎公子说，那几天，白广寒大香师也在香境里，可是，她却没有发现丝毫踪迹，婆婆会知道吗？

安岚赶到安婆婆房间时，安婆婆正坐在炭盆边烤火，面上一副沉思的表情。

"婆婆。"不知为何，安岚本是急急忙忙赶过来的，但看到安婆婆后，不由得就收敛了急切情绪。

安婆婆抬起眼，转过脸，看着她慈爱一笑："回来了，过来跟婆婆说说。"

"婆婆……"安岚走过去，有些发怔地看着安婆婆，她走之前，安婆婆虽醒过来了，但是一脸病容，面色也是苍白得紧。但现在，虽说还是带着几分憔悴，但是气色却好很多，眼睛也有神。虽已经知道，之前那些只是香境，但是亲眼看到这样的差距，她还是觉得有些震撼，有些茫然，还有些……道不明的激动。

"婆婆，身体可还好？"她走过去，坐在安婆婆旁边，仔细打量着安婆婆的脸色，小心翼翼地问了一句。

"能有什么事，左不过是些老毛病罢了。"安婆婆帮她顺了顺头发，然后也打量着她道，"怎么换身衣裳了，今儿出去的时候穿的可不是这身。"

安岚垂下眼看了看自己身上的衣裳，是月白底忍冬花纹锦缎交领衫裙。直到这会儿，她才意识到这裙子价值不菲，于是有些忐忑地摸了一摸，沉默了片刻，便将在铜雀台发生的事道了出来，包括后来她跟景炎提到的香境。

安婆婆听完后，沉默了好一会，才微微一叹："真想不到啊，能得大香师如此看重。"

安岚看着安婆婆，她有些不确定，婆婆这话，是指自己，还是指她。

似知道安岚在想什么，安婆婆在安岚手背上轻轻拍了拍："婆婆帮不了你什么，如果真的有过香境，婆婆也都记不起来了，记不起来那些事了。"

安岚怔住，不解道："怎么会忘，我还记得清清楚楚……"

安婆婆微微抬手止住安岚的话："傻丫头，这就是大香师的香境，若不想让你记住，自然会让你忘掉。"

"是吗……"安岚怔然道，"那白广寒大香师当时也在。"

"岚丫头，大香师香境里的每一件事，每一个人物，都是有目的的，不要只看到表面。若白广寒大香师当时也在场，那么你在里面看到的人当中，定有一个是假的。"安婆婆握着安岚的手，靠在躺椅上，有些疲惫地闭上眼睛，想了一会后，才又接着道，"别着急，想想白广寒给你设的这个香境的目的是什么，或许就能找到答案了。"

白广寒大香师的目的？

安岚垂下眼回想。

景炎有些冷淡的声音在脑海里响起：站在至高无上的位置，必须有良心的底线……

她当时，不得不时时看着婆婆的脸，才能拒绝那一直折磨着她的欲望。她很清楚，那个时候，即便已经做出了选择，但是，心里其实还是有着一丝期盼，期盼什么呢？期盼两全的法子还是，期盼有人能推她一把？她不知道。

白广寒大香师的目的是什么？

良心的底线吗？

所以，定会有诱惑！

香境里出现的那些人，都有……婆婆，金雀，大夫，几个小香奴，石松，白广寒大香师是其中一位吗？会是谁？

安岚认真想了许久，随后忽然抬起眼，难道是——

……

崔文君回了玉衡殿，就让人去打听白广寒定下最终的人选，她是最早离开铜雀台的，并且当时根本没心思去关心天枢殿的事，听说丹阳郡主被选中后，她就没有再关注。

只是回来一想，又觉得似乎有些不对，因而马上命人去打听。

得知白广寒同时选定两人后，崔文君蹙了蹙眉，久久没有开口，候在她身边的那位嬷嬷也沉默地站着,似入定了般。

倒是旁边的浅明忍不住开口:"郡主怎么能同她一起入天枢殿,是不是……太委屈郡主了。"她后面那句话声音很小,几乎是含在喉咙里,但崔文君却听到了,不止崔文君有听到,那位嬷嬷也听到了。

于是,崔文君微微抬眼:"何来的委屈?"

开口的声音很是温柔,浅明却不由得打了个激灵,当即跪下认错:"是,是奴婢妄言了,不该议论大香师的决定,请先生责罚!"

崔文君摆了摆手,摇头道:"又没有说你错了,起来吧。"

浅明却不敢起身,候在崔文君身边的那位嬷嬷便道:"下去领五个板子,回房间思过一天。"

浅明身子一颤,却不敢有异议,叩首言谢后,才小心翼翼退出去。

整个长香殿,怕是没有哪一位侍香人过得似她这般战战兢兢吧,浅明有些气愤地捏了捏手心,只是随即又松开,并有些担心地往两边看了看,瞧着没人后,才有些神经质地松了口气。

没有哪位大香师喜欢有二心的人,但是,崔文君大香师明知道她是清耀夫人送过来的,却还是接受了她,并且直接留她在身边。

为什么?

浅明想不明白,只是,她想不明白的事情还很多,于是,也不打算继续想下去。

她如今,只是苦恼,要怎么向崔大香师表示自己的忠心。

"白广寒究竟是看中了谁?"浅明离开后,崔文君才又缓缓开口,"一把刀,一块磨刀石,谁是刀?谁是磨刀石?"

这话是对旁边那位老嬷嬷说的,故而那老嬷嬷开口道:"此事,暂时还不好确定。"

崔文君又道:"我都未曾着急继承人一事,他为何就已经开始准备了?"

这一回,老嬷嬷没有接话,只是看了崔文君一眼,心里叹了一句:你若不着急,这些年,只要有闲时,就往外走又是为的什么。

丹阳郡主确实是个难得的好苗子,老嬷嬷想到清耀夫人,心里又是一叹,一身不伺二主,她只忠于崔文君大香师。

片刻后,靠在贵妃椅上的崔文君若无其事地道了一句:"你替我去白广寒那讨要一个。"

老嬷嬷诧异,迟疑了一会才问:"先生中意的是谁?"

"丹阳啊,如今即便是崔家的人,怕是也不愿她来我这边,天枢殿的诱惑可不是普通人能抵挡得了的。"崔文君有些嘲讽地笑了笑,"要那个小丫头。"

第041章　时间·入殿·名册

金雀从外头进来，瞧着安岚在发呆，便走过来轻轻推了她一下："陆掌事叫你呢。"

安岚回过神，抬起眼看了金雀好一会，才问："你还记得之前在铜雀台里发生的事吗？"

"记得啊，怎么问这个？"

"你还记得你当时哭了吗？"

金雀面上一窘，有些不好意思地道："还不是你，我一着急，眼泪就不听话。"

安岚沉默一会，再问："你还记得，我为什么会迟到吗？"

金雀一愣，随后眉头一皱，想了好一会，才有些发怔地看着安岚道："对啊，你怎么会迟到？好像是起晚了？好像我也是起晚了，似乎还做了个很长的梦！"

安岚："……"

安婆婆有些无奈地叹了口气，看向安岚："你怀疑是金丫头？"

"既然是大香师，那么任何人都有可能，不过……"安岚摇了摇头，"不是金雀。"

"你们在说什么？"金雀一头雾水地凑过去，"说我什么呢？"

安岚看了安婆婆一眼，想了想，便将香境的事道了出来。

金雀听完后，眼睛整个瞪圆了，好一会才道："大，大香师竟这般厉害！"

安婆婆却问："为何这么确定？"

安岚有些腼腆地笑了笑："她没有试图让我左右为难。"

金雀没有给她诱惑，而是同她一起承担，急她所急，悲她所悲。

安婆婆轻轻摸着发凉的膝盖，安岚沉吟片刻，接着道："香境，虽是无中生有，但其实，还是依托人心，心里有什么，出来的就是什么。"

她不了解大香师的香境究竟如何发生，从何而来，但，她总觉得，没那么陌生。

因为她隐隐触及过那个奇异的感觉，因为她曾在马贵闲身上用过。

安婆婆问："你知道是谁了？"

安岚垂下眼："还不敢确定，但是，我觉得应该没错了。"

金雀可受不了她们这么打哑谜，立马拽着安岚道："快说，哪有你这么憋着的！要憋死我啊！"

安岚迟疑了一下，低声说了一句，金雀听了后，看了看安婆婆，又看了看安岚，然后咋舌道："啊，大香师好阴险！那你当时若是，若是马上赶去寤寐林，是不是……就落选了？"

安岚一怔，沉默了一会才道："是吧。"

只是此刻，她却生不出庆幸的感觉，若还有下一次，若下次的诱惑更大时候，她无法确定，自己会如何选择。

"别想那么多，傻丫头。"安婆婆轻轻拍了她一下，将她从愣神中拉回来，"只要记住婆婆之前对你的要求，日后无论做何种选择，都无愧于心。"

安岚抬头，安婆婆似小时候那般，在她脑袋顶上摸了摸："欲望再大，那也是装在心里，也是由心来主宰，只要记得别丢失了本心，欲望再大也无所畏惧。"

……

玉衡殿的言嬷嬷领了崔文君的话去了天枢殿。

言嬷嬷服侍过两任大香师，白广寒还未继承天枢殿时，言嬷嬷已经是玉衡殿上一任大香师身边的红人了，当年亦曾帮过白广寒。所以，当言嬷嬷提出要见白广寒时，赤芍不敢擅自拒绝，当即就去通报了一声，随后请言嬷嬷进去。

"崔文君想要安岚？"白广寒听完言嬷嬷的来意后，抬起眼，"为何？"

言嬷嬷垂首道："崔先生说，看着那孩子，觉得有眼缘，资质也不错，有意培养，所以希望白先生能割爱。"

白广寒放下手里的茶盏："崔文君想定继承人？"

言嬷嬷顿了顿，才道："崔先生并未这么说，但，若那孩子的资质足够，崔先生应该会考虑。"

"但凡资质足够的孩子，长香殿的大香师都会考虑。"白广寒微微一笑，他的笑容没什么温度，并且完美得有些不真实。

言嬷嬷心里一叹，答案已出，正要告辞，不想白广寒又道："崔文君是关注天枢殿，还是关注那个孩子？"

言嬷嬷一怔，却垂下眼，未就这句话做任何回应，施了一礼，就轻轻退了出去。

"果真如你所料。"言嬷嬷一走，景炎从博古架后面走出来，"你认为呢？崔文君更在意的是什么？"

白广寒道："天枢殿。"

"是吗。"景炎笑了笑，两个一模一样的人站在一起，同样的俊美，同样的笑容，甚至是同样的装扮。唯一不同的是，其中一个的笑容带着温度。

白广寒看了他一眼："你觉得是那个孩子？"

"为什么不是。"景炎在他旁边坐下，一手执壶，动作有些随意，"她既然能引起你我的注意，自然有可能引起别人的注意。"

白广寒微微摇头："那不同，她还未经雕琢，你不过是无意窥得一斑。"

"呵——"景炎给自己倒了杯茶，仰头喝了半杯后，有些懒散地往后一靠，"或许你说的也没错，崔文君在试探你，如今有这份心思的人不少。"

白广寒拿起那半盏冷茶，闻着幽幽茶香："什么时候让她们入殿？"

天枢殿的任何动作，都会牵动很多人的神经，有些事情看着微不足道，但其实至关重要。

"十月，初三。"景炎垂眸，淡淡道，"如何？"

白广寒一怔，就看了景炎一眼，景炎微微一笑，将手里那半盏茶倒了，直接倒在地板上，那动作像是在祭奠谁，茶香幽冷，带着凛冽的寒意。

"十月初三。"白广寒也是微微一笑，这一次，两人的笑容如出一辙。

傍晚的余晖从窗外透进来，落在那两张一模一样的脸上，金色的光线将两人周边都渲染出一层淡淡的光圈，氤氲的水汽融化在阳光里，模糊了两人面上的表情，霎时让人分不清谁是谁。

……

"他这么说的？"崔文君靠着熏笼，面上并无愠色，她知道白广寒不可能会答应，却没想到，对方会直接指出她的心思。

"是。"言嬷嬷点头，随后又道，"清耀夫人让人送些东西过来，是南海那儿出的沉香，先生可要过目？还有一些日常用的东西，略有几分金贵，是送给玉衡殿几位小少爷和姐儿的。"

"难为她了，年年季季，没有一次落下。"崔文君阖上眼，"你去给他们安排吧，不用回我了。"

言嬷嬷应下，然后又道："刚刚，几位少爷和姐儿来找老身，说想过来给先生请安。"

崔文君阖着眼，没有出声。

言嬷嬷便知道什么意思，微微欠身，然后就退了出去。

玉衡殿的孩子很多，都是崔文君在外面领回来养的，几乎每一次外出，崔文君都会领回一两个孩子。有在路边捡的，也有从人牙子手里买的，甚至还有直接从农户家里收的。只要她看对了眼，觉得可亲，就会领回来。小的有三四岁，大一点的是七八岁，还有两三个是十三四岁的。只是，每个被她领回来的孩子，都没能持续得到她的关注，最长的一个，也仅仅维持了半年时间。

她就像这天底下最温柔又最冷酷的母亲，对孩子的关注，可以无微不至到事事亲为。但当她这份心淡去时，那些曾经被她关心过的人，在她眼里就变成完完全全的陌生人。他们无论是哭还是笑，是开心还是难过，都不会影响到她的心情，而她也不会允许他们随随便便在自己面前出现。

浅明，就是那些孩子当中的一个，并且是被清耀夫人安排进来的，崔文君一开始就知道，但她并不在意。

相对而言，浅明是那些孩子当中最幸运的一位了。

在清耀夫人的提点下，她在崔文君对她的兴趣还没消失之前，为自己铺好路，最后顺利走到崔文君身边，成为崔文君的侍香人。

十月初三，对长香殿某些人来说，是个特别的日子，对安岚来说，也是个极特别的日子。

七年前的十月初三，她在长香殿遇到白广寒，又在源香院遇到安婆婆。

七年后的十月初三，她正式走进长香殿。

从源香院的香奴，到天枢殿的侍香人，在旁人看来，她只用了几个月的时间，就完成了这样一个几乎不可能的跨越。然而，对她来说，这条路，其实是整整走了七年。七年，两千多个日日夜夜，生活在源香院的最底层，经历过多少彷徨无助的夜晚，又经历过多少欺辱和责罚。

有些事情，走过去了，回头一看，便是云淡风轻，但，若走不过去，那就真的是天崩地裂。

金雀看着换了一身簇新交领襦裙的安岚，既感到高兴，又觉得难过。

"你在那上面可得小心，据说那些人表面看着和善，其实个个都不好惹。"金雀红着眼圈道，"婆婆我会照看好的，有空我也会上去看你，跟你说说话。"

安岚觉得胸口那儿火辣辣的，只是她一直忍着，甚至连道别的话都没说几句。

分别的伤感和面对未知的不安，让她不由自主又往镜子里看了看，并摸了摸身上的新衣裳。

如今她若留在源香院，便可以过得很舒适，是以前不敢想象的舒适。并且，源香院是她待了七年的地方，里面的人和事，她都非常熟悉。而天枢殿，她总共就去过两次，那里，对她来说，是个完全陌生的地方。

改变现状，本就是件令人感到胆怯的一件事，但是，若想向前走，就必须有面对这种改变的勇气。

刚刚，她已经跟安婆婆道别了，婆婆没有多说什么，只叫她上去后，少说多看，遇到不公时，要懂得求救，可不能再如小时候一般，自己藏在心里。

安岚闭了闭眼，轻轻吁了口气，然后转身，轻轻抱住金雀，低声道："我走了，你多保重，陆掌事如今虽和颜悦色，但你也记得，不能驳她的脸面。到底在她手下讨生活的，我离得远，也不能时时关注，你和婆婆若有事定要马上告诉我。"

"我知道，你担心你自己是正经。"金雀吸了吸鼻子，"我在这里，肯定是比你在上头好过得多，你也得记得，你在上面若有事，不能瞒着我。"

安岚点头，看了看桌上的漏壶，知道天枢殿的人已经等在外头了，便道："我走了。"

"我送你出去。"金雀勉强笑了笑，她本是想一直送安岚去天枢殿的，但是天枢殿的人下来接安岚，她就不能跟着上去了。

这一进去，就是白广寒大香师身边的侍香人，所以天枢殿是派了辆马车来接人。源香院很多人都站在门口相送，陆云仙这几天心情特别好，对她来说，选择安岚，是她这辈子做得最正确的决定。

安岚上车前,陆云仙又贴心地道了一句:"不用挂心,安婆婆和金雀我都会照看。"

"有劳陆掌事了。"安岚郑重行了一礼,随后又看了金雀一眼,遂转身,上了马车。车帘子放下后,寒风初起,刮在脸上,有微微的痛感。

金雀眼里含着泪,面上却带着笑,也是在这么一个起风的季节,她认识了安岚。

明明两人的性格南辕北辙,偏偏就是能处到一块。这些年,没有人比她们更加了解对方,她们,就好似各自心里的影子。这些年一路相互扶持,跌跌撞撞地走过来,曾以为会永远在一起,却没想分别来得如此之快。

安岚在车内,也含着泪。

赤芍坐在她旁边,有些木然地看着她,没有安慰,也没有冷嘲,甚至没有一句问询,那样的沉默,带着一种不易察觉的愠怒。

……

马车走得很慢,但到底是比脚程快,只用了小半个时辰,就到了长香殿大门口。

"只有大香师,和身份特殊的客人,才有资格乘坐马车入长香殿。"赤芍下车后,有些冷淡地道了一句。这些,都是需要她为新进长香殿的人交代的事情,她自然不会省略,只是,也没有多说一个字。

安岚答应后,微张唇,只是赤芍已经转身,没有打算多搭理她。安岚只得微垂着脸,谨慎地跟在赤芍身后,一步一步走向天枢殿。

她刚刚其实想问,丹阳郡主也到了吗?

有些意外,今天的天枢殿异常冷清,似这样的日子,依另外那几位大香师的性子,怎么也要过来凑个热闹,但是,今日天枢殿的大厅内,却就只有景炎和白广寒在。

安岚上前,跪下磕头行礼。

待她起来后,景炎才笑着道:"眼圈红红的,是起来早了,没睡好,还是哭过了?"

安岚面上微窘,有些不知该如何回答这话,幸得景炎也只是打趣一句,接着就道:"我那天说的事,你可还记得?"

安岚点头,抬眼看了座上的白广寒一眼,顿了顿,才道:"是婆婆和石松。"

景炎微微扬眉,同白广寒对视了一眼,那表情似乎在说:你看吧!

"何以见得?"沉默了片刻,白广寒才开口,语气淡淡,似并不在意。

这样的声音和语气,给人一种无形的压力,安岚不由得握紧手心,有些忐忑地道:"婆婆病后醒来,从不会马上说自己没事,石松更不会在那个时候特意过来提醒我,所以,安岚觉得,那个时候的他们,应该是先生所化。"

白广寒未言她说的是对还是错,而是又问:"你了解安婆婆可以理解,但石松,你如何肯定他不会说那样的话。"

"因为……"安岚垂下眼,有些惘然地道,"因为,那些都是我心里想的话,也是我当时愿意听到的话。"

每个人，在面对一些左右为难的事情时，即便已经做了选择，心里却还是期盼着有个人能对自己说，你的放弃是做了多大的牺牲，是多么的不容易……只不过，这等心态，往往有时候，连自己都不知道。

要入住长香殿了，需要准备的东西很多，有些东西，丹阳郡主是从不假他人之手。只是当她将崔文君的那个香囊收进她的锦匣时，忽然发现匣子里，还有一个有些眼熟的香囊。她一怔，拿起那个香囊仔细看了看，才想起这是安岚送她的。

不知为何，她下意识地就将这两个香囊摆在一处，随后莫名地觉得，这两香囊有些相似。

只是这个念头一起，丹阳郡主就摇了摇头，笑自己糊涂。

即便安岚有过人之处，但如何跟大香师比……

然而，再看一会，这个感觉却依旧无法自心里驱除。

为什么？

丹阳郡主微微蹙眉，便一手拿起一个香囊，仔细比较起来。

都是很整齐的绣工，但明显，崔文君大香师的那个香囊要更加精致漂亮。

片刻后，丹阳郡主终于找到两个香囊的相同之处，两个香囊的系绳上，都打了一个梅花结，不过这两个梅花结不同于一般的五瓣梅花，而是六瓣梅花结。

是这个原因吗？

丹阳郡主摸着那个梅花结，心里无法确定，但过了一会后，她才反应过来，自己好端端地怎么纠结于这等莫名其妙的事。于是摇了摇头，将那两个香囊都收好，便将这事放下了。

片刻后，清耀夫人过来，交给丹阳一本册子："天枢殿下面一共有十三座香院，依长香殿的管理，每座香院上面，都有一位殿侍。这里记着天枢殿殿侍长和十三位殿侍的名字以及他们各自的背景，记得比较详细的那几位，是你可以直接走动的。除此外，天枢殿还有十二位侍香人，这册子里也都记了他们各自的关系和身家背景。"

丹阳郡主接过那本册子翻了翻，心里大为震惊，虽她一直知道她母亲是个非常有手段的女人，却还是没想到，她母亲的手竟能伸得那么长。

"你不用这么诧异，至今为止，崔氏一共出了三位大香师，早就在长香殿有一席之位。如今要打听这些事，虽谈不上轻而易举，却也不是多么困难。"清耀夫人看着丹阳郡主道，"倒是你，心里要清楚，这一进去，为的是什么，别再让那些多余的情绪影响到你了。"

丹阳郡主微微垂下眼，清耀夫人接着道："你若不想在她之下，就好好把握手里的机会。"

丹阳郡主心里喟叹，却没有就这句话做任何回应，合上手里的册子后，沉默了一会，才道："多谢母亲这般为我费心。"

清耀夫人知道自己女儿是什么性子，这等事适当地点几句就行，不能强逼，于是便道："还有一事，你需记得，除去天枢殿的庶务外，白广寒身边还有一位极其重要的人，绝不能忽略。"

丹阳郡主道："母亲指的是景哥哥？"

清耀夫人点头："他虽不是长香殿的人，但跟白广寒大香师的关系却比任何人都亲密，再加上他又是景公唯一的继承人，而且此人心思深沉，你万不可将他得罪了。"

"女儿明白。"丹阳郡主点头，"据说，景哥哥称得上是天枢殿半个主人。"

"此话一点不为过。"清耀夫人点头，"白广寒大香师极少有露面的时候，天枢殿很多事情，其实都是景炎在打理，就连天枢殿的殿侍长，都是跟景炎打交道的时候多。"

丹阳垂下眼，看着手里那本册子，心里却想着，景哥哥，似乎对安岚总有几分另眼相看，还是，是她多心了？

……

安岚回完话后，满心忐忑地立在一旁，却久等不见那座上的人出声。

难道，是说错了？

片刻后，安岚终忍不住悄悄抬起眼，就看到景炎和白广寒在低声交流，只是她听不到他们在说什么。

两个一模一样的人在她面前低语，那画面，美得足以令人自惭形秽。

"难为你了，想要什么奖励？"她正看得有些发怔的时候，景炎忽然转过脸，看着她笑道。

安岚冷不丁地回过神，慌忙垂下眼，不敢发声。

景炎又道："不出声，那就是什么奖励都不要？"

"不，不是——"安岚赶紧抬起脸，她确实想表现得高风亮节一些，但心里又很清楚，这是一个难得的机会，她不愿白白错过。

景炎微微挑眉："那就说说。"

"暂时，暂时没想好……"安岚觉得自己简直像那些斤斤计较的市井妇人，一毫一厘都要算清楚了，她难掩窘迫，于是声音低得几乎是含在喉咙里。

偏这么低的声音，景炎竟一字不落地听进去了，并且还考虑了一下，然后才笑眯眯地道："狡猾。"

安岚顿时涨红了脸，拘谨地站在那。

"那就替你留着，想好再说。"白广寒开口定下，随后就示意赤芍领她去住处。

安岚长松了口气，行礼后，就随赤芍走了出去，却不想，一走到门口，就碰到丹阳郡主。

安岚收住脚步，朝丹阳郡主微微点头，算是打招呼。

丹阳郡主走过来道："什么时候过来的，这般早？"

"有一会了。"安岚打量了丹阳郡主一眼，丹阳郡主今日的装扮较之平时简单了许多，衣服的样式也同她此时身上穿的这件差不多，只是用料更加金贵，花纹绣得更加精致。

……

丹阳郡主进去后，赤芍领着安岚来到伴月居，这里就是侍香人住的地方。

此时，伴月居门口停着一辆大马车，三四个仆从正将马车里的东西往伴月居里搬。

那是丹阳郡主的马车，赤芍面无表情地看了一会，微蹙了蹙眉，然后就领着安岚走到马车旁边的一间房门前，将手里的钥匙递给她后，便转身走了。

安岚有些茫然地拿着那把钥匙，瞧清楚赤芍是进了哪个房间后，才转过脸，看着那辆被搬空的马车，心里感慨，郡主的东西可真多啊，不知那房间能不能装得下。

随后，她拿着那把钥匙，打开了自己在长香殿的房间。

第 042 章　晾着·调查·赌约

天枢殿下有十三座香院，故每日的庶务极多，而除去香院的事情外，唐国各处，同天枢殿有往来的人更多，大香师自然不可能事事亲为，所以，这等事情，便是由天枢殿的殿侍长以及大香师身边的侍香人来处理。

天枢殿的惯例是，每位新入殿的侍香人，都需在一到三个月时间内弄清楚殿的庶务，并不要求全部熟悉，但起码要知道天枢殿的庶务都有哪些，负责的人都有谁，以及其中的流程。

于是，进入天枢殿的第二天，赤芍就领着安岚和丹阳郡主进了天枢殿的事务厅。

除去有特别的事情外，天枢殿的侍香人以及殿侍每天都会来这里交接处理自己手里的事情。故事务厅之繁忙，可想而知，对此，安岚倒没多少意外。她是从源香院出来的，源香院才两百来人的地方，每日的大小事情加起来都有几十件之多，所以，可以想象，真正的长香殿，绝不仅仅是外人看得到的那般天高云淡。

丹阳郡主却着实有些意外了，不是意外于天枢殿的庶务繁多，而是意外于自己要面对如此之多的杂事。说起来，崔府上上下下加起来也有三四百号人，府里每日的大小事情只会比香院的多，不会比香院的少。但是，丹阳郡主极少参与管事，加上自小沉迷于调香，故而对于府里的琐事，几乎从不过问，因而，现在忽然看到天枢殿如此情况，心里难免有些震惊。

"两位请坐。"赤芍领着她们进来后，便将她们请到一边坐下，并命人送上两盏热茶，然后就起身离开了。

此时事务厅内共有二十来号人，个个都专注自己的事情，不时还有香奴和侍从进进出出，但所有人说话都刻意放低了声音，故而这一切看着虽繁忙，但并不显乱。于是在这样的事务厅内，在一旁闲坐的安岚和丹阳郡主就显得比较突兀了。

本以为赤芍将她们领到这边后，会把一些事情交代给她们，但两人干坐了半个时辰，都没有人理会她们，赤芍也不知去了哪。

下马威吗？丹阳郡主微微蹙起眉头，这样明显的轻视，冷漠中带着隐藏不住的敌意，她算不上多陌生，但多少还是有些许意外。清河贵女并非只有她一个，树大招风的事，之前那十多年她遇到过不少，只是，所有有意为难她的人，她都清楚是谁，因何而起。但在这里，面对这样的事情，她一时间弄不清，这究竟是赤芍的意思，还是另有其人，白大香师是不是已经默许了？

而此事对于安岚来说，她想的反而没有丹阳郡主那么多，她甚至并不感到意外，就连源香院那样的地方，无论是香使还是香奴之间，都存在排外的情况，更何况是在这里。

源香院的掌事都没有事事过问，那么天枢殿的大香师，自然不会去关注这样的小事。更何况，景炎公子之前就对她说过，若是没有本事自己爬上去，那么进了天枢殿，也会被人吃得连骨头都不剩。

所以，眼前的情况，不能指望任何人。

"安岚姑娘。"丹阳郡主忽然开口，但她却没有看向安岚，而是看着手里的茶杯，神色认真。

安岚侧过脸，询问地看向她。

"安岚姑娘为什么想进天枢殿？听说天玑殿的百里大香师曾提出让你直接入殿，你却拒绝了。"丹阳郡主才抬起脸，看向安岚，"请恕我失礼，其实早之前，就一直想问你这个问题。"

有些意外丹阳郡主会问这个，安岚怔了一怔，就垂下眼，看着天枢殿内光可鉴人的地砖，片刻后，不答反问："那郡主又是为何想进天枢殿？我听说，玉衡殿的大香师是郡主的亲姑姑，郡主为何要舍近求远？"

丹阳郡主沉默一会，叹息般地一笑："大香师选徒，血缘关系从来不是必需的条件。"

这个回答，有些模棱两可，安岚便只静静听着。

丹阳郡主迟疑了一下，又问："那天在铜雀台，崔大香师为何会找安岚姑娘问话？"

"不知道。"安岚轻轻摇头，看着事务厅内依旧对她们视若无睹的那些侍香人，顿了一顿，才问出一句，"郡主很介意此事。"

这句话说得清清淡淡，却带着几分不易察觉的笃定，不是问句，而是肯定句。

"不是，我只是有些好奇。"丹阳郡主有些意外，说着就打量了安岚一眼，这样的语气，带着一种不符合她身份的从容。

"其实也没说什么，崔大香师就只是问我几句话而已，而且问的也不是我的事。"安岚看了丹阳郡主一眼，接着道，"影响不到白大香师的决定。"

丹阳郡主笑了笑，然后转头，看着事务厅内那些侍香人："他们是故意的，你打算怎么办？"

安岚沉默，她虽有心理准备，但也没想到第一天就碰到这样的软钉子。

她不怕别人找麻烦，就怕任何事情都将她客客气气地拒之门外。

丹阳郡主却又换了话题："白大香师的意思，只收一位弟子，就在你我之间选择。"

"嗯。"安岚轻轻应了一声。

"若是落选，安岚姑娘还是会留在天枢殿的吧。安岚姑娘本就是长香殿的人，留在天枢殿，总比回去源香院好不是吗？"

"我，没想那么多。"安岚沉默了许久，才道出这么一句。

不是场面话，也不是客套话，而是心里话。

她确实没想那么多，她也不会让自己去想那么多，因为，后路，不是人人都能有的。

丹阳郡主道："安岚姑娘是志在必得？"

安岚反问："郡主不是吗？"

丹阳郡主顿了顿，才道："其实，我并不希望同你竞争。"

"……"安岚沉默，没有接丹阳郡主这句话，其实，她并不在乎跟谁竞争。只是这句话，说出来有些狂妄了，所以她选择埋在心里。

暮色已降，景炎从寤寐林出来，将上马车时，旁边忽然走过来一个面容白净的姑娘，站定后就朝他行了一礼，小心翼翼地开口道："景公子，崔先生请您过去一趟。"

景炎看了她一眼，认出这姑娘是崔文君身边的侍香人，便挑了挑眉："崔大香师找我？"

浅明点头："崔先生在浣花轩。"

浣花轩离寤寐林的南门很近，站在这，抬眼便可见浣花轩精致的檐角。

崔文君，那个表面温柔，骨子里却清高至极的女人。

他们之间，可以说几乎没有什么交集，这会儿却忽然找他。

景炎沉吟片刻，笑了笑："荣幸之至。"

浅明松了口气，忙在前带路。

清河崔氏，若往上追溯的话，能追溯到千年前。

当初将崔氏这一脉传下来的人，究竟生得何等模样，自然没有人知道，因为实在是隔了太久太久的时间。只是，当看到崔氏出一个又一个的美人，难免会有人在心里遐想，清河崔氏，究竟是有何等本事，才能占尽这天下的美事。

崔文君大香师，当年也是有名的美人，即便是现在，她的美貌并未减分毫，只是如今更加让人在意的是她的身份，加上崔氏向来不缺美人，所以，旁人提起崔文君，首先想到的，便是她大香师的身份。

似乎很多人忘了，她首先是个女人，还是个非常漂亮的女人。

景炎没有忘记过，因而，当他见到崔文君大香师时，首先就是称赞了她的美貌。

这个地方既然命名浣花轩，自然是种了很多花，即便已是初冬，但在花农非凡的本事下，里头依旧能看得到春意。

今日浣花轩里百花黯然失色，但整个浣花轩却比往日增色了不知几何。

这是景炎见到她时，说的第一句话。

崔文君有些意外，已经很久没有人敢当面这么夸她了，再看眼前这男子，当真生得跟白广寒一模一样，只是比白广寒少了几分孤高清冷的气质，多了几分平易近人的亲和力。他眉眼皆是含笑，开口便是美言，却只见风流倜傥，未见轻佻浮夸。

"请。"崔文君打量完后，颔首往旁示意。

景炎施了一礼，才撩袍坐下，就这两个动作，由他做出来，瞧着跟旁人又有些许不同。

崔文君不禁再次打量了他两眼，眼前这男子，行为举止，皆是随心随性而为，还偏就能做得这般潇洒，若论风流，竟丝毫不逊于百里翎。

窖寐林的香奴捧上香茶时，崔文君才开口道了一句："事先未有打招呼，就请景公子过来，失礼了。"

她的声音温温糯糯，若不是清楚她身份的人，怕是头脑一发热，就酥了半边身子。不过那声音似乎对景炎没有丝毫影响，因为他正专注地看着眼前的茶水。

窖寐林里的茶，自然都是好茶，而这一次，崔文君特意挑了龙脑茶来招待客人。

闻到那幽幽的香气，景炎微微一笑："能品到如此好茶，在下求之不得。"

"刚刚火候没把握好，茶香还是有所欠缺。"崔文君也端起茶盏闻了一闻，"怕是比不上公子曾品过的那盏香茶。"

景炎闻言，遂明白崔文君请他过来是何事，唇边的笑意更深了。

他品了一口，然后道："好茶本就可遇不可求，刻意求之，反倒不美。"

崔文君道："是否是好茶，还是要看炒制的功夫。"

景炎笑而不语，崔文君放下手里的茶盏，看着景炎道："听说，当日是安岚为公子煮茶。"

景炎微微一笑，依旧没说什么。

"当日那一壶茶，有何不同？"崔文君慢条斯理地问，茶香中起香境，于她来说是轻而易举之事。若是旁人，她无须费这等口舌，直接以茶香起境，但景炎公子不同，长香殿的大香师，轻易不引他入香境。

既然崔文君已经点明，景炎便不装糊涂："倒也没什么不同，论起来，远比不上崔先生的好茶，只不过，当时是对眼对心罢了。"

崔文君看着景炎，这样的话，她自然是不信的，于是再问："既然对的是公子的眼和公子的心，却为何又送到白广寒跟前？"

"不忍明珠蒙尘。"景炎看着崔文君，笑得温和又亲切，问出的话，却叫人难以回答，"崔先生有意见？"

崔文君摇头："原来之前我是找错了人，不过，眼下请景炎公子割爱，公子怕是也不舍得。"

"若是想要灵秀的孩子，在下倒可以另外为崔先生介绍几位……"

只是不等他说完，崔文君就止住他的话："若有一天，景公子愿意割爱，还请告知我一声。"

景炎一怔，随后点头："那是自然。"

崔文君起身，景炎亦跟着站起身，片刻后，两人在寤寐林门口作别。

"不比白广寒差。"马车行了一段后，崔文君才缓缓道出一句，"景公的这对儿子，当真是赌对了。"

一旁的言嬷嬷微微点头，刚刚崔文君在浣花轩，她一直就候在一旁，自然见识到景炎的风采。

片刻后，言嬷嬷开口："先生，当真要那小丫头？"

崔文倚在车内的引枕上，阖着眼道："他们捂得越紧，倒越叫人感兴趣。"

言嬷嬷知道，崔文君绝非是因为这个理由，只是眼下，她不好多说，更何况，她也想知道结果。

不多时，马车在源香院附近停下，言嬷嬷同崔文君道了一句，就下了车。

……

安婆婆没想到，隔了这么久，竟还能惊动那上面的人，甚至不惜屈尊亲自下来找她。她微微一叹，摸着自己的膝盖道："老身已经忘了许多事，如今身体更是不中用了，特别是这么冷的天，多走一步都觉得困难，还是不去见了，免得失礼。"

"已这么严重了吗？"却不想，安婆婆这话一落，门口就传来一个温温糯糯的声音，夹着冰冷的寒意一同送进来。

崔文君进来时，源香院与往常无异，并没有因为大香师的到来而有所忙乱，只是安婆婆这边比刚刚冷清了许多，陆云仙特意拨过来的两个香奴都不知跑哪去了。

安婆婆抬眼，静静地看着从外头走进的崔文君，眼里有几分意外，同时还有几分迷茫，但是她的气息神色都很平稳，并没有一般人看到大香师时的激动和拘谨。

崔文君进来后，看了安婆婆良久，又打量了一下这个房间，然后自顾走到窗户旁的炕上坐下，轻轻理了理裙子，才道："想不到会住在这样的地方。"

安婆婆打量着她，没有说话。

言嬷嬷走到门外候着，崔文君沉默了一会，又问："可觉得苦？"

安婆婆道："求而不得才是苦。"

崔文君顿住，似被刺中了心思，微微蹙眉，好一会后才又道："听说，这些年婆婆身边养了个孩子？"

安婆婆摇头："如何谈得上是养，都是在香院里当差的，不过因为投缘，所以较之旁人亲近几分。"

崔文君轻轻摸着挂在自己香囊上的那颗香珠，缓缓道："能得婆婆亲近的人，这天底下怕是找不出几个，所以我很好奇，那个孩子究竟是什么身份。"

"不过是个可怜的孩子罢了。"安婆婆叹了口气，然后闭上眼睛，"我老了，容易困乏，想不了太多的事，也忘了很多事，你回去吧。"

崔文君沉默，手指在香珠上轻轻拨动，她的指甲修得很美，上面没有涂花汁，是天然的淡粉色，光泽度很好，像一瓣瓣薄玉。

"没有人知道她七岁以前在哪里。"崔文君看着安婆婆，"为什么？"

没有人，这三个字分量不轻，因为，这其中包括大香师。

若连大香师都查不出来历，难不成那个孩子是凭空出现的？

安婆婆有些疲惫地道："这天底下说不清的事何其多，你又何必专注于这么一个不起眼的孩子。"

"安岚，如今无论如何都算不上是不起眼。"崔文君站起身，走到安婆婆跟前，"白广寒大香师选中的人，天枢殿的侍香人，怎么可能会不起眼，如今，不知有多少双眼睛盯着她呢。"

安婆婆微微睁开眼，沉吟片刻，也只是轻轻叹了口气，什么都没说。

崔文君又等了一会，见安婆婆还是没有要开口的意思，便道："我只想问婆婆，那个地方，是婆婆给她指了路？"

安婆婆摇头，崔文君颔首，最后道了一句："叨扰了，若是愿意，想必无论哪个香殿，都不会拒绝你。"

安婆婆没有说话，崔文君也不再多言，说完最后那句话后就出去了。水红色的裙摆从门槛上拂过后，寂静冷清的院子一下子鲜活起来，不远处有几个香使经过，旁边的廊下有两个香奴站在一块偷懒说悄悄话，之前照顾安婆婆的那两名香奴也边说边笑地往这过来。只是，他们似乎谁都没有看到崔文君，明明不可能让人忽略的美人，就从他们不远处经过，却每个人都不见移一下目光。

……

一连三天，安岚和丹阳郡主都在天枢殿的事务厅内坐冷板凳。

期间两人也曾找过赤芍，赤芍却说目前并没有什么事需要给她们办理，再说她们如今还不熟悉天枢殿里的事情，所以就先让她们在事务厅内熟悉一下，待心里有谱后，再做安排。

但是，事务厅里的人，却没有一个人愿意亲近她们，并且她们一旦想问什么，都会被以这样那样的借口推拒掉。

面对此等情况，丹阳郡主虽有些愠怒，却并不着急。

安岚从她眼里可以看出，丹阳郡主只是恼怒那些人的态度，并没有因为事情的受阻而焦急。

没错，大香师给了一到三个月的时间，但两个人面对如此充裕的时间，自然就会有竞争的情况。

就在此时，事务厅内走进来一个中年男子，是天枢殿的殿侍。此等身份，在下面的香院或是在外头，或许还能摆出一番自傲的神色，但是在天枢殿的事务厅，却是最普通不过的身份。

丹阳郡主站起身，往那边看了一眼，迟疑了一下，垂下眼看着安岚道："安岚姑娘，咱们打个赌如何？"

"打赌？"安岚抬眼，"赌什么？"

丹阳郡主道："赌我们谁先在这里占得一席之位。"

安岚又问："赌注是什么？"

丹阳郡主想了想，才道："输的人，答应对方一件事，当然，不能是伤天害理的事情。"

安岚沉默片刻，正要拒绝，丹阳郡主又道："只是你我之间的赌局，赢的人，并不等于是最后被选中的，输的人，也不见得就会落选。"

安岚并没有被说动，看着丹阳郡主问："为何要同我赌？"

丹阳郡主浅浅一笑："给自己留一线生机有何不可。"

安岚微怔，这才意识到，原来她也让丹阳郡主感觉到了压力。

沉默了片刻，她才点头，应下了这个赌约。

丹阳郡主与她击掌后，便朝刚刚那位殿侍走去。安岚的目光自然而然地追着丹阳郡主，事务厅内大部分人，也都悄悄往那边注意。丹阳郡主和安岚的身份他们心里都清楚，这几日，两人天天准点过来点卯，然后干坐一整天，早就成为他们之间的话题了。好些人甚至也在暗暗打赌，她们俩，谁会先打破这个僵局。

丹阳郡主等了三天，终于等到一位她曾见过面，并且被清耀夫人重点列在册子里的殿侍。

安岚看到，丹阳郡主走过去同那位殿侍见礼后，不过几句话的功夫，那位殿侍便返回身，领着丹阳郡主去赤芍那说了几句，赤芍看了丹阳郡主一眼，便取出一个香牌交给丹阳郡主，随后，丹阳郡主就同那位殿侍一块出去了。

这番变化，快得令人有些措手不及，自然也引得事务厅内的人窃窃私语。

安岚听了好一会才知道，原来刚刚那位殿侍正准备去他负责的香院视察，而此事，天枢殿的侍香人自然是有资格跟着一块过去看。但是由谁跟着，殿侍有一定的选择权，于是丹阳郡主轻而易举地打破僵局。

安岚不会天真地以为，此事是丹阳郡主的运气好。她在源香院当差七年，很清楚，长香殿的殿侍下来视察时，就是捞油水的时候。而这等事，身边只要多跟着一个人，油水就有可能会少一分，若是跟着的是不熟悉的人，那为了安全，这油水有可能就捞不着了。

要怎么办呢？

安岚手里握着冷掉的半盏茶，天枢殿里的人，论起来，她一个都不认识，如今他们故意刁难，就更不可能主动给她行方便。长香殿的规矩比源香院还要严，无论是侍香人还是香奴，无论白天夜里，都是不能随便外出的……

于是，那一天，安岚依旧是干坐了一日，丹阳郡主却已开始接触天枢殿的庶务。

清耀夫人的手段用得是恰到好处，她对女儿的助力更是不容小觑。

太阳将落山时，安岚又是最后一个从事务厅内出来，她站在高高的台阶上，看着天边那片红彤彤的，似火焰一样的云朵，微微怔然。

"站在这做什么？"不知过了多会，身后传过来个温和又熟悉的声音。

安岚转头，便看到景炎正站在她身后看着她，嘴角的弧度弯得恰到好处。

第043章　帮助·本意·出手

"公子。"安岚回身行礼。

"被欺负了？"景炎走过去，同她站在一块，看着天边的火烧云。

"没有。"安岚轻轻摇头，沉默片刻，转头问，"公子这个时候过来，是找我？"

景炎微微一笑："估摸着你要被欺负了，过来看看。"

安岚面上微窘，垂目道："让公子笑话了。"

少女低头垂目的神态看起来无比乖顺，夕阳的余晖落在她脸上，能看得到她脸上细细的绒毛，显得极其稚嫩无害，让人无法想象，这样一个小姑娘，要如何在这个地方生存下去。

景炎问："需要帮助吗？"

安岚反问："大香师允许吗？"

景炎微微抬眉，然后眨了眨眼，有些狡黠地道："可以不让他知道。"

安岚怔了怔，片刻后垂下眼："公子是跟我开玩笑呢。"

"不信我？"

"不是……"安岚抬起眼，"我是相信公子的，只是，我若是让公子为我打点一切，那么，怕是离大香师身边的位置反而会越来越远。"

景炎目中含笑，却没有让她看到，微微侧过脸，片刻后才又看过来："为何会这么认为？"

"我跟郡主不一样。"安岚平静地道，"郡主出身高贵，郡主所得到的助力越大，说明其家世的实力越强，这样的出身，本身就是上天赐予的实力。"

景炎目中微讶，没想这丫头，想得这么透彻。

"而公子帮我。"安岚转过脸，看着景炎道，"并非是因为公子为我所用，仅仅是因为公子有恻隐之心，或是，一时兴起。"

景炎一怔，安岚接着道："而且，公子对白广寒大香师来说，本就不是外人，公子的力量，早就为白广寒大香师所用，根本无须我为引。"

安岚这番话说完后，景炎不禁失笑："你这小丫头，究竟是哪里学得这番心思？"

安岚也意识到自己似乎说得有些多了，遂有些拘谨地垂下脸："公子认为我说错了？"

景炎两手抱在胸前，微垂着脸打量着她，面上的笑容慢慢敛去，面上露出几分认真："没有，你说得很对，但是，还是忽略了一点。"

安岚行礼："请公子赐教。"

"丫头，我不是烂好人。"景炎看着她，似笑非笑地道，"我或许会有恻隐之心，但那绝不是对你，一时兴起的时候也有，也一样不是对你，你可明白。"

安岚抬眼，目中有些茫然。

"我对你有所期待，所以不介意推你一把。"景炎看着那双黑亮的眸子，抬手在她额头上点了点，"只是适当地推你一把，可不是全部帮你，不要想得太美了。"

安岚怔了一怔，随后恍悟，忙再次行礼："安岚多谢公子！"

景炎笑着道："我举荐你到这里，可不是让你天天坐冷板凳的，有需要可以去瘤寐林找我。"

安岚精神一振："是。"

景炎转头，看着那片慢慢黯淡的火烧云，回想了一下她刚刚说的那番话，迟疑了片刻，又道："每位大香师，几乎都是从底下一步一步往上走的。也曾有一开始就被人抬到高位，但是，最终都不能长久，因为下面被架空，站在顶端必将岌岌可危。"

安岚神色微凛，景炎又接着道："只是站在顶端久了，对下面的事难免有所疏忽，更何况，似白广寒那等不爱理俗事的性子，自然就有更多的人想将他架空，让他从高处摔下来。"

安岚一惊，张了张口，却不知该说些什么，她完全没想到，会听到这样的事。景公子，是想暗示她什么吗？

景炎说完后，看了安岚一眼，瞧着她忽然变得一副呆滞的模样，不由得低低一笑，沉闷的气氛随着他这一笑，瞬间散去："我偶尔会过来香殿，大部分时间或在寤寐林，或在景府。"

安岚垂首："我明白了。"

"别逞强。"景炎留下这三个字，就转身走了。

安岚回到伴月居，丹阳郡主已经回来，两人在走廊里碰面，丹阳郡主朝她颔首时，神色微顿，有些欲言又止。安岚最终也只是点了点头，什么也没说。

单单靠自己的力量，很难在这样的地方站稳脚，但是，能得到旁的帮助，又何尝不是自身实力的一种。毕竟，不是所有人，都能寻得到帮助，也不是每个人，都值得别人伸出援助之手。

……

次日，两人再次入事务厅点卯时，发现今日的事务厅明显跟前几日有所不同。大家似乎都在谈论同一件事，安岚和丹阳郡主在旁听了好一会，才知道，原来是孟县有户姓陈的人家无意间得了极其罕见的香，那户人家本是说好要卖给天枢殿的，却不想这消息不知怎么被传了出去。于是现在另外几个殿的人都准备出手，除此外，许多各处的香商也都赶过来，想分一杯羹。如今事情越传越大，那户人家一方面谁都不敢得罪，一方面又想卖个好价钱，于是那份香迟迟未见拿出来。

这件事，恰好是昨日领着丹阳郡主出去的徐殿侍负责，于是，今日一早过来后，徐殿侍便直接将丹阳郡主叫上。

两人离开后，事务厅内的侍香人不由得叹道："据说广寒先生很中意这次的香，可惜另外几位大香师也都盯着，徐殿侍怕是会束手束脚。"

另一人道："所以这次不用丹阳郡主主动，徐殿侍就叫丹阳郡主一同前往。"

"崔家不简单啊。"最开始说话的侍香人赞同地点点头，"此事若由崔家的人出手，手段再强硬，另外几位大香师倒不好说什么。"

"崔氏啊……玉衡殿的大香师不也是崔氏出身。"

"可不是，我就说最后定是丹阳郡主胜出，你还不信。"

"谁信你，我只信广寒先生。"

安岚走过去,她们马上不说话了,她无奈,只得转身往外去。

孟县,她对那个地方不陌生,只是孟县的人大部分都姓陈,却不知,他们说的那户人家,究竟是哪一户,又是何种异香,能得数位大香师如此看重。

安岚刚走出门口,就迎面碰上一位从对面走过来蓝衫姑娘,对方一看到她就站住行礼:"安岚姑娘,我是蓝靛,天枢殿的侍女。"

安岚一怔,回了一礼后,有些不解地看着眼前的女子,入天枢殿数天,这是第一次有人主动过来与她说话。

蓝靛欠身道:"赤芍侍香将我分到姑娘身边,专供姑娘差遣,今后姑娘若有事可以直接吩咐我。"

安岚看着她沉吟片刻,才道:"真是赤芍侍香安排你过来的?"

蓝靛顿了顿,低声道:"我是从景府出来的。"

景公子……所以昨日才会说那些话!她沉吟片刻,就问:"你可清楚今天的事?"

"姑娘请跟我来。"蓝靛示意安岚往旁移步。

安岚回头看了一眼,事务厅内有人往这边看,但并没有人出声阻止,赤芍则一直面无表情地忙着自己的事,并没有往这边看过一眼。

两人走到东边的廊下,蓝靛才道:"姑娘可听过物化沉香?"

"物化沉香?"安岚怔住,片刻后才道,"化形有灵的沉香!"

物化沉香千年而成,经时间的洗礼,聚天地纯阳之气而生,传说若得机缘巧合,可以修得具体形态,进而有灵……

"据说一个月前,孟县有个叫陈大伟的香农,无意中发现自家后山的山顶半夜有彩光飞出,陈大伟顺异象寻去,挖出一对已修出童男童女形态的沉香。"蓝靛说到这,仔细看了安岚一眼,见安岚没有任何表态,便接着道,"徐殿侍是最先得知此消息,本已同陈大伟谈好交易,却在陈大伟将交出沉香时,消息突然间传开了,所有人蜂拥过去,陈大伟遂有反悔之意,殿侍长当即被责,徐殿侍目前毫无头绪。"

安岚听完后,思忖片刻,才问:"崔大香师也有意此香?"

若崔大香使也有此意,那么徐殿侍找丹阳郡主,怕是也起不了什么作用。崔大香师成名多年,经营那么久,已在长香殿站至巅峰,在丹阳郡主和崔大香师之间,崔家人太容易做出选择了。

"玉衡殿也派了殿侍过去,至于崔先生的意思,还不清楚。"蓝靛想了想,又补充一句,"另外几殿大香师的意思,姑娘可以不用管。"

大香师的心意,他们无法揣测,也没有资格去管。

安岚垂眸片刻,又问:"白大香师的意思呢?"

蓝靛没有马上回答,迟疑地看着她。

安岚顿了顿，再问："是谁将消息传出去的？"

蓝靛面上露出松口气的表情，轻轻摇头，低声道："不知道，找不到那个人。"

安岚心里明了，沉吟一会，才道："我能否去孟县看看？"

蓝靛道："姑娘是广寒先生选中的侍香人，只要广寒先生不反对，姑娘当然可以参与。"

安岚说着就动身，孟县香农陈大伟，她曾有数面之缘，在她还是香奴的时候。

……

陈大伟这段时间一直东躲西藏，几乎每天都换一个地方，但最后他却发现，无论自己躲在哪里，都能被人找到。最后一次，是他七十岁的母亲含着泪找到客栈，而送陈母过来的，是天枢殿的人。

当时他正躺在客栈的床上，后悔得心里直烧得慌，原以为是聚宝盆，不想却成了个烫手山芋，留也不是，丢也不是，甚至无论交给哪一方，都必将会得罪另外几方。

为什么，为什么消息会传出去！

他从床上起来，走到桌子旁边倒了杯冷茶，却才喝了一半，就听到外头传来敲门声。他心头猛地一惊，手里的杯子差点落到地上，长满老茧的手用力握着杯子，深呼吸了两下后，才转头问："谁？"

门外传来一个苍老的声音："狗儿，真的是你！"

娘！陈大伟愣了一下，忙转身，却迈出两步后，忽然收住脚。

娘怎么会找到这？

是谁？

他心里无端生出恐惧，手脚甚至有些发软，一时间竟不敢过去开门。

陈母在外头拍门："狗儿，你在里头吗？狗儿你开门啊！到底出什么事了，你开门啊狗儿！"

听着老母焦急的声音，陈大伟在里头捋了一下有些乱糟糟的头发，最后咬了咬牙，走过去，打开房门。

"狗儿！"陈母看到陈大伟后，上下打量了一番，瞧着没什么事后，才松了一口气，随后就抬手用力拍着他道，"到底是出啥子事，丢下家里一大摊的事，连句话都没有就跑了，香田里的活你还管不管了，你老婆孩子还要不要了！"

"娘，娘你怎么来了？"陈大伟有些讷讷地看着陈母，然后又赶紧探出脑袋往两边看了看，"你怎么找到这的，是谁……"

他话还没说完就顿住了，即便徐殿侍换了身半旧的棉袍，并且只站在走廊口那，他还是一眼就看到了，于是面上霎时失了血色。

……

"你不守信用。"请陈母回马车内坐好后，徐殿侍才对陈大伟道出这么一句话，声音里带着明显的怒气,"跟天枢殿谈成的交易,是你想反悔就能反悔的?"

"不,不不不是。"陈大伟慌忙摆手,"徐,徐殿侍,你听我解释……"

"还需要解释什么,照原先说的,完成这笔交易,我自当既往不咎,不然……"徐殿侍走出客栈门口,看着陈母坐的那辆马车,缓缓道,"就算不为你妻儿打算,也该多想想你老母亲,陈大娘当真是慈母心,一听说有你的消息,不顾年迈的身体,硬是要跟着过来看一看才能安心。"

陈大伟面色惨淡,同样的话,他已经听过不下三次了,并且是从不同人嘴里道出来的。

"徐殿侍,不是我失约,而是,而是有太多人想要那块香疙瘩了。"陈大伟舔了舔起了皮的嘴唇,想着陈母适才看到自己时的表情,再想想家里的妻儿,终是鼓足勇气,豁出去般地道,"如今我就算是白送给徐殿侍都行,可是别的,别的殿侍不干啊,我,我也是被逼的,徐殿侍,您就行行好,我实在是……"

天下掉的馅饼,并没有那么好接,即便瞎猫碰到死耗子接住了,若是没有镇得住的本事,最终也只能是祸不是福。

孟县陈家村这些天特别热闹,几乎每天都有生面孔过来,并且个个看起来都跟这里的人不一样。不仅衣着打扮不同,行为举止也明显跟村里的人不一样,无论是高傲还是谦逊,每一位的神态都带着一股说不出的优越感。

陈家村已经几十年没有迎来这么多外人,不明就里的都感到非常新奇,许多孩童甚至还跟在那些马车后面连连追着看,就连一些小伙子大姑娘也躲躲藏藏地在一旁探头探脑。

没两天,大家就打听出来,那些看着极为金贵的外人,竟都是冲着陈大伟去的。只是究竟是为什么事找陈大伟,却又没有人知道,就连陈大伟的婆娘和老母亲也都是一头雾水,因为陈大伟已经离开家好些天了,并且离开的时间很巧,就是那些客人找上门的前两天,忽然不告而别。

陈大伟的婆娘李大梅一开始还以为自家男人走了什么好运,忽然间得这么多有身份的人的关注,心里很是得意,日日笑脸相迎,尽心配合对方去想自家男人能去哪里,帮忙寻找打听。只是没过几天,李大梅就察觉出不对劲来了,加上闻风而来的娘家人七嘴八舌地在旁边叨咕这叨咕那,特别是她妹子找到她跟前说:"还从未听说有了好事要躲躲藏藏的,姐姐还是留点心儿心眼,别被人骗了。再说了,那些人一个接着一个地找来,却也没有哪一个说过到底是有什么事,全都是支支吾吾的,依我看,里头指定有什么见不得人的事……"

李大梅开始有些害怕起来,仔细一琢磨,也觉得自家妹子说得没错,便将这等想法跟婆婆说了。吓得陈母一边儿掉眼泪,一边儿责骂李氏虚荣糊涂,事情都没弄清楚,就将自家男人给卖了,万一真有个好歹,看她拿什么后悔去!李大梅也急得掉眼泪,胡乱解释了一通后,转头就找娘家的人商量去。

如此一传二,二传三,整个陈家村的人都知道陈大伟犯了事,出逃在外,若是被抓到,肯定是要入大狱。

"你说,大伟不会真犯什么事了吧!"如今李大梅连娘家都不敢回,只好带着孩子躲到自家妹夫这边,拉着自个儿妹子垂泪,"要真出了什么事,俺和娃儿可怎么办!"

李小梅手里正纳着鞋垫,针头有些发涩了,便放在头发上蹭了蹭,然后叹了口气:"你也别这么想,姐夫那人是个稳重的,依我看啊,出不了什么大事,就算真有什么事,如今姐夫人没在,他们就算来一百次也没用,你就放心吧,在家里好好带娃儿,没准过个几年,没事了,姐夫也就回来了。"

"几年!"李大梅差点儿尖叫出来,"几年后,娃儿还认得他爹吗,再说家里还欠着里长家三两银子,前儿里长他婆娘就找上门来了,还说若再不还钱,就要将香田里的东西收走,你是知道的,那可是俺们一家子一年的口粮啊……"

李大梅一诉起苦就停不下来,李小梅这两天听得有些烦了,却又不好说什么,只是低头认真地纳鞋底,心里却想着,要怎么将李大梅请回去。这对母子白住了两天,家里可费了不少嚼头……

只是不等李小梅想出法子,自个儿男人就进来道:"大伟回来了!"

李小梅先是一愣,李大梅一下子从炕上蹦起来:"你说什么?"

"大伟回来了。"李小梅的丈夫露出个敦厚的笑容,"大姐,你赶紧回家瞧瞧吧,听说还是和陈家大娘一块回来的。"

"好,好好好!"李大梅连道了几个好,也顾不上多问,忙去厨房那拽出自个儿子,胡乱给他擦了把脸,就拽着儿子往家里赶去。

李大梅走后,李小梅放下手里的针线,看着自个儿的男人道:"真回来了?"

"真的回来了。"李小梅的男人点头,"而且还是让人用马车送回来的,听说那马车气派得不得了!"

李小梅凑过去:"是哪里的马车?马车的主人是谁?"

"这我哪知道,我也是听别人说的,反正,我觉得大伟这事啊,不见得是坏事,不然哪能是坐马车回来呢。"李小梅男人说着就搓了搓手,"大姐跟你的感情好,你也老爱去大姐家串门,大伟家要是发达了,也能拉拔咱家一把是不是,咱家的虎儿……"

李小梅有些坐不住,不耐烦听自家男人说这些针头线脑的事,将鞋垫往针线篮里一丢,就站起身道:"我看看去。"

"是得去是得去!"李小梅男人连连点头,"我跟你一块过去,要真有什么事,也好帮把手。"

"你能帮什么,行了,你在家带虎儿,晚饭还没做!"李小梅捋了一下头发,就匆匆出去了。

……

陈大伟走进家门的时候，第一次觉得，不是回自己家。

他站在门口，甚至有些不敢把腿迈进去，眼睛发愣地看着站在屋里的女子。

他觉得，自己这辈子见过的女人加起来，都比不上眼前这姑娘的一根头发。他形容不出这姑娘到底有多好看，只是觉得那样的人，漂亮高贵得让他不敢直视，不由自主地就垂下脸，手足无措。

丹阳郡主微微侧过脸，打量了陈大伟一眼，再询问地看向徐殿侍。

"他就是陈大伟，躲到客栈里去了。"徐殿侍对丹阳郡主点点头，然后推了陈大伟一把，沉声道。

陈母赶紧从后面走进来，战战兢兢地道："这，这位爷，我家狗儿到底犯什么事了，我……"

"大娘您别担心，没有谁犯事，我们是有事过来找您儿子谈的。"丹阳郡主走过去，扶起正准备往下跪的陈母，柔声道，"我们不会如何的，事情一谈好就走。"

陈母有些不相信地看着丹阳郡主，然后又看了看徐殿侍："是真，真的？"

徐殿侍看了丹阳郡主一眼，稍一沉吟，就点点头，随后命人进来，将陈母请去别的房间。

门口的人都清走后，丹阳郡主才再次看向陈大伟，开口道："我不会让你为难，我可以保证不会再有人找你们一家的麻烦。"

第044章 谈成·法子·交代

不待陈大伟有所反应，徐殿侍就冷哼一声，接着道："郡主心肠软，替你着想，愿意帮你一把，你若再不识好歹，那可就是敬酒不吃吃罚酒，自作自受，到时可别怪我翻脸不认人！天枢殿若发了话，看你还怎么在这地方待下去，到时候拖家带口，又抱着那么一块香，你以为你能走得了？如此，倒霉的可不止你一人，你可得想清楚了。"

"徐，徐殿侍，小的就是一个小香农，谁也得罪不起啊。"陈大伟被徐殿侍阴恻恻的声音说得一个激灵，便苍白着脸道，"您心里也清楚，小的就是在这讨生活的，这附近有谁不得听长香殿的话，自香殿过来的，个个都是爷，没一个是小的能得罪得起的啊！"

"既然如此，你就不该将此等消息传出去，如今才后悔！"徐殿侍冷哼两声，眼里带着愤怒和嘲讽。

"真不是小的传出去的,小的虽眼拙,但到底在香田干了十多年的活,自然知道那是不能随便让人知道的东西。"徐大伟紧张地抹了抹脸,"真不知道是谁传出去的,说实在的,这事儿,就连我家婆娘都不清楚呢!"

徐殿侍冷着脸,看着陈大伟那张因紧张和恐惧而显得更为苍老的脸,丝毫不为所动,静静看了他一会儿后,才又开口问:"香在哪?"

陈大伟如似喉咙被卡住,憋着脸,不敢出声。

如今,只要香还在,他陈家就算是安全的,那些想求香的人,凡事都不敢做得太过分,以免他将手里的香交给别人。

徐殿侍冷笑:"你真当每个人都有这份耐心,等你盘算好了再做打算?"

"不是……"陈大伟有些艰难地张了张嘴,他再怎么蠢,也清楚这事不能一直这么拖下去。但是,但是眼下他实在没别的法子,不然也不会躲到外头去……徐殿侍什么性情他有几分清楚,于是,他试探地看了丹阳郡主一眼。

丹阳郡主对上他的目光,认真道:"我不诓你,你可以举家搬离此处,日后是入崔府当差,还是在清河另谋生活都可以,只要你愿意,马上会有人为你安排此事。"

"离,离开?"陈大伟微愣,这个主意他不是没有想过,相反,这几天他几乎时时都在想这个问题,但是,拖家带口地搬离此处,哪有那么简单!离开后在哪落脚?靠什么生活?人生地不熟的,会不会被人排挤欺负?搬离后,就真的能躲过那些人吗?

徐殿侍遂道:"这位是丹阳郡主,皇上御赐封号,清河世族出身。你尽管放心,到了清河,若有崔家罩着,无论是在崔府当差,还是出去外头谋生,都没有人敢找你麻烦。"

郡主!世族?

陈大伟有些发蒙,他不太明白这两词的具体意义,但还是觉得,那意思极不简单。徐殿侍亦清楚陈大伟肚子里多少东西,于是又适当地解释了两句,陈大伟听完后,沉默了好一会,才有些战战兢兢地道:"能,能不能让俺考虑考虑,跟俺娘和孩子他娘商量商量再……"

徐殿侍的脸马上转黑,一副要发作的样子,陈大伟登时蔫了,一下子失了声。

"这是大事,自然应该跟家人商议一番。"丹阳郡主面上的笑容令人如沐春风,"半天够不够,我就在这等着。"

陈大伟这会儿哪还敢说个不,支支吾吾了两句含含糊糊的话,就低头丧脑地进屋去找自己的母亲。

不多会,李大梅回来了,推开庭院门时,瞧着家里又来了几个陌生人,脸色当即有些不好,只是心挂着自个儿男人,便只看了一眼,也不敢多看,就小声喊:"当家的?当家的你回来了?"

陈母即在屋里骂了一句,随后又传出陈大伟的声音,李大梅心里一喜,慌忙扔下儿子进屋去。

陈娃儿遂哇哇大哭,李大梅却已经进屋去了,丹阳郡主见那孩子浑身都脏兮兮的,瞧着很是可怜,便在自个儿荷包里摸了摸。旁边的丫鬟马上拿出早准备好的糖果递过去,丹阳郡主接过来,走到那孩子跟前,笑着蹲了下去。

陈母本是担心孙子,要出去抱进来的,不想才走到窗户旁,就看到这一幕,顿时愣住。
……

李小梅赶到陈大伟家时,丹阳郡主等人正好离开了,李小梅站在路边给那辆华丽的马车让路,同时心里的疑问更多了。加上听旁边的人议论纷纷,却又都说不出个具体实在的事儿来,她于是迈开步子快步跑到陈大伟家,抬手就敲门。

安岚的马车在陈家村口停下,然后下车步行到陈大伟家,正好看到李小梅在拍门,她便停下,站在不远处,静静地看着这一幕。

那个女人,她认得,三年前她跟着香使到陈家村时,曾见过。

门很快就开了,是李大梅开的门,李小梅本是一脸急切的模样,瞧着自个儿姐姐后,不由自主地就收敛了几分。

李小梅一开始有些讪讪的,只是开口后,面上顿时露出几分关切:"大姐,姐夫真的回来了?"

"是啊!"李大梅面上明显是松了口气的表情,并且还多了几分喜气,"快进来,我跟你说。"

"姐夫真的打算搬离这里!"听完李大梅的话后,李小梅有些不敢相信地道,"还要走得那么远,那可是有十天半个月的路程啊!你,你怎么也不劝劝姐夫,这么远的路,你婆母如何受得了,孩子也还那么小,路上要是有个万一,姐姐可怎么办!"

李大梅笑了笑:"婆母是个好性子,这次的事倒没说什么,再说婆母如今的身体还可以……"

"姐姐怎么这般糊涂。"李小梅直摇头,"你们怎么保证那什么丹阳郡主真是个郡主!再说了,你们要是路上出了什么事又该如何?"

"这个当家的都想到了,咱是先安全离开后,再将东西给他们。"李大梅说着就有些赞叹地道,"是真是假,我当家的还是能分得清的,再说,那位姑娘出手可真大方啊,要是没这事,俺这辈子都摸不上这么好看的衣服和料子。"

李小梅又是一愣,好一会后,才有些迟疑地看着李大梅:"大姐,你刚刚说什么?"

"说什么?"李大梅奇怪地看了李小梅一眼,"说搬家的事啊,哎哟,坦白说,我早就不想住在这地方了,你看这破地方,到死都是个给人看林种地的,能有什么出息。自己熬了一辈子不算,子子孙孙还要接着熬下去,要不是没别的出路,谁愿意留在这,如今……"

李小梅忙打断李大梅的话："不是，我是问你刚刚说，将什么东西交出去？"

李大梅愣了一下，随后捂住嘴，一副懊悔的样子，并赶紧往两边看了看。

李小梅心里更急了，又唤一声："大姐！"

李大梅忙摆了摆手，讪讪道："嗳，没什么。"

"明明都说出来了，怎么又没什么。"李小梅甚是关切地看着李大梅，并往前凑过去一点，"如今这样，跟我还有什么不能说的，再说大姐和姐夫你们这么一走，如此匆忙，以后娘家那边若问起来，我也好知道该怎么说。"

李大梅迟疑了片刻，看了李小梅一会，便压低声音道："我就只告诉你，你记得别跟旁人说，免得也惹祸上身！"

李小梅脸色微变，却还是点了点头："大姐放心，我嘴巴是最严的。"

"是你姐夫……"李大梅一提到这事，就觉得呼吸急促，她从没想过，家里会有这等好运，刚刚一看她男人拿出那笔定金，她兴奋得差点当场晕过去。

见李大梅只说了个头，就停住了，不由得追着问："姐夫怎么了？"

李大梅按捺住激动的心情，接着小声道："是你姐夫挖了块品相极好的沉香，眼下很多人都争抢着要买，前几日那么多人过来，就是为的这事儿。不过最后还是长香殿的人花了大价钱定下来，所以为了免落空的那些人为难我们一家子，你姐夫便决定搬家……"

李小梅只觉呼吸有些困难，好一会后，才问："长香殿的人给了多少银子？"

李大梅本是要说出来的，只是张嘴的时候，顿了顿，便改口道："当家的也没告诉我，总归你晓得是这事就行了，记得别往外头说去，如今外头的人都不知道怎么回事呢，全都胡乱猜测，就让他们一直猜下去才好。"

那怎么行！

李小梅心有不甘，却又不好说什么，心里摇摆了好一会，才迟疑着开口："大姐，你看你们，这一走，虎儿可就又少了一个能疼他的人，也少了一个可以跟他作伴的，我就更不用说了——"李小梅说到这，就长长叹了口气，一边悄悄打量着大梅的脸色。

李大梅干咳了两声，大约察觉出自个儿妹子是什么意思，正想着法子如何拒绝，她甚至不愿李小梅再继续往下说。

李小梅一看李大梅的神色就晓得李大梅心里想着什么，忍着心头的不快，安静了一会，直到李大梅将要开口时，她才又赶紧道："姐夫可有说什么？"

"他让我赶紧回去。"李大梅笑了，有些得意地道，"我说出来送送你，他还说，我准备就好。"

"是吗。"李小梅顿了顿，忽然说了个数字，然后道，"以后，姐姐一家子也不再在乎这点儿银子了吧。"

李大梅下意识地点头，只是要开口说话时，忽然意识到自己过了，忙就收住嘴里的话，同时胡乱道了几句。李小梅心里有了谱，也就不再穷追猛打，勉强笑了笑，就告辞离去。但是，她并没有甘心，怎么能甘心！从此，大姐一家子开始飞黄腾达，而她呢，不说她，就是虎儿的未来，她都一样能看得见——永远都是出卖劳力的下人！

她能接受自己一生都是这等命运，却无法接受自己的儿子是这样的命运，特别是在知道同她儿子一样的人，其实是有能力改变命运后，她就更按捺不住了。可是，她能怎么办？她甚至连时间都没有，那块沉香居然能卖那么那么多银子，偏因为要搬走的关系，李大梅不可能会分她一点，有李大梅看着，陈大伟也不敢乱动……

这边李小梅正暗恨不忿的时候，陈大伟心里也一样感到沉重。天枢殿虽然跟他谈好了此事，但还有件不大不小的事儿，令他心头一直悬着。天枢殿特别交代了他，让他必须留意，明明没有外传的事，为什么一下子全让那些人知道了，究竟是谁告密？

陈大伟当时就摆手，说自己绝没有告诉任何人，连她母亲和孩子他娘都是才刚知道的，他是真不清楚为什么会传出去。徐殿侍倒没有逼他，接受了他的解释，但是，陈大伟并没有因此而松口气。

安岚是天枢殿的人，有天枢殿的香牌，但她并没有直接去找陈大伟，而是寻了李大梅和陈母了解了情况。在得知她们是刚刚知道香的事情后，安岚顿了顿，然后问出一句："陈香农当真没有向别的人说起此事？"

"哪里会说，这等事狗儿怎会不知道好歹！"陈母忙为儿子解释，"好姑娘，我的狗儿他，他绝不是糊涂人。"

安岚微微点头，然后抬眼看了李大梅一眼，又问："那么现在呢，除了你们，还有谁知道了？"

李大梅不由得躲了一下她的眼神，陈母又接着道："没有没有，俺们谁都没有告诉！"

安岚道："陈香农家的亲戚不少。"

陈母道："那也不会说的，这等时候，什么都不能说，要帮衬也不会赶在这个时候。"

安岚又看了李大梅一眼，见李大梅面上的神色并没有刚刚那么自然，心里有了谱，再算了算时间，便起身告辞。只是她刚走出陈大伟家，就看到丹阳郡主的马车停在不远处，并且她出来后，丹阳郡主掀开车帘朝她微微颔首致意。

"安岚姑娘看过那块沉香了？"两人走到一处僻静的地方后，丹阳郡主沉默了一会，问出一句。

安岚摇头："想必郡主也还未见过吧。"

丹阳郡主点头，安岚看了她一眼："什么都还没看到，郡主就敢许下那么大的承诺！"

丹阳郡主迟疑了好一会，才淡淡一笑，坦白道："我怕我若犹豫下去，有可能就会被安岚姑娘抢了机会。"

安岚一怔，不禁又看了对方一眼："你知道，我许不了那样的条件。"

丹阳郡主道："所以，安岚姑娘会有别的法子，是不是？"

安岚一直觉得，似丹阳郡主这样的人，根本没必要太过在意她。但，奇怪的是，丹阳郡主似乎从一开始，就对她"另眼相看"，为什么？这个疑问，存在她心里许久，之前金雀也曾说过。

"郡主，太看得起我了。"沉默了片刻，安岚才道，"这等事，我确实无法解决。"

丹阳郡主转过脸，迎着一片金色的阳光看向她："我从来不敢小看安岚姑娘，能以香奴的身份，走到如今这一步，换做是我，怕是也难以做到。"

安岚背着光，看着眼前如朝阳般耀眼的女子，顿了顿，才道："郡主过誉了。"

丹阳郡主微微摇头，却没再说什么，只是又打量了安岚一眼。

比她小一岁，身量还未完全长开，但面上的五官已看得出日后定会是个美人；言语不多，瞧着温顺，但其实是个极其刚强并且极具攻击性的女子。对自己认定的东西绝不罢休，并且分得清也做得到如何舍如何得，当真是外柔内刚，她没想到，她一直希望能做到的事，会再次在别人身上看到。

第一位是谁呢，崔文君大香师，她自小就仰慕的人，她的亲姑姑。

那么温柔美丽的女人，娇弱得似风一吹就能倒下，却有勇气跟整个家族对抗，并且，从不回头，一路抬首站到巅峰，最终成为整个家族的骄傲。

……

丹阳郡主离开后，金雀过来了，一下车就奔过来上下打量着安岚，瞧着她面上的气色还好，便拍着胸口道："吓我一跳，给你传话的人说得那么着急，我还以为你出什么事了呢。"

安岚笑了笑，先问一句："婆婆这几日可好？"

"精神还不错，只是天冷了，也就少出门。"金雀点头，随后往附近看了看，"怎么回事？这不是陈家村吗，你怎么跑到这边来了？不会让你亲自下来收香吧，这地方不都是香院在管的吗？"

安岚往陈大伟家的方向那看了一眼："你还记得陈家村那两人吗？"

金雀一愣："哪两人？"

安岚低声道："就是以前咱们不小心撞见在林子里抱，抱在一起的那两人。"

"哦，那个啊……"金雀恍悟，随后悄悄点头，就有些贼兮兮地道，"记得啊，怎么了？忽然问起这个？"

安岚便在她耳边将这件事大致说了一遍，金雀听完后，好一阵唏嘘，随后就道："我明白了，你打算怎么做？拿这事威胁那个陈香农，让他将沉香给你？"

"不是……"安岚顿了顿，才摇头，"我记得源香院跟李家村和陈家村都有往来。"

王掌事倒台，她当上香使长后，曾翻过院子里的账册，有在上面看到李家村和陈家村的名字，再加上少时看到的那一幕，所以她一从天枢殿那出来，就马上让蓝靛去通知金雀过来。

金雀想了想，才道："有的，不过往来得少了，如今就两种草植香是从这里收。"

安岚便道："李小梅如今还在李家村干活儿，过几天，今年最后一批香就要送到香院了。你提前几天，最好是今天，编个理由找李小梅去香院问话，陈家村这也一样，找陈大伟过去。"

"这个容易，我回去就命人去传话，中午就能叫他们都到香院那。"金雀点头，随后才问，"只是你找他们两个是要做什么？他们以前可是勾搭成奸，这一碰面，可有得好瞧了！"

"没错，要让他们碰上面。"安岚点头，想了想，又道，"若是陆掌事问起，你就说是我拜托的，其余的，等这事落定后，无论她有没有表示，你都要解释给她听，记得别让她觉得你有什么事瞒着她。"

"我明白的。"金雀点头，随后又问，"只是你为何要让他们碰面，你说清楚些，到时我办得更稳妥。"

"其实也没什么，就是想看李小梅能不能影响到陈大伟的决定，李小梅眼下必是不愿陈大伟搬走的。"安岚沉吟着道，"依我看，即便她无法让陈大伟改变主意，只要给她一个机会，她也不会放过。"

"行，我知道了！"金雀握拳，目中烈火熊熊，"绝不能叫丹阳郡主捷足先登，你放心，我这就回去办这事。"

她说着就要往回走，安岚却叫住她，走过去在她耳边低声道了两句，金雀一愣，随后诧异道："为什么？她不是还没得手吗！"

安岚道："去吧，就这么办。"

金雀还想说什么，安岚却摇了摇头，目光没有丝毫迟疑。

金雀顿了顿，终于点头，然后转身离去。

安岚走到另一边，果真看到不远处还停着一辆马车，她虽不认得那辆车的主人，但直觉，那多半是丹阳郡主留下的人。

如果丹阳郡主对她"另眼相看"是真的，那么丹阳郡主对她来说，又何尝不是眼前的高墙和挥之不去的压力。她未曾想过，要从丹阳郡主手里夺过这个机会，她很清楚自己的短处，这件事，郡主确实是有绝对的优势，绝非她能比的。

所以，她只能从别处想法子，令自己不至于在丹阳郡主面前，失色太多。

天枢殿想要什么？白广寒大香师真正在意的是什么？

她需要好好理解这两件事。

……

听完身边人打听回来的事后，丹阳郡主沉默了好一会，猜不出安岚到底想做什么，因为猜不到，所以心里有点儿不安。

转眼，就到了中午。

李小梅走到源香院门口时，赶紧又整理了一下身上的衣衫，然后再按了按自己发上的素银簪子。她不知道自个儿怎么就被源香院点了名，过来的路上，想了又想，都猜不出究竟是何事，也不清楚是福还是祸，但心里终究还是有些期待的，特别是一想到陈大伟一家子马上要飞黄腾达了，她对这份渴望就更加急切起来。

只是她没想到，将要抬手敲门时，后面忽然传来一阵脚步声，随后一个敦厚又诧异的声音传来："小，小梅！你怎么也在这？"

李小梅一听那声音，心里当即生出一股火，并且是腾的一下烧到最旺！

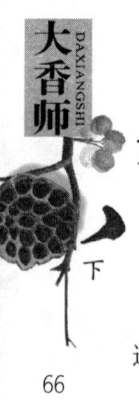

第045章 设计·事发·警告

李小梅慢慢转过身，打量了陈大伟一眼，眉毛一挑，嘴角一扬，嗤笑着道："哟，这不是姐夫吗，好些天没消息了，我还当你死了呢！"

陈大伟面上露出几分不自在，往两边看了看，才上前两步低声道："你怎么在这？"

李小梅尖着嗓子道："怎么，这地方你来得，我就来不得！"

"我不是这意思，你别那么大声行不行！"陈大伟想怒不敢怒，眼神闪了闪，又道，"我问你，那件事是不是你传出去的？"

李小梅冷笑："如今你还好意思问起我来了。"

"真的是你！你知不知道你把我害得……"

"我害你！我怎么害你了！"李小梅眉毛立了起来，"你也不摸摸自己的良心，看它还在不在！那东西要没有我，你能找得到？结果你居然想独吞，还想举家迁走，陈大伟，你还是不是人！当日你是怎么跟我说的？你说虎儿是你的儿子，你不会不管我们，那块沉香卖出银子后，一半放在我那，一半放在钱庄，日后寻到个合适的田庄或是铺子，就盘下，好让我和虎儿也有个依靠……"

"你先别嚷嚷！"陈大伟额上冒出冷汗，急忙打断她的话，有些急切地道，"我是说过这些话，可你，你连等都不等，就将这事给捅了出去，让我里外不是人，不得不逃走避开，家里这些天也被那些人逼得一团乱，我娘也被吓到了。要不是，要不是徐殿侍不计前嫌，又碰着位好心的郡主，你以为我能回得了家。都是你太着急，如今走到这地步，你怎么反倒怨起我来了！"

"哈，我不怨你怨谁，这些年，你可曾管过我们母子。"李小梅气得满脸涨红，"你真当我是傻的，前些年管你要一两银子都困难，如今得了这块异香，要真由着你交给天枢殿，那到手的银子，我还能看得着吗？东西既然是你收着，那就应当我来找买主才对，如此银钱才分得清楚。"

"你，你——"陈大伟气得吐了两口气，才接着道，"前些年我一家子什么光景你又不是不知道，大梅病了我都拿不出几个钱给她抓药，你一开口就要一两纹银，你叫我怎么拿得出来！而且在那之前，我都悄悄给了你两钱银子，每逢过年过节，我也让大梅给你准备足足的年货，再说了，你如今也有男人了，他照顾你们母子也算……"

"你住口，你还要脸不要脸，你如今跟我说这个！"李小梅指着陈大伟的鼻子，"当年要不是你，我会急急忙忙找么一个木头疙瘩嫁了？"

"好了好了，这事咱先别说。"陈大伟生怕这么吵下去会没完没了，只得先放软了态度，走过去碰了碰她的手，低声道，"你放心，只要银子到手，我绝不会亏了你，虎儿到底是我的种，我不可能不管他，你先别急……"他说到最后，还特意捏了捏她的手。

"是吗。"李小梅没有拒绝这亲昵的动作，只是看了他一会，然后开口问，"给我多少？"

陈大伟顿了顿才道："就照先前说的，不过……"

李小梅目中才闪过一丝喜色，却听了后面那两字后，就皱了皱眉："不过什么？"

陈大伟迟疑着将心里的疑问问了出来："不过你到底是怎么跟那些人搭上线的？"

"这你就别管了。"李小梅打量了他一眼，然后一声嗤笑，扭着腰就转过身。

正好这会儿，源香院的门开了，有人从里探出头打量着他们俩。李小梅顿时收敛面上的笑容，陈大伟也赶紧垂下脸站好了，一副惴惴不安的模样。

两人进去后，安岚才从旁边走出来，看着源香院，面上露出沉思。

李小梅会乖乖等着陈大伟的安排吗？陈大伟藏香的地方，李小梅知道吗？

之前，李小梅既然抱有私心将此事传出去，应当是清楚陈大伟藏香之地。只是，刚刚，李小梅是真的信了陈大伟的话吗？

安岚回到陈家村，寻了个茶棚坐下，这地方正好在陈大伟家附近。

这会儿李大梅真抱着孩子坐在门口嗮太阳，手里还拿着个篮筐，不时跟儿子说几句话，面上带着满足的笑容。那是个很简单很朴实的女人，看得出，她对目前的生活很满意，同时对未来的生活也充满了期待。片刻后，陈母出来，将旁边的孙儿抱了回去，不多会，陈大梅择好菜，也起身进了屋。

安岚收回目光，慢慢放下手里的茶盏，目中闪过几分为难。

她不愿做那个刽子手，那样的幸福，着实温暖，就似这冬日的暖阳。

真要将冷风冷雨送进去吗？

还是，再想别的法子？

那家人跟她其实没有丝毫关系，但是……

安岚看着自己手里的茶杯，久久沉默，随后站起身。只是不等她迈开脚步，就瞧着李小梅的丈夫往这跑来。

"小梅，小梅！"那男人还不等进李大梅家，就拉开嗓子喊了起来，"小梅在不在？"

"大壮？"李大梅出来开门，瞧着大壮一副火烧眉毛的模样，忙问，"出什么事了？"

"虎儿，虎儿病了，哭着要娘，也不让我抱，我让邻家大娘帮忙看着。"大壮说着就往李大梅身边探头，"小梅在屋里吗，快叫她出来！"

"小梅没在我这。"李大梅忙跨出门槛，"今儿一早我在路上碰到她，她跟我说到源香院去，也不知是什么事，要不你先跟我这等等？"

"等什么，孩子哭得厉害。"大壮在原地转了一圈，就道，"行了，我也去源香院看看，以往可没这个事。"

"那就坐来旺家的驴车过去吧。"李大梅转头，正好瞧着一辆驴车从跟前过去，忙喊住了，然后对大壮道，"我估摸着也没多少事，不过你去了讨个安心也好。"

大壮应了一声，就跳上驴车走了。

安岚从茶棚走出来，那辆驴车是她之前让金雀安排的，驴车上的人会负责将上车的人送到该送去的地方，只是她没想到上车的会是大壮。其实，大壮上车，跟李大梅上车没什么不同，不同的是，她还没有最后下决定，事情就已经往那个方向发展了。

只是大壮才刚走，陈母就出来对李大梅道："狗儿去哪了，怎的还没回来，家里一大摊子事要问他呢。"

李大梅回身扶着陈母："一早香院的人就找了他，可能是问香材的事，年年这个时候去回话的香农不少，估摸着下午才得回来。"

陈母道："又是在那空着肚子等，他今儿出去带了吃的没？"

李大梅有些惴惴地道："没想着今儿会过去，还得那么早，就……"

"自个儿男人自个儿不知道心疼，一早起来烙个饼能费什么事！"陈母遂不满地叨咕几句，且说着就回身进了屋，"你等着。"

不多会，陈母就拎出一个竹篮，塞到李大梅手里："你给他送去，他是家里的顶梁柱，前些天又在外头受了那么多苦，一个人担惊受怕，好不容易回来了，你也该想着给他多补补。"

"是。"李大梅不敢忤逆婆母的话，恭顺地接过那竹篮。

陈母便转头扬着嗓子往那喊："嗳，来旺家的，等等！等一等！"

前面没走远的驴车停下，李大梅赶紧拎着那些饭食往驴车跑去。

安岚站在茶棚那看着李大梅上了驴车，随后就离开那里。

只是她没想到的是，她在看着李大梅的同时，别的人也在她没有注意的地方看着她。

……

陈大伟没想到源香院的人才问了几句话，就将他带到香院的后林，但领着他过来的人还未说何事，就被另一人给急急忙忙叫走了。他不敢擅离，就在那等着，可等了许久都不见有人回来，他以为定是那人将他给忘在这了，于是打算自己回去，却不料，这一转，竟在林中迷了路！

陈大伟有些不敢相信自己会在这里迷路，虽说这地方他如今少来了，但四五年前，他可是常出入这片林子，并且还在这林子里做了件很肆意的事，肆意到足够他回味好几年，这里的青草味又唤起了记忆。

不知不觉，陈大伟从找出路，变成找寻当年的糜艳记忆。

是这里！

没错，就是这块大黑石头。

陈大伟有些激动地蹲下去，靠在石头上，闭上眼，长吁了口气。

事隔数年，再次来到这个秘密的地方，心里有种说不出的怀念，怀念那种香艳的刺激。跟李大梅敦厚温实比，李小梅就是个呛人的小辣椒，日子，跟大梅过很踏实，但是，平实的日子里，他不时也想换换口味，尝点儿麻辣的东西开胃。

当年这片林子，给他和李小梅提供了机会……

陈大伟越是回味，心里越觉得燥得慌，中午的阳光从云缝里透出来，落到他身上，将他浑身上下都晒得暖洋洋的。这时，前面走来一个熟悉的影子。他一愣，眯了眯眼，瞧清楚那人后，赶紧站起身："你，你怎么也来这了？"

李小梅也瞧着那块黑石头了，眉毛扬了扬，有些不屑地瞟着陈大伟："香院有活儿要派给我，当然叫我过来这边看看，倒是你，你马上就举家搬迁了，怎么也跑到这边？"

陈大伟张了张口，却不等他出声，李小梅又道："哦，对了，香院的人怕是还不知道你的打算吧，啧啧，你这安的什么心呢，难不成还想跟我抢差事！"

陈大伟只瞧着李小梅眼睛有点儿发直，于是什么话也不说，就只听着。

李小梅对他这副模样可一点儿都不陌生，即哼了一声，人却故意靠近去，低声道："你还记得这地方吧？"

陈大伟僵硬地点了点头，李小梅接着道："还记得当时你对我说过什么吗？"

陈大伟眼神闪了闪，不由得咽了一下口水。

"你说，是你对不起我，日后我若有什么事，你上刀山下火海也要为我去办。"李小梅并没有意识到，此时的自己有些控制不住情绪，越说心里越恨，越说声音越大，"你还说，虎儿既然是你的种，那么你那儿子有什么，你就一定不会短了虎儿的，是不是！"

陈大伟不得不抬手捂住她的嘴巴，有些焦急地道："你瞎嚷嚷什么，这些年，我对你和虎儿还不够好吗？能给的我都给了，为了不让你姐姐知道，我省那几个钱容易吗，我——"

李小梅奋力挣开他的手，尖着嗓子道："你要真是对我们母子好，就把香给我！"

陈大伟道："你就不能冷静些，给了你，我拿什么跟天枢殿交代！"

"看来你真是打算一个子儿都不给！"李小梅目中露出嘲讽，"姓陈的，逼急了，我将所有事都抖出来，怎么说虎儿也是你的儿子，他应当有一份！"

"你，你简直顽冥不灵，我不是说过，事成后，定会分你一半银子，到时——"陈大伟气得脸色一阵儿红一阵儿白的，只是他嘴里的话才说出一半，就突然顿住了，面上的表情瞬间僵住，人也愣在那儿。

李小梅觉得奇怪，便顺着他看过去的方向转过身，瞧着来人后，也愣住。

李大梅不敢相信地看着他们俩，脸色发白，手里的食篮落到地上。

大壮也有些发蒙地看着他们，好一会后才结结巴巴地开口："你刚刚说，虎儿是谁的种？"

李小梅抿着唇，不说话，眼睛却不敢对上大壮的眼神。

"你——"李大梅怔怔地看着陈大伟，"她，说的是真的？"

陈大伟这下可什么心思都没了，刚刚那股燥热，被这一惊吓，就只剩下透心凉，他赶紧走过去道："大，大梅，你听我说。"

"还有什么好说的！"李小梅一副豁出去的样子，盯着李大梅和陈大伟道，"虎儿就是他的儿子，当年他在这片林子里将我诱奸后就有了虎儿！"

"你胡说什么！"陈大伟顿时一声大喝，"那个时候分明是你引诱我，那时候你明明没在这当差，却偏要跟着我，你——"

"虎儿真是他的种！"大壮双目微红，此时表情瞧着有点儿吓人，"这么说，这些年老子都是替别人养儿子！"

安静，长久的安静。

陈大伟侧开脸，不敢看大壮，李小梅也移开目光，盯着旁边的一颗蜜香树装傻。

"说话啊！"大壮急红了脸，往前踏两步，抓住李小梅的肩膀摇着，"怎么不说，虎儿到底是谁的？"

"你扯什么扯！"李小梅拍开他的手，拧着脖子指着陈大伟道，"你要是个男人，就直接找他去！"

"你——"陈大伟气急地看了李小梅一眼，随后赶紧看向大壮，讪讪地道，"大壮，你先冷静一下，这事其实，不是……"

李大梅接着他的话问："不是真的？"

陈大伟顿了顿，又看向李大梅，再瞄了瞄李小梅，眼神闪来闪去的："大梅，那不是……"

李小梅斜眼看着陈大伟，鼻子里发出冷哼。

大壮是一根筋，又容易冲动，被李小梅这一刺激，遂一声低吼，就朝陈大伟扑过去，两人很快扭打成一团。李大梅吓得呆了一呆，随后赶紧去拦架，但她哪里拦得住，少不得跟着一块又叫又劝又喊的，李小梅则歪在旁边的一棵树干上，津津有味地看着，眼里却闪着算计的光。

　　……

　　虽说源香院的后林很少有人过来，但每日都会有几个香农和婆子来回巡视，平日里这边要有什么动静，用不了多会，就会有人赶来查看。但今日，似所有人都成了聋子，那又打又吼的声音怕是都传到源香院那边了，却不见一个人影往这过来。

　　蓝靛站在安岚身后，有些不解地看着安岚沉静的侧脸，她猜不透安岚此举究竟有何目的。难道陈大伟会因此，再次反悔跟徐殿侍和丹阳郡主之间的交易，然后顺了李小梅的意思？完全没有这个可能啊！

　　"真热闹！"蓝靛正琢磨的时候，金雀忽然从后面摸过来，看着前面，轻飘飘地道了一句。

　　安岚这才转过脸："掌事可有问什么？"

　　"没事的。"金雀摇头，给她一个放心的笑，"别的我也交代好了。"

　　安岚点头，没再说什么。

　　金雀虽不明白，但并没有追着要解释，只是关心地问了一句："没问题吗？"

　　安岚也对金雀笑了笑，然后对蓝靛道："走吧。"

　　蓝靛一怔："去哪？"

　　"回陈家村。"安岚说着，就顺着林子的小道离开那里。

　　林中，陈大伟等人打得火气上来了，加上又是这等事，一会儿源香院的人出来纵容挑拨一下，他们肯定会闹回家里。到时，李小梅便会发现事情的发展完全失去控制，陈大伟被如此打脸，多半是要怄恨上她，李大梅也定会先将家里的银钱看得紧紧的，只要大壮再给她冷脸，她心里便会越来越慌……

　　腥臭的，将要被永远掩盖的味道被她翻了出来，两个原本和睦的家庭在她的指使下，被闹得鸡犬不宁，变成村里所有人茶余饭后的笑话，而年幼的孩子从此将受人指指点点。

　　太阳将落山了，陈大伟家还是处在争吵声中，不时伴着几个妇人嗷嗷叫的大嗓门和孩子被吓得哇哇的哭声。似乎是大壮家的几个哥哥嫂嫂都过来了，陈家门口眼下围了很多人，好些手里还捧着一碗饭，一边往嘴里扒着米饭，一边探着脑袋往里瞅，并同旁边的人津津有味地谈论着今儿这事。

　　安岚依旧坐在茶棚的角落里，蓝靛陪在一旁。

　　就在陈家闹得最厉害的时候，蓝靛忽然起身，随后安岚旁边坐下一个人。

　　安岚转头一看，居然是赤芍，倍觉诧异。

赤芍打量了安岚好一会，才问出一句："为什么要这么做？"

安岚一怔，不解地看着赤芍，片刻后才道："我一定要解释吗？"

赤芍转头，往陈家的方向看过去："让那两家人闹得这般厉害，对你有什么好处？"

安岚不语，赤芍顿了顿，收回目光，再次看向安岚，接着道："或许真对你有利，但是，何必用这么下作的法子，你在丹阳郡主面前，并非处于下风。"

安岚沉吟一会，才道："怕是，只有赤芍侍香才这么认为。"

赤芍一直面无表情的脸上露出几分嘲讽："你这算是故意示弱还是妄自菲薄？"

安岚沉默地看着赤芍，她不明白，赤芍为什么会忽然找过来跟她说这些话。这件事，是她和丹阳郡主之间的较量，说白了，跟赤芍并没有什么关系，还是，赤芍站在丹阳郡主那边？若是如此，更不应该过来跟她说这些有的没的。

"若没有景公子，你以为你能踏入长香殿一步？"赤芍冷冷地看着她，"当然，这并不是否认你的能力，能被景公子看中，本就是极不容易的一件事。"

安岚想了想，便问："赤芍侍香想对我说什么？"

赤芍顿了顿，才道："丹阳郡主所言所行，不曾给那两家人送去一丁点伤害。"

"所以呢？"安岚问，"我也得学着像丹阳郡主一样？"

赤芍道："你难道办不到？"

安岚有些奇怪地看了赤芍一眼："我并非郡主，亦不姓崔。"

赤芍忽地一声冷笑："何须装得这般无辜，景公子在长安城的影响力，比起崔氏，不见得会差。丹阳郡主能许下的事，你若想开口，又怎么可能办不到。丹阳郡主确实背景非凡，你如今又何尝不是。"

安岚沉默一会，微微皱眉，心里更是不解。

赤芍站起身，居高临下地看着她道："想要表现得与众不同，就要有承担后果的准备，你这次面对与你没有丁点私怨的人手起刀落毫不犹豫，但愿你下次还能做得到这样。"

赤芍说完，就离开了，留下安岚有些茫然地坐在那。

直到看不见赤芍的身影后，一旁的蓝靛才道："姑娘别介意，赤芍姐姐会说这些话，是有原因的。"

安岚转过脸："什么原因？"

"其实，我也是听说的……"蓝靛想了想，才低声道，"赤芍姐姐在进入天枢殿之前，跟那个大壮，似乎是青梅竹马，据说两人都快要成亲了，结果赤芍姐姐却进了天枢殿。"

安岚一怔："真的？！"

蓝靛道："我听说的而已，赤芍姐姐从来不跟别人提起以前的事，不过赤芍姐姐进天枢殿第二年，因发大水，她家人全都遇难了。"

安岚垂下眼，若真如此，倒能说得通赤芍为什么特意过来跟她说这样一番话了。

只是，除去此事外，更让她心惊的是，她经此才发现，无论她做什么，去了哪，都有人盯着。

是蓝靛吗？还是还有别人？

所以，丹阳郡主那边也一样？

她不清楚，她只知道，这件事既然做了，就没有收手的道理。

那边两家人眼见要打起来了，李小梅抱着哇哇大哭的虎儿从屋里跑了出来，大壮去拦着。两人拉拉扯扯了一会，最后李小梅将孩子往大壮手里一塞，就自己甩手跑了，娘家和夫家里里外外十多个人，没一个人去拦她。

但是，却有人悄悄跟在她后面。

安岚知道事情要有结果了，站起身，离开茶棚。

……

李小梅回了自家后，进屋待了一会，似乎受不了邻居的探头探脑，出来又叉着腰乱喷了好一会。她那张嘴极厉害，又是一副豁出去的打算，加上这村头村尾，谁家没点乱糟糟的事，于是被她连讽带嘲地一通怒骂，大家伙也都讪讪地避开了。

李小梅骂累后，回屋提了个篮子就往村口的坊市走去。此时天将黑，坊市有些摊主急着收摊回家，卖不出去的菜多半会便宜出售，于是很多人专门拣这个点出去买东西。

第046章　内奸·拜访·追查

李小梅走到一个卖大白菜的摊位前，有些挑剔地翻了翻篮子里的那几棵剩下的大白菜，卖菜的是个胖胖的大婶，似乎有些不满意李小梅这副样子，便拿手敲了敲自己的竹筐："我说大妹子，你到底要不要？"

"要要。"李小梅立马道，"不过，就这些？"

胖大嫂道："就这些，多了没有。"

李小梅问："多少钱？"

胖大嫂伸出三个手指，李小梅迟疑了一下，就将自己竹篮里的碎花棉布翻开，露出里头两个红薯："行，大嫂子，我拿这个跟你换。"

在坊市，以物易物也是常有的事，但是用红薯换白菜，却不是常有的。不过她们说话的声音很低，此时又是坊市将要关门的时候了，冷清了许多，所以倒也没什么人往她们那注意。

胖大嫂扬了扬眉,接着就微微摆了摆手,算是答应了。

李小梅心里一喜,忙将自己篮子里的红薯拿出来放在对方竹筐里,然后将那三棵大白菜放在自己篮子里。

李小梅要起身离开前,胖大婶忽然道了一句,颇有种请对方照顾自己买卖的意思:"明儿我还在这摆摊。"

"嗳,知道了。"李小梅笑着应了一声,然后就转身直接出了坊市。

只是这一次,安岚却没有跟着李小梅离开,而是盯着那胖大嫂,不多会,胖大婶也收拾摊子回家去了。

安岚依旧不见动身,一副发呆的样子,蓝靛甚是不解,便提醒了一句:"姑娘?走吗?"

安岚似这才回过神,看了看天色,估摸着再半个时辰,天就该黑了,坊市也快要关门了,她站起身:"嗯,回去吧。"随后又道,"辛苦蓝靛姐姐陪了我一天。"

"应当的,都是我分内事。"蓝靛笑着道了一句,然后问,"姑娘是回香殿,还是……"

安岚不解道:"我可以在外面过夜?"

蓝靛道:"依姑娘的身份,只要说清缘由,一两夜是可以的,但时间长的话,就得提前跟大香师说才行。"

安岚诧异,她在天枢殿的权限比她想象中要大得多。

沉吟片刻,她才道:"回香殿。"

蓝靛点头应下,去找一直跟着她们的马车,两人上了马车后,蓝靛看了看安岚:"姑娘是不是还在意赤芍姐姐刚刚说的那些话?"

安岚微垂着脸坐在那,昏暗的光线模糊了她面上的轮廓,所以那一刻她给人的感觉,很像是在反省。

安岚微微抬眼,探究地打量了蓝靛一眼,才道:"你也认同赤芍侍香的话?"

蓝靛笑了笑:"不敢,我只是有些不解,猜不透姑娘忙了这一整日,究竟何目的,姑娘似乎并没有去关心那块沉香。"

蓝靛既然是景公子安排过来的人,自然就是景公子的耳目,蓝靛的疑问,或许也就是景公子的疑问。

安岚沉默片刻才道:"人情是越用越少的,这次用了,下次还能再开口吗?若仅仅如此,景公子又何必让我入殿。"

蓝靛一怔,心里有些诧异,遂仔细打量了眼前的少女好一会。如此年纪,心思竟就这般深沉,人情世故竟能想到这份上,丝毫没有豆蔻年华的少女该有的天真和单纯。

一会后,蓝靛才笑了笑:"那姑娘今日出来……难不成姑娘真是将希望押在李小梅身上？李小梅真会将沉香从陈大伟手里夺过来？"

"即便如此，我也没有能力让她跟我做交易。"安岚微微一叹，"不过，李小梅即便有这个心思，多半也是难以达到目的。"

"哦？"

"丹阳郡主定会让人看着陈大伟，陈大伟身边有什么动作，肯定瞒不过那些人，李小梅哪里有机会。"

"那姑娘今日这是……"

"回去后，多半就能知道了。"

蓝靛还是不解，但将前后的事仔细想了想，心里猛地一惊，随即有些怀疑地看着安岚。安岚却又垂下脸，还是那副沉默的模样，沉默中带着几分忐忑和不安。

回了天枢殿后，天已暗，但丹阳郡主还未回来，想必是留在那边盯着陈大伟了。

陈家村那样的环境……安岚抬头看了看天，有些想象不出，似丹阳郡主那样的千金之躯，能在那个地方留宿。她心里一叹，真的，很努力很认真呢。

用完晚饭后，源香院的信送了过来，因安岚早就拜托蓝靛留意，所以那封信送过来后，第一时间就送到她手中。

看完那封信，安岚即抬起脸问："这里有个叫小可的人吗？"

"小可？"蓝靛一怔，"赤芍姐姐身边的侍女，就有一个叫小可的。"

这下轮到安岚意外了，她捏紧那封信："这个时候她在哪？在赤芍侍香那吗？"

蓝靛往外看了看才道："这会儿是饭点，各个院子都命人去传饭，小可有可能会在厨房那。"

"伴月居这边的厨房？"安岚问了一句，得到肯定的答案后，就请蓝靛给她带路。天枢殿占地之广，难以想象，她住在这边已有一段时间了，所走过的地方，连十之一二都没有。

小可确实在厨房，但是，她们走到厨房这，还看到了一个眼熟的人，就是之前在坊市那卖大白菜的胖大嫂。只是这一次，她是扮成送瓜果蔬菜的商人婆子，小可正问她如今都有什么新鲜的水果能送过来。

蓝靛看到这一幕后，终于确定安岚的目的，这丫头，一开始就没有打那块香的主意，而是另辟蹊径，打算揪出内奸，是为了避开丹阳郡主的锋芒吗？但是，这一下，却扯到了赤芍！蓝靛甚是震惊，此事非同一般，赤芍是广寒先生的侍香人，是天枢殿内，说话最有分量的人之一，若赤芍有异心，那简直……

安岚拿了一碟水晶蒸饺，就示意蓝靛离开，已经抓到把柄了，又有源香院帮忙查到那些事，基本可以确定小可有异心，至于是受何人指使，就不是她能查出来的事了，后面的事，自然有天枢殿的能人去操心。

但是，赤芍，刚刚特意过去跟她说那番话，是仅仅为了大壮，还是跟此事有关呢？

只是她们离开的时候，正跟小可说话的胖大嫂无意中抬眼往她们这看了一眼，然后微微皱了皱眉，就低声问："那是谁？"

小可转头看了一眼："是新来的侍香人，刚进来。"

胖大嫂点点头，却忍不住追着安岚的背影看了好一会："怎么觉得，看着有些眼熟？"

"没准你还真见过，她是下面的香院上来的，以前是个香奴。"小可随意说了一句，接着道，"行了，你快走吧，别引人注意了。"

胖大嫂往自个儿围裙上擦了擦手，然后转身，只是刚走两步，忽然顿住，猛地转过脸，脸色已经变了。

小可本是要回去了，忽然看到胖大嫂这副样子，不由得一怔，随后赶紧往两边看了看，就给胖大嫂打了个眼色，胖大嫂便出去推着自己的车。一会后，小可也出去了，不远不近地跟在胖大嫂身后。

安岚不敢多耽搁，将手里的证据整理了一通后，就要送到白广寒那，却不想，白广寒此时竟没在天枢殿内。

蓝靛道："先生不在时，殿中的事，一般都是报到赤芍姐姐那边，让赤芍姐姐酌情处理，若是殿外的事，则是报到殿侍长那。"

安岚一怔，将此事报到赤芍那？

小可就是赤芍身边的人，眼下却要将这事交给赤芍处理！

"婆婆，药煎好了。"金雀端着煎好的药推门进来，小心放在桌上后，就走过去扶起安婆婆，一边给她揉腿，一边道，"天越来越冷了，大夫说以后每天都用热热的药汤烫一下脚，感觉会好很多。"

安婆婆坐起身后就问："今儿出什么事了，一大早的你就急急忙忙跑出去。"

"是安岚找我。"金雀说着就将那碗药端过来，仔细吹了吹后，接着道，"听说陈家村那有人发现了物化沉香，天枢殿的人本是都谈好了，谁知中途又出了变故，所以如今就看是丹阳郡主还是安岚能将这事顺利办好呢。"

安婆婆接过那碗药，让金雀继续说，金雀便将自己知道的都道了出来。

安婆婆喝完药后，接过金雀递来的手绢擦了擦嘴，又喝了口温水，然后身子往后一靠，闭上眼睛。

金雀将空了的药碗接过来，放到桌子上后，回头看，安婆婆还在闭目养神。她有些纳闷，就坐过去，迟疑着开口："婆婆，你怎么了？"

安婆婆慢慢睁开眼，轻轻叹了口气："希望岚丫头心里能明白。"

金雀不解："明白什么？"

"没什么。"安婆婆摇了摇头，然后问了一句，"倒是你，前儿个你不是说，你如今负责外出送香，叶家那位什么姑娘，跟你还说得来话儿？"

金雀偏了偏脑袋，有些疑惑地看了安婆婆一眼，迟疑了一下，还是顺着安婆婆的话回道："是叶三姑娘，是个性子直率的人，也就是因为她我才得了这份差事。"

去外头送香对香使来说是份美差，能让香院的香使直接送香过去的人家，多半非富即贵，并且明白行情，又懂得装点门面，因此出手大方。所以香使们每次出去，多半都能得一份额外的赏钱，所以这等事自然是人人抢着领。

安婆婆面上露出几分欣慰："可是城北桂花巷口那户姓叶的人家。"

"正是。"金雀点头，又有些诧异，"婆婆居然也知道。"

安婆婆点点头道："那桂花巷的叶家本就是个大户人家，当年那位叶老爷还娶了位崔家的姑娘，使得门第又抬高了些，名声自然更大。"

"崔家的姑娘？婆婆说的是叶三姑娘的生母吧。"金雀一边给安婆婆揉腿，一边道，"不过叶老爷的原配夫人已经过世了，如今的夫人可不是姓崔。"

安婆婆一怔："过世了？"

金雀道："是啊，上次我去送香时，无意中碰到叶三姑娘顶撞叶夫人，叶夫人却没说什么，后来听叶家的下人说，如今这位夫人是继室，并不是叶三姑娘的生母，叶老爷的原配夫人早在十五年前就已经过世了。"

安婆婆沉默许久，然后问："那如今的叶夫人姓什么？"

"好像是姓薛。"金雀说着就看了安婆婆一眼，"婆婆怎么忽然关心这个？难道认识叶老爷的原配夫人？"

安婆婆摇头："不认识，只是以前见过叶家娶亲的场面，没想到，那样的佳人竟那么早就过世了，看来真是红颜薄命。"

金雀跟着点头，只是片刻后，她忽地一愣，就张口道："哎呀，婆婆说的那个崔氏，是不是清河的崔氏？"

安婆婆点头："自然是清河崔氏，不然如何能抬高叶家的门槛。"

金雀停下手上的动作，诧异道："那叶三姑娘跟丹阳郡主岂不是表姐妹？"

安婆婆想了想才道："也可以这么说，不过关系已经远了，应当是已经出了五服。"

金雀不由得撇了撇嘴，悄悄嘀咕一句："又是丹阳郡主。"

安婆婆轻轻拍着金雀的手道："出身是上天给的，怨不得谁。"

金雀忙道："我没有怨啦，我只是……"

安婆婆面上露出慈爱的笑："婆婆明白，不过，你顾好你自己的事就行，岚丫头的事，她自己会做打算的。"

……

丹阳郡主听说安岚在坊市那转了一圈后就回了天枢殿，有些不解，沉思许久，不由得站起身。难道，今晚天枢殿那会有什么事？想到这，她便看了看桌上点着的烛台，此时外头的天已黑，长香殿的门也都关了。

"安岚，会怎么做呢？"

丹阳郡主慢慢坐下，下意识地团着手绢的动作微顿。

却此时她身边的侍女忽然走进来道："郡主，那个陈大伟果真又出去见李小梅了。"

丹阳回过神，便问："可让人看着？"

"有，一直派人远远看着。"秀兰点头，随后又低声问，"那个李小梅怕是真如郡主所料要坏事，是不是叫人将他们捆起来？"

丹阳郡主摇头，面上露出几分尴尬："李小梅若是坏事就动手，若没有，就无须管他们。"

"是。"秀兰应了声，心里却替丹阳郡主委屈，就为那么一个侍香人的位置，郡主宿在这等地方不算，竟还要面对那些个腌臜的事，就连她都觉得臊得慌。以前在清河，何尝遇到过这样的事，谁敢将这等事污了郡主的眼。

……

此时，天枢殿内，安岚沉默了好一会，就抬步往外走。

蓝靛忙跟上："姑娘这是要去哪？"

安岚一边走一边道："去赤芍侍香那，她可是住在星月居？"

蓝靛诧异地看着安岚："姑娘，是打算将这些都交给赤芍姐姐？"

"既然广寒先生不在，这又是殿内之事，自然该交给她。"安岚点头，出了伴月居后，往旁看了看，就问，"是往那边走吗？"

蓝靛点头，随后低声道："姑娘可得想好了，这个交过去，万一……"

既然已经证明小可有异心，那么赤芍自然也有嫌疑，这东西这会儿交到赤芍手里，说不准会出什么事。安岚刚刚进来不了解，她却知道，赤芍在天枢殿有很大的权力，特别是广寒先生眼下不在，赤芍若真有心，完全可以不动声色地将这件事处理干净。

"姑娘，须得慎重。"蓝靛不得不提醒安岚，"赤芍姐姐很得广寒先生信任，殿内许多事都是直接交由赤芍姐姐打理，所以，很多人都听赤芍姐姐的。"

"你放心，我不是冲动的决定。"安岚一边走，一边解释，"就是因为赤芍侍香的地位不一般，所以她即便真有什么心思，也不会轻易做什么。并且，为了显公正，她多半会严查此事，再说，这件事你已经知道，她就更不会轻举妄动。"

蓝靛微怔，随后轻轻摇头，叹道："姑娘想得可真深，只是凡事都难免万一……"

"不得不如此。"安岚道出这句后，正好走到星月居门口。

她站定，轻轻吁了口气，然后抬手敲门。

开门的是个小侍女，跟小可一般儿大，叫小燕，圆圆的脸蛋，生得一团和气，瞧着安岚后也没有给她脸色，转身就往里通报去，片刻后即跑出来道："赤芍侍香请两位进去。"

安岚却回身道："麻烦蓝靛姐姐在这等我，我进去说几句话就出来。"

蓝靛明白她的意思，笑了笑，就点头应下。

安岚进去了，小燕一边领着她往里走一边不解地回头看站在外头的蓝靛。

这会儿赤芍正准备沐浴，听到是安岚过来，本是不想见她的，只是听说蓝靛也陪在一旁，所以她迟疑了片刻，还是点了点头。

只是当看到就安岚一个人进来后，她不由得微微皱了皱眉。

安岚进来行礼后，问了一句："广寒先生不在，殿中之事，是否是交由赤芍侍香处理？"

"你有何事？"赤芍再次意外，本以为安岚是为陈家村那件事来的，但听这语气，似乎又跟那毫无关系。

安岚将刚刚准备好的东西拿出来，送到赤芍跟前："如此，就麻烦您了。"

今夜的天枢殿如往常一般安静，只是山风比往日大了许多，不仅将各处的锦帘吹得晃来晃去，也将廊下的琉璃风灯吹得明暗不定。另外六殿亦频频有侍香人出来室外检查风灯，今夜的长香殿与往日相比并没有什么大的不同，天还未暗，百里翎就拎着几坛子酒去净尘那里，强拉着净尘一块坐在露台上，迎着山风看着明月对着天枢殿的方向畅饮。

玉衡殿内，崔文君让侍女为自己修好指甲后，如往常一般走出殿外赏月，随后目光也落到天枢殿的方向。片刻后，她微微皱眉，正好言嬷嬷拿了件妃色的斗篷给她披上，她身子一动不动，只微微启唇："那丫头面上看着无辜，实则满腹算计，让我想到一个人，如今甚至觉得她看着越来越眼熟。"

玉衡殿的琉璃风灯晃得厉害，明暗不定的火光将崔文君面上的表情衬得愈加复杂，这句话，她在心里存了许多天了。

言嬷嬷微微叹了口气，给崔文君系好斗篷后，又替她轻轻弹了弹斗篷，才道："若先生心里真的有所感，也不一定就跟那人有关系，也没准……也没准是跟先生您有关。"

崔文君面上表情不变，但唇却微微发抖，睫毛也跟着颤了一颤。

言嬷嬷这句话，也同样存在她心里好些天了，两个答案在她心里激烈地碰撞，令她寝食难安。

那丫头，究竟是谁！

崔氏女有异于常人的直觉，但是这样的直觉却只是一个模糊的提示，无法给予准确的答案。有时候，她甚至厌恶这样的感知，因为性格稍软弱者，很容易会依赖上这样的感知，进而愈加分不清敌我，由此在自我的矛盾中越陷越深，最后成为面对任何事都举棋不定的废物。

她已经很久没有去在意这等感知了，但是，这件事太重要，已经折磨她十多年了，她不可能做到视而不见。

"之前，那些人没有查到，是没有丁点头绪，如今先生既已有所感，那么顺着这根藤摸下去，定能查探个究竟。"言嬷嬷说到这，就看了崔文君一眼，"要老身去准备吗？"

崔文君沉默了许久，才缓缓开口，却不是授意，而是问了一句话："你说，她会是谁？"

这个问题言嬷嬷没法回答，因为她根本不知道，但是面对那个二选一的答案，她亦不敢轻易去触碰。只是崔文君既然已经问出口了，她自然不能装聋作哑。于是，言嬷嬷沉吟了好一会，才回道："也或许，谁也不是，眼下不是还未确定吗？"

崔文君目光一凝，这个答案她没有想过，即便她从不依赖自己那份鸡肋一样的感知，却又很清楚，她的感知不会出错。

但是，如此重要的事，到底还是要查个明白才能真正下定论。

良久，崔文君才开口："你亲自去查。"

言嬷嬷即应下："是。"

崔文君这才从天枢殿那收回目光，往璇玑殿的方向看过去，今夜未闻琵琶声，不知柳璇玑是已经睡下了，还是一样心烦意乱。

她和柳璇玑曾是朋友，极亲密的朋友，但是因为当年之事，令两人出现了隔阂，至今未消。

此时的柳璇玑，并未出去殿外，但寝殿的殿门却大开，她躺下的那张美人靠则正好对着大门，故她只稍一抬眼，就能看到外面。那把铁琵琶搁在她跟前，她抬手撩了撩头发，然后将手放在琵琶上，修长的手指在琴弦上轻轻拨了拨，弹出几个跳跃的音。所有人都在关注天枢殿，她也不例外，但是，除了天枢殿外，她还留意玉衡殿的动静。

那日崔文君忽然叫安岚过去问话，她就留意上了，她知道崔文君不可能无缘无故去在意一个孩子，特别是已经入了白广寒麾下的孩子。这些年，崔文君每带回一个孩子，只要年岁相当，她就都会去查那些孩子的身世背景。这等既然麻烦又费力的事，是她最为厌烦的，若非为了当年一个承诺，她怎么可能会给自己找这般的不痛快。

那个叫安岚的，她也查过了，却没查出什么特别的地方。虽有几分诧异，但并不觉得多奇怪，因为似安岚那样，七岁之前被人牙子卖来卖去的孩子很多，由此记忆混乱的孩子也不少，她并不觉得这有什么值得在意的。

但是，崔文君明显没有死心，这几日崔文君在做什么，她也知道七七八八，因此，她如今就等着崔文君的下一步动作。

开阳殿内，谢云正考察谢蓝河对于所谓的香，了解有多少，只是前几日谢云都是让谢蓝河去厢房那边，因为那边暖和，房间内还摆着几盆开得正艳的芙蓉花，花香被屋里的热气一烘，满室生春。但今日，殿外甚至都起风，厅内较之厢房那边，明显冷得多，可谢云却带着谢蓝河过来这边坐下。

摇光殿内，方文建则一脸严肃地给方玉辉说着长香殿内各个殿的情况，说到一半时，还将方玉辉领出殿外，抬手指着一个又一个的方向问方玉辉可有一一记下。

……

而此时，天枢殿内。

赤芍接过安岚递过来的东西看了一通后，面上神色微变，随后道："荒唐！"

只是这个"荒唐"却不知是指安岚揭出的这件事，还是指安岚的这个行为，或者两者都有。

安岚看着赤芍道："我亦觉得此事荒唐，所以才拿来让赤芍侍香对此事做定夺。"

"我不能听你的一面之词。"片刻后，赤芍抬起眼看着安岚道，"我知道你想要什么，若你所言确有其事，我自当不会姑息了事。"

安岚没有任何异议："是。"

赤芍又看了看自己手里的东西一眼，然后摆手："辛苦你了，你先回去吧。"

"是。"安岚依旧没有任何异议，应声行礼后，转身就走，只是走了几步后，她忽然回头问了一句："不知赤芍侍香何时能给一个准确的答复？"

赤芍寒着脸道："广寒先生回来之前，我定会查个清楚，至于最后怎么处理，则是由广寒先生来做决定。"

安岚点头，这才出去了，正好这会儿小燕捧着刚刚泡好的茶进来。

赤芍即问："小可呢？"

第047章　反击·丧命·小结

"小可去了厨房那。"小燕道出这句话后，遂觉得小可过去的时间似乎有点长，往日这个时候，星月居已经摆好饭了，便又道，"奴婢去看看。"

赤芍没有反对，小燕放下手里的茶盏，就退了出去。

安岚也沉默地退了出去，却没有离开，而是守在星月居门口。

"姑娘，你真的将那些证据都交给赤芍侍香了？"蓝靛见她出来，问了一句，得到肯定的回答后，又道，"那都是原件，您就不担心……万一被销毁了？"

源香院常年跟香农打交道，底层的关系很深，所以在打探消息上有一套属于自己的法子。但在这件事上，源香院能查到的东西终究有限，安岚拿到的那点儿证据，仅仅能证明小可暗中跟外人往来，擅自传递天枢殿的消息。至于小可的主使者是谁，那些消息又是传到谁手里，小可如何拿到天枢殿的消息等，都查不到。

不过，这对于天枢殿来说，算是意外收获了，若不是因为李小梅，若不是安岚当即就盯上李小梅，没有错过时机，小可也不可能会暴露。

听得蓝靛这么一问，安岚只是微微摇头，面上并未有担忧之色。

不是不担心赤芍会不会毁掉证据，而是，无论赤芍是否毁掉证据，她都不会担心。小可在天枢殿内只是个不甚起眼的侍女，如今得知其有异心就已足够，要如何处置，全凭天枢殿的意思。或是赤芍，或是殿侍长，也或是广寒先生，甚至别的谁，很可能只需一句话，就能决定小可的命运。

那些证据重要吗？寻到她手里的时候很重要，因为那代表的是她的能力；交出去时也很重要，因为那是她要传达的讯息；但交出去之后，就已经不再重要了，因为她的目的已经达到。

而所谓的证据，很多时候所起到的作用是，在有第三方主持的情况下，矛盾双方处在同等阶级，或是某一方处于劣势时，证据就成了决定成败的力量。

所以，在这件事情上，证据的留存还是销毁，对安岚来说，已经没有任何意义。

蓝靛是景炎的人，就等同于广寒先生的人，这一整天，安岚做过什么蓝靛都清楚，那么，只要广寒先生想知道，自然不会错漏丝毫。

但是，在这件事情上，面对这份证据，无论做出什么样的决定，对赤芍来说，都是意义重大。

故而，刚刚安岚从赤芍那里离开，没有任何负担。

赤芍反感她，今日甚至没有避开蓝靛，直接表达出对她的不满。事后她略一思索，即明白赤芍当时之所以当着蓝靛的面对她说那一番话，目的就是要通过蓝靛的口，转达给景公子或是广寒先生，她只是个满腹算计，为了达目的不择手段的小人，比起丹阳郡主的光明磊落，她的表现未免太下作。

她在天枢殿还未立稳脚，就得赤芍如此不满，这令她极为不安。

赤芍在天枢殿有很大的权力，她几乎可以预见，以后的日子，她会得到赤芍给予的很多"照顾"，而她，绝不能让事情发展成这样。

因此，自得知那个出卖消息的人是赤芍身边的侍女后，她在这件事上就有了新的主意。揪出小可，无论赤芍是否参与其中，赤芍都将处在一个既尴尬又危险的境地，而这一切，都是拜她所赐。若赤芍想证明自己没有参与其中，就一定会公开此事并秉公处理，而此事只要公开，大家就都会知道，是谁揭发这件事。所以，日后只要赤芍针对她，都可以让人理解成蓄意报复。

赤芍若能渡过此关，并且不想继续声名受损，即便心有怒气，也不会着急下手，如此，她便给自己争取了时间。

片刻后，安岚忽然问："蓝靛姐姐可知道，小可在赤芍侍香身边服侍多长时间了？"

"似乎有四年了，说起来，她们俩的情分不浅。"蓝靛想了想，接着道，"我记得有一年赤芍病了，躺在床上一个月，当时大家都以为赤芍要失势了，连她身边那几个侍女都想着另寻出路，就小可一个人夜夜守着，日日不断地给她煎药，替她忙前忙后的，一直到她病愈，所以自那后，小可便成了赤芍的心腹。"

安岚微微点头，那两人的关系愈加密切，这件事对她就愈加有利。

蓝靛看了安岚一眼，迟疑了一会，又道："安岚姑娘，你难道就一点都不担心？"

安岚转过脸："担心什么？"

"赤芍手里的权力比你想象中的要大。"蓝靛忽然笑了笑，面上露出看戏般的神色，"你这样做，可是将她得罪狠了，就一点都不担心她会对付你？"

安岚低下头垂下眼，因她比蓝靛略矮的关系，所以从蓝靛这个角度看过去，她这个动作显得尤为紧张不安。

安岚垂下脸后，沉默了一会才道："没办法，只能如此。"

蓝靛打量了她一会，忽然道："姑娘是故意的吧。"

安岚有些不解地看了蓝靛一眼。

"那封信送到你手里时还未拆封，我也不是非看不可，所以小可的事情，你是有机会瞒着我直接透露给赤芍。"蓝靛一边说，一边盯着安岚的眼睛，"这是你难得碰到的，可以让赤芍改变对你的看法的机会，当然，也有可能让她更加忌惮你。但终究，你示好在先，为她着想在先，而你又是广寒先生指定的人，她即便不会表示善意，多少也会收回成见。但是，你并没有选择这么做，而是直接将她送到两难的境地。"

安岚没有承认，却也没有否认。

蓝靛有些明白景公子为何会看中这小丫头了，不声不响，表面上瞧着既无辜又温顺，实际上心思细密，最重要的是，她虽有畏惧心，但并未因此而退缩，反而更加具有攻击性。

即便日后不能成为广寒先生的继承人，天枢殿，也需要这样的人。

相对来说，丹阳郡主的确大气端庄，心地纯正。

一刻多钟后，小燕才同小可一块匆匆忙忙往星月居这边赶，两人身后还跟着两个拎着食盒的婆子。

小燕一边走，一边道："我还当你一直在厨房呢，哪知去了连个人影都没瞧着，连给厨娘交代的话都没传到，你这是去哪了？幸好我去看了，不然这顿饭还不知道什么时候能送过来！"

小可满脸愧疚："对不住了，我忽然肚子疼，就……"

"那你不知道找个人打个招呼。"

"当时太急，也没看到旁的人。"

小燕还不清楚发生了什么事，虽嘴里有些抱怨，面上却没多少担忧。赤芍侍香不是个苛刻的人，待小可又比别的人亲厚，所以虽然晚了这些时候，但在她看来，不是什么大事。小可亦不知道赤芍侍香已经知道了自己的事,虽刚刚胖嫂走的时候神色有些不自然,她心里也隐隐有些担忧,但怎么都没想到……

安岚和蓝靛看着小燕和小可进去没多会儿,小燕就一脸茫然地出来了,随后星月居里的另外几个下人也都退了出来,接着院门关上。

"她这是要做什么?"蓝靛有些不解,"不像她的作风,这么做,她自己的嫌疑可是会更大。"

安岚却没说什么,只是沉默地看着星月居的院门。

天枢殿很大,大到她们都在附近站了这么长时间了,除去星月居的人外,竟没有一个人从这附近经过。这里很美,即便天已黑,但每隔一段距离,就设有一盏别致的风灯。所以即便是夜里,天枢殿的一景一物,看起来也有种浑然天成的美感。只是,或许是冬天的关系,这些景物美则美矣,却看起来总带着几分冰冷的寂寞。

半个时辰后,星月居院门再次打开。

片刻后,赤芍的话传了出来,小可因勾结外人,做出损害天枢院之事,被押送刑院。

不出片刻,十多人从各处赶来,霎时间,星月居门口灯火辉煌,映照出一张张神色不一的面容。

蓝靛叹道:"真狠啊,竟直接送到刑院去了,还是这样一个罪名。"

小可出来了,是被捆着推出来的,即便周围围着五六盏明晃晃的灯笼,却还是没能将她雪白的脸添上一分血色。

刑院里的人,似乎没有作息时间,只要有事,随时都有人候命。

小可被捆出来没多会,刑院的人也过来了。

赤芍冷着脸跟刑院的人交代几句后,就将小可交给他们,这个过程,小可没有说一句话,赤芍也没有再往小可那看一眼。而闻讯过来查看的那些人,也都沉默地看着,没有人多嘴,也没有人阻拦。

刑院的人将小可带离后,赤芍才转头往安岚这看了一眼,此时,她那边灯火明亮。灯下看美人,总会比平日多几分娇媚,但此刻的赤芍,却比平日添了几分凌厉。

"我还是第一次看到赤芍姐姐这样的表情。"蓝靛收回目光,看向安岚,"她将小可交给刑院,等于是请刑院证明她的清白,仅这一份态度,就不会有人怀疑她有异心。"

"是吗……"安岚忽然转头,往小可离开的方向看过去,"但是,若小可在刑院出了意外,又该如何?"

蓝靛明白安岚的意思,顿了顿,便道:"听说,好些被送到刑院的人,都曾想一死了之,但从未有人成功过。"

这句话里,不知掩藏了多少令人不敢去探知的东西。

夜风渐寒,安岚不由打了个寒战。

只是片刻后,安岚又问:"刑院,是归于哪个殿?"

蓝靛有些意外地看了安岚一眼,安岚迟疑了一下才又道:"我是不是问了不该问的事?"

"也不是。"蓝靛摇了摇头,"这倒也不是什么秘密,自有长香殿起,刑院就一直归属天枢殿,并且刑院院侍是由天枢殿大香师直接任命。"

所以,即便七殿的排名不分先后,七位大香师的地位也都没有高下之分,但一直以来,天枢殿都是大家心里公认的七殿之首,故而白广寒的一举一动,都引得无数人关注。

由此,安岚和丹阳郡主会被那么多双眼睛,明着暗着地盯着,便是理所当然之事了。

赤芍将小可交给刑院,等同于在白广寒面前表明自己的态度,这个决定,确实做得够狠。曾有过那样的情分在,但为避嫌,她当即就将小可送到那个连死都不能自主的地方。只是这样的狠心,却更能衬出她的忠心,白广寒和天枢殿,一直以来,都排在她心里首位,这么多年,她一次又一次用实际来证明这一点。

也正是因此,她才能得白广寒的看重,即便没有被白广寒选为继承人,却依旧能在天枢殿拥有极大的权力。

众人散去时,赤芍也回了星月居,只是她走进去的时候,再次转头往安岚这看了一眼。

那眼神,带着几分忌惮和冷嘲。

她知道安岚想拿这件事来制约她,但是,小丫头未免太天真,她从不在乎旁人的眼光,她只在乎广寒先生对自己的看法。

蓝靛也转头看了安岚一眼,安岚此时却垂下眼,不知是特意避开赤芍的眼神,还是在思忖着什么。直到赤芍进了星月居,关上院门后,蓝靛才开口:"姑娘,该回去了。"

安岚微微点头,转身就往伴月居的方向走。

蓝靛跟在她身边,如今她是安岚的侍女,以后也一样住在伴月居。

"姑娘真的,一点都不担心吗?"蓝靛再次问出这样的话,虽之前她就了解了一些,但这一日的相处下来,她却觉得,自己之前的那些"了解"完全就是个错误。这姑娘,很多时候沉默得没有存在感,但每次做的事情,又都很让人感到意外。

安岚依旧没有开口,只是回到伴月居的时候,脚步微顿,往丹阳郡主住的地方看了几眼。她还未满十五,若照婆婆的说法,她还是半个孩子,这样的年纪,面对这样的事情,担心,才是正常的吧。

稍停片刻,安岚就重新抬步,往自己的房间走去。

她是个正常人,面对这样的对手,面对那样的事情,当然会担心,甚至会觉得不公平……但是,她时刻都在告诫自己,不能被这些负面的情绪影响到,更不能在面上流露出丝毫焦虑和不安,绝不能让别人看到自己的软弱。

"今晚的事情,不会这么简单就结束。"进了房间后,安岚忽然道了一句。

蓝靛不解道:"姑娘是指赤芍侍香,还是指小可?"

安岚沉默了好一会才道:"小可。"

蓝靛更是不解:"为什么?"

安岚没有回答,而是反问一句:"你跟刑院的人熟吗?"

蓝靛摇头,苦笑道:"我只是个普通的侍女,除非姑娘日后能得重用,不然我一直都只是普通的侍女。"

安岚微讶,蓝靛微微欠身,解释道:"景公子既然将我送到姑娘身边,就不可能再收回去了,所以还请姑娘相信我。"

安岚忙回礼:"蓝靛姐姐客气了,我如今什么都不懂,很多事还需要蓝靛姐姐提点,希望蓝靛姐姐莫要藏私。"

蓝靛笑了笑:"姑娘刚刚问起刑院?"

"嗯……"安岚微点头,"只是担心小可会出现意外。"

或许是出于对白广寒的崇拜,蓝靛对刑院有无比的信心,遂摇头:"姑娘多虑了,除非刑院的人不想她活下去,否则不会出现意外。"

安岚心头却猛地一惊,她担心的正是监守自盗,不过,若真出了这等事,于她倒是有利,到时,该头疼的是赤芍。

会这样吗?

此夜,数人难以入眠。

丹阳郡主在简陋得有些异味的房间里辗转反侧,一时想着陈大伟的香,一时又想着安岚回天枢殿后会做些什么。想了许久,就在她迷迷糊糊要睡过去时,突然被外头的嘈杂声给惊醒,猛地起来,也不知是几更天了,旁边的秀兰睡得正香。

她将秀兰唤起来后,让秀兰去问问出什么事了。

秀兰揉着眼睛出去了,约一刻钟后,带着一脸的诧异回来:"郡主,那李小梅,死了!"

"什么!怎么死的?"

"跳河,就前面那条小河。"秀兰搓着自个儿的两条胳膊,"尸体都捞起来了,奴婢没敢去看,但好几个人看了回来,说就是李小梅!"

"怎么会这样!"丹阳郡主表情有些发怔,一会后,又问,"陈大伟呢?"

"他没事,奴婢刚刚出去时,还远远瞧着他呢!"秀兰说到这,实在忍不住了,又低声道,"好多人都说李小梅是殉情,但我瞧着那女人,性子那么拧,怎么也不像是会做这等事的人。"

此时,天将亮,正处于黎明前最为浓暗的时候,天边看不到丝毫亮光。

丹阳郡主问了时间后,干脆下床来,推开窗户,看着长香殿的方向沉思。

几乎是与此同时,已经睡过去的安岚在梦中被惊了一下,随即就醒了过来。但她醒过来后，却没有往外唤人，只是躺在床上，盯着那帐幔发呆。

她发呆的时间也没多久，就听到蓝靛在外面叫她："姑娘？"

"进来吧。"安岚坐起身，知道多半是出什么事情了。

蓝靛拎着一盏琉璃灯走进来，又将屋里的灯烛都点亮后，才走到安岚身边："小可死了，据说是服毒自杀。"

安岚看了蓝靛一会，片刻后，微微点头："赤芍侍香那边如何了？"

"也才得了消息，应当是在震惊中，没什么动静。"蓝靛一边说，一边打量着安岚，"姑娘，为何一点不惊讶。"

"所以……"安岚默了默，看着蓝靛道，"这是第一次有人在刑院内成功自尽？"

烛火将蓝靛的表情映照得很是清晰，她刚刚进来时的惊诧此时还未褪去，她不知道早以前刑院有没有出过这等事，不过在她所了解的那几十年当中，刑院还从未出过这等事。

因而，也可以说，安岚说中了，这是蓝靛所知道的第一次。

蓝靛没有点头，而是开口问："姑娘，之前就料到？"

"我只是猜测。"安岚淡淡道了一句，然后又问，"现在什么时候了？"

"再一个时辰，天就该亮了。"见安岚要下床，蓝靛便走过去，将床头的灯调亮些，"姑娘是要去哪？"

"口有些干……"安岚掀开被子后，正要穿鞋袜，蓝靛忙按住她："姑娘不用起来了，我这就给姑娘倒茶。"

倒过来的茶还是热的，带着沁人心脾的香，比源香院的茶不知要好上多少。

这里是长香殿啊，即便是皇亲国戚来了也不自觉要矮三分的地方，所以，这里的一景一物都是天下少有的。

只是，有光就会有影，光越强，影子就越黑。

"小可的死，会查下去吗？"喝了半盏茶，将茶杯递给蓝靛后，安岚才问，"她哪来的毒？"

"自然是要查的，这等下脸面的事，刑院不可能善罢甘休，总得将主使此事的人揪出来才行。"蓝靛接过茶杯，点点头后，又道，"撬开小可的嘴巴后才知道，原来她嘴里一直含着一枚药丸，剧毒。"

安岚又道："此事，对赤芍侍香很不利吧。"

蓝靛微微点头："确实，不过还是要看广寒先生的意思，之前赤芍侍香若不是将小可叫回来后，又留小可在屋里说了那么长时间的话，并且谁都不知道她们到底说了些什么，事情就没那么复杂了。"

赤芍才找到洗清嫌疑的法子，却不想，一晚都还没过去，嫌疑反而更大了。

"广寒先生还未回来？"赤芍已经是第三次让身边的侍女出去看了，三次都得到否定的答案后，她遂站起身往外走去，只是才走到院门，就听到拍门声。

刑院办事从不会拖延，赤芍打开门后，冷着脸看着从刑院过来的那两人，不等他们开口就道："不用说了，我知道规矩，这就随你们走一趟。"

赤芍出了星月居，就直接往刑院去了，蓝靛走到星月居门口前，正好看到这一幕，惊得什么话都说不出来。而离开之前，赤芍也看到蓝靛了，面上的表情又冷了三分，不过什么都没说，只是冷冷地瞥了蓝靛一眼。

"除非之前小可吐出什么话，不然天亮之前，赤芍应该就能回来。"回去后，蓝靛对安岚道了这么一句。

安岚点头，她不怎么关心这个，她只需清楚，赤芍依旧带着嫌疑就可以了。

这步棋，似乎是老天送给她的一般，走得没有丝毫偏差。

与此同时，陈家村这边也乱了套。

没有人想到，李小梅竟会丢下孩子自己投了河。

丹阳郡主起来，出了房间，看着长香殿的方向，心中隐生担忧。那上面定是出什么事了，心里这样的感觉越来越强烈，若非香还未拿到，她怕是连夜就赶回去了。

李小梅的死，让丹阳郡主的事提前结束。

次日一早，陈大伟就领着徐殿侍和丹阳郡主去拿沉香。

看到那块沉香的那一刻，丹阳郡主感觉自己的呼吸一下子停住，她震惊地看着那块已具人形的香，半晌不得出声。

陈大伟退出去后，就不再看它，这东西似乎有魔力，多看一眼，心里的不舍就会添上一分。其实即便之前他答应了丹阳郡主，但是，他心里还是有些不甘愿，只是昨晚李小梅的死，令他猛地醒悟过来，有些东西，根本不是他这等人能想的。

他不知道李小梅究竟是怎么死的，但隐约觉得，定是跟这块香脱不开干系。

已经闹出人命了，他不敢再留在手中，不然，真说不准下一个会是谁。

……

果真不出蓝靛所料，天灰蒙蒙亮的时候，赤芍就回了星月居，并且面上瞧着一点儿事都没有。

约一个时辰后，白广寒回来了。

又半个时辰后，丹阳郡主也回了天枢殿。

安岚从自个儿房间走出来，正好看到丹阳郡主站在对面的走廊下沉思，听到她这边的动静后，才抬起脸，看了她一眼，然后微微颔首。

丹阳郡主一回来，就听说了昨晚的事，随后终于明白安岚的目的。

安岚先开口："恭喜郡主。"

"跟安岚姑娘的心思比起来，当真不值得恭喜。"丹阳郡主摇头，这不是客套话，也不是自谦，而是心里话。这件事，她其实靠的完全是家族背景，严格论起来，她实际上什么都没做。

安岚却没有回应她这句话，而是转头看了看天色，一会后道："听说广寒先生回来了。"

"嗯……"丹阳郡主也往同一个方向看过去，经此事，她们都得到了一些认可，至少有人能为她们各自打探消息了。

才说着，就有人推开伴月居的大门，给她们传达了句话：广寒先生请她们到前厅去。

"那块香？"出来伴月居后，安岚注意到丹阳郡主两手空空，便忍不住问了一句。

丹阳郡主道："已经送到广寒先生那了，那般贵重的东西，我实在不敢留在手里。"

安岚道："我本还想开开眼。"

丹阳郡主道："旁的人或许没机会，但安岚姑娘应当不愁没有机会去看。"

安岚看了丹阳郡主一眼，见她面上并未带丝毫嘲讽之类的神色，便沉默下去。

两人走到天枢殿前厅这的时候，才发现赤芍也在。

三人相互看了一眼，什么都没说，只站在那静静等着。

片刻后，白广寒终于进来了，并且一进来就问了一句："安岚，你先说。"

安岚一愣，直到白广寒坐下后，她才有些发怔地问："说，什么？"

第048章　赏罚·差事·身世

座上的人高贵卓然，目光往下淡淡一扫，就令人不由得垂下眼。

安岚起先也是垂下眼，只是仅一瞬息时间，即又抬起眼。

白广寒看向她，目光稍作停留，那小姑娘看过来的眼神里，有忐忑，有倾慕，有敬畏……都是他极其熟悉的。身在这个位置，他看过太多这样的眼神，并且大多数比她流露出来的更热烈，甚至还有直接传达爱意和暗暗引诱的，都不鲜见。

不过，此时那双清亮的眼睛里，依旧是多了一些让他不得不在意的情绪。

她眼里带着渴望，即便被她掩饰过去了，但她看过来的那一瞬，首先流露出来的就是那份渴望，悠远而漫长，沉静而执着。不过只是转瞬，就被她层层压下，最后仅剩下忐忑和敬畏。

那种渴望简单而纯粹，澄净透明，却又无法一眼到底。

渴望什么？白广寒垂目看着眼前的小姑娘。

财富？地位？身份？能力？权力？或是，仅仅是对"香"的探知？

来自她的渴望，他已见过不止一次。

大香师，最擅长的就是观察别人的情绪，不过是个孩子，即便天赋再高，再如何懂得掩藏，在他面前，又能掩饰得了几分？

那些忐忑、敬畏和倾慕都是真的，但真正贴在她心底的，却不是这些。

那样的渴望，因为掩饰，因为来自这样的一个孩子，所以反显得更加强烈。

白广寒看着安岚，有些漠然地道："经过和目的。"

这些事，他有很多渠道可以知道，但是，还是想听她们自己如何说。

安岚不由得看了赤芍和丹阳郡主一眼，两人面上也露出微微的诧异，三人心里都在琢磨，广寒先生真正想听的是什么？

在安岚看来，物化沉香最后是丹阳郡主所得，自然不用有太多担心，照实说就是；至于赤芍，只要咬定没有异心，对小可的事亦完全不知情，应当也不要紧；而对于自己，她反倒有些拿不定主意……

但是，眼下没有太多时间给她考虑。

安岚悄悄握紧手心，沉吟了一会，才开口道："安岚羞愧，未收回沉香，万幸丹阳郡主聪慧过人，不负先生所托。"

丹阳郡主有些意外地看了安岚一眼，白广寒却未开口，只是沉默地看着安岚。安岚便知只说这些定是不够，便又道："幸得机缘巧合，我无意发现李小梅行踪有异。于是一路追行，后窥得她与天枢殿的人有往来，由此想起消息泄露之事，故而回香殿查探，庆幸找到可疑之人，只是……不想，此事竟害了一人性命，又拖累赤芍侍香。"她说到这，就跪了下去，"是安岚擅自做主，结果打草惊蛇，请先生责罚！"

赤芍心里微惊，丹阳郡主更是诧异。

她们没想到，安岚会直接跪下请罪，而更令她们惊讶的是，打草惊蛇那四字所代表的意思。

为什么安岚会想到小可定会在刑院内出事，因为她很清楚，小可的事捅到赤芍那，再由刑院的人插手后，定会闹得人尽皆知。天枢殿内若真有内奸，那么到时，其人自然不会允许小可再活下去。

小可的事，她其实可以等白广寒回来后，悄悄送到白广寒面前，如此才能神不知鬼不觉。但是，这么做的后果就是，她在这件事上，没有任何建树，更重要的是，还得罪了赤芍。她无法确定白广寒对她会有多看重，所以，为了能制约赤芍，她提前将这事撕开了，如此虽是成功制约了赤芍，却也给了天枢殿的内奸一个提醒。

广寒先生让她先说，安岚便知道，自己这点心思已经被广寒先生洞悉，所以干脆坦白并且直接认错。

白广寒没有叫她起来，也没有斥责，只看了下跪的她两眼，然后就将目光移到丹阳郡主那。

有了安岚这一番话，丹阳郡主自然不敢多说自己的功劳，于是寥寥几句，便将此事的功劳都送到徐殿侍那边。

赤芍在一旁听着，暗叹丹阳郡主心思过人，这嘴上不争功劳，实际上功劳是谁的，可以说是一目了然。陈大伟一家都受崔氏的照顾，所以才交出物化沉香，这等条件，是徐殿侍能给得起的吗？只是丹阳郡主这样一说，不仅可以显出其心胸宽大，还能让大香师没有疑虑地收下物化沉香。

长香殿内本就有一位崔氏的大香师，能得此香，又是崔氏出了大力，所以，无论如何，白广寒要白白收下这块沉香，都得有个过得去的理由。

丹阳郡主这几句话，自然就是给了一个极好的理由。

白广寒依旧没有多说一句话，只是看了丹阳郡主一眼，然后看向赤芍。

赤芍跪下，只道了一句："任凭先生处置。"

她没有为自己辩解，也没有任何解释，她跟在白广寒身边数年，很多事情，她清楚要怎么表态，她相信这件事前前后后，先生心里都一清二楚。至于先生是否相信她，不是她此刻说什么能决定的，若先生真的要罚她，她也绝无怨言。

此时，两个人都下跪了，丹阳郡主只是看了她们一眼，目中虽有微微的诧异，但面上很平静。一，她是郡主，本就身份尊贵，轻易不下跪；二，她行事磊落，问心无愧，所以此时此刻，亦不会有丝毫的忐忑和不安。

三人都说完后，白广寒看向丹阳郡主，语气里隐隐带着几分赞赏："物化沉香既是你收得的，你可以要一个奖赏。"

丹阳郡主一怔，随后忙道："这都是丹阳分内之事，不敢言赏。"

白广寒便道："物化沉香及出入藏书阁的资格，你可选其一。"

据说，这天下但凡关于香事之记载，都收在长香殿的藏书阁内。但藏书阁却不是什么人都有资格进出的，就算是长香殿的香师，每个月也仅有数的几次能进藏书阁翻阅书籍的机会。

物化沉香的确是无价之宝，但对于丹阳郡主来说，无价之宝她自小就见过不知多少，即便物化沉香称得上是宝中之王，但终究是身外之物。所以，这两个选择，她甚至连考虑都没有，就做出了决定。

丹阳郡主抬起眼："丹阳选藏书阁。"

白广寒点头应允，安岚再忍不住，抬起脸，她也知道藏书阁，对于自小连一本正经书都没有摸过的她来说，对书籍的渴求和敬畏，是旁人无法想象的强烈。可是，她清楚自己没有资格提这个要求，但那双眼睛那么热切，热切到白广寒即便不看她，也能感觉得到。

"赤芍闭门思过一个月，殿中之事交由赤箭代管。"白广寒声音落下，赤芍脸色微白，却还是一句辩解都没有，俯身磕头应下。

安岚已经不再在意赤芍，一个月后，即便赤芍能无恙归来，无论是否甘愿，其态度也一定会转变。她现在只在乎广寒先生对她是什么意思，从刚刚下跪到现在，先生就不曾看过她一眼，她从未这般忐忑过，特别是知道丹阳郡主能进藏书楼后，她忐忑中甚至带着几分委屈。

只是，白广寒说完对赤芍的处置后，就站起身，竟是要离去的意思。

安岚一惊，忙道："先生？"

白广寒停下，看了她一眼，目光淡淡，那么熟悉的面容，此刻看起来却无比冷漠。

安岚不敢站起身，只仰着脸，像个做错事又怕被人遗忘的孩子，紧张又忐忑地看着白广寒："先生，我，我呢？"

她是个矛盾体，既聪慧又脆弱，行事冷静果决，但面对他时，又难掩忐忑和惊惶。

我呢？

似个害怕被人抛弃的孩子，他微侧过身，背着光垂下眼。

此时此刻，那双清亮的眼里确实盛着惊惶，白广寒沉默的时间有点长。

"你功过相抵。"良久，白广寒才开口，声音依旧清冷，却无论如何，都比不过话里的意思冷。

功过相抵！

安岚有些茫然地看着白广寒，竟忘了言谢，只怔怔地看着他转身离去。

她其实，不在乎被处罚一下，如果也能让她入藏书阁看书，她闭门思过一个月，三个月，都可以，或者受几次杖罚也行……

为什么，这些话，当时就是说不出来！？

安岚失魂落魄地回了伴月居，坐在屋里半晌无言。

……

景炎轻轻叹了口气，有些无奈地道："这样是不是太苛刻了！"

白广寒替他倒茶："不是你的意思吗？如此就心软了？"

"还真有一点，那么难得的孩子。"景炎端起茶杯，轻轻抿了一口，然后摇头一笑，"不过不磨不行。"

白广寒看了他一眼："这孩子确实不简单，直接就制住了赤芍，这点事，她承受得住。"

景炎有些随意地晃了晃手里的杯子："越不甘心，就越会争取，若不如此，我怎会选她。"

"崔文君在查她。"白广寒放下茶壶，忽然道出一句不相干的话。

景炎淡淡道："那女人的能力不俗，且看她能查出什么。"

白广寒又问出一句："刑院的事，你有什么打算？"

天枢殿布满看不见的眼线，就连刑院也未能幸免，否则小可不可能有机会自尽。

他和他，花了七年时间，却还是找不到那个人。

安岚此举功过相抵，说来也不算苛刻，她若知道小可关系着什么样的事，就会明白，白广寒和景炎待她已经足够亲厚。若是旁人坏了这样的机会，哪还能依旧留在天枢殿，更何况，她也并非真的蒙懂无知，否则怎么会急巴巴地揪出小可。

小可死了，好容易揪出的线一下子断了，对方的能耐不下于他们。

景炎靠着廊柱，看着苍穹上的那轮明月，久久不语。

清冷的月华洒下，衬得屋檐殿角的影子愈加浓黑。

白广寒一身素衣，端坐于月影中烹茶，景炎披着黑袍，懒散地卧在月光下假寐。

一模一样的两个人，不言不语坐在一块，除却衣饰不同外，当真像是一个模子印出来的。

天枢殿下的明暗在氤氲的水汽中清晰起来，又在云层移动下模糊去，白广寒给景炎倒上一杯茶，放下茶壶时道："时间不多了。"

待茶水凉后，景炎才起身，将那杯茶一口饮尽，然后伸了个懒腰，就站起身道："我去跟小丫头说说。"

白广寒的手微顿，想说是不是太急了，景炎却已离去。

……

次日，安岚早早起来，洗漱好，用了早膳后，就往事务厅走去。

物化沉香的事，还不等惊起什么波澜，就已经结束。只是由此引发的后果，却令许多人心头震惊，小可于刑院内自尽，赤芍被罚闭门思过一个月，而这几件事，论起来，都是由那位刚入香殿的侍香人挑起的。

安岚走进事务厅时，感觉厅内几乎所有目光都向自己投来，她微垂下眼，如前几日那般，走到桌案前问今日可有安排她的事。

替了赤芍坐在桌案后面总理殿内事务的是个面相和善的年轻男子，和赤芍的铁面无私不同，瞧着安岚后，他就从抽屉里拿出一个长条的盒子，然后站起身微笑着道："得麻烦安岚姑娘跑一趟了，这是玉衡殿要借的东西。"

本以为又要坐冷板凳，不想会听到这样的话，安岚不由得一愣，便没及时伸手去接。

赤箭解释道："是一幅古画，昨日崔先生着人来借，只是昨日这幅画未在殿内，没能送过去，听说崔先生今日设宴，怕是等急了。这幅画是景公子的心爱之物，不敢借香奴的手，只好劳烦安岚姑娘了。"

"是要送到崔大香师手里吗？"安岚即小心接过画，问了一句。

赤箭点头："是，姑娘若不认得路，可以让蓝靛跟着一块过去。"

安岚点头，抱着那幅画出去了，只是走到门口时，又回头往厅内看了一眼。今日没有看到丹阳郡主，是办差去了，还是去了藏书阁？一想到藏书阁，安岚就觉得心里闷闷的。

待安岚出去后，赤箭身边就围过来好几位侍香人。

"赤箭，赤芍姐姐没事吧？"

"小可真的已经……"

"看不出来，那小丫头不吭不响的，却有这番能耐。"

"丹阳郡主也不简单。"

赤箭赶忙打住他们："都别说了，你们这些话若是传到广寒先生耳朵里，就都别想在这待下去了。"

毕竟不是菜市口，心里再怎么好奇，这些人也知晓分寸。这等事私下悄悄议论可以，拿到事务厅内说确实不妥，于是相互间打了个眼色，便都散开忙自己的事去了。

只是人散开后，赤箭却反而陷入沉思，他和赤芍是同一年被选入天枢殿，论起来，两人的交情也不浅。以前都是赤芍说他不够冷静，可在这件事上，他没想到赤芍会如此疏忽，小可……想起那个侍女，他不由得轻轻叹了口气。小可和赤芍之间的情分，他是清楚的，所以他能想象得出赤芍当时是什么样的心情。

他相信赤芍，但这只是他的意思，他亦明白，若非赤芍这些年表现得忠心耿耿，仅凭那点嫌疑，广寒先生就能将赤芍一同送入刑院，而不是只罚闭门思过一个月。

只是，一个月后，天枢殿会是什么光景呢？

赤芍还能回到这个位置吗？

赤箭有些担心，亦有些挂心。

安岚捧着画随蓝靛进了玉衡殿，打听到崔文君大香师此时正在殿中大厅，两人便抬步往那走去。

"崔大香师喜欢茶花？"安岚暗暗惊叹，自入了玉衡殿后，满眼看到的，都是一簇一簇或是含苞待放，或是已灿烂到极致的茶花。空气里浸满了花香，她不知道花农到底用了什么法子，都这个季节了，竟还能让茶花盛放。

"是，玉衡殿的茶花四季不败，崔先生每隔一段时间，就会办茶花宴。"蓝靛跟在安岚身边道，"因为花和画同音，所以崔先生每次设花宴，总少不了要添上几幅画让客人一块赏评。"

正说着，前面拐角处忽然跑出来两个小女孩，都是七八岁光景，生得粉雕玉琢，因跑得急，差点撞上安岚。安岚忙往旁退开两步，那两小女孩也赶紧站住了，然后有些惊惧地看着安岚。

"这是……"安岚询问地看向蓝靛，她没想到这里还有孩子。蓝靛刚要开口，前面忽然跑过来两婆子，正要责骂那两孩子，却瞧着安岚和蓝靛后一愣，面上露出几分讪讪的表情。

蓝靛开口道:"这位是安岚侍香,是天枢殿过来的,给崔先生送画。"

"两位姑娘辛苦了。"两婆子忙笑了笑,然后一人牵着一个小女孩,转身走了,片刻就没入花丛中。

不知为何,刚刚那一幕,安岚觉得有些怪异,但又说不出究竟是哪怪,于是便问:"那两孩子,是她们的孙女?"那两婆子面上分明带着几分不耐烦,动作也不怎么小心客气,但又忍着没有斥责,真说不上来是什么样的态度。

蓝靛摇头,低声道:"那是玉衡殿的小姐,那两婆子是专门负责照看孩子的。"

"是……崔先生的孩子?"安岚甚是诧异,既然是崔文君大香师的孩子,那刚刚那两婆子的态度就太不客气了,难不成是欺负孩子小,不懂事?

"不是。"蓝靛再次摇头,小声道,"玉衡殿有不少这样的孩子,都是崔先生从外头带回来的,当半个小姐少爷养着。"

安岚一怔,有些愣愣地点头,却依旧不解。

既然是不少,那当然是不止三两个,都当成半个小姐少爷养着,难道跟景公一个意思?但是崔文君大香师那般年轻,没道理这么着急,而且崔文君大香师成亲了吗?

"听说,崔先生十几年前曾有过一个孩子,只是才生下就被人抱走了。这些年,崔先生一直在找那个孩子,但其实大家都说那个孩子早死在外头了,只是崔先生一直不相信。"蓝靛压低声音,往两边看了看,接着道,"可能是因为找了那么久都找不到,所以崔先生便将一些年岁相仿,或是有眼缘的孩子带回来养着,权当安慰。"

安岚大为诧异:"崔先生看起来如此年轻,不过二十余岁,怎么十几年前就有孩子了?"

蓝靛笑了笑:"姑娘是不知道,年纪对大香师来说,就只是个数字罢了。"

安岚一怔之后,微微点头,可不是,七年的光阴,并没有在白广寒脸上留下丝毫痕迹。

"对了,璇玑殿的柳大香师,姑娘已经见过了吧。"两人将走到玉衡殿大厅时,蓝靛忽然停下,瞧得安岚点头后,接着道,"柳大香师最恨别人问她的年纪,姑娘需得记得,千万不能在柳先生面前提及这个,否则柳先生恼起来,没人受得住的,甚至连广寒先生的面子都不给。听说之前有位客人就是在广寒先生的宴席上多喝了几杯,不慎问了柳先生的芳龄,结果宴会还没结束,那位客人就当众失禁,还做了许多失礼的举动,被人抬回家里后,又在床上躺了半个月。"

安岚吓一跳,赶紧点头。

……

浅明轻轻走到崔文君跟前,欠身道:"先生,天枢殿将那幅《洛神图》送过来了。"

"是谁送来的?"崔文君正修剪一盆茶花,听了这话,便停下手中的动作。以往,这等东西多半是赤芍亲自送过来,但是她听说,昨儿赤芍犯了事,今天已经被罚闭门思过。

浅明抬起眼道:"是那个叫安岚的侍香人。"

崔文君正要剪下一片多余的叶子，只是刚抬起剪刀，听了这话，动作就顿住。

旁边的言嬷嬷便问："就她一个人？"

浅明道："她身边还跟着一位叫蓝靛的侍女。"

"让她们进来。"崔文君说出这句话的同时，将那片叶子也剪了下来。

这是她第二次见到崔文君大香师，第一次时，满身狼狈，茫然不安，未敢细看就已低头跪下。

这一次，她是以天枢殿的侍香人前来，自是无须下跪，因而，她终于看清崔文君大香师的容貌。

崔氏出美人，这话一点不假。

其实崔文君的美并不张扬，不似丹阳郡主那般光彩明艳，却较之丹阳郡主更吸引人。安岚说不清是什么，神韵，气质，或者是身居高位养出的无形气场，即便只是安安静静坐在那，也能让人将目光投到她身上。

"见过崔先生。"安岚走过去行礼，然后将手里的古画送上，"这是《洛神图》。"

崔文君微微点头，言嬷嬷上前接过。

"殿中还有事……"

安岚才开口，崔文君却打断她的话："不急，你过来看看这幅画。"

安岚诧异抬眼，却看到崔文君一点赏画的意思都没有，依旧坐在那，只是看着她的眼神却有些怪异。似打量又似探究，甚至还有更多说不清的情绪，她愈发不解，正待要开口，崔文君就命言嬷嬷将那幅画挂起来。

安岚赶紧道："崔先生，我不懂赏画。"

"烹茶煮酒，焚香抚琴，赏花评画。"崔文君看着安岚道，"入了香殿的人，这些事绝不能说自己不懂，若是不懂，就无须留在香殿。"

崔文君的声音很温柔，但听着却令人心头生怯，安岚怔然，摸不准崔文君究竟是何意，于是站在那惴惴垂下眼。

崔文君的目光依旧停在她身上，目中神色越来越复杂。

她第一次见到白纯，就是在玉衡殿，当时的白纯差不多跟这丫头一般大，并且跟她见的第一面，也是在这厅内。

是她吗？她又究竟是谁的孩子！？

崔文君悄悄握紧手心，仔细打量安岚。

是个很漂亮的女孩，五官生得极其精致，不比丹阳那丫头差。崔文君心头微松，很满意这一点，于是目中隐隐多了几分急切。白纯也很漂亮，但唯一不足的地方是，白纯的鼻子不够挺，一个美人，鼻子生得不够挺，那漂亮自然是打了折扣。

这么一想，她的目光又落在安岚的鼻子上，精致的五官，鼻子自然是秀挺的。崔文君再次满意,只是,多看了两眼后,忽然觉得安岚的鼻子,生得似乎有点像那个男人!发现这一点,她眉头微皱,不过想了想,又舒展开,若她的怀疑没有错,那生得像他是应当的。

只是除此外,似乎找不出别的明显特征了。

她和白纯都是鹅蛋脸杏仁眼,眼前这丫头也是杏仁眼,但却不是标准的杏仁眼,略有些狭长,并且眼角微微上扬,带着几分倔强,还是像那个男人。脸型,脸型其实也像,就连这垂目的样子,也有几分神似,崔文君再次皱眉,手心松了又紧。

难不成,这丫头真是那贱人生的?死的那个,是自己的孩子?

此时,言嬷嬷已将画挂好,安岚抬眼,却忽然看到崔大香师盯着自己的眼神极其阴寒,刚刚的温柔早已不见踪影,她心里愈加不安。从一开始,她就弄不清崔大香师究竟是什么意思,之前在铜雀台时就莫名地找她去问话,今日又忽然留下她,此时看过来的眼神,似乎在寻找什么,但是那眼里的恨意从何来?

身份悬殊如此之大,依大香师的身份,怎么可能对她有这样的情绪?

"先生。"言嬷嬷走过来,轻声提醒了崔文君一句,"画挂好了,您请看。"

崔文君收回目光,微微闭了闭眼,再次睁眼时,眼里的激动已经平复,随后就对安岚道:"你过来看看。"

安岚不敢拒绝,应声后,就上前两步。

这是《洛神图》的最后一卷,图中宓妃正与倾慕之人告别,云髻高梳,衣袂飘飘,欲去还留,顾盼之间,缠绵悱恻,观之令人徒生怅然。

洛神的典故她听说过,说的是一个"错过"的爱情故事,她当时听了后并不喜。

既然喜欢,第一眼时就应该争取,错过之后再念念不忘又有何用。

这幅《洛神图》她是第一次看到,画上的神仙妃子确实极美,她不懂画,形容不出来,只觉得好。

"如何?"片刻后,崔文君开口。

安岚心中更加忐忑,琢磨着崔文君刚刚的话,迟疑了好一会才道:"轻云蔽月,流风回雪,仙气袅袅,只是不适久观。"

崔文君转头看向安岚:"为何?"

言嬷嬷诧异,只是安岚此时正好垂下眼,并未发觉她们的异样。

"画中分别的情绪令人感同身受,久观会觉怅然。"安岚道出这么一句后,又补充道,"只是我的愚见,让先生见笑了。"

崔文君握紧手心,脸色一时间有些发白。

她还记得,当年,她同白纯一块看这幅画时,白纯也曾说过,这幅画不宜久观,观之怅然!

难道真的是——

言嬷嬷忙走到崔文君身边，低声提醒："先生还有好几盆茶花未修剪，这幅画挂在这也不合适，不如先收起来？"

安岚察觉到崔文君不大对劲，也不敢琢磨，即顺着言嬷嬷的话再次告辞。

崔文君冷冷地看了她好一会，才轻轻点头："辛苦了，替我传句话给景公子，就说多谢他了，这画好，人……也不错。"

安岚应下，然后小心翼翼地退了出去。

崔文君让厅内的下人都出去后，就盯着那幅画道："嬷嬷，你听到了吗？"

言嬷嬷微微叹气："先生……"

崔文君握紧手心："当年你也在一旁的，当时她也说了一句跟那丫头一样的话！"

言嬷嬷道："先生，这也代表不了什么，凑巧罢了。"

"世上哪有那么多凑巧的事！"崔文君冷哼，"那贱人死了，算是便宜她了，但是她既然留下她的女儿，我就……"

"先生，也不一定就是白姑娘的。"言嬷嬷弯下腰，有些担心地看着崔文君道，"您千万别冲动，毕竟，也有可能是您的。"

听了这话，崔文君似一下子泄了气，身子无力地往后一靠，好一会后，才道："到底查得如何了？"

言嬷嬷迟疑了一会，叹了口气："如今有了线索，查起来倒是有迹可循，但是，这么查下去，怕是也只能证明那姑娘是那两孩子中的一个，无法确定究竟是哪一个。因为当年那几个人，早都死了。"

秘密落入尘埃，已被层层掩埋，成了谜题，也成了护盾。

崔文君握紧手心："已经确定她就是那两孩子中的一个了？"

言嬷嬷小心道："待明儿收到所有回馈后，就能确定了。"

"不用等到明天。"崔文君摇头，"我知道是她，但是，却不知道，是不是她。"

有些拗口的一句话，言嬷嬷却听懂了里面的意思。

先生跟白纯牵扯得那样深，加上这十多年来不懈的寻找，若真是白纯的孩子，先生心中有所感应也不奇怪。

言嬷嬷沉默了一会，就道："或许，找到孩子的父亲，就能知道了。"

当然，这个可能性很小。

崔文君冷笑，却没说什么，只是片刻后，就交代一句："这件事，绝不能透露。"

"老身明白，只是……"言嬷嬷说着就迟疑着道，"璇玑殿那边，应该已经察觉，就是天枢殿那，照广寒先生和景公子的态度，多半也都留意着先生这边呢。"

崔文君道："柳璇玑即便知道什么也不会多说，天枢殿那边，随他们去。"

……

安岚满头雾水地出了玉衡殿后，就问了蓝靛一句："崔大香师，是个什么样的人？"

蓝靛不解："姑娘怎么忽然问起这个？"

"就是有点儿好奇。"安岚想了想，又道，"崔大香师看起来非常温柔。"

蓝靛点了点头，随后又摇了摇头。

安岚不解："这是何意？"

蓝靛便道："我对大香师不了解，只是记得公子曾说过，七殿大香师，没有一位是简单的，姑娘也需记得这句话。"

安岚点头，随后蓝靛就道："是公子！"

安岚抬头，果真瞧着景炎正往她们这过来。

"是从崔大香师那出来的？"景炎走到她们跟前后，打量了安岚一眼，笑着道，"要回天枢殿了，正好陪我一块走走，崔文君跟你说什么了？"景炎说着就放慢脚步，走到安岚一侧，蓝靛主动退开，远远跟在后面。

"也没什么，就是让我看了一幅画。"安岚说到这，抬起脸看了景炎一眼，"前两天的事，公子已经知道了吧。"

"嗯，听说了。"景炎忽然站住，安岚一怔，便也收住脚步，同他一块儿停在那，不解地看着他。

景炎道："费了不少心思吧？"

安岚垂目："都是分内事。"

景炎微笑："功过相抵，心里是不是有些不服。"

安岚忙道："安岚绝没有这么想，广寒先生这么说，定是有理由的。"

景炎笑了，屈指在她额头上轻轻一弹："小狐狸，你这是骗谁的鬼话。"

第049章　托付·决定·许诺

"公子，我……"安岚欲要辩解，却看到景炎那双含笑的眼睛后，不由得收了声，垂下眼，有些讪讪地道，"我真的没有不服，只是，只是也有点想进藏书阁看看。"

景炎道："既然想，那当时为何不跟白广寒提？"

安岚抬起脸，一副我哪儿敢的表情。

"不敢？"景炎笑着看她，"对我怎么就敢。"

安岚面上微窘，踌躇了好一会后才道："总归也瞒不过公子。"

一路走来，他都在一旁看着，她那点儿小心思，他还能不清楚，如此，与他说起来自然更方便。至于广寒先生，每一次看到，她都觉得如谪仙临世，自己则低若尘埃。在广寒先生面前她能正常应答已是不易，哪还敢另外提要求。更何况，她才刚进天枢殿，广寒先生对她的印象似乎还不太好，她若贸然开口，万一弄巧成拙岂不更糟。

景炎又在她脑门上敲了一下，然后往前走去："想在白广寒面前留个好印象，却马上找机会求到我跟前，就说你是只小狐狸，这算盘打得一点都不吃亏。"

安岚面上一热，却还是厚着脸皮，低声道："总归大家都知道我是得了公子的青睐，我学得好了，也不会丢公子的面子。"

景炎身高腿长，即便是正常速度走路，也要比安岚快上许多。因而不过几步路的时间，安岚就被落在他身后了，于是安岚不得不加快脚步紧紧跟着。

冬日早晨的长香殿，天高云淡，山明水秀，景色如画。

此时，用汉白玉依着山体修建的九曲回廊上，就一前一后走着两个人影。男的身形高大修长，精致的衣袍发带顺着山风微微翻飞，翩翩浊世贵公子的形象无人能及。女的身量尚小，仅到男子肩膀处，衣着远不及男子的华贵，但看起来却似能与这山体融为一体，似幻出人形的山中精灵。

景炎走了几步后，转头看了安岚一眼，忽然开口："我这样会不会把你给宠坏了？"

安岚怔住，抬眼，只见那张丰神俊朗的脸在阳光下异常耀眼，其眼里虽依旧含着笑意，但看过来的眼神还是带着几分了然。她忽然觉得浑身拘谨，愣愣地站在那，一时间不知该说什么。

她以前，从未跟安婆婆以外的人讨要过任何东西，有不得已的时候，就只能是恳求，低三下四、战战兢兢地恳求。若求而不得，必将权衡利弊，步步算计。而眼下，她虽也是小心翼翼，但那态度里，其实带着几分连她都没有察觉的撒娇。

撒娇？

意识到这一点的那一瞬，安岚像是被雷劈中了般，一下子僵在那。

"怎么了？"见她忽地木在那，景炎微微挑眉，"进藏书阁倒不是什么大事，只不过不用太着急，等下一次机会吧。"

"是。"安岚赶紧敛神，有些慌地垂下眼。

景炎走到一处曲廊前停下，看着远处的山泉，开口道："知道为何功过相抵吗？"

安岚面露忐忑，垂下眼，好一会后才道："是，是……我私心太重，算计太多。"

"有私心称不上是什么坏事，不会算计在这里可待不下去。"景炎微微摇头，随后道，"天枢殿有内奸，你已经知道了。"

安岚点头，物化沉香的消息被传出去，接着小可被揪出来，两次都证明了这一点。

景炎又问："小可死在刑院，你怎么看？"

安岚迟疑地看了景炎一眼，瞧着景炎鼓励的眼神后，她才道："刑院并没有完全控制在广寒先生手里。"

不是刑院有内奸，而是刑院脱离了控制，这小丫头没有让他失望，一针见血，景炎嘴角边扬起一个满意的弧度。

刑院归属天枢殿，刑院院侍又是由天枢殿大香师直接任命，结果，却在天枢殿的事情上出了意外，这已经不仅仅是内奸那么简单了。更多的可能，是有人阳奉阴违，但却推到内奸上。

"白广寒身边也有内奸。"景炎抬手放在汉白玉石礅上，轻轻摸着上面的瑞兽花纹，"一直找不出是谁，每个人都有可能。"

安岚脸色微变，她终于明白，自己究竟搞砸了什么事，她张了张口，想要说些什么，却发现自己什么都说不出来。

景炎转身，看着她微微一笑："不知者无罪，白广寒并不怪你。"

安岚抿着唇，小脸微白。

景炎看了她一会，开口道："你是我选的人，我能相信你，是不是？"

安岚赶紧点头，眼里是十足的认真。

看着那双清亮的眼睛，景炎沉默了一会，然后抬手，食指在她额头上轻轻点了点："我想请你帮我做一件事。"

安岚马上道："公子请吩咐。"

景炎轻轻开口："我不在的时候，替我保护好白广寒。"

安岚一怔，忽觉得这个责任大到完全不是自己能承担得起来的。

景炎看着她道："这里危机四伏，而他绝不能有事，我现在可以相信的人只有你。"

安岚满是忐忑地道："公，公子，我，我怕我做不好。"

"又不是让你去跟谁拼命。"景炎笑了，替她拨了拨被山风拂乱的发丝，"只需你时时留心，并答应我绝不做伤害到白广寒的事。"

"我答应！"安岚马上应下，跟着又接着补充，"我，我会小心的。"

"好孩子。"景炎笑了，"不枉我这么疼你。"

这话较之以前多了几分亲昵，虽是有理由这么亲昵，但安岚还是觉得有些不好意思。

"日后，有任何需要，都可以跟我说，不用客气，也不用觉得忐忑。"景炎似知道她心里想着什么，笑眯眯地道，"至于白广寒，他虽是个冷性子，但并非冷心冷情的人，只要你做得好了，他自然会看重你，到时定会倾囊相授。"

"是。"

"还有……"景炎想了想，又道，"你虽是我选中的，却并不等于就能让白广寒认可，若想离他更近，还需靠你自己，明白吗。"

安岚点头："是，我明白。"

"哦，才说他，他就来了。"景炎笑了笑，一抬眼，就看到不远处，白广寒正往他们这过来。

白广寒走到离他们约半丈的距离时停下，看了安岚一眼，然后询问地看向景炎。

景炎笑了笑，安岚慌忙行礼，白广寒微微颔首："去忙吧。"

"是。"安岚应声，只是转身时，白广寒又道，"白书馆在依云轩，你去会一会，他若有什么事，你接下便是。"

安岚一愣，快速地抬眼，却见白广寒并没有多说的意思，便也不敢多问，小心应下，然后退开。

待安岚走远后，白广寒才走到景炎身边，往玉衡殿的方向看了一眼："崔文君在查她的身世。"

"嗯，我也没想到，会有这样的缘分。"景炎轻轻拍着旁边的石栏，"原以为是个没有来历的小丫头，呵，这事倒真有意思。"

"白纯已死，崔文君查了这么久，却迟迟没有说开，应当是还未确定。"白广寒从玉衡殿那收回目光，声音低沉，"这事若是无法确定还好，若是确定了，无论是何种结果，崔文君都不会罢休的。"

景炎微微点头："若是白纯的倒还好办，替她挡了便是，若是崔文君的……"

母亲要回自己的孩子，他们即便能留住，也不得不另作打算了。

"净尘那边应该也知道了。"白广寒低声道，"这等事他不会不关心，还有柳璇玑，崔文君若有什么动作，她也定会插手。"

景炎有些无奈地叹一声："崔家是撞大运了吗，那么难得的两丫头，竟都跟他家有关系。"

"眼下最头疼的还是崔文君。"白广寒开口，声音有些冷，"你拿主意吧。"

景炎转过脸，看着远处安岚小小的背影，良久后，才低声道了一句，白广寒微微点头，随后景炎又道："我刚上来时，瞧着白书馆神色匆匆，去了天玑殿后，又往天枢殿这过来，出什么事了？"

"城北的叶家出了点事，正好白书馆与那叶家的老爷有些交情。"

"城北叶家？"景炎想了想，便道，"叶德清？"

白广寒点头："正是。"

"出什么事了？"景炎疑惑，叶家跟景府也有点儿交情，虽走得不是很近，但是逢年过节，都有往来。叶家若有什么事，他应当会听说，更何况，叶家如今的当家主母，当年可曾是天枢殿的侍香人。

"也是件十几年前的事。"白广寒淡淡道，"叶三姑娘怀疑十四年前，她母亲是死于薛灵犀的毒手。"

薛灵犀就是叶老爷如今的夫人，天枢殿曾经的侍香人。

景炎有些意外："我记得，那位叶老爷的原配夫人，也是姓崔。"

"是崔氏的旁支。"白广寒又往玉衡殿那看了一眼，"又是崔氏。"

景炎大致明白了，此事定是有了疑点，却又不好报官，所以叶老爷才请白书馆帮忙。只是白书馆是隶属天玑殿，薛灵犀却是天枢殿的人，虽说如今已经不是了，但以白书馆那极懂得左右逢源的性格，自然是要先过来天枢殿这打声招呼。

他若没记错的话，十四年前，薛灵犀还未嫁人，此事最后若真查出有什么，那么可就跟天枢殿有关了。

想到这一层，白书馆自然要过来探一探天枢殿的意思。

"让她去见识一下也好。"景炎微微点头，"我去净尘那看看。"

他说完就走了，随后白广寒也离开那里。片刻后，崔文君从玉衡殿出来，站在殿内最高处的露台上，正好能看到天枢殿前面九曲回廊的一角。

……

安岚来到依云轩的时候，发现丹阳郡主已经在里面，略感意外。

白书馆则更是诧异，一时也猜不到白广寒大香师是什么意思，他又实在不想接这个烫手山芋，便不多做计较，咳了两声后，就将叶家的事大致说了一遍。

原来此事是因叶家二公子忽然发疯引起的。叶二公子的病，叶老爷寻遍名医都治不好。而这等病状，据说十四年前，叶老爷的原配夫人崔氏也曾患过，不到一个月就亡故了。并且三年前，叶大公子也是忽然染上这样的疯病，也是不出一个月也断了气。

丹阳听完后，便问："此事如何就能指定是叶夫人所为？"

安岚亦是不解，为何叶三姑娘就认定是叶夫人。

白书馆道："叶府如今这位叶夫人，早在十多年前，就常出入叶府。据说崔氏极爱香，崔家的那两位少爷也都是爱香之人，叶夫人当年虽只是个侍香人，但在香上的造诣，并不下于天枢殿的香师。叶夫人嫁入叶家后，两位少爷平日里常去她那品香，叶三姑娘则是几乎没有去过。"

丹阳郡主摇头："这也不能断定是叶夫人下了毒手。"

"叶三姑娘从叶夫人屋里搜出了一些特别的香品，经使用得知那等香品能使人神思迷乱，所以叶三姑娘认定叶夫人是凶手。"白书馆说到这，喝了一口茶润了润嗓子，接着道，"但叶夫人却否认此事。"

安岚问："那被搜出来的，并不是叶夫人的香品？"

白书馆摇头："确实是叶夫人的东西，但叶夫人称自己并未用过此香，并且那盒香，是当年天枢殿的大香师赠与她的嫁妆，她只留着当个念想，从未舍得用。而且，那品香虽具有令人神思迷乱的效果，但作用的时间很短，根本不可能致人发疯。只是叶三姑娘并不信她的说辞，叶三姑娘对香略知一二，所以认定叶夫人定藏着别的法子。叶老爷如今也拿不定主意，官府那边，少有人懂得这个，即便有了解的，也无法轻易断定，所以，便找上在下。"

丹阳郡主又同安岚对看了一眼，十四年前，天枢殿的大香师还不是白广寒。

据说，天枢殿上一任的大香师卸任之时，便是撒手人寰之日。

叶夫人的话，如今自然找不到人来作证真假了，而且，大香师的香，谁也不好说其具体功效。

白书馆说完经过后，又接着道："百里大香师说，既然是出自天枢殿的香，还是由天枢殿善后比较合适。"

丹阳郡主想了想，便道："白香师请稍候，此事我们需告知广寒先生后，才能回复白香师。"

白书馆忙道："这是当然。"

丹阳郡主示意安岚同她一块出去，只是两人还不等找到白广寒那，白广寒就使了一名殿侍传话过来，让她们俩随白书馆去叶府，负责查清此事。

与此同时，景炎已进了天权殿，同净尘闲谈了好一会。

"小僧也没想到。"净尘双手合十宣了一声佛号，然后看向景炎，"公子有何打算？"

景炎不答反问："你知道他在哪？"

净尘摇头："小僧上山时，师兄已经还俗，只听师父说起过，一直未曾见过。"

景炎皱眉，抬手揉了揉眉心，然后直接躺在地砖上，头枕着胳膊，眯着眼睛看着灰蓝色的天，片刻后，开口道："这件事，别告诉百里。"

净尘道："公子担心百里先生会跟你抢人？"

景炎没有回答，便是默认了，心里却颇为无奈。原本是块不起眼的璞玉，在他手里放出光彩后，马上有人觊觎了，还一个接着一个，他不头疼都不行。

净尘迟疑了一会，又道："小僧答应帮公子，但是，既然那位姑娘是小僧的侄女……"

景炎侧过脸，有些揶揄地看着他："你想反悔，还是也想跟我抢人？你犯了贪痴嗔，你师父知道吗？"

净尘面上微赧，脸红了一红才道："阿弥陀佛，小僧只是猜不透公子心里的想法，不知公子究竟要如何安排安岚姑娘，心里难免担忧。"

"你放心。"景炎转回脸，看着高远的天，淡淡道，"我会视她如命，倾我所能栽培她。"

净尘看了景炎一眼，冬日的薄阳下，景炎那张脸实在挑不出一点不足之处，即便是这般懒洋洋地躺在地上，他看起来不仅不显丝毫邋遢，反有一种华贵闲散的美。

净尘微微摇头："被公子这样的人如此看重，不见得是件好事，小僧担心她承受不起。"

景炎哈哈一笑，胸膛起伏了一会才道："你太小看她了，那丫头的胃口可不小，又生得一颗七窍玲珑心，真是什么都吃得下，再过几年，我怕是要甘拜下风。"

净尘声音平和："欲望是人之根本，她又有如此才能，有此欲自当不奇怪，但是公子是否忽略了一点？"

景炎看了净尘一眼："什么？"

净尘叹道："她如今已是豆蔻年华，情窦将开未开，公子又风华正茂，属人中龙凤，万一她将一颗心系在公子身上，公子该如何对待？"

景炎沉默了一会，笑了笑："那丫头早有倾慕之人，并且时间久得我都不胜唏嘘。"

净尘一怔，有些不信。

景炎闭上眼，声音缓缓："七年前，她曾见过白广寒一面，还碰巧白广寒救了她一命，自那起，那丫头就倾慕上白广寒了，一心一意往上爬，有一半也是为着白广寒。"

净尘微诧，只是片刻后面上更是不赞同："公子和广寒先生可是生了张一模一样的脸。"

景炎微微睁开眼，却不看净尘，只是看着远处的天："你心里清楚，白广寒如我一般，绝不会亏待她。"

净尘还是摇头，景炎这才睖了他一眼，有些无奈地叹了口气："你到底要如何？"

"师兄失去消息十余年，师父虽不提，但心里多半是以为师兄已不在人世，小僧无法为师父分忧，如今知道师兄还有一女，自当留心。"净尘平静地看着景炎道，"公子和广寒先生于小僧也有恩，小僧……"

"好了好了，真是榆木脑袋！"景炎打断净尘的话，沉吟一会，认真道："那小丫头，我很期待她的成长，有朝一日，她若真倾心于我，我必将真心待她，之前说的一切一样有效。"

净尘沉默许久，算是默认了景炎的态度，双手合十："阿弥陀佛。"

景炎坐起身，头疼地揉了揉眉心。

……

叶家的二公子自犯病后，叶家就闭门谢客了。

安岚等人来到桂花巷时，只觉那巷子前后冷清得似此地已多年无人居住，特别是冬天的寒风一起，那冷清萧索的感觉更加明显。

丹阳郡主和安岚是同乘一辆马车过来的，马车在桂花巷停下后，丹阳郡主掀开车帘往外看了一眼，然后转过脸问安岚："此事，你怎么想？"

安岚摇头，老实道："毫无头绪。"

丹阳郡主道："我看得出来，白香师并不想管这件事，很可能将你送进叶府后，就会找个理由离开，即便不离开，也会将此事都推掉。"

安岚点头，白书馆的为人，她比丹阳郡主更清楚。

当年王掌事在白书馆眼皮子下呼风唤雨那么久，白书馆一直就睁一只眼闭一只眼，直至察觉到王掌事侵犯了他的利益后，他才出手管制。这样的人，自然专拣利于自己的事去办，似这等会得罪人的事，他怎么可能沾。

"天枢殿下面，除了白香师外，还有许多能力和名望皆不俗的香师，为何就只让你我前来？"丹阳郡主又道了一句，然后询问地看着安岚，"广寒先生的意思，真的是让我们查清楚这件事，还是？"

安岚疑惑道："还是什么？"

丹阳郡主低声道："大香师的香品，其效如何，你我哪有资格去下定论。"

安岚沉吟一会，才道："先看看再说吧。"

她也不明白，广寒先生为何将此事交予她和丹阳郡主，她们并无查案的本事，此事又事关几条人命，并且时间跨度如此之大。

正想着，叶府的门开了，白书馆便往旁吩咐一声，遂有人过来请丹阳郡主和安岚。蓝靛和秀兰先下了马车，随后丹阳郡主和安岚也跟着下车。

出来开门的管家认得白书馆，于是并没有多问，就请他们进去了。

安岚和丹阳郡主对看了一眼，都在对方眼里看到了疑惑。

叶府的占地不小，房子看起来也有些年岁了，院中栽种的树木，好些的树干都有两人合抱那么粗。看得出来是真正的大户人家。只是奇怪的是，这府里的人极少，一路往里，除了那领着他们进去的管家，竟看不到多余的仆人。

白书馆似乎知道她们心里的疑惑，便故意放慢脚步，走到她们身边，低声道："为免人多口杂，前几日，叶老爷将府里一部分下人遣到叶家的庄子那去，所以如今这府里才会这般冷清。"

安岚和丹阳郡主微微点头，不多会，一行人就走到叶府的大厅。

令他们意外的是，出来接见他们的，除了叶老爷外，叶夫人和叶三姑娘也都在厅内。

叶老爷就是当年连中三元的状元郎叶德清，接着就娶了崔氏女，生了两儿一女。崔氏故后，又娶了天枢殿的侍香人薛灵犀为继室，薛灵犀也给他生了个大胖儿子。前面小妾生的两个姑娘，也都在薛灵犀的主持下，嫁入高门大户，于是人人都称叶老爷有福。

只是，这福分这几年似要到头了，先是长子亡，接着次子瞧着也要保不住了，随即姑娘和嫡母成仇。家里搞得乌烟瘴气，叶老爷开始觉得自己这把老骨头折腾不起了，加上为儿忧心，于是终于下定决心，要将这件事弄个明白。

白书馆跟叶老爷寒暄过后，就道："这两位就是天枢殿白广寒大香师身边的侍香人，也是广寒先生亲自安排她们过来，为叶老爷您分忧的。"

叶德清很是意外，天枢殿怎么派了两位侍香人过来，而且还如此年轻，但是听白书馆这般介绍，他也不敢怠慢，便客气道："辛苦两位姑娘了。"

薛灵犀也从座上起身，跟在叶德清身后客气地招呼。

安岚和丹阳郡主行礼，她们不是串门来的，所以没有多说什么，只是悄悄打量了这厅中的人一眼。

过来的路上，她们都听说当年的状元公风采过人，不仅崔氏倾心，就连远在天枢殿上的侍香人也芳心暗许，可如今一看，两人心里都暗暗吃惊，眼前的叶老爷，哪还有半分传闻中的风采，完全就是一个普通的胖老头。

这岁月，当真是无情得，令人哑口无言。

叶三姑娘走过来，一边打量着安岚和丹阳郡主，一边问："两位是先去落脚处歇一会，还是去看一看舍弟？"

她本以为白香师去天枢殿，会请更加有名望的香师过来，却不想，这请过来的，竟是两位侍香人。又是侍香人，自薛灵犀进门后，她就对长香殿的侍香人多了几分恶感，特别是生得好看的侍香人，更是令她不喜。

安岚第一眼就察觉到叶三姑娘的反感，微诧之后，看了薛灵犀一眼，心里便了然了。丹阳郡主亦不笨，在厅内这些人面上扫了几眼后，心里也有了谱。只是她的眼睛还是在叶三姑娘脸上多停留了一会，论起来，这位姑娘，也算是她的表姐。她以前却不知，长安城内，还有这么一位远房亲戚。

本就是来办事，不是来歇脚的，于是两人都表示，先去看一看二公子。

"那么，就麻烦太太将那盒香也拿出来吧。"叶三姑娘转头看向薛灵犀，"既然太太那么肯定，二弟的病与此香无关，应该不会害怕拿出来让这两位'侍香人'仔细辨认。"

薛灵犀是个三十出头的妇人，气质娴雅，风韵犹存，面对叶三姑娘这般冷嘲的态度，不见一丝愠怒，微微点头，就吩咐旁边的丫鬟回去拿香。

"等一下！"只是那丫鬟转身时，叶三姑娘忽然叫住那丫鬟，然后对安岚和丹阳郡主道，"不如先去看一看太太手里的香品。"

第050章 小心·香境·围聚

这个提议薛灵犀没有反对，不过安岚却注意到，叶三姑娘忽然改口时，薛灵犀微蹙了蹙眉。叶老爷则是询问地看了白书馆一眼，白书馆没有回应叶老爷的眼神，而是看向安岚和丹阳郡主。

"请。"叶三姑娘即往前带路。

无论是安岚还是丹阳郡主，都对大香师的香有着极大的好奇，自当不会拒绝。

叶老爷迟疑了一下，只得闭上嘴。

薛灵犀眼里的犹豫只是一闪而过，随后垂下眼，心里微微一叹，默默跟在叶老爷身边。叶老爷走了两步后，转头看了自己夫人一眼，表情有些复杂。当年是他亲自上天枢殿开口求娶薛灵犀的，十几年夫妻，他自认清楚薛灵犀是什么样的人，怎么都不愿相信，自己的枕边人会做出这等事。可是，或许老了，看着儿子一个一个出事，闺女又一口咬定薛氏所为，他的心终于难免动摇。

以至于他如今面对那个答案，竟隐隐生出几分胆怯……

薛灵犀也看了叶德清一眼，没有掩饰她眼里的冷嘲。

当年何曾想过，琴瑟相和，心心相印的两人，竟走到相互猜忌的这一步。

她看着疾步走到前面的叶三姑娘，不过是个为母打抱不平的小丫头，倘若她真做计较，一个丫头片子如何是她的对手。自叶府的大公子故去后，这丫头就开始处处针对她，叶德清从一开始的训斥到睁一只眼闭一只眼。薛灵犀心里冷笑，她是叶德清用八抬大轿娶进门的，正正经经是叶三姑娘的嫡母，若非怜小丫头生母早逝，又有那样的隐情，她如何容忍小丫头这般不敬。

天枢殿的侍香人，又是跟在大香师身边数年，当年即便是出入王府侯门，谁待她不是客客气气，礼敬有加。

……

叶府比想象中大多了，院落也都修建得别具一格，即便是安岚和丹阳郡主，心里也是暗暗吃惊，从外面看不甚起眼，谁想到里面竟是这般景象。

只是，也正是因为这园子太大，走廊太长，拐弯太多，叶三姑娘走得太急，并且叶老爷等人又都将注意力放在白书馆身上，所以，还未走到薛灵犀的院子，安岚和丹阳郡主竟跟丢了。

刚刚还看到叶三姑娘和叶老爷等人的身影，只是一个拐弯而已，就看不到人了，而且偌大一个园子，也看不到一个下人，空荡荡的，令人心里隐隐有些不安。

"怎么……"丹阳郡主没有着急往前追，而是在原地停下，往前后看了看，"刚刚明明还在那边！"

安岚也有些发怔，在一个府邸里走失，这样荒谬的事情居然会发生。

跟在丹阳郡主身边的秀兰首先慌了，急忙喊了几声有没有人后，就战战兢兢地道："郡，郡主，那些人怎么一下子都不见了？该，该不会这宅子里有，有什么古怪吧！"

"别瞎说！"丹阳郡主低斥一声，面上却也隐隐露出几分担忧和惊惶，到底是个十五六岁的姑娘，又自小养尊处优，不曾见过这等有悖常理的事，自然也会害怕。

相对来说，蓝靛和安岚就显得镇定多了，并且安岚只是怔了一怔，然后就抬步往前走。

"安岚！"丹阳郡主忙追上，"你不觉得奇怪？"

"别想那么多，这府邸占地广，走廊过道又多，跟不上也不奇怪。"安岚往前看了看，然后道，"刚刚他们是从这个方向过去的，前面似乎是个大院落，想必叶夫人就住在那里，我们过去看看。"

"安岚姑娘……"丹阳郡主却抓住她的手，目中露出担忧，"我觉得这事很奇怪。"

"没错。"安岚点头，然后看着丹阳郡主道，"但是已经到了这一步了，我选择继续往前走，郡主呢？要留在此地等人过来吗？"

丹阳郡主一怔，打量了安岚一会，慢慢放开手："是我失态了。"

安岚没说什么，只是走了两步后，又停下道："我们跟紧一些，别再走散了。"

起风了，今日又是个阴天，加上是冬天的关系，所到之处，都是灰蒙蒙的一片，看着人心里没来由地就是一阵儿慌。

明明没什么事，秀兰却害怕得快要哭了。

丹阳郡主心情调整得倒是很快，走了一段路后，面上就平静下来。

蓝靛在丹阳郡主和安岚身上来回扫视了几次，皆为这两人的表现感到诧异。四人当中，当属她的年纪最大，这些年她在天枢殿所见所闻也不算少，但今日面对这样的事，她心里都有些发慌，不想安岚才这般年纪，就表现得如此镇定，实在出乎她的意料。

这小姑娘，似乎面对越糟糕的情况，反而越加冷静，真不知是天生如此，还是因为之前经历的磨难多了，所以由此养出来的本能。

丹阳郡主也属难得，豪门贵户里娇养出来的姑娘，或许不怕勾心斗角，但是面对这等事，多半会惊惶失措六神无主。可是，刚刚丹阳郡主仅是慌了一下，就很快调整好心态，或许是不想被安岚给比下去，不过这样的心理素质，当属不易，绝非一般贵家女子能有的。

不多会，她们便走到那处院落前面，单从院门和位置来论，这个院落都应当是府里的当家主母居住之所。

院门是虚掩的，安岚上前敲门，没人出来应门，又喊了两声，里头依旧没什么动静，于是就推开门走了进去。

丹阳郡主神色微凝，也跟着进去。

初始的惊惶平静下来后，她隐隐察觉到究竟是怎么回事了，只是……她从依旧清冷的院落那收回目光，探究地看向安岚。她崔氏出过几位大香师，自然对某些玄妙之事有所了解，并且她身上带着崔文君的香囊，所以她能有所察觉。但是，安岚，又是怎么察觉的呢？

秀兰的害怕，是四人当中最明显的，因为她完全身处其中，即便觉得奇怪，也无法以旁观者的心态去看待此事。至于蓝靛，丹阳郡主不好揣摩，其实天枢殿也给她安排了一位侍女，只是她并未看重，故而今日并未带那侍女出来。今日看蓝靛的表现，真应了母亲那句话，不可小看天枢殿里的每一个人。

安岚顺着院子的走廊往正房那走，丹阳郡主整理心神，仔细观察周围的一切。

蓝靛神色微凝，秀兰则啥都没想，就紧紧跟着丹阳郡主。

从耳房经过时，忽然听到屋里传出交谈的声音，秀兰大喜，就要出声，安岚提前转头做了个噤声的动作，乌沉沉的眸子看起来极是凌厉。秀兰的声音不由得卡在喉咙里，安岚轻手轻脚地走到那耳房门口，丹阳郡主亦轻轻走到门的另一边，她想不到，有朝一日，自己居然会做出这等听人墙角的事。

耳房里是两个丫鬟在闲聊，只是聊的内容都是有关薛灵犀和叶三姑娘的。

"怎么办？三姑娘已经问过我一回了，我没敢说，可是看样子三姑娘还没罢休，怕是又要找我打听！"

"三姑娘问你什么？"

"除了太太这边的事，还能有什么。"

"难道大公子和二公子真的是太太……"

"嘘，你小声点儿。"

"真的是太太下的药？"

"我不知道！"

"那你紧张什么？不会是，你也看到了吧？"

"看到什么？"

"看到太太偷偷换了二公子的药！"

"啊，你，你也看到了？"

"还真是……咱们还是别跟这说，万一被人听到就不好了。"

"没错，你收拾好了吧，我们赶紧出去。"

屋里的脚步声往门这过来，安岚和丹阳郡主相互看了一眼，两人都不知要怎么应对这等情况。无论在哪，偷听被人抓个正着，似乎都不是什么好事，于是两人当即决定先避开。

幸好屋里那两丫鬟开门出来后，也没仔细往两边看，就急匆匆往前走了。

躲在廊柱后面的安岚松了口气，眼睛追着那两丫鬟的身影，记住她们过去的方向后，才从廊柱后面出来，往丹阳郡主那看过去。

只是等了一会，却不见丹阳郡主从拐角那出来，她同蓝靛对看了一眼，便走到拐角那一看，却只见空荡荡的走廊，哪有丹阳郡主的身影。

即便是知晓一二，她心里还是不免有些发寒，究竟是谁？谁有这通天的本事？

"姑娘？"见安岚在原处发怔般地站了许久，蓝靛轻轻叫了她一声。

安岚转头，打量了蓝靛一眼，忽然道："你是怎么知道的？"

蓝靛迟疑了一会，就抬起手，将戴在手腕上的香珠给安岚看："这是广寒先生赏

的香珠，能清心定神，不易迷失。"

安岚诧异，竟有这样的东西！

她小心摸了摸蓝靛手腕上那串香珠，然后问："此时，是大香师的香境吗？"

"我不知道。"蓝靛摇头，"但是姑娘务必要小心了。"

安岚暗惊，她其实并不敢断定，只是心里隐隐觉得有些不对，那感觉很玄妙，同时又莫名地熟悉，因为已经不是第一次了。

之前，第二次晋香会的时候，她在方媛媛的花园里偶然碰到的那两人的对话，那会儿也是这等感觉，明明脚下是坚硬夯实的石子路，她却觉得自己像是踩在薄冰上，心里不自觉地提着一口气，似在防备着什么。当时不明白，过后，她仔细回想，特别是经历最后一次晋香会，那一场可谓盛大的香境后，她才恍悟，之前在方园所遇到的，也是香境。

广寒先生给她的那次香境，简直是天衣无缝，当时身处香境的她，心里也是提着一口气，紧张、不安、戒备。但当时这些感觉都被她理解为因担心婆婆而有的，视为理所当然，若非后来景公子点破，她不知要等到什么时候才想明白。

她曾经是施用者，即便不可相提并论，但还是有相通的地方。所以她即便身处其中，也还是本能地感觉到不对劲。

安岚摸着旁边的廊柱，窗棂上的花纹，外面的阳光，穿廊而过的风，所有的一切都那么真实。若非心里那等感觉又来了，她无论如何都不敢相信，这一切都是假的。

"姑娘？"蓝靛迟疑了一会，小心道，"姑娘打算怎么办？"

安岚转头："什么怎么办？"

蓝靛探究地看着安岚，见她面上表情不似作假，才诧异道："姑娘可有办法脱离这香境？"

脱离香境？

安岚迟疑地问："你是说，这香境，不能自行消失？"

蓝靛摇头："姑娘，我所知不多，只是听说，曾有人迷失在香境里数十年。"

安岚怔然，是了，之前婆婆跟她提起香境时，也曾说过。她出了走廊，抬头看着冬日阴沉的天，片刻后转头道："我之前曾误入一次香境，但这次，应当不是误入，因为丹阳郡主和你们都随我一块进来了。所以，若是不想法子出去的话，很可能就一直被困在里面？"

蓝靛没说话，对于香境，她只是知道，并不了解，更没法去体会。

若非手上那串香珠，让她察觉到眼前的景象偶尔有扭曲，她不会知道自己已入了香境，但是，知道并不等于就能破开。

说完后，安岚又问："蓝靛姐姐，除了大香师，还有什么样的人有这样的本事？

长香殿的香师也能设香境吗?"

蓝靛摇头:"姑娘想得太简单了,有这等本事的,都是大香师。"

安岚心里微惊,垂下眼,沉默了一会,就抬起眼道:"若是如此,那么,在天枢殿内安插内奸的人,就是七殿大香师之一了……"

蓝靛忽然捂住安岚的嘴巴,安岚诧异,却不挣脱,只是询问地看着蓝靛。

"怪我没及时提醒姑娘!"蓝靛说着就拉起安岚的手,在她手心上写道"身处香境,我们说的话,很可能都逃不过设此香境的大香师的耳朵,所以有些话,姑娘不可明着说出来。"

安岚看着自己的手心微微出神,并非是为蓝靛的话惊诧,而是忽然想起,之前她算计马贵闲的时候,最后一次,她以香为引,勾起马贵闲心里的欲望,从而给了马贵闲一个梦境。

当时,马贵闲做的那个梦,她是清楚的。

虽然那梦的内容有些零碎,前后有些接不上,没有什么真实感,真的就如做梦时候一般,背景大都是虚的,但是,她确实知道马贵闲的梦是什么样的,也大致清楚马贵闲在梦里的一言一行。

安岚觉得心脏怦怦怦地跳得很快,太多事情往脑子里涌来,关于自己,关于天枢殿,关于香境,令她一时间有些乱。

蓝靛担心地问了一句:"姑娘,没事吧。"

广寒先生的对手当然是七殿大香师之一,也或许不止一个。所以,这么多年,一直没能抓住对方,但凡有一点蛛丝马迹被发现,那点儿线索马上断掉。如同小可那件事一样,因为普通人说不说实话,在大香师面前是没有用的,所以所有相关之人都在被发现的第一时间被解决掉,一点机会都不留。

安岚摇头:"我没事,只是眼下这个香境是为将我困在里面,还是有别的目的?还有丹阳郡主,不知她如何了?"

蓝靛也想不明白这些问题,若是为了困住她们,刚刚那两丫鬟的对话又是怎么回事?

安岚往前看了看,便道:"走吧。"

"去哪?"

"刚刚那两丫鬟是往那边过去的。"安岚说着就抬步往前走,蓝靛便跟上。

不多时,两人来到堂屋前面的院落,到了这边后,倒是看到几个人了,但是那几个下人都在远处的石阶上闲聊,谁也没往她们这注意。

安岚不知道在这香境内,被人发现自己的行迹会引来什么样的变化,为稳妥起见,示意蓝靛仔细别弄出什么动静。心跳声,衣服的摩擦声,远处隐约传来的闲聊声,还有蓝靛头油的味道,冬天空气里枯枝败叶的味道,都那么真实。

她转头，看到蓝靛神色似乎有些恍惚，看起来跟刚刚秀兰的表情有点儿像，她一惊，便轻轻拉了拉蓝靛的袖子。蓝靛猛地回过神，如突然梦醒，有些发怔地看着安岚。

安岚低声问："你没事吧？"

"我……"蓝靛心有余悸地点点头，"没事。"

都戴着广寒先生的香珠，却还是差点就迷失了。

安岚这会却发现薛灵犀正往她们这边来，于是赶紧噤声，退回刚刚那个角落里藏起来。

薛灵犀进了堂屋左侧的厢房，左右看了看，然后推开屋内的案几，找到案几后面的暗匣，取出一个手掌大小的黑漆盒子，打开。安岚在窗户外面看，看不清那盒子里装的是什么，只见薛灵犀将发上一支簪子拿下来，拧开簪子的头，然后将盒子里的东西装了一点到簪子里面。

薛灵犀出来之前，安岚和蓝靛又避开，等薛灵犀出来，急匆匆离开后，她们正要出去，只是这会儿忽然发现那厢房的门又从里打开，随后一个仆妇也从里悄悄走了出来。

屋里早就藏着人了吗？薛灵犀没发觉？

安岚和蓝靛对视了一眼，是叶三姑娘安排的人？

那仆妇悄悄跟在薛灵犀后面，安岚和蓝靛便跟在那仆妇后面。

薛灵犀先是去小厨房拿了一碗药，将簪子里的东西倒进药里，然后端出去，找了个丫鬟让送到叶二少爷那。接着，薛灵犀转身去另外一个厨房，拦住一位正端着药的丫鬟，说由她送过去，并给了那丫鬟另外一个差事。待那丫鬟领差走后，薛灵犀就将那碗药倒了，将空碗送回原来的厨房。

看完这一切后，那仆妇就趁薛灵犀不注意，悄悄离开那里。

安岚和蓝靛也退到一个相对隐蔽的地方，两人对视无言。

刚刚看到的那一幕，究竟是曾经发生过的事情，就是事实，还是，是大香师以香境在误导她们？这么做的目的是什么？

安岚看着空荡荡冷清清的叶府，过来之前，她大致打听了叶府的背景，和之前及现在两位叶夫人的出身。

薛灵犀有杀人的动机吗？她已经是叶府的当家主母，又生了个儿子，若是为了给儿子争取更多的家产……但是，一个出自天枢殿的侍香人，目光有这么浅薄？

还有，这跟大香师又有什么关系？

对了，薛灵犀手里那盒香，是天枢殿上一任大香师留下的，是刚刚那个黑漆盒子吗？

安岚总觉得自己忽略了一个很关键的点，她觉得只要想通了那一点，就能解释这一切了。

究竟是什么呢？

她还来不及往深处琢磨，就感觉自己似乎被谁推了一下，身体忽地失去平衡，眼见就要往地上摔去，旁边一只手忽然伸过来抓住她的胳膊。

叶三姑娘有些不满地看着她道："安岚姑娘走路怎么还出神，这个是台阶，小心摔了。"

安岚恍惚回神，有些茫然的看了看周围。

叶老爷、薛灵犀，叶三姑娘，白香师，还有丹阳郡主等人都在，蓝靛也跟在她旁边，而他们此时刚走到薛灵犀的院门口。

这是，出香境了吗？

设下那个香境的那位大香师，究竟是何意？

在场的这些人，就数安岚的年纪最小，所以叶老爷和叶三姑娘都不怎么在意她，只当她是跟着白香师出来长见识的。

"太太，将东西拿出来吧。"叶三姑娘自顾进了堂屋后，就对薛灵犀道，"可别拿别的东西糊弄我们。"

薛灵犀看了她一眼，神色淡淡："香品拿出来后，若是白香师和两位侍香人断定此香无异，三姑娘就会相信我吗？"

叶三姑娘冷嘲地看着薛灵犀："太太莫不是心虚了？"

薛灵犀从叶三姑娘脸上移开目光，看向叶德清，叶德清咳了一声，然后对叶三姑娘道："不得无礼，钥匙在为父这！"

薛灵犀站在一旁冷笑，叶铃趁她不在的时候，假借叶德清的话，带人从她屋里搜出那个盒子，然后就当成得胜的宝贝，偏又没本事弄清里头装着的究竟是什么香，只得收起来，并另外配了一把锁给锁上。

那个盒子她确实没有给叶德清看过，但事后她跟叶德清解释了，那是当年大香师送她的嫁妆，是给她压箱底的，可叶德清不信，不仅不信，还开始怀疑起她。

叶铃狠狠瞪了薛灵犀一眼，她娘亲走的时候，她还小，不懂事，只隐约记得娘亲离世时的模样。三年前，大哥忽然生病，症状竟跟娘亲当时一样，她才开始怀疑这女人，随后慢慢回想，就越来越觉得不对。

当年娘还在的时候，这女人就已经进出她家了，在她印象中，娘亲待这女人特别好，亲热得跟两姐妹一样。可娘亲才走不到半年，这女人就进了她家，成了她父亲的妻子，成了她名正言顺的母亲，还又给她生了个弟弟！

大哥走得太突然，她甚至都没做好准备，就离世了。也就是从那以后，她开始盯住这女人，花钱花心思收买家里的下人，她发誓要揭开这女人的真面目，替娘亲和大哥讨回公道。却怎么都没想到，才三年，二弟竟也像大哥一样，忽然犯病！

幸好她三年的努力没有白费，终是让她知道，这女人在偷偷给二弟换药，最后还让她在这女人的屋里找出不知名的香品来。说什么大香师给的嫁妆，呵，倒是会找借口，知道抬出长香殿大香师的名头来唬人，可惜她根本不惧。

薛灵犀的那个盒子被拿出来，安岚一看，果真是刚刚在香境里看到的那个黑漆盒子。她即看了蓝靛一眼，然后又往丹阳郡主那看过去，遂见丹阳郡主眼里也露出诧异之色。

刚刚，她从香境中出来时，神思有些恍惚，也没机会问丹阳郡主。之前在香境里，丹阳郡主在走廊那忽然消失，是当时就出了香境，还是怎么回事。如今瞧着丹阳郡主这讶异的神色，多半是在香境里，跟她一样看到了那些事。

"既然这盒香是出自天枢殿，两位又是天枢殿的大香师推荐过来的，那么，就看看这香有什么古怪吧。"待叶老爷将盒子打开后，叶三姑娘即抢着开口道，"这个香，我已经请大夫看过了，所以麻烦两位看仔细了，别让那些心怀不轨的人给长香殿抹黑。"

白香师没有说话，丹阳郡主便抬起眼，淡然地道："三姑娘多虑了，长香殿的名声，不是随便什么人都能影响得了的。"

叶三姑娘年轻气盛，这些年又因厌恶薛灵犀的关系，对长香殿的侍香人存在很大偏见，所以即便面对长香殿盛名，她也难掩偏激的态度。

叶老爷却是知道轻重的，忙喝一声："这没你说话的分，你退下！"

叶铃暗恨地咬了咬牙，不甘不愿地往后退了两步，却并不出去。

叶老爷知道闺女的心思，加上又是这等事，终究不忍过于苛责，同白香师和丹阳郡主及安岚赔礼后，才客气地请他们看香。

辨香是香师的基本功，能入长香殿的香师，都能在品香的过程中说出合香里主要有哪几种香材，其功效如何，有几种玩法，不同的玩法又会有什么不同的感觉等。

这本不是难事，但是眼下这情况，却是件麻烦事。因为这香肯定是有问题，只是问题是不是跟叶府的问题对得上号，没人敢说准，所以白香师想找借口开溜，只是丹阳郡主和安岚哪会放过他。

三拖四阻地将白书馆留下后，丹阳郡主和安岚又同他谦让了一会，最后三人才决定先点香。

薛灵犀一直没有开口说话，见他们意见一致后，便请他们坐下，然后让丫鬟将自己的乱香拿出来。

……

景炎站在景府的亭子里，看着叶府的方向，虽说景府的地势高，亭子又是建在假山上，所以这亭子的视野很好，站在这能看得极远。但长安城是个有着百万人口的雄城，景府再怎么高，也不可能看得尽整个长安城，自然也看不到叶府的情况。但景炎却还是站在那，一动不动，连方向都没有改变。

白广寒则是在亭子的石椅上坐下，待景炎微微转过脸后，他才开口："若能借此事找出那个人……"

景炎微微摇头："他极谨慎，没有确认你我这件事之前，绝不会现身的。"

白广寒看着外面挺拔的松树："你要小心。"

景炎转过身："你也是，做好准备。"

白广寒从松树那收回目光，往叶府的方向那看了看："那边，差不多了吧。"

"嗯，我该去看看了。"景炎点头，说着就出了亭子，马车已经在府外候着了。

……

差不多与此同时，玉衡殿这边，崔文君也收到了新的消息。

"先生，已经确认了，安岚确实是那两孩子其中之一。"言嬷嬷站在崔文君跟前，神色复杂，"只是，没法确认究竟是哪一个。"

崔文君扶额往椅背上一靠，即便她心里已经有底了，但当听到这个确切的消息后，还是觉得很激动，会是她的孩子吗？她的手慢慢放下，支着下颌，仔细回想那个孩子的相貌。

一会后，她开口吩咐："你让人去天枢殿将她叫过来，我还要好好看看。"

言嬷嬷道："安岚姑娘这会儿不在天枢殿，一早就领了广寒先生的差事出去了。"

崔文君皱了皱眉，又问："就没有别的蛛丝马迹？要是白纯那贱人的，我——"

言嬷嬷道："是还有件事，但时间也太久了，不知……"

崔文君即放下手，厉声道："你说！"

"十四年前，白纯离开长香殿时，曾去找一个人帮忙。"言嬷嬷说到这，就问一句，"先生可还记得，大约二十年前，崔氏有个叫崔依依的姑娘，嫁给了长安那位姓叶的状元郎，当年您母亲为了来长安看一看您，还特意准备了贺礼亲自送过来，给足了叶家面子。"

"崔依依？"崔文君想了想，才道，"有些印象，因为我娘过来的关系，所以叶府摆喜酒那日，我也去了，还带着白纯，叶家那位新郎官似乎还是连中三元的。"

言嬷嬷点头："没错。"

崔文君蹙眉："难不成，白纯当时是去找了崔依依？"

言嬷嬷又点头："是去找了，但到底有没有见着面，白纯和崔依依都说了什么，却打听不到。"

"崔依依要替白纯那贱人保密？我亲自找她去！"崔文君说着就站起身。

"先生。"言嬷嬷叹道，"崔依依已经死了，十四年前就死了。"

"死了？"崔文君怔住，"怎么死的？"

"这说来又是一事了。"言嬷嬷轻轻摇了摇头，"老身也没想到，这追查下去，会查出这么个事来，并且还是跟崔家有关。"

崔文君微微皱眉："到底什么事？"

"是崔依依的母亲……"言嬷嬷说着就将查到的事都道了出来。

崔文君听完后，有几分诧异，却也没有多在意，想了想便道："将这事告诉崔家相关的人，让他们头疼去便是。"

"是。"

"安岚一早出去，是去哪？办的什么事？"

"老身刚刚已经让人去打听了。"言嬷嬷这话才落，打听消息的人就回来了，结果这一说，两人都是一诧。

怎么有这么巧的事！

"我去叶府看看。"崔文君才坐下，就又站起身，"就算崔依依死了，叶德清还在。"

……

叶府，香雾袅袅，已经一刻钟过去了，白书馆和丹阳郡主及安岚相互看了一眼，三人都没说话。

这香，确实不同于一般的香品，香味带着魅惑，却又无比高贵，既矛盾，又和谐。

里头的成分，也确实掺杂了一种能令人神思迟钝的香药，但是，那并不是毒，或者说，这样的用量，远远达不到毒性的标准。而且，大香师的本事，又岂是他们所能及的？

只是这话不好解释，特别是这等情况下，他们说的每一句话，都是一种态度，万一表达错误，那可是害人害己。

叶老爷走过来，客气地道："小儿那边，还等着几位拿个良方，几位有话不妨直说。"

白书馆看了丹阳郡主和安岚一眼，迟疑了一下才对叶老爷道："此事非同小可，到底是大香师的香，不好轻易下定论，不如先去看看令公子？"

叶三姑娘即沉下脸，就要反对，叶老爷却马上点头："可以可以可以，三位请，只是犬儿如今神思已不清醒，这会儿怕是正躺在床上。"

第051章　扑朔·迷离·回忆

床上的那个少年，同安岚差不多年纪，脸色苍白，五官俊秀，看起来柔弱得像个女孩。

叶老爷等人进来的时候，他确实是躺在床上，不过是睁着眼睛，但看起来却又似清醒的样子。那双眼睛里，没有一丝神采，即便有人走到他跟前，也不见那眼珠子动一下。叶铃站在床边，眼圈微红，若非为了揭开薛灵犀的真面目，她绝不可能让外人看到自己弟弟这副模样。

长安城所有有名的大夫都请过了，就连宫里的御医也来看过，同三年前一样，大夫们对病因的说法不一，唯一相同的是，没有一个能治得好。后来还是一位老大夫给了个提醒，让他们请长香殿的人来看看，或许有法子。正好那个时间，她发现了薛灵犀对药汤动手脚，于是便有了今日之事。

叶老爷上前去唤了几声，叶蓁依旧没有丝毫反应，叶老爷黯然地摇了摇头。

为了避免叶老爷又叫自己，白书馆即转身对安岚和丹阳郡主道："叶二公子一个多月前就陷入这等症状，两位姑娘既是被大香师委以重任，就请两位姑娘莫拘于礼数，替叶二公子看看，替叶老爷解忧。"

丹阳郡主神色略有些凝重，她上前一步，片刻后，似发现了什么，又上前一步。

叶铃本是带着几分不屑的，但是瞧着丹阳郡主这动作和神情，忍不住问："怎么了？"

丹阳郡主道："叶公子服用那味香药的时间，应当不止一个多月。"

叶铃一怔，即问："哪味香药？"

丹阳郡主转头："就是刚刚那款香。"

叶铃大诧，她说过薛灵犀暗中给弟弟的药里加了那东西，但是，并没有说过薛灵犀究竟是什么时候开始的。后来她是在暗中逼问之下，才知道，早在三个月前，薛灵犀就给叶蓁下药了。

前面所有过来的大夫，别说说出这服药的时间了，就连叶蓁服过什么药，还得她拿出药方……而眼前这位姑娘，竟只一眼，就直接点出。

难不成，弟弟真的有救？

叶铃一时激动不已，叶老爷却愣怔了一下，呼吸忽地沉了几分，脸色也变了几变："姑娘说，蓁儿服用过刚刚那款香？"

丹阳郡主点头，随后看了安岚一眼，安岚此时却在微微出神，不知在想什么，丹阳郡主以为安岚没有察觉出来，便收回目光。

叶铃含恨道："父亲，这下您该相信我说的吧，这女人就是心怀不轨，大哥和二弟都是……"

叶老爷没有理会叶铃，而是盯着丹阳郡主："崔姑娘，你，你确定？"

薛灵犀面无表情地站在一旁，似这一切都与她无关，叶铃狠狠瞪着她。

丹阳郡主沉吟了一会，才道："没有错，这屋里有那款香品的味道，并且越往叶公子的床这靠近，那香味就越明显，而叶公子屋内并未熏香。刚刚听白香师所言，叶公子已卧床多日，并且日日汤药不断。如此浓的药味，却还盖不住那香味，定是服用了数月才能有此效果。"

叶老爷脸色有些白，薛灵犀就站在他旁边，他却没有转头去看一眼。

叶铃本想开口的，只是瞧着叶老爷此时的表情，终是忍住了。

"安姑娘，你，你也这么认为？"叶老爷有些艰难地侧过脸，看了看安岚，又看了看白书馆，"白香师，你也闻出来了？"

白书馆眼中露出一丝尴尬，他进了这房间，除了药味别的什么都没闻到。但他知道丹阳郡主的身份，亦知道崔文君大香师对丹阳郡主的评价不低，如今丹阳郡主又是被白广寒大香师选中入了天枢殿。能得到两位大香师的认可，自然是有普通人无法企及的天赋。所以，他不会怀疑丹阳郡主的话，但是，他也不愿照实说出自己的感觉，如此就显得他太没有本事了，于是含糊了一声，就赶紧看向安岚。

安岚回过神，若有所思看了薛灵犀一眼，然后对叶老爷轻轻点了点头："这香味很特别，不难辨认，叶公子这段时间确实是一直在服用。"

叶铃再忍不住，指着薛灵犀道："你还有什么话可说，爹，她才是凶手，爹！您还不快将她绑了送官去！"

叶老爷终于转过身，看着薛灵犀，神色复杂："是真的？"

在今天之前，对于叶铃的指责，薛灵犀一直保持沉默，既不承认，也不否认。所以叶德清一直以为，或者说，一直希望，这其中定是有什么误会。他即便心里有所怀疑，却还是不愿相信，薛灵犀会做这种事。

没想薛灵犀竟是点头了，并且开口道："没错，蓁儿服用香药已经三个月了。"

这话落下的那一瞬，整个房间陷入像死一样的安静，只是下一瞬，叶老爷就抬起手朝薛灵犀猛地甩了个耳光："混账！"

薛灵犀看到那个耳光了，没有躲，也可能是躲不过，被打得后退了几步，站稳后，她擦了擦嘴角，却没说什么，只是一声冷笑。

丹阳郡主吓一跳，她没想到叶老爷竟当众动手，还是对自己的夫人，于是慌忙道："你们误会了，那香药对叶公子并无毒害作用！"

叶铃本是要喊人进来绑薛灵犀的，忽然听到这句话，愣了一愣，嘴里的话不由得收住。叶德清也是僵住，随即转过脸："你说什么？"

丹阳郡主叹了口气："香本身就具有驱邪定神之效，香药的炮制，目的就是为了去除香品原先带有的毒副作用，这些，叶老爷应当有听说过。"

叶德清表情有些发怔，张了张嘴，却不知该说什么，只是不自觉地将刚刚抬起的那只手收在衣袖内。

丹阳郡主接着道："这世间确实有出自大香师之手，具有特殊的功效的异香，但并不是因此，就是毒药了。"

叶老爷怔怔地道："你的意思是，小儿的病，与那香无关。"

丹阳郡主转头往床上看了一眼："那香味在这房间内闻着很正，并无阴邪之气，若我的感觉没有错，叶公子的病不仅不是因此而起，还有可能，这香对叶公子的身体是有益的，所以……"

叶铃听不下去了，开口打断丹阳郡主的话："你在胡说些什么，这香若没问题，她鬼鬼祟祟偷偷摸摸做什么！"

丹阳郡主看向薛灵犀："这就得问叶夫人自己了。"

叶铃却看向安岚:"你为什么不说话?就让她在这胡说八道!"

"并非是胡说。"安岚平静地看着叶铃,"确是如此,令弟的病情有些复杂,但并非是香引发的。"

她怀疑,叶二公子是陷入某种香境出不来,所以导致了眼下这情况。

所以是不是病,她不清楚,她只是觉得,那味香,似乎在引导叶公子摆脱香境,但并没有成功,设香境的人太强了。这就是大香师的本事吗?于无形之中掌握旁人的生命,甚至是灵魂,并且还能让人无所察觉。

叶铃不相信她们的话,愤怒地盯着安岚,她断定,这两人在来叶府之前,就已经被收买了,不然怎么会说出这样荒谬的话,她只觉一口气憋在胸腔处,令她又急又怒。

却这会儿,门被推开,一个小丫鬟捧着了药盒进来,却瞧着里头这么多人后,吓一跳,然后就要转身。

叶铃立马呵斥:"你回来!"

那丫鬟赶紧站住,然后小心翼翼地道:"老爷,夫人,姑,姑娘,二公子上药的时间到了。"

上药?安岚不解地往床上看了看,还需要擦药吗?

"过来吧。"叶老爷开口,然后看向丹阳郡主,"正好崔姑娘也看一看犬儿身上莫名出来的那些东西。"

丹阳郡主面露尴尬,叶老爷忙道:"就只是在腰上一块,姑娘若是不便……"

丹阳郡主摇头,然后又看了安岚一眼,安岚这也走上前,她倒不在乎看男子的身体。

但那丫鬟将叶二公子的衣服掀起的时候,丹阳郡主和安岚都大吃一惊,只见叶二公子的腰侧约两个巴掌大的一片地方,布满了鲜红色的,奇怪的纹路,像是画上去一般,只是有的地方已开始溃烂。

"这是?"丹阳郡主询问地看向叶老爷。

叶德清看着自己一直没有反应的儿子,面上露出痛苦的神色:"一个月前出来的,也不知道究竟是怎么回事,大夫们也说不清楚,只是给开了些药膏。"

叶铃道:"三年前,大哥身上也是这样。"

丹阳郡主和安岚对视了一眼,结果两人都从对方眼中看到了不解,那个香,她们都能肯定没有问题,但是,这纹路,却不知是怎么回事了。

"两位姑娘……"叶德清满怀希望地看着丹阳郡主和安岚,只是不等他将话说完,外头又进来一位丫鬟,小心翼翼地道:"老,老爷,有客人到访。"

叶德清皱眉:"不见!"

那丫鬟怯怯地道:"是,是景公子。"

叶德清怔了一下,语气缓和了几分,但还是道:"你去跟景公子说,今日府中有事,不便招待。"

那丫鬟垂着脸道:"景公子说,能治二少爷的病。"

叶家祖宅当年被恶人霸占,是景公仗义出手,叶德清才得以要回自家祖宅。后来,叶德清娶崔氏,又是景公做的媒,崔氏过世后,叶德清上天枢殿求娶薛灵犀之前,也是先去景府求得了景公的支持,如此才有底气踏上大雁山。

无论哪一件,景公对叶家都是有大恩,叶德清也从未忘过景公的恩情。

所以,当听说景炎亲自上门,并表示能治好叶蓁的怪病,叶老爷再不能淡定,忙让丫鬟赶紧将人请进来,激动得甚至有些口齿不清。丫鬟领命出去后,他又突然回过神,觉得理应自己亲自去请才对,于是也不等给屋里的人交代一声,就急急忙忙走出去。

白书馆甚是诧异,景公子会治这个病?

丹阳郡主和安岚也有些不解,随后看向叶铃和薛灵犀,叶铃正恨她们之前说的那番话,自是没有给好脸色。倒是薛灵犀,不失一个当家主母的风范,态度温和有礼,请丹阳郡主和安岚等人去外屋坐,并命丫鬟上茶来。

叶铃想说什么,只是张了张嘴,却又顿住了。

叶德清不在,薛灵犀就是她的嫡母,名正言顺,叶府没有哪位下人敢在没有叶德清的点头下,对薛灵犀有丝毫不敬。

刚刚叶德清的那一巴掌,还不等激起一点儿风浪,就已经在丹阳郡主和安岚的解释中消失于无形。眼下,景公子又亲自前来,并称能治好叶蓁的病。面对此种种,叶铃只觉得既愤怒又激动,愤怒于多年努力,竟依旧奈何不得薛灵犀,激动于自己的弟弟终于等来了希望。

安岚等人才刚刚坐下,茶还没送上来呢,就听到外头传来的脚步声和叶德清有些急促的说话声:"犬子就全靠公子了,公子大恩……"

景炎打断叶德清,温和的嗓音三分笑意七分安抚:"在下定会尽力,只是叶老爷也别太着急,我虽有偏方,却也不敢做十足的保证,不然我还真不敢进去了。"

"明白,明白……"

声音近了,丹阳郡主等人纷纷站起身,安岚转头看过去,门口的光微微一晃,便见景炎沐着光从外面进来。

冬日的叶府,到处都是灰蒙蒙的,加上阴沉沉的气氛,令每个进来的人,都不由得添上一分压抑沉重的情绪。于是,那位芝兰玉树般的公子,此时此刻便成了这里唯一的亮色,不是因为他身上的华服,而是因为他嘴角边浅淡悠然的笑意,那笑意虽未达眼里,却足以让所有人如沐春风。

不等叶德清开口,薛灵犀就先朝景炎欠身:"能得公子相助,是蓁儿之大幸。"

她曾是天枢殿的侍香人，在嫁入叶府之前，就已经认识白广寒了，自然也认识景炎。嫁入叶府后，这些年叶府和景府之间的人情往来从未断过，因而无须叶德清另作介绍。

景炎抱拳回礼："能不能治好令公子，还不敢保证。"

随后，叶铃上前见礼，接着白书馆也走过来，景炎客气寒暄了一番后，就道："还是先去看看叶二公子吧。"

叶德清忙道："是是，公子这边请。"

进了里屋，景炎走到床边观察了一会，接着掀开叶蓁的衣裳仔细看了看，片刻后，转身看向丹阳郡主和安岚："你们怎么看？"

如果整个长安城的名医都奈何不得的病症，被景哥哥治好了，那……丹阳郡主有些诧异地看着景炎，她从未听说景哥哥有回春之术。但是，躺在床上的叶公子，却是实实在在的病人。

因丹阳郡主没有马上开口，安岚迟疑了一下，便道："安岚愚钝，猜叶公子或许是……"

偏她话还没说完，外头又一位丫鬟闯进来急急道："老，老爷，有有客人！"

"你——"叶德清顿时沉下脸，正要发怒，那丫鬟就结结巴巴地道："已，已经进来了，说是，要，要见老爷，门房的人不知怎的，拦不住。"

叶德清一愣，却接着，一缕茶花香飘了进来，那香味如似女人温柔的手，轻轻一抚，就能平息人心头无端生出的怒火。

来者是崔文君，神秘而又高高在上的大香师，今日竟亲临叶府，并且来得这么突然。这是叶府，可叶府门房的下人追过来后，却不敢靠近那擅自闯入者，甚至不敢开口呵斥。

前面那位过来传话的丫鬟已是冷汗涔涔，不由自主就跪了下去。

薛灵犀回过神，盈盈拜下，安岚和丹阳郡主遂跟着行礼，白书馆亦是深揖。

叶德清见来人竟是崔文君，一时愣住，满肚子的疑问更不知该如何开口。

景炎呵呵一笑，微微欠身："崔先生怎么也过来了？"

崔文君探究地看了他一眼，没有搭理，目光转向叶德清，正要开口，只是忽然顿住，然后转头往床上看了一眼，片刻后，才问："这是要做什么？"

她问出这句话时，眼睛是看着床上的叶蓁，所以这话听着像是在问叶老爷，也理应是问叶老爷，但是，叶德清却有种不敢随意开口的拘谨。

眼下这些人当中，就景炎能若无其事地跟崔文君对话，因而他回道："叶老爷与我父亲是旧识，近日父亲听闻叶二公子疾病缠身，便命我过来看看，若是能帮上忙，就尽量帮一帮。"

崔文君从叶蓁脸上收回目光，看向景炎："帮忙？你还是景公有妙手回春之术？"

"我没有，父亲也没有，白广寒有。"景炎微笑，不急不缓地道，"不过是不是

能妙手回春却不知，但至少可以收魂回神。"

崔文君又看了景炎一眼，然后往床边靠近两步，片刻后转头看向薛灵犀："我记得你，天枢殿的侍香人？"

薛灵犀垂下脸："灵犀不胜荣幸。"

崔文君沉吟片刻，又转向景炎这边，若有所思地道了一句："原来如此。"

景炎依旧微笑，叶德清则一头雾水，迟疑了好一会后，才小心翼翼地问："请问崔先生，今日忽然光临寒舍，是为何事？"

崔文君却似没有听到叶德清的话，转头看向安岚，不过，这会儿她面上看不出什么情绪。安岚不明白崔大香师为何忽然这么看自己，却又不敢问，亦不敢与大香师对视，便只得惴惴地垂下脸，心头仔细回想自己之前，是不是在崔大香师面前说了什么不妥的话。

一会后，崔文君又问："白广寒也过来了？"

"在景府。"景炎说着，就转身对叶德清道，"令郎的情况我已看过，叶老爷若是愿意，就让我带令郎去景府一趟。真正有本事救人的是白广寒，并非在下，在下不过是给老爷子跑跑腿，顺便替广寒先生看看还有没有救。"

"愿意，愿意，当然愿意！"叶德清连忙点头，紧紧握住景炎的手，激动不已，"犬子就托付给公子了，景公的大恩大德，我即便肝脑涂地，也无以为报！"

"叶老爷先别急着言谢，需知，白广寒即便有天大的本事，也不能逆天改命。"景炎目中带着悲悯，"令郎的情况叶老爷心里必是知道一二的，白广寒治得了病，却治不了命，所以还是要请叶老爷做好心理准备。"

叶德清擦了擦眼角，勉强稳住心头的激动，点头道："我明白，景公和广寒先生能有如此慈悲之心，无论结果如何，我对景公，对广寒先生对公子都只有感激！"

崔文君在一旁冷眼看着，叶德清命人进来将叶蓁抬出去时，犹豫着该怎么招待崔文君。言嬷嬷便对叶德清表示，招待就不必了，崔先生过来，是想单独问叶老爷几句话，不会耽搁多少时间。

叶德清忙将崔文君请到旁边的侧厅，然后小心翼翼地问："不知崔先生想问什么？"

崔文君看着叶德清："你可记得，有个叫白纯的女人？"

"白纯？"叶德清仔细想了想，好一会后，才有些不确定地问，"是不是，以前曾跟先生一块过来寒舍的那位姑娘？"

"没错，就是她。"崔文君接着问，"十四年前的一个晚上，她是不是来过你府里？"

"十四年前？"叶德清有些为难地道，"崔先生，这，这么久之前的事，即便是有，在下怕是也记不住了。"

"十四年前的七夕夜，白纯抱着两个婴儿来叶府找叶夫人崔氏，那两个婴儿一个刚出生，一个也才出生几天。"崔文君紧紧盯着叶德清，"她们说什么了？那两个婴儿，白纯都分别交给了谁？把你知道的都说出来。"

叶德清的眼睛慢慢失去焦距，若有人看到他现在这副模样，定会大吃一惊。因为此时叶老爷的表情，竟跟叶蓁有些相似，看起来明明是醒着，却又像是在做梦。

外面，叶蓁已被稳妥地送到马车上了，景炎见叶德清还未出来，迟疑了一下，便走到侧厅这，正要开口问，却听到里头传出叶德清梦游一样的声音："十四年前的七夕夜……"

屋外，景炎收住将出口的话，屋内，叶德清已陷入回忆。

十四年的光阴在叶德清眼前倒流，他明显感觉到自己日渐佝偻的腰背一点一点挺直，凸起的肚子慢慢收回，松弛的肌肉重新紧实，脸上的皱纹消失，花白的头发逐渐染成青丝……

若非神迹，青春怎么会再次降临！

有些事情，只要发生过，就不会消失，即便忘了，记忆被掩埋在时光的尘土里，也依旧无法抹杀它曾经存在过。

七夕，天上银河璀璨，人间灯火辉煌。

宝马香车从眼前流过，侬软的歌声从耳边飘过，女人温柔的声音在身边响起。

"老爷，灵犀是个好姑娘，有朝一日，我若走了，你就将她娶进门吧，要记得正正经经去提亲，要八抬大轿，千万不可委屈了人家。"

叶德清故作不快地看了崔氏一眼，然后指了指前面："今天这样的日子怎么说起这样的丧气话，那边有猜灯谜的，走，我给你赢几盏花灯。"

崔氏轻轻一叹，也不再多说，紧紧跟在叶德清身边，温柔的目光既带着几分留恋，又带着几分愧疚。

那一晚，叶家状元郎为讨自己妻子开心，几乎将整个摊子的花灯都摘了下来，周围人的喝彩和艳羡，以及崔氏终于露出笑容的脸庞，是那一年叶德清最难忘的记忆。

走了两条街后，崔氏便道："回去了，出来这么久，孩子们在家该闹了。"

"铃儿有奶娘看着，那两小子都大了，自个儿会玩。"叶德清说着就往前指了指，"那里新开了家首饰店铺，我们去看看。"

从首饰店出来，崔氏发上便多了一支累丝金凤钗，上了马车后，崔氏轻轻靠在叶德清身上，低声道："大郎，我今天很开心。"

叶德清亲昵地拍着妻子的手："开心就好，以后每年七夕，我都带你出来。"

崔氏微微点头，悄悄拭去眼角的泪，闭上眼睛。只是一会后，她又道："大郎，你不必对我觉得愧疚，薛姑娘和你确实很般配。"

"怎么又说这等话。"叶德清有些无奈，微微皱眉，"知道你贤惠，只是天枢殿的人，是能纳的吗？"

"不是纳,是娶。"崔氏睁开眼,只是察觉到丈夫真的生气了,便道,"好了,不说了,总归,日后若有那么一日,你记得我的话便是。"

回到府里后,夫妻俩正要去看孩子,管家却急急忙忙找过来道:"夫人,适才白纯姑娘来过。"

"白纯?"崔氏诧异,"好久没看到她了,怎么,已经走了吗?"

"走了。"

"可有说什么事?"

"给夫人留下一句话。"

"什么话?"

"白姑娘说,日后若是崔姑娘过来找夫人,请夫人转达,手起刀落毫不犹豫的你,终有一日会被爱与恨同时折磨,永不停歇!"

崔氏愣住,看向叶德清:"这,这话什么意思?"

叶德清也是一脸茫然,便问管家:"白姑娘还说什么了?"

"没了。"

"什么时候走的?"

"走了有一个时辰了。"

"有说去了哪吗?"

"没说。"

……

时光砰地碎开,愤怒的潮水汹涌而至,黑色的漩涡将人瞬间吞噬,叶德清猛地醒过来,满身冷汗,脸色苍白,气喘如牛,他趔趄了一下,然后一脸惊惶地看着崔文君,目中带着茫然,他记不得刚刚发生了什么,唯一记住的是那瞬间将他吞噬的潮水,冰寒彻骨!

屋外,景炎无声无息地离开那里。

屋内,崔文君直挺挺地站在那,身上止不住地微微颤抖,言嬷嬷便示意叶德清出去,然后握住崔文君的手道:"先生,没事吧?"

她知道崔文君刚刚施了香境,查探了叶德清的记忆,但是,她并不清楚崔文君在香境里看到了什么。

"先生知道了吗?安岚姑娘是不是……"

"那个贱人,她竟敢——"崔文君闭了闭眼睛,好一会后,才舒了一口气,睁开眼道,"什么答案都没有!"

言嬷嬷一怔,旋即道:"这天底下,没有绝对的秘密,先生不必失望,总会知道的。"

崔文君没说什么,稳住情绪后,就推开门走了出去,站在屋檐下沉思了一会,然后问道:"他们都去景府了?"

"是。"言嬷嬷点头，迟疑了一会，不解道，"那位叶二公子，怎么会得广寒先生的青睐，竟让广寒先生亲自下山来。"

崔文君冷哼："长香殿向来就不太平，既身在俗世，哪可能躲得过尘世纷扰。"

经这一提醒，言嬷嬷忽然想到一事，即一愣，便迟疑着道："难道，那是——"

"有人借着那孩子试探白广寒，看样子，白广寒是特意接了对方的试探。"崔文君想了一会，又道，"薛灵犀嫁入叶府有十三年了吧。"

言嬷嬷道："正好十三年。"

崔文君又问："白广寒成为大香师多少年了？"

言嬷嬷怔了怔，才道："也正好十三年了。"

崔文君淡淡道："还未及冠就已是大香师了，果真天纵奇才，难怪会被人盯上，十三年，好长的耐心。"

言嬷嬷思来想去，依旧不解："只是，这是试探广寒先生什么？"

"十三年前，白夜先生比如今的白广寒年长不了多少，却忽然将大香师之位传给白广寒，然后就消失了。"崔文君说到这，就下了台阶，慢慢往府外走去，"至于试探什么，怕是只有白广寒自己清楚。不过，七年前，听说白夜曾回来过，那个时候天枢殿可能出了件大事，却不知究竟是什么事。"

那个传言好些人都有听说，但没有谁亲眼见过，言嬷嬷忍不住问："白夜先生真的回来过吗？"

"谁知道，也或许是白广寒故意放出来的话，用来迷惑别人。"崔文君越走越快，层层叠叠的衣裙袖袍似聚散不定的烟雾，在灰沉沉的深宅里带出轻灵飘渺的线条。只是此时这样的美景，却与她的心情完全不符，收了香境后，她脑海里还在不停回响刚刚听到的那句话，那句话的每一个字都似烈火，焚烧着她的心，令她几欲疯狂。于是她一边快走，一边接着道："白广寒，那个男人，心思城府比谁都深。"

出了叶府，上了马车后，言嬷嬷才问："先生可是要回香殿？"

崔文君却道："不，去景府，白广寒要出手，怎么能错过。"

言嬷嬷应声，便往外吩咐了一声，马车即往景府奔去。

第052章　白园·手语·破开

上车之前，景炎自薛灵犀那拿走那盒香，叶铃在一旁看到后，忍不住开口："那个香……"

"住嘴！"叶德清生怕叶铃会说出什么不得体的话得罪了景炎，忙出声呵斥，"你回去，没我的话，不得迈出院门一步！"

"爹！"叶铃眼圈微红，不忿地道，"我必须看着蓁哥儿！"

叶德清还要呵斥，景炎却开口道："叶老爷，三姑娘和二公子手足情深，理应带着三姑娘过去。"

叶德清忙道："公子，小女见识短，又不善言辞……"

"叶姑娘是心地纯善，叶老爷好福气能有这样一个闺女。"景炎掂了掂手里的盒子，然后对叶铃道，"叶姑娘放心，这个，我会留下姑娘的量。"

叶铃微怔，不明白景炎这话是什么意思，留下她的量？什么她的量？

只是景炎说完后，就转身上了马车，叶德清也命叶铃上自家马车，故她即便有心问，也暂时问不上了。

……

叶蓁是被送到景炎的马车里，因为只有他的马车，能直接进入景府的白园。

白园便是景府专门为白广寒修建的居住之所。

"想不到，这病最后也传到你身上，崔氏的一番苦心，到底是白费了。"景炎上了马车后，看着躺在车内似失了魂魄的少年，轻轻叹了口气，然后坐到他身边。

出了叶府后，叶蓁腰侧那些像文身图案一样的痕迹开始缓慢溃烂，少年的双目依旧没有丝毫神采，但脸上隐隐现出痛苦的神色。面对这样的变化，景炎未有丝毫诧异，只是表情非常认真，他坐下的时候，手上就多了一把柳叶刀。此时他下刀的手很稳，堪比拥有数十年经验的雕刻大师，只不过他雕琢的对象既不是玉石，也不是木头，而是人体。

少年腰侧的腐肉被迅速削下，不伤及丁点旁边尚还正常的肌肤，也不见出一滴血，腐肉带出的异味被点燃的香迅速压住，香是从那黑漆盒里取出来的，出自大香师手笔。

之前安岚等人在叶府品此香，除了觉得香味特别外，并无任何异样。然此时，那香烟似忽然间有了灵性，薄纱一样的香烟从紫铜香炉里逸来后，懒洋洋地摆动着婀娜的身姿。随后景炎手起刀落，腐肉离体，异味逸出，无精打采的香烟瞬间兴奋，无风自舞，旋转着往少年的身体飞过来，贪婪地附着在被削下来的腐肉上，遂见那些腐肉以眼见的速度萎缩干枯，刹那成灰。

景炎的手越来越快，马车跑起来偶尔出现的震动，竟也丝毫没有影响到他。

无论身在哪个行业，只要是握刀者，粗活三年出师，细活十年也不见得能出师，于刀刃上成就大家，则是需要一辈子的时间和精力。

练成他这样稳的手，究竟付出了多少时间和精力，没有人清楚。

像是早已算好时间，腐肉削净，那炉香正好点完，景炎放下柳叶刀，掀开炉盖，将里面的香灰倒出，在新的腐肉生出来之前，洒在叶蓁腰侧。

少年脸上的痛苦之色终于褪去，只是脸色却比之前更加苍白了，眼里依旧没有丝毫神采，不过却多了一丝丝平静。

……

崔文君的马车在景府门口停下后，言嬷嬷正要去敲门，崔文君却忽然按住她，然后自己下车去。言嬷嬷还以为崔文君要亲自敲门，不想崔文君只是站在景府门口看了一会，然后就转身重新上了马车。

言嬷嬷不知是何意："先生？"

崔文君坐下后，淡淡道："绕道去北面的白园那。"

言嬷嬷依言往外吩咐了一句，然后才问："先生，是不是出了什么事？"

"白广寒出手了。"崔文君神色微凝，"没有他的许可，不好强行闯入，先去白园附近看看。"

景府几乎占了一整条街道，因而从南面到北面，马车最快，也得花小半个时辰的时间。崔文君吩咐完后，就闭上眼睛，没有再开口的意思。

言嬷嬷从崔文君的眉眼间看出一丝疲惫，这是在大香师身上极少看到的事。

能操控香境，能探知被掩埋的记忆，进而迷惑人心，勾动欲望，摧毁信念，引发恐怖，定人生死……足可见大香师的心志之强大。精神的疲惫，那是平凡人才会有的情况，大香师并非不会疲惫，只是大香师从不会在别人面前露出自己疲惫的一面，更不会在已经疲惫的情况下，还准备去面对一场新的香境。

言嬷嬷有些担心，白纯的事，安岚姑娘的身份，对崔先生的影响太大了。

十多年的执着，又何尝不是一场永不停歇的香境。

如此耗损，刚刚又受到打击，精神明显不济，更何况，接下来要面对的是白广寒大香师，而除此外，还有不知名的对手，谁又知会是敌还是友。

……

崔文君确实觉得有些累，所以，想歇一会，于是，就这一刻的疏忽松缓，令她算错了时间。当她意识到自己的疏忽时，猛地睁开眼，就问一句："怎么还没到！"

言嬷嬷一愣，随后道："先生这才刚上车。"

"不对！"崔文君神色凝重，抬手掀开车帘，"早就到了。"

就前一刻，外面还是车水马龙的街道，可眼下，映入眼帘的，竟变成了白雾迷蒙，静雅古朴的庭院。

香境，却不知是出自白广寒之手，还是出自试探白广寒那人之手。

若她没有及时醒过来，怕是就一直这么睡过去。

言嬷嬷这才大吃一惊，这，究竟过去多长时间了？

崔文君下了马车，看着这宛若仙境的园林，神色凝重。

"先生，这，就是广寒先生的香境？"言嬷嬷跟着下车，谨慎地站在崔文君旁边，

"为何我跟先生都进来了？"

崔文君摇头，站在原地感觉了一会，往后动身。

言嬷嬷看了崔文君一眼，便不再多问，紧紧跟上。

……

"公子，这是广寒先生的香境？"安岚有些愣怔地看着眼前触手可及的白雾，她和丹阳郡主是跟着景炎的马车进了白园，后来在景府下人的引领下，才寻到白广寒大香师的休憩之所。当时景炎也在，只是不等她给白广寒行礼，就见旁边香炉内逸出的香烟骤然间变浓，并且几乎是眨眼的时间膨胀起来，迅速充斥整个房间。

有人诧异地惊叫了几声，随后，白雾慢慢散去，屋里就只剩下她和景炎。

景炎示意她走到外面，然后道："是，也不是。"

安岚茫然了，不解地看着景炎。

"坐。"景炎往台阶上示意了一下，然后自己先往地上一坐，丝毫不在乎自己那身金贵的衣服。

安岚便在他旁边小心翼翼地坐下，还是不解地看着他。

何为，是，也不是？

景炎两手撑在身后，抬起脸，有些懒洋洋地看着前面那聚散不定的白雾，微微眯着眼道："这是别人的香境，但白广寒将对方的香境改变了，所以，这既是白广寒的香境，同时也是对方的香境。"

"改变？"安岚诧异，顿了一顿，又问，"那，没有改变之前，会是什么样？"

景炎转头，微挑了挑眉，嘴角边噙着一丝意味不明的笑："谁知道呢，或许是野兽出没的丛林，也可能是没有退路的悬崖，哦，还有可能是断头台！咔嚓一声，人头就直接落地了！"

安岚有些傻了，规规矩矩地坐在那儿，直愣愣地瞅着景炎，不知该说些什么。

难得看到她这副表情，景炎不禁大笑，爽朗的笑声令周围的浓雾散去些许，亦令安岚面上露出几分窘意。

待景炎歇了笑声后，安岚才喃喃道："公子，这是在跟我开玩笑呢。"

"丫头，这不是开玩笑。"景炎看着她，似笑非笑地道，"那样的香境，对大香师来说，并非难事。在这里，定人生死，往往不过一念之间。"

安岚怔然，景炎又道："你知道现在自己身处香境，也知道眼前这一切，房屋，树木，园林，白雾，都是假的，是不是？"

安岚心里迟疑了一下，却还是怔怔地点头。

景炎遂抬手，在她脑袋顶上揉了揉："那么，你觉得我是真的，还是假的？"

安岚愣住，遂明白刚刚自己在迟疑什么。她久久不回答，景炎的手便没有离开她的脑袋，只是从她脑袋顶上移下来，像逗弄孩子般，在她脸蛋上捏了一把。

少女特有的柔软触感很是不错，于是景炎连着捏了两把，同时眼里的笑意愈浓。

安岚回过神，忙侧开脸，屁股往后挪了一挪，避开他这不怀好意的动作，然后道："公子，是真的。"

景炎收回手，微微眯起眼："如何判断？"

"直觉而已。"安岚瞅着他，"猜的。"

景炎低笑，却没有对她的回答表示对错，只是转过脸，有些百无聊赖地看着前面。

安岚陪他坐了一会，终是忍不住问："他们，都到哪去了？"

景炎没有看她，只是问了两字："谁们？"

安岚道："广寒先生，叶二公子，还有丹阳郡主他们。"

景炎侧过脸："只能问一个，你最想问谁？"

这话问得实在没有道理，因为那三个人完全没有可比性。

安岚不解地看着景炎，景炎却没有解释的意思，只是饶有兴致地等着她的回答。

是有意这么问，还是无意？

安岚垂目，心里暗自琢磨。

丹阳郡主是她的对手，她当然关心；叶二公子算是她们的试题，或者，也是良心，她没道理不关心；而广寒先生……广寒先生，安岚抬起眼，看着坐在自己跟前的人。很奇怪，景公子和广寒先生不仅脸长得一模一样，就连身形也没什么差别，甚至是走路的姿势，都似一个模子里刻出来的一般。

偶尔会听到蓝靛说，如果广寒先生和景炎公子站在一块，便很容易会将两人弄混。

她细想了一下，反觉得自己的感觉跟蓝靛相反，广寒先生跟景炎公子站在一块时，她很容易分清谁是谁，倒是单独相处时……单独相处时……

那双看过来的眼睛乌黑清亮，似被水洗过一般，比任何宝石都漂亮。

景炎任她打量，嘴角边依旧噙着一丝笑意，那样闲散的表情，似他对所有事都了然于心。

一会后，安岚才收回自己那直勾勾的眼神，平静地道："广寒先生。"

这条路，她不是为丹阳郡主而走，更不是为叶二公子而来，她想要什么，从没忘记过。

景炎笑了，一会后才道："就在你周围。"

安岚愣了一愣，随后转头往自己周围看了一圈，可是，这附近，除了她和景炎公子，哪还有别的人。

"傻！"景炎抬手在她脑门上轻轻弹了一下，然后道，"上次晋香会的香境你没有察觉，这一次可是难得的机会。"

安岚看着景炎，摸了摸自己的脑门，白雾迷蒙，此时她这下意识的表情，有种说不出的笨拙可爱。但是，如此无害的表皮下，装着的却是一颗七窍玲珑心，说不准什么时候就被她给算计了。

不待安岚开口，景炎又问："丫头，你明白香境是什么吗？"

安岚将手从脑门上放下，想了想，才道："……大香师超凡的，在特定的情况下可以无中生有的能力。"

景炎琢磨了一会，笑了笑："所以，眼下你以为自己是在哪里？"

安岚怔怔道："香境……"

景炎又问："除去天生的能力不论，香境主要从何处生？"

安岚沉默了许久，轻轻道出一个字："心。"

景炎微微叹一声，心里感慨，当真是天赋奇高。

"境由心生，那么，你在哪里呢？"

安岚怔然。

景炎浅笑："如此，他自然就在你周围，即便你看不到。"

片刻后，安岚才道："但公子之前不是说过，这并不是广寒先生一个人的香境？"

景炎点头："没错，所以，你的一言一行，除了白广寒外，还可能是一五一十地落入另外一个人心里。"

安岚顿觉得背后生凉，不由挪了一下屁股，往景炎这边靠近："那现在是……"

景炎抬手轻轻拨了拨眼前的白雾，淡淡道："若是白广寒失策，那么，很可能我们大家都会被一直困在里面。"

安岚又往景炎这挪了一挪："这，其实是叶二公子陷入的香境吧？"

景炎眉毛微挑，不知是意外还是高兴，转头打量了安岚两眼后问："你看出来了？"

安岚点头，就要张口，却这会儿景炎忽然抓住她的手。

安岚一愣，景炎已经翻开她的手掌，以指为笔："跟我具体说说。"

她是他寻到的，所以，时机还未成熟之前，他不想让别人，特别是那名未知的对手太过于了解她。景炎写完后，也将自己的手掌在她面前摊开，安岚怔了一会，才伸出手指，一笔一画地在他掌心上落下一个个字。

男人的手掌宽大修长，略有几分苍白，但看起来很有力，而且，令她意外的是，似他这样的贵公子，手掌上竟带着薄茧。她手上也带着一些薄茧，那是在香院时，长年干活留下的，但是像景炎公子这样的人，难道也需要做粗活吗？

园中白雾依旧，聚散不定，变化莫测，他们开始用"手语"交谈后，周围就完全安静下来，静得似这世界就只剩下他们两个人。

景炎越问越多，在对香的了解上，安岚没有任何隐瞒。

因为直到现在，她都不敢私自去请教白广寒任何问题，之前又从蓝靛那了解到，即便是在别的香殿，大香师也不会刻意传授侍香人任何东西。所以，她没有丝毫安全感，她生怕任何意外，如果景公子能为她解答疑惑，或者能将她需要的答案从白广寒那得到，并转述给她，对她来说，绝对是一个完美的途径。

……

丹阳郡主诧异地看着眼前的少年，那样灿烂的笑容，明亮的神采，哪有一丝像个病人。这究竟是怎么回事，前一刻，这少年还躺在床上，一动不动，现在，却好端端地站在她面前，并且似乎是认识她。

丹阳郡主还未开口，叶蓁就歪着头，看着她笑道："可是姨母家的表姐？一直听说姨母家有位聪明又漂亮的表姐，如今一见，果真不假。"

没错，他们也称得上是表亲，但是在今日之前，她从没听说过他。

"我带表姐过去吧。"叶蓁说着就在前面领路，"这园子很大，表姐第一次进来，很容易迷路。"

丹阳郡主满腹疑惑，迟疑了一下，还是跟着他走："去哪？"

叶蓁回头道："去找我娘啊，表姐不是来给我娘祝寿的吗。"

"你娘？"丹阳郡主差点就脱口而出，你娘不是已经死了吗！只是就在她将说出口的那一刹那，她心里猛地一惊，遂看了看挂在腰上的香囊，终于反应过来，她是又进了香境！

可是，为什么是这样的香境？

丹阳郡主往周围找了找，别说熟悉的身影了，连个人影都没有。

于是她忍不住开口："叶，叶二公子，你有没有……"

叶蓁转头，面上笑得单纯："表姐叫我蓁哥儿吧。"

丹阳郡主想了想，就道："蓁哥儿，你有没有看到别的人？跟我一起的那几个人？"

叶蓁摇头："没有，我只看到表姐，表姐是找自己的丫鬟吗，去了我娘那，兴许就看到了。"

丹阳郡主沉默了一会，又观察了叶蓁几眼，然后试探着问："蓁哥儿，你是不是忘记路了，怎么这么久还没到？"

叶蓁忽然停下，然后有些懊恼地拍了拍自己的脑袋，满脸歉意地道："是我记错路了，表姐，我们换个方向走。"

丹阳郡主没有反对，只是换了个方向，依旧没能走出这个园子。

叶蓁有些着急，又换了一个方向，却还是一样。

如此反复了许多次，丹阳郡主甚至感觉自己的脚都走得疼了，却还是在这园子里打转。最后，两人在一个亭子前停下，丹阳郡主歇了一会，理了理思绪后，就看着叶蓁道："蓁哥儿，这里是你家吧。"

叶蓁点头，面带羞愧："是啊，我在这住了十二年了，我最近特别容易忘事，表姐，等我想起来后，我们就能出去了。"

丹阳郡主想了想，才道："蓁哥儿，你其实是不想走出去吧。"

叶蓁怔了怔："怎么会，表姐想多了。"

"蓁哥儿……"丹阳郡主面上露出几分不忍，"你娘，已经死了。"

叶蓁愣了一下，片刻后，突然大声道："你撒谎！"

"我没有撒谎。"丹阳郡主看着他，"这里是你家，怎么可能连出去的路都找不到。"

叶蓁满脸通红："那，那是，那是因为我记不住了。"

丹阳郡主道："那我带你出去。"

叶蓁愣了一愣："你，你又不认得路，你怎么给我带路。"

丹阳郡主站起身，一脸温和地道："不试一下怎么知道，蓁哥儿随我走吧，一会就能出去了，出去后，也就能醒过来了。"

"什么醒过来？"叶蓁不由自主往后退了两步。

丹阳郡主愈加笃定："你真不想醒过来，看一看你父亲，看一看你姐姐，他们为了你，可是操碎了心。"

"你胡说什么，我听不懂。"叶蓁一直在往后退，不停地摇头。

丹阳郡主默了好一会，才道："你若继续留在这里，那就再看不到他们了。"

叶蓁垂下眼："这里是我家，这里很好，有爹有娘，还没有病，没有痛。"

丹阳郡主摇头："那些都是假的。"

叶蓁忽然一声大喝："你才是假的！"

丹阳郡主一愣，好一会后才道："那你怕什么？"

叶蓁语塞："我——"

"即便我是假的，但说的却都是真的。"丹阳郡主看着他，"你心里已经明白了是不是？蓁哥儿，你再不出去，就真的永远都见不到你父亲和姐姐了。你别怕，我带你出去，我会陪着你的，我是你表姐啊。"

"我——"叶蓁怔怔地看着丹阳郡主，眼里含着泪，"可是很痛很难受！"

叶蓁抬手，轻轻放在丹阳郡主的手上。

白广寒的身影出现在白雾后面，白雾模糊了他此时的表情。

安岚和丹阳郡主，一个心思奇巧，天生就能察觉香境，甚至能自己施香境；一个心性纯正，能做得到不受迷惑，并懂得如何破境。

崔文君走了一会，忽然停下，面上露出沉思和不解。

"先生？"言嬷嬷也随之停下。

那人，根本没有露面，这香境是有人提前布下的，白广寒主动走进去。崔文君看着眼前的浓雾，愈加不解，两人根本没有正面交手的意思，还有，白广寒，为何将她也拉进来？

难不成，是怀疑她？

崔文君微微蹙眉，她知道，七年前有人对白广寒出手，只是那人一直没有露面。

这七年来，白广寒也一直没找到那个人，所以，怀疑任何一个人吗？

崔文君有些烦这源源不绝的浓雾，便往前踏出一步，遂见足下生莲，园内华光流转，浓雾开始退散。但周围的浓雾也仅是退到一定的距离后就停住了，然后似忽然间有了意识般，开始躁动，瞬间浓聚，随后猛地朝崔文君扑过来！

言嬷嬷莫名生出恐惧，只觉那些浓雾似一下变成噬人的猛兽，若非多年修养，加上对崔文君的信任，怕是此时已惊叫出声。

然而，原以为崔文君会彻底散去这些诡异的浓雾，却不想，就在那些浓雾扑过来的一瞬，崔文君反而散去足下的莲花，敛去周身的华光，宽大的衣袍在浓雾中飞舞。言嬷嬷大惊，但此时已经没有机会让她问出声了，铺天盖地的浓雾瞬间将她们淹没。

失去视力只是几次呼吸的时间，言嬷嬷却觉得自己像是经历了一生那么漫长，从未有过的恐惧感由心而生，犹似站在死亡的边缘，炼狱的恶鬼就在脚底下叫嚣，令她浑身颤抖。

那一瞬之后，浓雾又恢复了之前的状态，如纱似云，聚散不定。

言嬷嬷猛地醒过来，浑身都已汗湿，恢复视力后，呆怔了好一会，才心有余悸地看着崔文君。刚刚，究竟发生了什么事？那究竟是什么感觉？先生为何没有任何动作？

崔文君也是轻吁了口气，她小看这个香境了，刚刚若不是她及时收起足下莲，怕是就落入陷阱中。究竟是谁？竟布下如此凶险的香境，就为了试探白广寒？究竟要试探白广寒什么？

崔氏有千年底蕴，族中自然保留了崔氏前面几代大香师留下的手札。这样的香境，她在其中一本手札中看到过，刚刚那一瞬，她忽然想了起来，这种香境称为陷阱，完美的，能迷惑人的陷阱。看起来一点危险都没有，但是，若强行破开的话，必将落入其陷阱内！不出手，则无事，一出手，就中计。但若无所作为，就将永远困在其中，除非，能找到香境的界点。

界点，亦可称为后门，每个香境都会有一个后门，找到后门，自然就能离开。

七年前，白广寒是不是也面对过这个香境？当时他怎么应对的？白广寒那个时候，即便已是大香师了，但资历尚浅，经验也不会太丰富……

两人结束了手语的交谈后，景炎便直接躺在屋檐下的地砖上，手枕着脑袋，一脸惬意的表情。

安岚抱着膝盖坐在那，看着他，迟疑着问："公子，我们什么时候能离开这里？"

景炎闭着眼睛道："等白广寒破开此香境后。"

又沉默了一会，安岚才接着问："他，也是七殿大香师之一是吗？"

景炎微微扬起嘴角，片刻后，伸出胳膊往旁边拍了拍："别担心，你也躺下歇一歇吧，说不准还要多长时间。"

安岚摇头，虽说景炎公子亲切随和，但她可不能如此放肆。

景炎也不勉强，只是微微一笑，似乎真的打算睡上一觉。

安岚不好再打扰他，自己默默待了一会后，便往旁边的廊柱上一靠，不知不觉间，就闭上眼。她睡过去后，景炎才又睁开眼，并坐起身，看了她一会，有些复杂地叹了一声："小狐狸，叶二公子是这场香境的界点，要破开香境，首先要知道界点在哪里，在这点上，你还远不及丹阳郡主。"

安岚睡得很沉，自然没有听到这些话。

景炎接着道："刚刚让你挑，你若选叶二公子的话，我便给你走走后门，也让你亲眼看一看如何破香境，难得一遇的机会，你就这么错过了。"

说完后，景炎又看了那张稚嫩的脸，沉吟片刻，遂又笑了一笑。

其实对白广寒的执念这么深，对她来说，倒也不是坏事。

……

丹阳郡主牵着叶蓁刚出亭子，就看到亭外有个身影，白雾弥漫，她无法看得真切，只觉那道身影如流云飞雪，宛若谪仙临世。

"广寒先生？"小心翼翼上前几步后，终于看清那人的相貌，丹阳郡主怔了一怔，然后慌忙行礼。

白广寒微微颔首，看了叶蓁一眼，然后问她："你为何带着他？"

丹阳郡主犹豫了一会，才开口道："丹阳对此不熟悉，便想着，带上叶二公子，兴许就能离开这里。"

白广寒问："离开哪里？"

丹阳郡主微垂着眼道："园中香境。"

白广寒沉默，崔氏后代，似真受到了福泽，能有这等天赋悟性的孩子，万人中都挑不出一个来。

片刻后，白广寒才开口："将他给我吧。"

叶蓁忙躲到丹阳郡主身后，惊惧地道："表姐，我，我不要他，我们快走！"

"蓁哥儿？"丹阳郡主诧异回头，"蓁哥儿别怕，这是长香殿的大香师。"

叶蓁头摇得像拨浪鼓："不管他是谁，表姐，我们快走，快走！"

"我既已找到你，你还能走得了吗？"不等丹阳郡主问清楚究竟怎么回事，白广寒就已经到了他们跟前，一伸手，就抓住叶蓁。

叶蓁忙大声喊道："表姐救我！"

"广，广寒先生？"丹阳郡主有些蒙了，"这，这是……"

"你看清楚了。"白广寒缓缓开口，"你来自清河崔氏，应当知道每个香境都有一个界点。"

丹阳郡主怔住，白广寒面无表情，声音清冷而沉稳，不带丝毫情绪："香境的界点，只要除去，就能散去香境，但这场香境的界点却是种在他身上，与他性命相关，除之不慎，便会伤及他的性命。"

所以，叶蓁才会喊救命？

丹阳郡主震惊，目中神色愈加凝重，不放过白广寒一丁点儿的动作。

"他被困在这里太久了，若是再不替他除去种在身上的界点，散去这场香境，他一样会丢了性命。"白广寒抬起左手，手指微动，便见数根纤细的幼苗从叶蓁腰侧露出，一点一点地移到白广寒的手上。

叶蓁浑身颤抖，孩子气的脸上满是痛苦，白广寒依旧面无表情，直到将那些幼苗全都抽出来后，才放开叶蓁。丹阳郡主赶紧去扶住，再抬眼，便见白广寒拿着那些幼苗的手用力一握，遂见那些幼苗慢慢枯萎，最终成灰。

周围的白雾逐渐散去……

崔文君找到安岚这边时，安岚还靠在廊柱上睡觉，那副样子，看起来很是安静乖巧。崔文君慢慢蹲下去，仔细打量她的眉眼，再回想自己少女时期的模样，有点像，又不怎么像。

是她？不是她？

崔文君面上的神色变了几变，抬手，就要唤她起来，只是她的手才放在安岚的胳膊上，周围的白雾就开始散去，眼前的景色也跟着模糊。

这是，白广寒破了香境！

崔文君收回手，站起身，面上重新恢复冷淡傲然。下一瞬，她就回到了马车内，掀开车帘一看，果然，这马车就停在白园外面。

"先生。"言嬷嬷也醒了过来，缓过神后，心有余悸地道，"广寒先生是什么意思？"

崔文君放下车帘，闭上眼，往后一靠："或许，让我当个见证人。"

言嬷嬷不解："见证何事？"

"见证他能破此香境。"崔文君淡淡道，只是语气中带着几分不确定，自崔氏流传下来的大香师手札中，她知道，这等香境非常危险，一个不慎，便会伤及性命。

言嬷嬷更加不解："只是，为何要证明这个？"

崔文君轻轻摇头，她也想不明白。

……

叶蓁醒过来了，白广寒却没有过多交代什么，只让叶老爷和叶三姑娘进了房间。外面站着一圈人，白广寒出来后也只是淡淡地扫了一眼，就走开了，景炎笑了笑，便跟上。

因为大家都经历了那场香境，这醒过来后，反而沉默了。

好一会后，丹阳郡主才开口："安岚姑娘，当时在哪？"

即便她在香境里，只看到叶蓁和白广寒大香师，她却很笃定，安岚也一定是入了那场香境。

安岚回过神，往旁边看了看，然后看着前面那台阶道："就在这里。"

丹阳郡主也往台阶那看过去："就在这里？"

安岚点头，然后也问了一句："郡主呢？"

"我……我在园子里。"丹阳郡主想了想，又问，"当时，你身边还有别的人吗？"

第053章　秘密·解释·入门

安岚默了默，反问一句："郡主身边有人？"

丹阳郡主笑了笑，大方道："嗯，看到蓁哥儿了，安岚姑娘呢？"

看着丹阳郡主那样的笑容，安岚忽觉得自己是以小人之心度君子之腹，便垂下眼说道："当时这附近就剩下景公子。"

"景哥哥！"丹阳郡主有些诧异，是广寒先生特意安排的吗？还是无意为之？她知道安岚颇得景哥哥的青睐，这个事实她无法改变，但她很担心，广寒先生会不会因此而有失偏颇……

丹阳郡主沉思的时候，安岚忽然问："不知，叶二公子在香境里是什么模样？"

丹阳郡主回过神，顿了顿，才道："瞧着没什么事，就是……在园子里迷路了。"

安岚一怔："迷路了？"

丹阳郡主点头，随后问："景哥哥跟你说了什么？"

"没说什么特别的，只是在那等着香境散去。"安岚摇头，接着问，"迷路了，那郡主和叶二公子找到路了吗？"

丹阳郡主道："正找着路，结果碰到广寒先生。"

安岚问："接着广寒先生就破了香境？"

丹阳郡主点头，安岚迟疑了一会，又问："广寒先生，是过去找你们的？"

丹阳郡主想了想，才道："先生不是找我们，是找蓁哥儿。"

特意去找叶二公子吗，安岚面上若有所思。

丹阳郡主问："你在想什么？"

安岚轻轻摇头，丹阳郡主打量了她一眼："安岚姑娘问的，我都如实回答了，照理，安岚姑娘也应该回答我的问题才是。"

安岚看了她一眼，丹阳郡主面带微笑，神态坦然。

"确实该如此。"安岚点头，然后道，"我只是怀疑，破香境的关键在叶二公子身上。"

丹阳郡主一怔："为什么？"

"以广寒先生的能力，何须特意去找一个人，更何况，要找谁，直接破了香境，要找的人不马上就出现在眼前了吗，在香境里找，似乎是多此一举。"安岚说到这，顿了顿，接着道，"除非，破香境的关键，在叶二公子身上。"

这样细腻的心思……丹阳郡主有些诧异地看着安岚，只是不及她开口，景炎就从前面走了过来，叶家的人也嘘寒问暖够了，要开始就这前前后后的事算账了。

叶蓁醒了，不等于叶家的事全都解决了。

叶蓁为何会生病，腰上的伤是怎么回事，广寒先生是怎么治好叶蓁的，薛灵犀跟这件事真的丝毫关系也没有吗？那为何广寒先生要从薛灵犀手里拿走那盒香？

这种种问题，叶德清关心，叶三姑娘更关心。

事情既然没有完全解决，天枢殿的人自然不能这就离开。

只是因叶蓁刚醒，经不起车马颠簸，景炎便建议他们先留在白园，总归这些事情，哪里都一样能说清楚。

……

叶蓁重新睡下后，白广寒命人给叶德清传了几句话，叶德清甚是不解，但是想了想，还是照白广寒的意思，特意留叶铃在叶蓁那照看着，然后同薛灵犀悄悄往白广寒那过去。

之前因儿子终于醒过来，叶老爷激动之下，只顾着儿子，一时忘了表示感激，待想起时，白广寒已经离开那里了。所以，叶老爷这会儿一进来，就要给白广寒行大礼，白广寒便往景炎那看了一眼，景炎笑了笑，走过去扶住叶老爷："不用着急行如此大礼，还是先坐下将这事儿说明白了，别的，可以慢慢说。"

叶德清深揖："广寒先生和公子救了我儿一命，此乃大恩，叶某今生今世都难以报答。"

安岚悄悄看了一眼座上的白广寒，却见他神色淡淡的，看不出在想什么。似察觉到安岚的目光，白广寒便往她这扫了一眼，那眼神不带什么情绪，只透着几分衡量，或是探究。安岚一怔，心里忽地生出几分异样的感觉，细一想，又说不清个究竟。

却这会儿，景炎已经开口："叶夫人，如今，那封信该拿出来给叶老爷看一看了。"

叶德清一愣，转头看向薛灵犀，不解道："什么信？"

薛灵犀叹了口气，从袖中拿出那封放了十三年之久的信，有些怅然地看着已经发暗的信封，然后递给叶德清："这是崔姐姐亲笔写给老爷你的，崔姐姐本是希望我可以永远都不用拿出这封信，不想，她的希望终是要落空了。"

叶德清满腹疑问地接过来，却没有马上打开，因为他心里忽然生出很大的不安，似乎只要打开这封信，就等于打开一个噩梦。

所以，他试探地问："里面，写的什么？"

薛灵犀道:"老爷还是自己看吧,我一句两句也说不清。"

叶德清便转头,迟疑地看向景炎和白广寒,见他们什么都不说,似已经知道那信里的内容。十三年前!有什么事,他被瞒了十三年?他垂下脸,有些着急地打开那封信,信纸也已经发黄,信上的字迹有些不稳,但确实是崔氏的笔迹,应该是她卧病在床的那段时间写的。

信很长,满满地写了近十张纸,叶德清一开始面上还带着疑惑,可越看到后面,脸色越加不好,就连拿信的手都隐隐发颤。

这房间里,就安岚和丹阳不清楚那信里写了什么,所以瞧着叶德清此番变化,愈加疑惑。

"这,这这,都是真的!"叶德清看完后,呆了一呆,然后拿着那封信看着薛灵犀,"你,怎么不早告诉我!"

薛灵犀叹了口气:"崔姐姐什么性情,老爷心里难道不清楚?再说,她也是后来才知道的,知道的时候,也已经生了三姑娘。"

叶德清怔怔地站在那,好一会后,突然想起叶蓁,慌忙转身对白广寒道:"先生,我那小儿,是,是已经治愈了吧。"

白广寒微微摇头,声音略有几分低沉:"我只是将令公子唤醒,这病,没办法根除。"

叶老爷呆在那,手里的信也落了下去,外面的风从门缝里钻了进来,将那几张信纸吹到安岚和丹阳郡主跟前。安岚迟疑了一下,弯下腰去捡,但并没有看,而是先询问地看了白广寒和薛灵犀一眼。白广寒没有说什么,叶老爷则是一丁点反应都没有,只有薛灵犀朝她们微微颔首。

薛灵犀知道这两位姑娘是什么身份,更清楚,此时与她们交好,要比数年后容易百倍。而且,既然广寒先生都让她们跟着一块进来了,那今儿要说的事,也就没必要瞒着她们俩。

得了薛灵犀的首肯,安岚便将那些信展开,同丹阳郡主一块看起来。

这,这竟是!

看完后,两人都震惊地看了对方一眼,然后再看向失魂落魄的叶老爷。

原来,叶崔氏的母亲罗氏,其祖上就带着一种可怕的病。那等病发作之前,没有大夫能看得出来,发作时,整个人会慢慢失去意识,但呼吸和心跳却还都在,只是接着身上会出现怪异的纹路……从发作到死亡,一般不会超过一个月。

罗家的这种病是会一代一代传下去,不一定每代都会发作,也不一定每个孩子都会发作。有可能隔了一代两代人都没事,在他们以为已经摆脱这个噩梦时,很可能第三代就出现这种病。

这种污染血脉,断子绝孙之事,无论对哪个家族来说,都是头等大事!若被人发现,绝对是灭族之灾。所以罗家遮掩得很好,也亏得叶崔氏的母亲那一代,罗家没有一个人病发，所以叶崔氏的母亲罗氏才如愿加入了崔家，只是谁成想，罗氏的女儿会继承那等病，并且在生了三个孩子后，忽然病发！

叶崔氏生怕自己的孩子也会落得跟自己一样的下场，又为着母亲的苦苦哀求，不忍母亲的娘家承受所有亲家的怒火，只得一个人忍了下来，偷偷想办法求到长香殿那去。

而在那之前，叶崔氏已经认识薛灵犀，由此，叶崔氏才求得白夜大香师的帮忙，赠送了她一盒香和一张药方。那盒香和药方并非解药，顶多算个药引，所起到的作用只是减缓病发时的痛苦，并且在病发陷入昏迷时，将人唤醒。

所以，薛灵犀才会瞒着叶德清，偷偷给叶蓁换药。

叶崔氏写这封信的目的，一是要给叶德清一个交代，二是为防日后叶德清误会薛灵犀，到时，薛灵犀只要拿出这封信，便就什么都明白了。

叶崔氏在信末，还特意交代叶德清定要好好待薛灵犀。

安岚拿着那封信，完全不知该说些什么，难怪刚刚，广寒先生不让叶三姑娘过来。无论是谁，忽然知道这样的事，定都是难以接受。知道后，即便没有病发，也是要一辈子担心受怕。并且，日后还如何敢嫁人，如何敢怀孕生子！

无须猜疑算计，命运的残酷，已足够令人撕心裂肺。

叶德清呆呆站了一会后，忽然蹲下去，抱头痛哭。

薛灵犀抬起脸，忍住要往下掉的眼泪。

安岚的目光从叶老爷身上移开，落到薛灵犀身上，究竟需要多深的感情，才能令一个女人愿意为一个并不完全属于自己的男人，承担这个秘密十三年。

门关上，叶老爷的哭声也慢慢停下，随后那屋内是长久的沉默。

要不要告诉叶三姑娘实情，是叶老爷和薛灵犀需要考虑的事，外人没有资格提任何意见。

白广寒出来后，负手站在台阶那，沉默片刻后，才转头对丹阳郡主道："清耀夫人的马车已在门外候着了，你去吧，允你三日假。"

丹阳郡主从惘然的情绪中回过神："母亲找我？"

旁边的秀兰小心提醒道："郡主，明日是蓉贵妃的千秋。"

丹阳郡主一怔，才想起这事，蓉贵妃跟清耀夫人关系极好，又是太后的外甥女，上个月清耀夫人就跟她交代了，还让太后发了话，今年蓉贵妃千秋日，她一定得露面。长安城不缺名门贵女，亦不缺才女，几乎每个贵族女子都在想办法抬高自己的身价。清耀夫人深谙其中门道，声名才华这等东西，是需要吹捧的。或许丹阳郡主如今还不屑于此，但清耀夫人比她想得深远，亦能将此事做得漂亮。

清耀夫人没有见过安岚，也不了解安岚，但她绝不会看轻安岚。

当两人的才华在伯仲之间时，别的因素，就能成为成败的关键。

七殿大香师要决定任何事，确实不用考虑任何人的意见，但是，一个继承人的选择，不仅仅是关系到大香师，还关系到香殿今后的地位。

……

丹阳郡主离开后，白广寒站在一株绿萼梅旁，看着树下两只虫子在打架，他看得很认真，认真得有些出神。

景炎顺着他的目光看过去，抬了抬眉："这个季节居然还有虫子。"

白广寒曲指一弹，那两只正往梅花树攀爬的虫子即变成一点血迹，随后风干。

景炎笑了笑："又精进了，我是追不上你了。"

"你的事比我多。"白广寒收回手，转头道，"白园周围没有任何可疑的行迹。"

"意料之中，他布下香境就离开了。"景炎神色略有几分凝重，"丹阳郡主这一趟回宫，自会透露所见所闻，加上崔文君的见证，他也该信个八九成了。叶蓁死后，他再有所怀疑，也不敢轻举妄动。"

说到这，景炎嘴角边勾起一抹笑，人对某件事情怀疑的时间越久，反复的时间越长，不确定的感觉就会越重。

白广寒问："丹阳会说？"

景炎道："即便她无意炫耀，清耀夫人也会让她说的。"

就是为等到蓉贵妃的千秋，借着清耀夫人为丹阳郡主谋划，将白广寒如何破香境的过程传给对方，他才想尽法子维系着叶蓁的命拖到今日。所有人都知道，薛灵犀曾是白夜最信过的侍香人，亦是白广寒敬重的人，薛灵犀若有事，白广寒绝不会不管。

七年前，其中一位大香师对白广寒下手，当时情况极为混乱。

除了他和白广寒，没有人清楚真正的内情，包括对白广寒下手的人，一样无法确认，当年那个完美的"陷阱"，究竟是白广寒破的，还是白夜回来破的。对方若想确认白广寒是不是真的能破"陷阱"，就需重新寻找合适的目标，布下新的香境，然后请白广寒入境。

只是，错过七年前那个机会，面对日复一日成长起来的白广寒，没有十足把握之前，那人不敢再出手，也不会轻易试探。所以薛灵犀就成了目标，到底是伺候过大香师的人，对方非常谨慎，也有足够的耐心。为防万一，他甚至没有选择对薛灵犀下手，也没有选择薛灵犀的儿子。因为薛灵犀的儿子如今还不足六岁，那么小的孩子，入了香境后，怕是还等不到薛灵犀悟过来，去请白广寒帮忙，那孩子就已经咽气了。

所以，叶蓁成了最佳人选。

大香师深谙人心，叶蓁若出事，薛灵犀在叶家的处境必将变得艰难，到时，薛灵犀就不得不求助于白广寒。

只是，对方却没想到，叶蓁会有那样的病。

无论香境是否被破，叶蓁都会死。

究竟是死于何因，是因为病，还是因为界点去之不慎，除了白广寒，没人清楚。

三个月之前，叶蓁的病就有发作的迹象，那个时候，正好白广寒公开表示，要选继承人。从那开始，藏在暗处的人就按捺不住了，景炎断定他一定会出手，甚至猜出他要选的对象是谁。

今日之事，三个月之前就已经定下了。

就连安岚，也不是意外。

若非遇见她，若非她天赋难得，景炎也不会做出这个决定。

这世上确实有巧合，或者说是缘分，也可以将其称之为命运。

但巧合之后的延续，缘分之后的再遇，命运开启后的轨迹，对景炎来说，都是经过严密到苛刻的算计而来的。

……

一会后，两人便往回走，却未走几步，就听到前方传来吵闹声。

白广寒轻轻摇了摇头，景炎淡淡道："今日之后，罗氏的秘密就会传开，到时他自然也会知道。"

一切，都在他的掌控中。

只是他说到这的时候，忽然咦了一声。

原来是赤箭找到白园这，神色匆匆，像是有什么要事。赤箭也是天枢殿的侍香人，此等身份，自然不会被限制下山，但是，身为天枢殿的侍香人，特别他如今又暂时顶替赤芍打理香殿内务，故而轻易是不能下山的。

听他道明来意后，景炎便笑了笑，原来竟是为赤芍而来。

在刑院内对小可下手的人找到了，这份证据足以证明，小可的死跟赤芍没有关系。

白广寒面无表情地道："你就是为这事而来？"

赤箭额上冒出冷汗，却还是凭着一股执拗的劲回道："属下觉得，此事事关重大，不敢有丝毫拖延，所以擅自下山禀报先生。还，还有，这几日殿中也出了好些事，属下愚钝，不敢自作主张，赤芍又被关了起来，找不到人可商议，便想着请，请景公子帮忙出主意。"

"呵……"景炎笑了，却又不说什么。

赤箭冷汗涔涔，白广寒沉默了片刻，就让他先去白园外头候着。

"这个赤箭，一副文质彬彬的模样，心里还有股文人的执拗劲。"赤箭出去后，景炎慢悠悠地道，"瞧着也像真是情真意切。"

白广寒道："鲁莽，反更显真情，若是装的，就太高明了。"

"没有人敢在你面前装。"景炎摇头，"赤芍出事，他面上没什么，其实心里早就似热锅上的蚂蚁，所以这一找到能还赤芍清白的证据，就再坐不住。我只是担心……"

"担心什么？"

"担心他们自己都不自知。"

白广寒微蹙眉，他听懂这句话，这些年来，他和景炎之所以抓不到那些内奸，就是因为，有些人，根本不知道自己是内奸，甚至到死，那些人都不知道自己究竟是因何而死的。
　　套话，蛊惑，引诱，本来就是间者的基本功。
　　"让赤芍出来吧，这一次她确实是被冤枉的。"景炎说着就有些疲惫地揉了揉眉心，然后道，"他说的那些杂事，你看着办。"
　　"你去歇会。"白广寒微微颔首，然后就转身出去了。
　　景炎本是要回自己的院子休息的，只是走了两步后，想了想，就转身往另一边去。
　　……
　　丹阳郡主走后，安岚便坐在客房前面的栏杆上，看着头顶的蓝天，一副发呆的模样。
　　景炎走过去，在她旁边坐下："想什么呢？"
　　安岚起身行礼，景炎摆了摆手："别那么多礼，来，说说，你这小脑袋瓜又在琢磨什么。"
　　安岚站在一旁，一脸乖巧地道："没有。"
　　"呵——"景炎脸上笑意盎然，"狐狸尾巴藏都藏不住，就别在我跟前装了。"
　　安岚面上微窘："只是有点不明白，叶二公子为何会陷入大香师的香境。"
　　不过是个普通的少年，跟长香殿也没有任何利益牵扯，怎么就重要到让大香师亲自出手？之前，她还以为那场香境是针对她和丹阳郡主的，但知道叶家的那点秘密后，她便知道自己是误会了。
　　景炎反问："你觉得呢。"
　　安岚瞅了景炎一眼，迟疑着道了一句："是不是，跟天枢殿的内奸一事有关？"
　　景炎满眼含笑："接着说。"
　　安岚心里一跳，知道自己是猜对了，只是却愈加不解。
　　她所知不多，自然无法将这些事整个联系起来，于是，又摇了摇头："只是猜的，别的就真的不知道了，不敢骗公子。"
　　景炎看着她问："想知道？"
　　安岚点头。
　　景炎站起身，想了想，就斟酌着将这件事的来龙去脉道了一遍。只是略去他早知道罗氏的秘密，并为此特意选中叶蓁，引对方出手的情况。
　　安岚听完后，怔了半晌，然后问："香境能探知人的内心，公子难道就不怕那位大香师从薛灵犀那知道广寒先生的打算？"
　　景炎道："薛灵犀从不会另外打听别的事情，她只知道自己该知道的。"
　　安岚迟疑了一会，又问："公子告诉我这么多，就不怕那位大香师从我这探知到什么？"

景炎微微挑眉。

安岚迟疑了一会，又问："公子，也只让我知道该知道的，是吗？"

"真聪明。"景炎抬手，手指在她额头上轻轻点了点，眼角眉梢间流露出轻慢浅淡的笑意，唇边却带起一抹雍容怡然的完美弧度，世间男子，再难寻得如此气质风情。

白园种了很多梅树，只是天还不够冷，梅花还未开。

客房这边种的白梅最多，每年寒冬腊月，景炎都会拎着一坛酒走到这边，一个人就着梅香品酒。

对于景炎只让她知道该知道的，安岚并不意外，她觉得理所当然，所以神色平静。

"只是……"景炎收回手后，打量了她道，"你怎么知道，香境能探知人的内心？"

"因为——"安岚捧起自己的香囊。

气温骤然下降，有风拂过，带着三分温柔七分寒意，落花如雪，纷纷扬扬飞到景炎手上。他抬眼，便见满园梅花绽放，堆云积雪，如梦似幻，幽幽冷香中还带着几分酒香。他顺着香寻去，便见最老的那株梅树下放着一坛酒，不是什么好酒，是外头随便一个饭庄或客栈都有卖的，便宜，五个铜钱就能打一斤。这酒甚至没有一个特定的名字，口感也不怎么好，下口时有些拉喉，但却是他在白园赏梅的时候必喝的。

景炎起身，走到那株梅树下，拿起那坛酒。却又见旁边还放着两个瓷杯，他怔了怔，就将那两酒杯也拿了，然后转身走回来，笑道："你这是请我喝酒？连酒杯都准备好了，那就一起喝！"

他说着就将其中一个酒杯放到安岚手里，安岚有些愣愣地接住，只是她的手才触到杯身的凉意，眼前正往下飘落的梅花就碎成无数光斑，抬脸，只是这一眨眼的时间，眼前的一切又恢复到原来的样子，梅树依旧，但花未开，寒风依旧，但无酒香。

手里的酒杯变成了她的香囊，景炎公子还坐在栏杆上，连姿势都未变，只是眼里添了几分诧异。

安岚忙放下香囊，站起身忐忑地道："公子莫怪，我无意得罪。"

"呵——"景炎低低一笑，只是这一笑，似乎就忍不住了般，声音越来越大，直到变成一阵哈哈大笑。

安岚有些无措地站在那，刻在骨子里的谨小慎微让她早早就明白，有些时候，笑，并不代表高兴，哭，也不仅仅是因为伤心。

她低声道："我，我再也不敢了。"

景炎笑够后，就打量着她，好一会才道："小狐狸，再怎么忐忑也盖不住你心里的高兴吧。"

一语就点中她的内心，安岚面上即有些讪讪的。

"确实没人敢随便对我用香境。"景炎往自己旁边拍了拍，让她过来坐下，"而且你这两下子还太稚嫩了，又不够谨慎，以后也别随便对别人使用，小心反受其害。"

"是。"安岚乖乖坐下，也乖乖应下，但明显是不解其意。

景炎似知道她心里想着什么，便道："你也入过几次香境，可有哪一次是在香境内见过设下香境的人？"

安岚回想了一下，怔了怔，然后摇摇头。

"香境是虚的，但入了香境后，便是实的，在里面受的伤，出来后，那些伤一样会作用到身上。"景炎看着她道，"这并非是指，你在香境里骨折了，出来后，即便是好端端地躺在床上，就忽然骨折了。"

"那是什么？"

"在香境里受的所有伤，都会同等程度地伤到你的精气神，人活着就是一口气，那口气是本源，是精气神，比起这个，那些跌打损伤并不算什么。"景炎看着还有些蒙懂的安岚，接着道，"香境里的真实，对入香境者是如此，对布下香境的人也是一样。"

安岚霎时明白了，瞳孔微缩，所以，之前她进入的那几场香境，都不见大香师的身影。

景炎微笑："想通了？"

安岚点头，然后站起身，郑重行了一礼："多谢公子赐教。"

"你没让我失望，甚至超出我的期盼。"景炎说出这句话时，语气里带着几分难言的情绪。

安岚抬起眼，然后转头，看着园中那些梅树，感叹地道："公子存在心里的世界，可真美。"

景炎一怔，随后站起身道："不过是年年都有的景，我也就趁着那个时候偷懒几日。"他说到这，沉吟一会，又道，"那酒没喝上，真可惜了。"

安岚抿唇一笑，刚刚听说叶家那些事后，心情有些低沉，但此时此刻，她却非常的高兴，高兴且激动。若说之前她对那个界限，那道门槛还觉得很模糊的话，那么现在，她确定，自己已经真正入门了。

"瞧你这得意得，尾巴都翘起来了！"景炎看了她一眼，也跟着一块笑了笑，然后道，"梅花开的时候，我请你来喝酒。"

安岚一怔，景炎说完这句话，就抬步离去："午膳会有人送过来，你安心住几日，到时随叶家的人一块走吧，既然丹阳郡主有三日假，白广寒的意思是你也一样。"

安岚朝景炎的背影微微欠身，然后，再次转头看着那株梅花树。

那两个酒杯，并非她特意弄出来的，而是景炎公子存在心里的东西。

公子，是想与谁对饮呢？

……

安岚在白园住了两天，那两天里，除了去叶蓁那看一看，同叶三姑娘客气地聊上几句，她基本没什么事。景炎公子不知去了哪，广寒先生也没再露面，叶家的事，就白园一个管家负责照看着。叶老爷因受到打击，精神越发不好，薛灵犀依旧没什么怨言，如以往一般在他身边伺候。

"委屈你了。"第三日早上，用完早膳后，叶铃去看叶蓁，剩他们俩在屋里时，叶德清握住薛灵犀的手，有些哽咽地道，"以前我也常说这句话，但也都只是说说罢了，如今，我才觉得，真的，是委屈你了。"

"老爷说的什么话，我也是叶家的媳妇，我从未觉得委屈。"薛灵犀抽出手，给叶德清递上茶，温声道，"老爷可要保重自己，三姑娘那，还得想想办法才是。"

"能怎么办！"叶德清让她把茶放在一边，"蓁哥儿我早有心理准备，如今他能醒来，对我已是安慰……可是铃儿，唉，这是造的什么孽，为什么我叶家会出这样的事！她当年也不跟我说！"

"崔姐姐也是生了孩子后才知道的，她原是想告诉你，只是不知该如何开口，又抱着希望，或许孩子们不会出事，所以才……"薛灵犀坐到叶德清身边，柔声道，"崔姐姐心里比谁都痛，走的时候，心里还挂念着几个孩子和老爷您。而且都这么多年了，您若是这时候怪她，她泉下有知，难以瞑目啊。"

"我不怪她，也怪不来了。"叶德清长叹了口气，这几天，他似一下子老了十岁。

薛灵犀起身，一边给他揉太阳穴，一边道："老爷要是不知该怎么说，三姑娘那就由我跟她说去，这等事，还是自己心里明白些好。日后，若有什么事，也不至于慌乱无措。"

叶德清一愣："要告诉她？"

薛灵犀没有停下手里的动作，只是问了一句："难道老爷不打算告诉三姑娘？"

"她都快十六了，又是那么个心高气傲的性子，亲事还迟迟没有定下。"叶德清说到这，停了好一会，才沉重地道，"她以后，可怎么办？"

叶蓁醒过来了，却活不下去。

闺女原本好好的，如今却添上这么一个噩耗，这可都是他的亲骨肉啊。

薛灵犀正想开口，不料就在这会，房门突然从外头推开，叶铃迈步进来，警惕地打量了薛灵犀一眼，然后问向叶德清："爹瞒着什么没跟我说？"

叶德清愣住，薛灵犀轻轻一叹。

……

安岚用过早膳后，在琢磨香的事，正打算找人问问景炎公子或是广寒先生在何处，她有好些问题想请教。只是她刚走出房门，就听到叶家人住的那个方向传来隐隐约约的哭声。

是叶三姑娘，已经知道了吗？

安岚往那看，迟疑着要不要过去瞧瞧，只是走了几步后，又返身回来。

这种事，谁都爱莫能助。

换做她，此时此刻，应该是不想看到任何外人。

想到这，她心里轻轻一叹，然后抬起眼，看着高远的天空，感谢娘亲，给了我一个这么健康的身体，虽然不知道您在哪里。

……

下午，叶德清就同景府的人告辞，本应该还要去跟白广寒和景公表示感谢的，但正巧白广寒那个时候不在景府，景炎也出去了，景公这几日又因身体不适，不见客。于是叶德清托白园的管家务必将他的感谢带到，然后就带着妻子儿女离开白府。

安岚一路送他们回叶府后，也跟着告辞，她该回长香殿了。

薛灵犀出来送她，请她日后有空了，要常来做客。

安岚上马车之前，还是忍不住问一句："三姑娘，没事吧？"

薛灵犀摇了摇头："小姑娘家家的，知道这样的事，哪能没事，她性子倔强，在外人面前都是要装无事的模样。但事已至此，自欺欺人也无用，我会慢慢开解她的。"

本以为叶三姑娘那么针对她，她心里多少会有些介怀，却不想，薛灵犀这话里，是真心实意的关心。安岚有些诧异，薛灵犀也只是微微一笑，再次请她将自己的感谢传达给广寒先生。

安岚将上马车时，叶府里忽然跑出一个丫鬟，慌慌张张地对薛灵犀道："夫，夫，夫人，二公子咽气了！"

第054章　对话·回溯·柴门

安岚看着躺在床上，安静地闭着眼睛的少年，有些不敢相信，他，竟就这么死了。

刚刚她告辞时，他的脸上的气色瞧着还是很不错的，比前几天好很多，让人觉得，再过几天，他也许就能跟正常人一样下了床，活蹦乱跳了。而其实，昨天他也确实下床了，而且还在园子里走了一圈。

景公子说，那个香境是陷阱，针对的是广寒先生。

叶蓁被选中，当成诱白广寒出手的对象，说不清到底是幸还是不幸。

因为被选中入大香师的香境，所以他多活了些时日，却也因为入了香境出不来，所以多活的那些时日，对于家人来说，也只是个会呼吸的尸体而已。

如今，总算是解脱了。

叶铃趴在床头，握着叶蓁的手大哭，这是她的手足，他们一块长大，他们身上流着相同的血……三年前，大哥走了，如今，蓁哥儿也走了，就剩下她一个人，未来的某一天，她很可能也会像他们一样！

叶德清擦了擦眼角，强忍住心里的悲痛，唤来丫鬟将叶铃扶起来。丫鬟扶不动，为难地看着叶德清和薛灵犀，薛灵犀走过去，低声劝道："铃儿，小心哭伤了身子，你爹会更伤心。"

叶铃没有看她，只是哭声逐渐低了下去，但依旧握着叶蓁的手，完全没有要起身的意思。她如今，已经说不清究竟是伤心还是害怕了，蓁哥儿死了，她唯一的手足断了，从今往后，她要一个人去面对那件可怕的事情。

薛灵犀又唤了一声："铃儿。"

叶铃依旧没有任何反应，她厌恶薛灵犀，恨薛灵犀，但是，现在，她觉得自己似乎没有力气跟薛灵犀继续斗下去了。该死的都死了，马上就要轮到她了，再斗还有什么意思，这个家，跟她再没什么关系了。

叶德清开口道："扶三姑娘回房去！"

几个丫鬟又靠过来，叶铃立马一声尖叫："别碰我！"

薛灵犀忙让她们都退开，也递给叶德清一个别慌的眼神，然后蹲下去，低声道："铃儿，蓁哥儿昨晚跟我说了几句话，是特意让我告诉你的。"

叶铃一怔，转头，狐疑地看着薛灵犀："说什么？"

薛灵犀拿手绢给叶铃擦了擦眼泪："蓁哥儿的事，你爹和我都很难过，特别是你爹，又是白发人送黑发人，你就莫再让你爹伤心了，随我去洗把脸，我同你细说。"

再一次白发人送黑发人，这话令人心碎。

叶铃看向自己的父亲，看着父亲鬓上已花白的头发，长时间来对她父亲的埋怨，此时终化成酸涩，眼泪不觉又掉了下来，这一次却没有再闹。

薛灵犀将她扶了起来，让她松开叶蓁的手，送她回了房间。

安岚轻轻一叹，走到叶德清面前："请节哀顺变。"

叶德清微微颔首，面色惨淡，唇抖了几下，终是什么也没说。

……

三日后，叶蓁下葬了。

次日，长安城的某个戏园子里，有两个身份尊贵到跟叶家完全不相干的人，一边下棋，一边谈论此事。

手执白棋的是个年约四十的男人，一身贵气，他落子时，道了一句："罗家居然有那样的病，之前怎么一点都没听说。"

"罗家一直以来都掩饰得很好，上一代一个发病的人都没有，谁也想不到……"

"三年前，叶家大公子应当就是因为这个病发作才死的。"

"您忘了，三年前，长安城正好伤寒症爆发，死的人太多了。"

中年男人执白棋的手微顿："嗯，那年的伤寒症，若非长香殿给家家户户送去香，怕是更不好收拾，说起来，还真是功德无量。"

"那年，近百万两的香，一半是出自天枢殿，财神景公，当真名不虚传。"

中年男人眉头微蹙："叶蓁究竟是死于病症，还是香境？白广寒真的顺利除去香境的界点了？"

"……"

"香境是先生设下的，先生也说过，当年凭白广寒的能力，不可能顺利破开'陷阱'，但两次都被白广寒破了！"

"虽不敢相信，但也不敢不信，权当是他顺利破了吧。"

中年男人面色不豫，片刻后问："叶蓁的尸体上能不能找到点蛛丝马迹？"

"我劝您别打这个主意，我们能想到的，白广寒一样能想到，或许他就等着您动手呢。"

中年男人忽地一声冷笑："先生是怕他了！"

"不是怕，只是为确保万无一失，七年都等下来了，何必在这个时候乱了阵脚。不管白广寒是不是真的能顺利破开'陷阱'，他这个时候挑选继承人，足以证明，他着急了，他为何着急，颇耐人寻味。"

"我只知道，你花了七年时间，竟还是没办法确定这件事！"

"他是白广寒，天枢殿的大香师。"

"你呢？"

"我？"黑子缓缓落下，"他也花了七年时间，还是一样找不到我。"

……

安岚回到天枢殿，走到伴月居这的时候，看到有个人正站在院子门口，仔细一瞧，竟是赤芍。

蓝靛也瞧清楚是赤芍，吓一跳，忙低声道："这才几天，怎么赤芍姐姐就出来了？"

安岚顿了顿，就走过去，微微欠身。

赤芍打量了安岚一眼，沉默了一会，才道："很意外吧。"

安岚摇头，赤芍脸上露出一丝冷笑："广寒先生对我的信任，没有你想象中那么脆弱。我过来，就是想告诉你一句话，你算计得再厉害，在先生眼里，都是笑话。"

安岚道："多谢赤芍侍香的忠告。"

赤芍走了，蓝靛轻轻吁了口气，不解道："这几天香殿里是出什么事了吗？"

安岚一边往伴月居里走，一边道："多半是有人帮赤芍侍香找到小可的死与她无关的证据了。"

蓝靛问："姑娘这么确定？"

安岚推开门，进了自己的房间："一会你可以去打听打听，这等事应该不难问到。"

蓝靛笑了笑："肯定是要打听的，我先服侍姑娘梳洗。"

"你让人送热水进来就行，然后你自去忙吧。"安岚说着就走到房门口，往丹阳郡主住的那屋看了看，那屋的门还是紧闭着。

丹阳郡主回来了，只是在进长香殿的时候，跟崔文君碰上，便让崔文君叫到玉衡殿去了。

"你母亲可好？"回了香殿后，崔文君看着丹阳郡主慢悠悠地问了一句。

"母亲很好，这几天还问起姑姑呢，这是母亲让我带给姑姑的礼物。"丹阳郡主说着就转身，让秀兰将清耀夫人早准备好的东西拿出来，然后她捧着送过去，"母亲说姑姑不喜欢俗物，所以，请人给姑姑绣了幅桌屏。"

崔文君摸着桌屏上栩栩如生的茶花，淡淡道："嫂子有心了，改日你替我谢谢你娘。"

丹阳郡主笑道："姑姑能喜欢就好。"

崔文君抬起眼，看了她一眼，忽然问："你对安岚，是什么感觉？"

丹阳郡主一愣，迟疑着道："姑姑问的是？"

"你是崔氏嫡系，应该有那等直觉。"崔文君接着问，"你第一次见到她，是什么时候，当时可有察觉到什么？"

"是夏天，我刚来长安不久，第一次到天枢殿求见广寒先生时。"丹阳郡主心里不解，却还是老实回道，"那会儿，她还只是个香奴，不怎么起眼，只是隔着远远，我就注意到她了。"

"你怎么注意到她的，当时什么感觉？"果真如此！崔文君不由得坐直起来，心里隐隐有些紧张，如果，真是她的孩子，那么安岚和丹阳就是表姐妹，这样的血缘，丹阳应该也能有所感觉。

丹阳郡主看着崔文君眼里露出的关切，心里越发不解，忍不住问了一句："姑姑，为何问这个？"

崔文君淡淡道："自然有我的原因，你继续说。"

丹阳郡主只得接着道："其实，也没什么特别的，只是我当时扫了一眼，就看到她了。那会儿还没怎么在意，只是，接下来的每一次碰面，她都会令我吃一惊。她的身份升迁得很快，最后，真的站在我面前时，我才明白，这样的对手，都碰上了，怎么可能会注意不到。"

对手？

崔文君又往后一靠，面上的神色慢慢淡了下去，仅仅因为是对手吗？不是因为有血缘关系？

"姑姑。"丹阳郡主看着崔文君，迟疑着道，"姑姑似乎很关注安岚姑娘。"

崔文君不想回答她的话，摆了摆手，让言嬷嬷送她出去。

只是就在丹阳郡主和言嬷嬷将出去时，她又吩咐言嬷嬷："你去天枢殿，将安岚叫过来。"

"是。"言嬷嬷恭敬应下。

"姑姑找安岚什么事？"出了崔文君的寝殿后，丹阳郡主悄悄问了言嬷嬷一句。

言嬷嬷守口如瓶，摇头道："回郡主，这事老身也不清楚。"

丹阳郡主心里叹了口气，回到伴月居时，正好看到安岚从屋里出来，她便走过去："玉衡殿的崔大香师请你过去。"

"崔大香师？"安岚不解，"崔大香师找我什么事？"

她总觉得崔文君大香师对她似乎抱着什么成见，每次都是用一个打量探究的眼神看着她，令她心里极其忐忑不安。

"请问嬷嬷，崔先生为什么找我？"随言嬷嬷出了伴月居，走了一段路后，安岚忍不住又问一句。

言嬷嬷看了她一眼："姑娘过去不就知道了？"

安岚迟疑了一会，小心翼翼地道："安岚愚笨，不知是不是有什么地方在崔先生跟前表现得不妥，还望嬷嬷能指点一二。"

言嬷嬷顿了顿，依旧打着官腔道："姑娘多虑了，依老身看，姑娘聪慧无双。"

一点都听不出究竟是何意，安岚也不好再多问。

到了玉衡殿后，蓝靛正要跟着安岚一块进去，却被言嬷嬷给拦下了："崔先生只见安岚姑娘。"

蓝靛看了安岚一眼，就往后退一步。

安岚想了想，便道："你先回去吧，忙你的去。"

蓝靛看了看安岚，想了想，就应下了。

待蓝靛转身离开后，言嬷嬷才道："安岚姑娘，崔先生等许久了。"

安岚点头，踏上层层台阶，跨过高高的门槛，再次走进崔文君的寝殿。

跟上次不同，这一次，崔文君是半躺在铺着雪貂毛的美人榻上，身上披着件妃色的对襟褙子，腰上盖着白毛毯子，毯子一直垂到地上。美人榻下面也铺着一张厚实的地毯，未有地毯铺到的地方，那地砖也是暖的，暖而香，令人不觉间就放松下来。

自生了孩子后，崔文君就惧冷，即便是盛夏，她的手脚也是冰凉的，自己调理了多年，见效甚微。所以，玉衡殿有春，有夏，有秋，就是没有冬天。冬天，在她心里，因而她一直惧冷。

安岚走过去行了礼，崔文君却没什么反应，阖眼卧在榻上，似真的睡着了。

安岚等了一会，询问地看向言嬷嬷，言嬷嬷却没有给她任何表示。

因为已经有花香了，所以玉衡殿内没有点香，只是这厅内，就摆着一盆满月山茶，但却能满室生香。特别是越靠近崔文君，那香味就越浓，就好似，她就是那山茶幻化出来的。

约一刻钟了，崔文君竟还没有醒过来的意思，安岚迟疑了一下，就低声道："崔先生既已经歇下了，我就不便再打扰……"

"我让你走了吗。"崔文君终于开口，慢慢睁开眼，"就等了一会，便不耐烦了？"

"先生误会了，我只是怕冲了先生这满室的花香。"安岚忙解释，"先生殿内，无论是侍女还是侍香人，身上都未佩香，我身上却戴了香囊，所以……所以才不敢多留。"

崔文君往她腰下看了一眼，便道："将你的香囊拿来我看看。"

安岚一怔，却也不敢再多嘴，小心解下自己的香囊，放到言嬷嬷手里。

崔文君接过去，看了看，然后道："这里头的香，是你自己配的？"

安岚应声："是，让先生见笑了。"

"配得不错。"崔文君看着这香囊有些出神，片刻后，才又接着问，"这香囊，也是你自己做的？"

"是。"

崔文君闭了闭眼，这样的香囊，她和白纯都会，不过，她做得比白纯好。而此时她手里这个香囊，做工也不差，比当年的白纯强，但比她做的，还是差了些。

崔文君摸着香囊上的花纹："样式和针法都有些别致，是谁教你的？"

安岚回道："是安婆婆教的。"

果然是她，崔文君心里叹了口气，只是，那老婆子到底是真的一点都不知情，还是装作什么都不知道？她再次看向安岚，拿着香囊的手不由得紧了几分，这么多年，竟就在她眼皮底下，她却一点都不知道。

崔文君接着问："你说，你七岁以前的事，全都不记得了？"

安岚点头："是。"

"你只记得，你是七年前入的源香院，是被人牙子卖进来的。"

安岚再次点头："是。"

崔文君的声音忽然变得有些模糊，甚至还有了回音："你，最好不是在骗我。"

如果是骗了她，如果是白纯的孩子，那她会让这丫头知道，什么叫后悔！

……

安岚觉得自己像是在做梦，梦见自己又回到源香院了，她还是香使长。

香院的人事变换太多，繁杂沉冗的庶务一下子压过来，还有晋香会要准备，时间远远不够，可她怎么还分神这么久！

"安岚。"熟悉又陌生的房间，金雀一脸笑地走过来，"我听说，你让厨房做了炖羊肉，咱们晚上一块去婆婆那用饭吧！"

她有些愣怔："金雀！"

"还发什么呆，快走啊。"金雀拽着她往外走去，门被拉开，白光涌了进来。

她忽然从床上醒了过来，仔细一看，自己原来是在香使的房间，她揉了揉额头两边，原来是梦！王掌事和桂枝逼得太厉害，居然让她梦到自己成功坐上香使长的位置。她闭了闭眼，却觉得熟悉的画面不停地从眼前闪过，王媚娘死了，连喜儿要嫁人了，婆婆的身体又不好了，石竹和桂枝暗中偷情，香院内波涛暗涌，王掌事几次将她叫过去，或明说或暗示，一桩桩一件件，让她有些喘不过气来！她起身，想出去透口气，却一开门，就被外头的阳光晃花了眼。

　　"安岚，那两个老婆子吃饭去了，我们把水盆放下来吧，我，我坚持不住了！"

　　金雀小心又害怕的声音在耳边回响，她恍过神，才发现自己刚刚差点晕过去。

　　今天的活没做完，又被两个监工的老婆子刁难，让她们跪在烈日下，两手还举着一盆水。

　　她才将水盆放下，身后的鞭子就抽过来，她痛得浑身一颤，死死咬着牙。

　　金雀大声哭喊求饶，却有人在一旁幸灾乐祸。

　　好痛……

　　婆婆哭了，给她和金雀上了药后，摸着她们的脑袋说："香奴的命由不得自己啊。"

　　那她不要做香奴，她不要做香奴……

　　王掌事找她过去，满脸心疼，满嘴关心，斩钉截铁地说要为她惩罚那两婆子，只要她认他做干爹。

　　干爹？

　　她知道源香院的干爹是什么意思，她惊惶地从王掌事那逃了出来，害怕得浑身颤抖。

　　她不要做香奴！

　　活没做好，她被派去喂马，马厩那里来往的人很少，只是每天都有两个院侍会到那走一圈。

　　她差点被院侍强暴，幸好有人在关键时刻循声赶了过来，她满身狼狈地回去了，金雀一脸惊惶地抱着她，不敢让人知道，怕遭人落井下石，于是只得死死咬着牙，无声地哭。

　　崔文君站在窗外，看着屋里那两孩子，心里五味杂陈，手心反复握住又松开。

　　如果，如果是她的孩子，是她那可怜的孩子，她势必将这整个香院掀翻，一个都别想逃！

　　可，如果不是她的孩子，是那贱人的，那这些又与她何干！都是活该，她不顺势推一把已是仁慈。

　　你究竟是谁？是谁！

　　崔文君两手紧紧握成拳，胸口起伏得很厉害。

　　看得越多，了解得越深，就越被那个寻不到的答案折磨，锥心蚀骨，鲜血淋漓。

　　这个答案，她一定要知道！

时光回溯，眼前的小姑娘一年比一年小，精致的脸蛋慢慢变得稚嫩，不变的是，她永远有干不完的活，以及不时的责罚。唯一庆幸的是，有安婆婆在一旁，只是，安婆婆也不过是无意中碰到她，便捡了过去拉扯看顾。

回溯了七年时光，到了最关键的这一年。

崔文君的脸有些发白，这几日她的精神耗损极大，时光回溯的香境又是最耗费精神，她本不应这么着急，只是，她等不了，一时一刻都等不了。

她要认她的孩子！

七年前，小安岚刚入香院，沉默寡言，怯弱少，茫然多，不似一般的孩子。

她似真的没有任何记忆，有个瞎了一只眼睛的老妈子觉得她跟自己死去的闺女很像，就认了她做女儿，只是没几个月，那老妈子因外出采香药，结果摔崖死了。

她要找娘，有人骗她，她娘在长香殿，她傻傻地就上去了。

长香殿呵，哪是什么人都能上来的地方！

崔文君看到白广寒，愣了一下，神色复杂，原来如此。

但是，这不是她真正关心的。

小安岚被抬了回来，崔文君走到床边，看着趴在床上那个小小的身影，手不觉抬了起来，却迟疑了一会，又放下去。

时光继续回溯，但，这一次，竟是一片茫白。

崔文君怔住，转头看床上那个身影，怎么可能！

这孩子，真的没有前面那几年的记忆！

崔文君摇头，不可能，存在过的事情永远不会消失。

她凝神，眼前终于出现隐隐约约的景象，果然，崔文君暗自点头，只是下一刻，她看清楚展现在她眼前的景象后，再次愣住了。

……

眼前的景象如水纹里的倒影，在虚无中慢慢成形。

简陋，古朴，看起来无比单薄，实际上却是坚不可摧。

出现在她面前的，是一扇柴门，门板甚至都长了青苔，门前杂草丛生。

泥土的涩，雨水的凉，从门后面透了过来。

但是，门上落了锁，青铜锁。

崔文君走上前，看着那把锁，眉头微蹙。

记忆锁！

是谁？

谁给她上了这把锁？

白纯那贱人吗？不会，白纯早就死了，不可能是她。

呵，一把破锁，就想拦住她。

她抬手，握住那把锁，只是才微微用力，旁边的孩子就呻吟了一声。

崔文君一怔，接着一惊，遂放开那把锁，转过头。

趴在床上的小安岚不知何时，已经醒过来，她抬起头，看着崔文君问："你是谁？"

那眼神，不惊也不惧，似经历过太多苦难后，终于学会的平静。

那把锁，竟是跟这孩子的精气神息息相关，若强行破坏，必将重伤她，除非，找到钥匙。

"你是谁？"小安岚再问，黑白分明的眼睛里带着一丝戒备和警惕，独没有惊慌和恐惧，那不是一个普通孩子应该有的眼神。

门后面究竟是什么？她七岁之前到底经历了什么？为什么记忆会被锁住？

崔文君抿着唇，看着那身上还带着血迹的孩子，那么小的年纪，那么柔软的身子，却有这么倔强冷静的眼神。她忽然想起，多年以前，她和整个家族对抗的时候，面对一个一个过来劝说的亲人，她似乎也是这么倔强和冷静。

崔文君的心霎时软了下去，不自觉地就朝小安岚靠近两步，安岚却马上往后退开，一脸警惕地看着她，看着她的眼神里甚至流露出一丝戾气。崔文君怔住，适才软下的心开始动摇，这样的眼神，竟也有几分像白纯。那贱人离开玉衡殿后，每次看到她，眼里都带着毫不掩饰的戾气。

崔文君收住脚步，眼里的情绪反复变了几次，猛地转回身。

就算不得已会伤到这孩子，她也要破开这把锁，如果，真是她的孩子，事后她就算倾尽一切，也会治好，如果不是，那就——

崔文君的手再次覆在那把锁上，却就在这会，她的香境突然不稳。

有人强行闯入她的香境！

并且已经寻过来了，崔文君转头，不悦地眯了眯眼。

白广寒。

单调冰冷混沌不清的香境内，那个人似披着晨曦的光行来，虽仅照亮方寸之地，却给人心里点上一盏暖灯。

只是眨眼的时间，白广寒就来到了他们跟前。

小安岚怔了怔，随后眼里露出几分激动，之前的警惕和戒备尽数褪去，取而代之的是纯粹的孺慕之情。

白广寒走到她身边，垂眸，抬手，在她脑袋顶上轻轻摸了摸。

那么冷漠孤高的人，竟有这么温柔的一面，并且流露得那么自然。

小安岚愣愣地受着，既诧异，又紧张，受宠若惊，不知所措。

看着安岚那样的变化，崔文君皱眉，愈加不悦。

"这孩子,是我选的人。"白广寒放下手后，才转身，挡在小安岚前面，看着崔文君道，

"崔先生过界了。"

崔文君慢条斯理地道:"过界的究竟是谁,开了这扇门后才知道。"

白广寒看了那扇门一眼,眸光微冷:"你想要她的命?"

崔文君道:"她伤了,我负责治好。"

"崔先生怕是忽略了,"白广寒又将手放在安岚脑袋上,接着道,"她现在是七岁,不是十四岁,七岁的孩子,根本不可能承受得起你的攻击,你若强行破开她的记忆锁,她必死无疑。"

安岚不自觉地往白广寒身边靠,伸手抓住他的白袍,白广寒低头看了她一眼,她回视,眼神清亮。白广寒便握住她的手,安岚愣住,怔怔地看着那只拉着自己的大手,然后垂下脑袋,抬起另一只胳膊,用脏兮兮的袖子擦了擦眼睛。

必死无疑!

崔文君放在铜锁上的手僵住,这,这个代价……她转头,看着那个孩子,思绪有瞬间的空白。

风,平地而起,水,于虚无中生。

白广寒抱起安岚,乘风而起,顺水远退。

崔文君下意识地抬手挡住汹涌而来的水,她的精力一时难续,柴门遂在她身后消失。

"今日之事,我可以不做计较,但下不为例。"香境消失的那一瞬,白广寒清冷的声音直接传到她脑海里。

……

风停水退,香境散去时,崔文君只觉有些晕,便抬手抚额。

"先生。"言嬷嬷担心地上前一步。

崔文君缓过神后,抬眼,便看到白广寒抱着安岚离去的背影,她微微皱眉,神色明显是不悦,但并未出声阻止。

言嬷嬷低声道:"安岚姑娘刚刚晕了过去,随后广寒先生忽然进来,就……"

崔文君自美人榻上坐起身,言嬷嬷上前去给她放好靠垫。

"她晕过去了?"崔文君依旧蹙着眉头,她刚刚设的香境并没有攻击性,不会伤到入香境的人,唯有最后,她要破那把铜锁时……

"是,老身也吓一跳。"言嬷嬷点头,"好好的,忽然就倒在地上了,接着广寒先生走了进来,之前,也没人进来通报。"

除非私交极好,否则,大香师去别的殿拜访,即便不用殿外等候,也还是需要请一位侍从进去通报一声,如此才显尊重。

崔文君背靠在柔软的引枕上,沉默许久,真的,会伤到她。

那把锁,应该就是安岚七岁那年落下的。在香境里,那个时候,安岚本不应该醒来,却因为她动了锁的关系,惊到她了,强行破开的话,或许真的就……

崔文君忽然觉得从未有过的烦躁，答案就在那里，她却无法掀开。

没错，她不敢！

她承受不起那个结果，但是，难道就这样眼睁睁地看着？

"终有一天，你会被爱与恨同时折磨，永不停歇……"

她忽然想起白纯留给她的那句话，手不禁有些颤抖，那个贱人！好阴毒的心！

但是，那把锁，究竟是谁设下的？

白纯早就死了，那个男人也没有这等能力，难道，是长香殿里的人？

崔文君神色凝重，会是这样吗？只是，目的何在？

……

赤芍候在白广寒的寝殿内，归整这几日殿内的大小事情时，听说广寒先生回来了，她忙走到门口，不想却看到白广寒抱着安岚走过来。

一直以来，修养到家，无论大小事脸上都能保持波澜不惊的赤芍，在那一刻，明显怔了一怔。

"先生，这是？"不过，她很快就反应过来，欠身退开，"安岚姑娘这是怎么了？"

"晕过去而已。"白广寒进了寝殿后，将安岚放在软榻上。

赤芍即问："要不要紧？"

"无碍，过一会她自会醒来。"白广寒说着，就丢下自己抱回来的人，往里进去了。

赤芍迟疑地站在那，看着躺在榻上的安岚，甚是不解，广寒先生为何会将安岚带回来，安岚又是怎么晕过去的？

只是，不等她琢磨太多，白广寒的声音从里传出来："你无须管她。"

"是。"赤芍对着那声音的方向微微欠身，恭敬应下，又看了安岚一眼，才退了出去。

刚一出去，就碰到赤箭，赤箭朝她走过来，关心道："没人给你脸色看吧？"

"谁敢。"赤芍声音平淡，平淡而冷傲，有两分似白广寒说话时的神态。

"没有就好。"赤箭笑了笑，"我刚刚瞧着广寒先生，似乎抱着一个人回来了，还是个姑娘，这，怎么回事？"

"是安岚，听说是晕过去的。"赤芍想了想，就问，"我刚刚一直在这边，你在前殿当差，可知道出什么事了？安岚怎么会晕过去，先生又怎么会将她抱到这边？"

赤箭打量了赤芍一眼，忽然一笑："很少看到你这么好奇。"

赤芍微怔，随后道："确实是我多嘴了。"

她说着就略一颔首，然后要从赤箭身边过去，赤箭忙拦住她，低声道："你别误会，我的意思是，你偶尔这样才好，这才像个活人，别像以前一样，整天板着个脸。"

赤芍皱眉，顿了顿，才道："你帮我，我心里记得，日后有机会，一定会还的。"

赤箭摇头："何必说得这么客气，你心里能记得我就行了，有些东西，是说还就能还得上的吗？"

"我还有事要忙。"赤芍侧开脸,说着就要走。

赤箭在她身后道:"刚刚广寒先生是从玉衡殿那出来的,安岚姑娘之前让崔先生请去玉衡殿了。"

赤芍一怔,是安岚得罪了崔先生,还是,另有原因?

"我知道的也就这些,都告诉你了。"赤箭笑了笑,说完就先转身。

赤芍想叫住他,却张了张嘴,迟疑一下,又闭上了。

……

安岚醒过来的时候,恍惚了好一阵,才回过神,随后发现自己躺在一个陌生的地方。

我,这是,怎么了?

她从软榻上坐起身,想了好一会,却发觉自己想不起刚刚发生了什么事。

这里,一个人都没有。

她要站起身时,身后传来一个清冷的声音:"醒了?"

第055章 赠香·条件·分配

白广寒的寝殿没有崔文君那里看起来那么精致温馨,殿内除了一炉香,基本就没有多余的摆设,所以初一看,只觉冰冷而寂寞,就连窗棂外穿透进来的阳光也是迷迷蒙蒙,更显此处不似凡间。

安岚转头,有些茫然地看过去。

稀薄的阳光落在他半边身子上,丝质的白袍似融化在那团光里,模糊了他的身影,却清晰了他的五官,宛若七年前初见时的那一面。

安岚怔怔地站起身,有些无措地看着那人,一时间,她竟生出不知今夕是何夕之感。

白广寒走过来,打量了她一眼:"还觉得身上不适?"

安岚回过神,忙垂下眼,却接着又抬起眼,茫然地摇头,然后问:"先生,我记得我是去了崔先生那,怎么……"

"你入了她的香境,承受不住,晕过去了。"白广寒说着就转身,往里走,"进来吧。"

安岚还不及从前一句话中反应过来,就又被下一句话给弄得愣住。

进去?

她对这里虽不熟,却也知道,那里面,是广寒先生就寝之所,非请不能入。据蓝靛透露,此处的一应物什,就连赤芍都不可随意触碰,平日里的打扫,也是由广寒先生

亲自指定的侍香人负责。

她有些惶恐，小心翼翼地跟上。

屋内已经摆上香席，白广寒入香元位，安岚迟疑了一下，就走过去，在他旁边跪坐端正。

白广寒亲自在她面前试香。

安岚只觉得心脏止不住地怦怦直跳，她觉得有些匪夷所思，不知自己是不是在做梦。今日之前，广寒先生对她还不冷不热，不闻不问，现在，却，却要亲自教导她！

香室内的摆设较外厅更加单调冰冷，但是，当那个男人在香几前笔挺地跪坐下，抬起手时，一切都变了。

什么是美？

是少女的身躯，是美人的容颜，是娇艳的花朵，是雨后的彩虹，是瑰丽的彩霞……以及，白广寒试香时的动作、气质、神韵。

即便他面上的表情依旧不变，但是，却添了一抹温柔。

安岚表情认真得有些悲伤，第一次，她直面这样的高度，认清了自己究竟差了有多远。如此完美，她恐怕穷其一生，都无法达到，即便日后她将这样的动作学得丝毫不差，却又怎么学得来那样的神和意！

白广寒将品香炉递给她，安岚举手接过，置于鼻前，初品，香入鼻，心头忽生起一股莫名的激动，如潜藏在心里的渴望突然往上涌，她惊得双手微颤。

白广寒开口："在鼻前绕上二十五次。"

安岚一怔，虽不解何意，却还是照做。

"过火不带烟草气的沉水香三两，麝香一两，切碎烘焙，新木香四钱，玄参半两，切细烤炙，甘草末二钱，焰硝末一钱，甲香一分，用浮油煎至金黄，用蜂蜜洗去油……"白广寒微沉的嗓音在香室内缓缓道出此香的做法和由来，以及其所含的深意，"此香方为山谷道人从东溪老那传得，东溪老从历阳公那传得，最初何处来，已不得而知。此香原名为宜爱，为江南宫中香品，取自宫内一美人之名，因此香不同凡俗，后改名意可，取其使众生不业力，无度量之意。"

安岚托着品香炉在鼻前绕了二十五次后，目中不觉掉下泪来，心里却不觉悲伤，反有种愈加沉稳踏实之感，之前她为与广寒先生之间的距离之遥感到悲伤无望的情绪，也在不知不觉间消失。

她有些怔然地放下香，沉默一会，抬眼，看向白广寒。

"求觅向上必以此香为可，众生业力不可度量，若发心向上，用此香可证悟无生。无生者，佛语为不生不灭之自性，所以必为'可'也。"白广寒看着她道，"今日我将此香赠予你，望你能不负它之意。"

安岚放下品香炉，起身拜谢。

白广寒看着跪俯在自己跟前，捧上全部信任的女子，心绪微微有些复杂。她在崔文君香境里，伸手抓住他的衣服，抬眼看向他时的眼神，也是毫无条件的信任。怎么会有这么矛盾的孩子，那么细腻的心细，那么警惕的心性，对旁人总保持着一定的距离，却能给予他全部的信任！

"先生，我怎么会在这？"将告辞离开时，安岚还是忍不住问出心里的疑问。

白广寒瞥了她一眼："崔文君的香境，你不记得了？"

"我只记得我好像做了个梦，但醒来后，却什么都想不起来了。"安岚摇了摇头，随后又试探着问，"崔先生的香境是什么？先生……知道？"

白广寒看着她道："她要查探你七岁之前的记忆。"

安岚一怔，七岁之前的记忆……片刻后，她才又问："那崔先生看到什么了？"

"什么都没看到。"白广寒打量着她道，"有人，把你的记忆锁住了，强行打开会伤到你的性命。"

安岚面上更加茫然。

白广寒问："你对此事可有印象？"

安岚摇头，却过了一会，不解道："可是，崔先生为何要查我之前的记忆？"

白广寒沉默了片刻，道出一句："她未说。"

她未说，却不代表他不知道。

安岚走出天枢殿后，不巧看到丹阳郡主往这过来，两人正好碰上。

丹阳郡主有些意外，看了一眼她拿在手里的香盛，淡淡一笑："安岚姑娘也是过来交香品的？"

"有别的事。"安岚摇头，随后道，"郡主是来交香品的？我的香品还未完成呢。"

如今她和丹阳郡主并非只去事务厅领差打发时间，自赤芍被罚闭门思过后，白广寒就交给她和丹阳郡主几个题目，命她们各自选一个题目，配出合适的香来。

"哪有那么快。"丹阳郡主也摇头，"我是碰到些难题，想过来请教先生。"

"那不耽搁郡主了。"安岚微微欠身，说完就转身，只是丹阳郡主却叫住她，问道："先生这会儿在里头么？"

安岚点头："在的。"

瞧着安岚走远了，丹阳郡主踏上台阶时，一直跟在丹阳郡主旁边的秀兰忍不住道："她怎么会在这，莫不是偷偷跑来献殷勤的？我听说她之前待的那个源香院，里头出了不少腌臜的事，看她那么会算计，会不会也打算将在源香院学得的那一套用在这吧，郡主，您得小心……"

丹阳郡主沉下脸："住嘴，你哪学得的这些不中听的话！"

"郡，郡主，奴婢知错了。"秀兰一瞧郡主是真的生气了，心里一慌，忙解释，"郡主，绝非奴婢凭空造谣，奴婢也是听别人说的，真的，奴婢可以发誓。"

"别人说那是别人的事，但是，你却说不得，不仅说不得，最好想都不要想！"丹阳郡主一脸严肃，"除非你不是我的丫鬟，那么无论你说什么，想什么，做什么，我自然就管不着。"

秀兰脸色唰地白了，慌忙跪下："郡主，郡主，奴婢知错了，奴婢今后一定记得郡主的教诲，求郡主不要赶奴婢走！"

"你起来，莫要在这里跪。"丹阳郡主沉着脸道，"回去我屋里跪上两个时辰，你需记得，想清楚你错在哪。"

秀兰站起身："是。"

丹阳郡主进去了，言嬷嬷远远看着这一幕，心里微微一叹，崔氏出了如此难得的姑娘，本该是跟在崔先生身边学习的，却……偏偏又多了个安岚，更令人苦恼的是，那孩子的身份竟如此难定。

约一刻钟后，丹阳郡主从白广寒的寝殿出来，随后，从天枢殿的侍女那听说，今日，安岚竟是让广寒先生抱回殿内的！而安岚刚刚手里拿着的那个香盛，也是广寒先生的东西。

丹阳郡主走到台阶前站住，抬眼看了一会冬日高远的天，沉默许久，轻轻叹了口气。

第一次，遇到这样的事。

她终于理解，那些年，族中的姐妹总是不平她得老太太偏爱时的心情了。

只是，安岚，为何会在姑姑那晕过去？

安岚什么时候得罪过姑姑吗？

丹阳郡主站在那想了一会，想不出什么合理的答案，便摇了摇头，然后下了台阶。

只是她才下天枢殿的台阶后，就看到言嬷嬷朝她走过来。

丹阳郡主便走过去，欠身行礼："好些日子没去看嬷嬷了，您身体可好？"

言嬷嬷道："多谢郡主惦记着，老身还跟往常一样。"

丹阳笑道："那就好，嬷嬷这是来给姑姑带话的？"

"不是，"言嬷嬷摇头，"老身是来找郡主的，崔先生请郡主过去说说话。"

"姑姑找我？"丹阳郡主有些意外，"姑姑找我什么事？"

即便她自小就崇敬崔文君，但崔文君一直以来，对她都是淡淡的，从来就没有族中亲戚待她的那份亲热，也从未主动找过她，今日忽然让言嬷嬷来请她，叫她如何不诧异。

丹阳郡主来到玉衡殿的时候，崔文君已离开那张铺着貂皮的美人榻，走到露台上，看着远处的偏殿。那里，养着十多个她从各地捡回来的孩子，每一个都曾拥有过她一段时间的疼宠，但是，没有一个能如此左右她的情绪，没有！

究竟是孽缘还是善缘？

崔文君轻轻抚摸着旁边那盆开得正艳的山茶花，白广寒挡在前面，实在是碍手碍脚。

丹阳郡主随言嬷嬷走到露台这，缓缓一拜："姑姑。"

崔文君没有回头，依旧看着偏殿那边，那里有两个同安岚一般大的孩子正在院子里说话，不时还你追我赶地玩闹一番，清脆的笑声甚至传到这边。

丹阳郡主行礼后，就安静地候在一边。

被姑姑冷落，不是第一次，她已经从最初时的难过中，学会了平静处之。

崔文君从偏殿那收回目光，摘下一片花瓣，揉碎，霎时花香袭人。

偏殿那的两位姑娘终于注意到崔文君，慌忙站直了，遥遥行礼。

崔文君未理会，慢慢转过身，看着丹阳郡主道："白广寒对你如何？"

丹阳郡主回道："先生待我很好。"

"陈家村的沉香案，白广寒赏了你，却给了安岚一个功过相抵。"崔文君淡淡道，"你可是觉得自己在此事上，胜了安岚？"

丹阳郡主一怔，随后摇头："丹阳不敢这么认为。"

"哼……"崔文君冷笑，"凭天枢殿的能力，要回一块沉香，算得了什么事。"

丹阳郡主未应声，她知道，姑姑不会平白无故地跟自己说这番话。

"景公有财神爷之称，景炎又长袖善舞，白广寒不缺财力，也不缺权力，你知道他缺的是什么吗？"

丹阳郡主抬头，想了一会，就欠身道："请姑姑赐教。"

"叶府的事后，白广寒对你们俩并无任何特别的表示，说明你们在叶府的事情上，并未分出高下。"崔文君说到这，停了一停，就问了一句，"刚刚，你是从哪来？"

"我自先生那出来，就看到言嬷嬷了。"丹阳郡主说着，就有些迟疑地问，"姑姑也清楚叶府的事？"

崔文君没有回答，而是接着问："你在白广寒那看到谁了？"

"看到安岚。"

"除了这个呢？"

"除了这个？"丹阳郡主不解，"不知，姑姑想问什么？"

"崔氏的女人，无论什么性情，骨子里总是带着傲气，不容旁人将自己比下去，我如此，你也如此。我要问什么不重要，重要的是，你心里怎么想。"崔文君打量着丹阳郡主道，"嫉妒不是坏事，你嫉妒她，也不算丢脸，她如今与你地位相同，又得白广寒偏爱，你心中不平，是理所当然之事。"

丹阳郡主正要开口，崔文君却抬手止住她的话："你只需告诉我，想不想得到天枢殿的继承人之位？"

丹阳郡主怔然，只是片刻后，坦然道："若不想，丹阳就不会千里迢迢从清河来到长安了。"

崔文君接着问："你有几分胜算？"

这一会，丹阳郡主沉默许久，才开口道："五成。"

这个答案，连她自己都觉得意外，因此说出来时，她甚至有些不敢相信。

安岚，那个几个月前还只是个香奴，如今竟给她如此大的压力，并且那份压力不仅仅是来自广寒先生的偏爱。她心里清楚，那份偏爱，还不足以令天平完全倾斜。

崔文君缓缓道："清耀夫人是个有手段的女人，不过，就凭她，也补不足剩下的那五成。"

丹阳郡主一怔，遂道："我并未……"

崔文君却再次打断她的话："不过，我却可以。"

丹阳郡主诧异，崔文君看着她道："我可以教你，让你如愿。"

丹阳郡主愣住。崔文君接着道："不过，有个条件，你找个合适的机会，和安岚立个赌约，继承人之争，输的一方，必须自请离去。"

丹阳郡主终于明白，原来，是为了安岚。

于是，沉默许久，她才开口："丹阳可否问一问，姑姑为何如此在意安岚？听说，刚刚安岚在姑姑这里晕了过去。"

"不能。"崔文君神色淡淡，眼里却带着一丝嘲讽，"不过，你母亲自会告诉你。今日之事，你心里若犹豫，也不必急于回答，或者，你也可以去问问你母亲的意见。"

……

丹阳郡主离开玉衡殿后，言嬷嬷走上前来，低声道："先生是想将安岚姑娘收到身边？"

崔文君淡淡道："不如此，如何查清她的身份。"

言嬷嬷道："只是，广寒先生不见得会放手。"

崔文君转身，微微眯眼看着远方："那就由不得他了。"

"由不得谁？"崔文君的声音刚落，一个张扬放肆的声音就传过来，"你又打什么坏主意呢？"

崔文君皱眉，转头，就看到柳璇玑走过来，她殿里的侍女则快步走过来道："先生，柳先生前来拜访……"

言嬷嬷摆了摆手，让那侍女退下，然后她也跟着退到一边。

柳璇玑走到崔文君跟前，打量了她一眼，随后摇头："气色这么不好，为那丫头耗费了不少精神吧。"

崔文君转身，一边往殿内走，一边道："你有何事？"

柳璇玑嗅了嗅放在屋内的那盆山茶花，笑了笑："也不是特意过来，路过，想起这事，便进来看看，顺便跟你说句话，那孩子，如果不是你的，你也别做得太绝。"

崔文君在美人榻上重新坐下："然后呢？"

柳璇玑笑了："我跟她到底有过交情，她又曾求过我，我自是不好眼睁睁看着你胡闹。再说，那也是个可怜的孩子，赶尽杀绝的事，还是别做为好。"

崔文君冷笑："这事还轮不到你插手。"

柳璇玑走到那面铜镜前，看着镜中的自己，又看了看自己身后的崔文君："我只是来跟你说一声，你应不应，自然由你，我管不管，也是由我。"说完，她就转身，看着崔文君摇头，叹道，"何必这么跟自己过不去，就为那么一个男人，丢不丢人！"

崔文君冷下脸："你懂什么！"

"我懂……"柳璇玑呵呵地笑了一笑，"我懂那个男人本就是个多情种，我早说过，他跟你不是一路人，你要的纯粹，他给不起。"

崔文君忽然收起面上的怒气，慢悠悠地往椅背上一靠："你要跟我谈陈年往事？"

柳璇玑转身，坐过去，在她肩膀上轻轻一按："你直到现在，还是不懂男人。当年我跟你说过，那男人不简单，今日我再告诉你一句，白广寒也不简单，包括那位景炎公子，最好别惹他们。"

崔文君看了看柳璇玑，似笑非笑地道："早就有人惹上他们了。"

"酝酿了那么多年的风暴，能避开就避开吧。"柳璇玑收回手，留下这句话，就起身离开了。

言嬷嬷迟疑了片刻，低声道："柳先生似乎话里有话。"

"向白广寒出手的人，就在我们这几个当中。"崔文君淡淡道，"她刚刚是在试探我。"

言嬷嬷低声道："那安岚姑娘的事……"

崔文君笃定地道："丹阳会答应的。"

……

丹阳郡主回了伴月居后，在屋里坐了一会，就推开门走出去，往安岚那边看。她究竟是什么人，为何不止能得先生偏爱，连姑姑也如此在意。

半个月后，长安城迎来初雪的那日，丹阳郡主请了半日假，回宫一趟。

"原来如此，那个孩子竟是她！"清耀夫人听完丹阳郡主的叙述，出神了半晌，才叹息地道了一句。

丹阳郡主不解："哪个孩子？"

清耀夫人道："你姑姑曾有过一个孩子，只是出生当日，就被人抱走了，这十多年来，她一直没有放弃寻找那个孩子，此事，你也是知道的。"

丹阳郡主大诧，好一会后，才有些不敢相信地道："难道，那个孩子，就是安岚！"

清耀夫人沉吟着道："极有可能，不过，你姑姑没有马上认她，估计自己心里也不能确定。"

丹阳郡主怔在那，如此说来，安岚极可能，是她表妹！

"不过，此事对你来说，还真是个好机会。"清耀夫人轻轻一笑，"更难得的是，你姑姑竟亲自开口许诺要助你一臂之力，丹阳，有她的帮助，天枢殿那个位置就非你莫属了。"

丹阳郡主回过神："可是……"

清耀夫人摇头:"没有可是了,不管那个孩子是不是她要找的人,你姑姑如今对你算是表明了态度,玉衡殿留给你的机会几乎是没有了,你若还想走香师这条路,就只能想办法留在天枢殿,让白广寒大香师最终选你。"

"能得姑姑亲自教导,我自是求之不得,只是……"

"只是你觉得,这样的交换,你会胜之不武?那个赌约,你开不了口?"清耀夫人冷笑,"我且问你,如果安岚站在你现在的位置,你觉得她会犹豫吗?"

丹阳郡主不语,清耀夫人摇头叹道:"你真是聪明一世糊涂一时,要知道,这件事对你来说,才是最大的不公平。你难道还没看出来,你如今只有天枢殿这一条路可走,而她,则有两边可以选择。"

清耀夫人说完后,心里又加一句,那丫头,当真成了祸患。

"长香殿的大香会就快到了,到时各个香殿下面的所有香院都会参与,这是你的好机会。"清耀夫人说着,算了算日子,接着道,"如今就连宫中的几位娘娘都开始为这次的大香会做准备,更别论那些皇亲国戚,文人墨客了。"

每年的十一月十五到三十的这半个月时间,是长香殿的大香会,也是长安城的一次盛会。上到皇亲国戚,下到贩夫走卒,无人不参与其中。因世人爱香,长安城又是座千年雄城,当权者有海纳百川的心胸,故商贸极其繁荣。最初时,香商们为了更易交流,便相互约定,每年都挑了个固定的时间,带着货品从各地汇集而来,于是慢慢就形成一个香的集市。

后随着香集市的规模越来越大,长香殿在长安官署的授意下,接过了香集市的权杖,成为香集市的主持者,并改名为大香会。自此,每年的大香会,下面香商们的集市贸易依旧,上面,则添了香师或是勋贵们举办的各种香会,有时候甚至大香师都会露面,赠来宾一场玄妙之旅。因而大香会的影响力越来越大,到如今,已成为整个长安城的名流都趋之若鹜的盛会。

这样的日子,自然是长香殿最为忙碌的时候,亦是香殿的侍香人同殿侍以及各个香院掌事结交的最好时机。

清耀夫人参加过数次大香会,因而有所了解,便接着道:"你心里需清楚,不仅香殿的人,就是下面香院的人,全都在看着你和安岚。"

丹阳郡主微微一叹:"母亲不用多说,我心里是明白的。"

"你明白就好,她因着景炎公子的关系,多得广寒先生些偏爱。不过不要紧,你只要笼住那些香院掌事的心,那么她得的那点儿偏爱,就真算不得什么,你手里握着的,才是实实在在的助力,是广寒先生真正需要的。"清耀夫人缓缓道,"即便景炎公子有意要帮她,也不可能为了她去支使别的香殿的人,所以你姑姑的话,你不能不答应。"

......

丹阳郡主回到伴月居，正好用晚饭时间，她站在门口想了想，便转身，走到安岚那轻轻敲门。

来开门的是安岚，安岚有些意外："郡主回来了。"

丹阳郡主笑了笑："我从宫里带了些点心，送来给你尝尝。"

"这怎么好意思，郡主太客气了。"安岚也笑了笑，然后让开身，"郡主还没吃晚饭吧，蓝靛去传饭了，郡主一会在我这一块吃如何。"

"如此便打扰了。"丹阳郡主解开身上的披风时，顺便环视了一下安岚住的地方，这里跟她那差不多，只是她那添了许多自己平日用惯了的东西，这儿，却显得有些单调，明显，安岚没有什么自己的东西。

"这是刚泡的香茶。"安岚给丹阳郡主倒了杯热茶，然后在她旁边坐下，她有些意外，丹阳郡主会过来找她，多半是有什么事。

丹阳郡主接过那杯茶，吹了吹，小心品了一口。

两人虽认识快半年时间了，但相互间还是觉得生疏，说话时，也都存着三分客气。一开始，她们是因为身份悬殊，后来是因为竞争关系，所以，一直以来，即便没有谁刻意保持距离，但是那份距离从未消失过。

安岚等着丹阳郡主说明来意，丹阳郡主却等着安岚问自己来意，一时间，两人都沉默下去，这样的沉默，使得房间里的气氛忽然变得有些尴尬。

喝了半盏茶后，丹阳郡主见安岚还没有开口，遂明白安岚这是等着自己开口呢，只是，她也不知从何说起。刚刚，更多是因为一时冲动，所以才找过来，那个消息，实在太令她震惊了。

见丹阳郡主一直盯着自己瞧，安岚不解道："可是我脸上有什么？郡主为何这么看着我？"

丹阳郡主忙收回目光，又喝了口茶，然后笑道："安岚姑娘生得这么俊，令堂定是位美人。"

安岚一怔，探究地看了丹阳郡主一眼，才道："我从小就被卖进源香院，我并未见过我母亲。"

丹阳郡主也是一怔，随后就问："你是什么时候进的源香院？"

"七岁。"

"那七岁之前，你在哪？"

"不记得了。"安岚摇头，打量了丹阳郡主一眼，"郡主为何对我以前的事这么感兴趣？"

"就是随口问问。"丹阳郡主笑了笑，将那半杯茶放下后，往桌上看了一眼，就将自己带过来的宫廷点心往安岚面前推了推，"这是御厨做的，你尝尝，看看喜不喜欢，若喜欢，下次我去宫里就多带些回来。"

"多谢郡主，马上就要用晚饭了，这点心我留着晚上再吃。"

才说着，蓝靛就拎着食盒回来了，瞧着丹阳郡主在这，也有些意外，不等她开口，安岚就道："麻烦蓝靛姐姐再备一份碗筷。"安岚说这话时，特意看了丹阳郡主一眼，见丹阳郡主没有起身的意思，心里微微诧异，郡主这是真要在这吃饭了？究竟什么事？

只是，那顿饭，一直到吃完，丹阳郡主也没有再说什么特别的事情，似乎就是为了过来蹭一顿饭，吃完后，客气了两句，便回去了。不说安岚，蓝靛也甚是不解，待丹阳郡主离开后，就低声道："丹阳郡主今儿是怎么了，瞧着跟平日不太一样。"

安岚摇头，回想丹阳郡主在这说过的每一句话，最后发觉，丹阳郡主只有在问她以前的事情时，语气显得有些不一样。

又是七岁以前。

为什么？

崔先生想知道，丹阳郡主也想知道。

她七岁以前，究竟发生过什么事，又是谁，将她的记忆锁住了？

很奇怪，以前，她从没想过这个问题，即便知道自己没有七岁之前的记忆，她也不觉得奇怪，似乎下意识里就认可了这件事，视为理所当然。现在想想，她的这种感觉才更加不合理，为何，她没有那份好奇心？

就是现在，虽因他们的关系，她生出了几分好奇，但又隐约觉得，自己似乎很排斥去探寻七岁以前的一切。

……

十一月，瘗寐林换上了银装，景炎依旧坐在透风的伴月亭内烹茶，一身雪白的狐裘披在他身上，看起来风流又贵气。白广寒负手而立，看着亭外的雪景，道了一句："崔文君加上清耀夫人，那孩子受得住吗？"

茶香逸出，带着几分龙脑的凉意，景炎淡淡一笑："这是她必须要面对的，我不能每一步都扶着她走。"

白广寒回头看了他一眼，景炎又道："不过，她的记忆锁，倒是出乎我意料。"

"当年白纯将崔文君的孩子抱走后，不到一个月，也遭遇了意外。"白广寒走到景炎对面坐下，"难道，那不是意外？"

景炎沉默片刻，才道："你还记得白夜先生离开那年，曾说过一句话？"

白广寒道："他离开那年，说过很多句话。"

"先生说，柳璇玑，崔文君，白纯，三人当中，柳璇玑最看得开，崔文君最认真纯粹，白纯最聪明心狠。"景炎说到这，停了一会，又道，"白纯，只是差了一点运气，不然玉衡殿的位置就是由她来坐了。"

白广寒道："她和安岚一样，也是香奴出身。"

景炎看着开始滚沸的茶汤，淡淡道："所以崔文君才会那么矛盾，这样的巧合，听起来更像是命运。"

白广寒沉默一会，忽然道："安岚的记忆锁，若是背后那人设下的……"

景炎手上的动作微顿，片刻后，摇头："不会。"

白广寒看了他一眼："你如此肯定？"

景炎忽然笑了一笑，抬起眼："七年前，他不可能想着还会等上七年，并且能算到一个孩子身上，那个时候，他以为白广寒，必死无疑。"

白广寒沉默，景炎说完后，将第一杯茶倒在地上。

……

十一月十四，是个大晴天，阳光极好，风刮在脸上，甚是有几分舒适的感觉。

"姑娘，换这双靴子吧，还没穿过，明儿就是大香会了，姑娘先穿一天，试试脚。"一大早，蓝靛给安岚换好衣服后，就指着旁边那双鹿皮靴道，"若是不合适，还来得及去换。"

"那双我要送人。"安岚一边拿出自己的旧靴子换上，一边道，"一会你记得提醒我包起来。"

蓝靛一怔："姑娘要送谁？这靴子是景公子让人做了送过来的。"

"昨儿我试过了，有点儿小，正好适合金雀。好了，不说这个，明儿就是大香会了，一会赤芍侍香要安排人事。"她说着，就拉开门出去了。

蓝靛又看了看那双靴子，有些可惜地叹了口气，然后赶紧跟上安岚。

包括安岚和丹阳郡主在内，十三位侍香人分成两组，分别由赤芍和赤箭领着。

负责分配人手的是赤芍，有些意外，或者毫不意外，安岚和丹阳郡主被分在了同一组，并且都分在她这边。

知道这个结果时，安岚看了赤芍一眼，正好赤芍也往她这看了一眼，那眼神冷淡，没什么情绪，并很快就移开了。

第056章　帮忙·不换·委屈

大香会前面七八天，基本是忙香集市的事情。香会一般是从第十天才开始，最后三天则是高潮，特别是最后一天的香会，等同于压轴戏。据说最后一天的香会，几乎每年都是由大香师主持，少则一人，多则两到三人。

赤芍分配好人手后，开始交代他们具体事项，一会儿，下面各香院的掌事便会上来，将接下来半个月要准备的事情具体说一说，香殿的人确认后，便开始给予配合。到时候，香殿的侍香人也会轮流着下山，到香集市去看着。

中午，天枢殿十三院的掌事到来的时候，安岚遂发现，那十三位掌事当中，有三个人进了大厅，同殿侍长和赤芍等人揖手后，就往丹阳郡主那微微颔首，余下的十位，也有六七人往丹阳郡主那看了一看，另外几个则是同时打量着她和丹阳郡主。

安岚心里无端生出几分紧张，她是从香院走出来的，她太清楚掌事们这样的神色意味着什么。大香师挑选继承人，对香殿来说是大事，对香院来说也一样是件大事。在香院的掌事们来看，这将关系到他们位置的稳固，以及日后有没有更大的机缘，所以，没有一位香院的掌事会等着尘埃落定后，再照章办事。

中午过后，赤芍便指着丹阳郡主和另外两位侍香人，随香院的掌事到香集市那边去忙，安岚则先留在天枢殿。

这个安排其实称得上是公平的，但是，这是对一般的侍香人来说。

安岚和丹阳郡主现在虽也是一般的侍香人，但最后，肯定不会是一般的侍香人，而将会是大香师的继承人。所以，赤芍的这个安排，就等于是让丹阳郡主占了先机。丹阳郡主的能力本就不俗，甚至比她要优秀很多，如今再内外得道，这场较量的结果，已是呼之欲出了。

安岚能反对吗？

自然是不能的，她没有理由反对，即便有理由反对，赤芍也不可能为她重新调整。

公平是什么，公平永远是相对的。

没有利益冲突的时候，我可以给你公平。

没有个人恩怨的时候，我可以给你公平。

双方各方面都势均力敌的时候，你可以争取到公平。

显然，安岚并不在这些范围内，所以，她明白，即便此时她据理力争，也不会有什么好的结果。因此，她选择了沉默，如之前很多次一样，沉默而温顺。

前往香集市肯定是不会清闲的，但留在天枢殿，却也不可能有时间偷懒。

藏香楼，香器阁，光这两个地方，安岚就已经来回跑了七八趟。若是在源香院，即便是前后两个门来回跑十余趟，也用不了多长时间。但是，天枢殿等同于数十个源香院，并且很多地方，都修建了极高的台阶。因而，就这么几趟下来，即便安岚自小做惯了跑腿的活儿，也觉得两腿发酸。

最后一趟，她从香器阁的台阶下来时，抬起脸，看着已经布满晚霞的天，停下脚步。一天，就这么过去了，香集市那，应当很热闹了。不知金雀有没有去，景炎公子今日没有到香殿来，应该是去集市那边。景府的买卖做得极大，这样的日子，自是不能缺了景公子，怕是，这些天，都不会过来。至于广寒先生那边，她不好随便去求见，再者，即便见着了，这事也不好开口，说不好，还有可能会弄巧成拙……

"安岚姑娘。"安岚正站着出神的时候,旁边忽然传来一个声音,她转头,不想竟会看到谢蓝河。

夕阳下,少年的身影染了金辉,那双浅棕色的眼睛泛着琉璃的异彩,溢出意外和惊喜。

"谢公子!"安岚转身行礼,随后打量着他道,"谢公子怎么到这来了?"

"先生让我过来借个香炉。"谢蓝河说着就走过来,"一直想来看看你,没想到会在这遇上。"

自晋香会后,他们就再没见过,如今忽然在这遇上,两人不由得都想起他们一起采香药的那日,那天也是夕阳西下时,他们一路扶持着回去……

相互对看一眼后,皆是一笑,安岚开口:"听说你如今在谢云大香师身边学习,已是内定弟子,一直没机会跟你说句恭喜。"

却提到这个,谢蓝河的表情微滞,然后微微摇头:"现在说恭喜未免太早。"

安岚一怔:"为何?"

"没什么。"谢蓝河一叹,"之前总觉得,只要能进长香殿,就万事皆顺了,却不知,这才是刚刚开始。"

安岚默了一会,微微点头。

"你今日留在香殿?"谢蓝河说着就打量了她一眼,含蓄地道,"你应该去大香会的香集市那,这个时间留在香殿并非明智。"

安岚垂下眼:"这事由不得我。"

谢蓝河一怔,便问:"丹阳郡主去香集市那了?"

安岚点头,谢蓝河微微蹙眉,顿了顿,又问:"那你是一直留在香殿?"

"说不准真会如此。"安岚说到这,就看着谢蓝河道,"谢公子呢?也不去香集市吗?"

谢蓝河如今已跟在谢云大香师身边,若无意外的话,应该就是谢云大香师的继承人了。目前没有竞争对手,所以对大香会,他倒是无须那么迫切。

谢蓝河道:"我明天就下去,今日在香殿帮殿侍长处理些杂事。"

安岚眼睛一亮:"谢公子能不能帮我一个忙?"

谢蓝河道:"你说。"

安岚拿出早就准备好的那封信,递给他:"你明日到香集市的时候,帮我将这封信交给景炎公子,若是,若是找不到景炎公子,那交给源香院一位叫金雀的香使也行。"

谢蓝河接过那封信,往怀里一塞:"你放心,我定会送到。"

"多谢。"见谢蓝河一句不问就应下了,安岚满脸感激,"这都不知该怎么谢谢你了。"

"举手之劳。"谢蓝河说着就看了看天色,便道,"先生那怕是等着了,我就……"

安岚即道:"谢公子自去忙吧,我也该走了。"

谢蓝河揖了揖手,转身往上走了几个台阶,随后又站住回身叫住安岚:"那天,我其实是想同你比一场的。"

安岚一怔,一会后,才反应过来,谢蓝河指的是第三次晋香会,他直接弃权的事。

……

接下来的第二日,谢蓝河那边没有消息,安岚只听说他下山去了。

第三日,还是不见什么消息传来,赤芍分派给她的杂事却越来越多,并且多数是不用接触殿侍的活儿,让她连寻人问句话的机会都没有。安岚开始有些担心,猜测谢蓝河有没有顺利将那封信送出去,究竟是送到景炎公子那,还是送到金雀那了?

若是景炎公子收到后,并不打算帮她的话,那她……

还是再等等吧。

第四天,赤芍依旧没有要将她分派出去的意思,景炎那边也没有任何消息传来,这下,连蓝靛都有些按捺不住了,便在安岚跟前低声道:"赤芍侍香这是明显不公,姑娘不用再等了,直接去广寒先生那说说吧,我觉得广寒先生绝不会不管的。"

安岚淡淡道:"先生一早就出去了。"

蓝靛一愣,随后就问:"姑娘怎么知道?姑娘早上去找过先生了?"

安岚摇头:"早上出去传话时,正好看到广寒先生的马车出去。"

蓝靛低声道:"怎么就这么巧!"

才说着,赤芍那边就派人来唤她了,安岚轻轻吐了口气,收拾好心情,往赤芍那走过去。

她留在香殿的这些天,杂事不断,简直能把人琐碎死。若非之前她在香院待过几年,从上到下的事情也都接手过,心里多少有些底,不然,真不知要如何乱。也幸得她有经验又细心,因而赤芍交代她的事,她都能办得妥妥的。

只是,不知这一趟,赤芍又要将什么事推给她。

入了事务厅后,赤芍打量了她两眼,然后才道:"你去收拾一下,下午同我一块去香集市那边帮忙。"

安岚一愣,赤芍瞥了她一眼:"每年的大香会,从各地赶过来的都是豪商,其中不乏一些世家的家奴,总归你心里需记得,别缩手缩脚的,丢了天枢殿的脸。"

安岚欠身道:"多谢赤芍侍香提点,那我这就回去准备。"

赤芍点头,待安岚出去后,她才沉下脸,皱起眉头。景炎公子为何待安岚这么好,只是这有什么用,难不成,景炎公子还真能决定大香师继承人的选择结果?

不,不可能,那是只有广寒先生才能定的事情。

赤芍马上否定了自己的想法,而且,她分配好人手后,当天就汇报给广寒先生了。对此,广寒先生并无异议,说明广寒先生是认可她的。

……

香集市选在长安城最繁华的正阳大街,这条街本来就是做香料买卖的,平日里的人就多,故而到了大香会这个日子,那更是接踵摩肩。安岚之前从未参加过这等盛会,所以下车看到这么多人后,不免吓一跳。

而不等她回过神,就听到有人在她身后道:"呵,这么巧。"

不及安岚回身,旁边的赤芍已经行礼:"百里先生。"

安岚转头,便见身后站着位华服公子,身上披了件紫色出风毛大氅,那大氅不知是用什么羽毛织就而成,料子随着光线的变化,竟折射出深浅不一的紫,紫中又带着红,红里又透着蓝,光泽华贵得令人望而却步,那妖艳的颜色,似乎天生就是为配他而生。

容貌是十足的风流艳丽,眉眼中又带着肆意的妖娆,这个男人,简直像一首华美的辞赋,可观之赏之念之诵之……

安岚跟着行礼,百里翎走过来,笑眯眯地上下打量她:"你家先生呢?没跟着你们一块?"

哪有大香师跟着她们一块的,这话似乎说得反了,只是百里翎本就是这样的性子,旁边的人早已习惯。赤芍面无表情,旁边的侍女则根本没注意百里翎究竟说了什么,早都被那张脸给迷花了眼。

安岚虽不习惯,却也没表现出来,只是摇头:"广寒先生一早就出门了。"

"哦,我看到他了,可不就在那。"百里翎一抬眼,往燕子楼那看了一眼,正好看到白广寒往那上去,他即往安岚肩膀上一拍,"去看看。"

这是要让她跟着?安岚一怔,忙看向赤芍,赤芍只瞥了她一眼,没有任何表示。

"百里先生,我是来当差的。"安岚有些拘谨地道,"请恕安岚不能相陪。"

百里翎眉毛一扬,眼睛微微一眯,似笑非笑地道:"丹阳郡主和你家先生都在燕子楼,你真的不想去看看?"

安岚诧异抬眼,往燕子楼那看了一看。

百里翎接着道:"那可不是随便什么人都能进去的地方,不跟着我,你要想自己进去,可有些费劲了。"

安岚收回目光,看向赤芍:"赤芍姐姐,我可否半个时辰后再回来?"

百里翎看着赤芍微笑,没有说话,但那意思,只要不是瞎了眼睛,都能明白。

赤芍看了安岚一眼,压住心里的怒意,淡淡道:"既然广寒先生在这,你的事,便可以不用与我说。"

她说完这句话,又对百里翎行了一礼,然后就领着旁边几位侍女转身走了。

"白广寒调教出来的人,还真懂得……"百里翎看着赤芍的背影,却只说了半句,就不说了。

　　安岚疑惑地看向他，百里翎收回目光，又上下打量了安岚一眼，忽地一笑："当日没让你进天玑殿，真是可惜了。"

　　安岚垂下眼："是安岚没有那个福分。"

　　"那现在我给你这个福分如何？"百里翎一脸揶揄地看着她，"正好白广寒就在那，只要你答应，一会我跟他说，将你要过来。"

　　安岚一怔，随后就道："先生说笑了，这岂能是儿戏。"

　　"若我开口，是不是儿戏又如何，是不是舍不得？"百里翎一边往燕子楼那走，一边道，"若我真的跟白广寒提了，你猜，他是舍得还是不舍得？"

　　安岚垂着脸跟在一旁，眼观鼻鼻观心，似没有听到这句话般。

　　百里翎"呵呵呵"地笑了，一脸的惬意。

　　安岚只觉得心里一紧，却更加不敢多嘴。

　　大香师的思维，她跟不上。

　　……

　　燕子楼是茶楼，是歌所，是长安城最风雅的场所之一。

　　即便这里的茶水点心是别的茶楼数倍的价格，也还是有无数人喜欢前来捧场。

　　安岚随百里翎直接上了三楼大厅，却上来后，才发现这厅内除了白广寒和丹阳郡主外，还有三四个生面孔，却不见景炎公子。这瞧着像是在会客，并且客人个个气质不俗，虽比不上当时铜雀台的那等场面，但这等排场，也足够令人生怯了。

　　安岚心中忐忑，只是已经上来了，难道还能转身下去不成。待百里翎同在座的人打了招呼后，她才小意走到白广寒身边行礼。

　　"这位是？"旁边一位蓝衣文士看了安岚一眼，开口问。

　　不等白广寒开口，百里翎就笑眯眯道："是我家丫头。"

　　这话说得暧昧，让人怎么理解都成，蓝衣文士心里更是疑惑，既然是百里先生的人，怎么一上来，却是走到广寒先生跟前行礼？只是这话倒不好问，再说，这瞧着，左右不过是个下人，于是呵呵一笑："长香殿的人，当真是个个都聚了天地灵秀。"

　　百里翎已经命人在他旁边加了个座位，然后就让安岚过去。

　　丹阳郡主有些诧异，往百里翎那看了一看，随后想起，安岚之前本是在天玑殿名下的，如此，百里先生刚刚那句话，也不算错。

　　安岚这下可真为难了，百里大香师的面子她自然是不敢驳的，但此时，她无论去还是不去，都是不妥。在座的几位似乎也察觉出点意思，不约而同地停下交谈，将目光都落到安岚身上，安岚愈加拘谨，求救般地抬眼，紧张地看着白广寒。

　　白广寒放下手里的茶杯，淡淡道："去吧，百里先生赏识你，别失了礼。"

　　"是。"安岚松了口气，这才放心转身。

那一眼，那一句吩咐，足以让人明白，这小姑娘是谁的人。

百里翎倒不介意，待安岚在他旁边坐下后，他抿了一口酒，然后有些懒散地往后一靠，眼睛微眯，浑不在意此时的自己看起来有多么魅惑。

候在厅内的侍女皆红了脸，就连在座的几位男子，也不大敢多看。

"昨日赢你的那套紫铜洒金云纹酒具，既然是你的心头好。"百里翎完全不理旁人，瞟了白广寒一眼，兀自道，"我也不夺人之美，你拿别的来换也行。"

"紫铜洒金云纹酒具？"蓝衣文士一怔，忙开口，"可是出自前朝郑公之手的绝代之作？"

百里翎扬起嘴角，朝他举杯，微微点头。

蓝衣文士怅然，随后一叹："五年前，昭南王出重金让人去寻这套酒具，前后花了十余万两，但最终寻到的还是赝品，原来真品在长香殿。"

"不过是机缘巧合让他给得了。"百里翎说着就看向白广寒，"如何？"

白广寒问："你想换什么？"

"嗯……"百里翎晃着手里的酒杯，然后瞟了安岚一眼，随即将酒杯往几上一放，"就换这丫头如何？"

厅内的空气一滞。

安岚只觉得头皮发紧，有些紧张地看着白广寒。白广寒瞥了百里翎一眼，淡淡道："酒具我已让人送到你的香殿。"

百里翎大笑，随后摇头道："几十万两都换不了你一个小丫头吗？"

"天枢殿并非穷得揭不开锅。"白广寒道出这句话后，就不再理他，转头看向那位蓝衣文士，"尊夫人的事，我会考虑的。"

"有劳先生了。"蓝衣文士站起身，深揖，"内子还等在下回去，就不多打扰先生了。"

白广寒微微点头，然后命丹阳郡主送人下去。

蓝衣文士走到百里翎这，与他告辞，随后又打量了安岚一眼，才转身下楼去。

安岚看着丹阳郡主送那几位客人出去时，其言行举止，是说不出的优雅妥帖，神态亦是闲适自如，完全是她学不来的。

"他夫人怎么了？"蓝衣文士离开后，百里翎便问了白广寒一句。

白广寒却看了安岚一眼，安岚忙垂下眼，站起身道："知道先生在此，所以特意前来问安，赤芍姐姐那还有事情要忙，安岚就不在此打扰先生了。"

百里翎眉眼含笑地瞧着，白广寒微微点头，安岚心里蓦地有些失落，再行一礼，就转身，却刚下楼梯，正好碰到上楼的丹阳郡主。

"安岚姑娘是要去香集市那边了？"丹阳郡主停下，朝她微微颔首，问了一句。

安岚点头，迟疑了一下，也问出一句："郡主不过去了？"

丹阳郡主略有些歉意地笑了笑："还有事需要回先生。"

安岚便侧过身，让出道，丹阳郡主再次颔首，从她身边过去了。

安岚下了几级台阶后，就停下，听着丹阳郡主的脚步声，以及广寒先生清冷又温缓的声音，忍不住回头，但看到的只是空空的台阶。

冬日的阳光从楼梯对边照进来，切过这个角落，她正好站阴影里。楼下路过的茶博士无意抬眼，便瞧站在楼梯上的那姑娘，沉静得像个剪影，不禁一愣，正待要开口询问，安岚已经回过头，一步一步走下台阶。

茶博士忙错开身，却又忍不住抬眼打量她，安岚没有理会，垂着眼，看着台阶，她觉得，她好像越来越贪心了。

好个精致漂亮的姑娘，衣服也漂亮，那裙子像是刚刚熨过的，他家妞儿也一直想要一件这样的裙子，今年春节可以叫裁缝给妞儿做一身穿穿。茶博士瞧了瞧那裙子，接着又瞧了瞧那小袄，随后再次看向那张脸，只是才看两眼，安岚就从他身边走了过去，留给他一个淡而轻的背影。

怎么，瞅着有点儿像他家妞儿受委屈的时候呢？但，也不完全像，他家妞儿没有这么，怎么说呢？茶博士努力想隔壁的秀才老爷平日里念的那些词儿，最后勉勉强强想到一个"落寞"，只是又觉得好似也不太妥帖。于是他兀自摇了摇头，心道还是自家闺女简单可人，一眼就能看出在想什么。那姑娘，小小年纪，就如此……茶博士看着安岚的背影有些出神，直到有人叫了他一声，他才回过神，随后赶紧给客人添茶水去，同时心里直笑自己咸吃萝卜淡操心。

……

出了燕子楼后，花了约半个时辰，安岚才找到天枢殿在香集市所处的范围，可见这集市的热闹程度。

"你先在这看着，各院有什么需要香殿准备的，你办得来就尽量帮忙办了，办不了的就记下来。"赤芍瞧着安岚后，就从人群中走过来吩咐她，"我要回客栈一趟，绿萝几个都在上四院那边忙，你记着别让这里出乱子。"

天枢殿十三院，根据香院每年的获利额数，分出上中下来。等级一分，便直接关系到香院里的每个人，特别是香院掌事的利益所得，因此，每年年底的大香会，都是中下香院翻身的机会，也是上院保住地位的挑战，因此，自是谁都各出奇招。

安岚点头应下，随后小心问道："我这是第一次参加大香会，许多事情怕是还不熟悉，赤芍姐姐哪会儿回？"

"丹阳郡主也是首次参加大香会，一样什么事都办得妥妥的，如今许多掌事都对丹阳郡主赞不绝口。"赤芍看着安岚，不咸不淡地道，"一会，你可以跟旁人多打听打听，没准儿我说的也有误。"

安岚面上神色未变，再次应声，赤芍这才面无表情地转身离开了。

香集市虽不是菜市场，但是人如此之众，大家你一言我一语地加起来，再又有另外那些卖糖炒栗子，虾仁蒸饺，灌汤包子，冰糖葫芦等小商贩瞅准商机蜂拥过来后，这里真的就变成了比菜市场还要热闹的集市。几乎每时每刻，都会出现些吵吵嚷嚷的大小事。

而赤芍才刚走不久，安岚也马上就面临了一件即将要吵起来的事。

"这明明就是馥香院的位置，怎么你们郁香院给占了！"

"怎么是你馥香院的位置，我们可都是照着顺序摆的，不信你去那边数一数，数着过来看看，我们是不是照规矩办事。"

"规矩个屁，你们要真照规矩，能占着我们香院的地方吗，别以为你们是中院，我们就怕你们了。真杠起来，谁输谁赢还说不准！"

"有种你杠一个我瞧瞧啊。"

"你，兔崽子，你再说一遍看看。"

"好啊，你敢骂我，我再说十遍我看你又能怎样！"

"好了好了，都别吵了，你们天枢殿的侍香人过来了，小心，都收敛些，别惹祸。"

安岚是被一个香院的香使给悄悄请过来给他们说和的，只是这过来后，还不等她开口，那两人就纷纷跟她诉自己的苦。安岚听了好一会，才明白是怎么回事，便道："前几日是如何安排位置的，照着前几天的位置划分。"

馥香院的掌事即道："安姑娘真是个明理人。"

"安姑娘，你是有所不知啊……"郁香院的掌事无奈地叹了口气，顿了顿，才道，"真不是我们郁香院想摆在这，而是那边把我们这给挤了，如此，按着顺序来，郁香院可不就摆在这个位置。馥香院也同我们一样，往那边挪过去不就行了。"

"怎么个挪法，那边就是墙了！"馥香院的掌事脸色铁青，就转头对安岚道，"安岚姑娘，这事儿，您看怎么办吧，他这分明就是耍赖！"

安岚顺着这条道往前看去，沉吟片刻，才问："那边是哪个香殿的？"

馥香院的掌事即道："是玉衡殿。"

郁香院的掌事接着道："安岚姑娘，要不去看一看，昨儿也闹出点儿矛盾，丹阳郡主就几句话的功夫，便都给解决了。"

安岚只得点头，其实不用他们问，她也是要去看一眼的，只是当听他们提起丹阳郡主时，她脚步微顿。

提起丹阳郡主，就连一直跟郁香院掌事唱反调的馥香院掌事也不得不跟着点头。

安岚一垂眼和一抬眼的时间，面上又恢复正常："玉衡殿的人为何要占位置？"

郁香院的掌事道："那个地方好像有一块比较坑洼，前几日又下了几场雪，那地儿就不好弄了，所以干脆挤了别人的地方。"

正说着，安岚就已走到玉衡殿的香院摊位这边，并正好站在罪魁祸首的那个香院的摊位前面。

第057章 矛盾·交易·说服

长香殿每一殿下面，其香院数，少的有五六个，多的十余个。故如此之多的香院，不可能没有竞争和矛盾，香院的掌事又是在名和利中淫浸多年，自然是各怀心思，手段百出。

每年大香会，这等争抢风水宝地的事情是固定上演，解决的办法也不过是相互协商，至于谁吃亏，谁占利，端看各自的本事。而大多时候，这等事其实就是稀里糊涂地磨蹭过去，要真计较起来，怕是就别做正事，时间都拿来计较了。强争硬来的也不是没有，但是事情闹大了，最终是两头遭殃，惹人笑话，最后还得被殿侍长责罚。若是不幸传到大香师耳朵里，那这一通上下，估计都得遭殃。所以，无论是殿侍还是侍香人，都是尽量躲着这破事，躲不过的，也是想法子和稀泥。

若是同殿香院的事，还好解决，最麻烦的就是两殿的香院起矛盾。若最后结果，自家香院利益因此受损，掌事们能不能接受另说，即便勉强接受了，也定会心存不满，觉得你没本事，最终不得人心；但若是弄得对方香院利益受损，那么很可能这事就要往上捅，最后，无论怎么处理，都是你没有本事。

赤芍离开之前，这事已经闹起来了，所以看到安岚过来，便直接将这事扔给安岚。

……

走到那摊位前，安岚表示来意后，玉衡殿寸辉院的丁掌事便揖手道："安侍香，不是丁某占此位置，而是天枢殿的位置并不在此。"

安岚一怔，转头看向郁香院的马掌事，却不等他解释，就开口道："可有集市规划的图纸？"

"有的，安侍香请过目，丁某并非虚言。"丁掌事马上拿出早准备好的图纸，递过去，"这上面写得很清楚，安侍香请看。"

这张图纸是前两年新定的，若是换新的图纸，需到官府那去报备。而官府的程序较繁琐，加上这图纸定下才两年，变动不大，所以，就一直沿用，期间若有小的改动，就是各自私下沟通。

正好，今年这小的改动，就是现在安岚所处的这个位置。两年前这个位置一直都是属于天枢殿的，今年因前面街道口那的几家铺面拓宽了，于是影响到玉衡殿在集市的位置，加上旁边道路的青石板断裂了好几块，使得路面不平整，因此，玉衡殿的丁掌事便直接将摊位挪到这边来。

图纸上对这一块的标记是，玉衡殿的摊位数量，以及每个摊位的大小。如此一算，丁掌事也确实没说错，但是，若照前两年的情况，这个位置又确实是天枢殿的地方，图纸上亦是同样有标明。

如此，双方都没有错，所以，这就出了矛盾。

安岚有些奇怪，按说这等事在大香会开始之前，应该就被提出来予以修正，怎么到现在才挑出来？

安岚问："前几天，丁掌事的位置是摆在何处？"

"今日是丁某香院露脸的第一日。"丁掌事说着就打量了安岚一眼，笑了一笑，"安侍香也是刚刚参与大香会吧。"

即便极力掩饰，但那笑容里还是带着藏不住的轻视。没错，丁掌事就是欺她年幼，加上位置已经被他占了，在理上亦说得过去，因此，那看着安岚的笑容不免多了几分轻慢。

馥香院的莫掌事和郁香院的马掌事一看这情况，便知道这小姑娘也就是个糯性子，虽有侍香人的身份，还是大香师指定的侍香人，但到底出身不行，之前怕是根本没见识过这等事，指望不上，于是也就不再看安岚，直接跟那丁掌事嚷嚷起来。

这事，最终受损失的是他们，因而是真的着急。侍香人不过是动动嘴皮子而已，好不好都伤不到一根毫毛。

安岚一看大家都往这边瞧了，并且那眼神明显是看戏的模样，她心知这么下去不行，须得想个法子让丁掌事自愿让出这个位置才行。于是上前两步，忽地就拦在马掌事和莫掌事跟前，认真道："两位且先冷静冷静。"

莫掌事没想安岚会忽然从旁边蹿出来，怔了怔，才道："安侍香，我这已经耽搁半天时间了，这再耽搁下去，我馥香院的损失谁负责？"

"我来想办法。"安岚说着就往旁边看了两眼，然后道，"两位先随我回去，莫要在这吵。"

丁掌事立马接了一句，似笑非笑地道："可不是，这能吵出什么来。"

安岚回身道："丁掌事也请准备准备。"

丁掌事摸了摸嘴上那两撇胡须："丁某需要准备什么？"

安岚往他那摊位扫了一眼，认真又诚恳道："要挪地方，但东西不少，还是提前收拾一下比较好。"

丁掌事一愣，安岚已经转回头，对莫掌事和马掌事道："请。"

瞧着他们离开的背影，丁掌事有些好笑地摇头："这小姑娘，莫不是烧坏了脑袋，难不成以为她有跟丹阳郡主一样的面子！"

前几天，类似的事也有发生，但因丹阳郡主同崔大香师的关系非同一般，玉衡殿内上上下下都有不少崔氏的人，加上言嬷嬷暗中授意，因此都给丹阳郡主面子。但是，这位安侍香算得了什么，说起来，她还是丹阳郡主的竞争对手，他们别说是给面子了，不下她的脸面，已算是客气的。

到底是在天枢殿下面的香院当差，对于香殿的人，他们即便心里看轻，面上却是不能驳了对方的面子。所以莫掌事和马掌事随安岚回来后，因莫掌事心里着急，便先开口问："安侍香，是不是要去找丹阳郡主？"

安岚一怔，然后问道："为何要找丹阳郡主？"

莫掌事和马掌事对看了一眼，马掌事便道："安侍香今日刚刚过来，怕是还不知道，前几天，但凡是同玉衡殿之间的矛盾，都是由丹阳郡主出面调停的。只要郡主一出面，玉衡殿那边都会给几分面子，事情也都很顺利。"

莫掌事接着道："听说郡主一早就让大香师叫过去了，我找人去请郡主……"

"不用。"安岚轻轻摇头，顿了顿，才道，"不用劳烦郡主，这件事，没那么麻烦。"

"安侍香意欲如何？"莫掌事比较着急，即追着问，声音也高了几分，"那丁通达的态度，安侍香刚刚难道没有看明白！"

安岚没有在意他这样指责的语气，找郁香院的马掌事又拿了张图纸，仔细看了一遍，才问："往年，这样的事情多不多？"

"不少，而且年年有。"说到这个马掌事也颇为无奈，如今他虽是占了馥香院的地方，却也是不得已为之，他跟莫掌事本就无仇，若能和平处之，他自然不会选择结下仇怨。但是，大家都抢着占风水宝地，抢到最后，中下院就只能被挤到不起眼的地方，好些甚至不得不两院共用一地。此等不公，由来已久，很多人心里积怨却同时又习以为常。

安岚抬眼，又扫视了一回集市，片刻后才道："一等位置售价几何？"

莫掌柜和马掌柜皆是一怔，不由得对看一眼，然后打量了安岚几眼。他们还当小丫头什么都不懂，却没想，才几句话工夫，竟就瞧出了背后的事。没错，每年的大香会，表面上看，香集市的位置各殿分好后，就由各院的掌事抓阄，抓到哪个是哪个。但实际上，所有好的位置，都是由负责的人暗中标了价，愿意付钱的人，才能抓到那个号，不愿送上银子的，就看运气了，即便少不了他的号，但是那摊位能不能顺利摆上，却不好说。如馥香院和郁香院，如今就是这等情况，倒不是他们没有另外出银子，而是实在比不得上院掌事阔绰及人脉强悍。

不过，这到底拼的是实力和财力，此道也论不上什么不公，优胜劣汰罢了。

两人本是打算借着安岚不知深浅，由着他们鼓动，到时即便争不了什么，但能让他们看看热闹，也算是出口恶气。却哪想，这小丫头没他们以为的那么天真，莫掌事心里一叹，便将什么心思都收了起来，比画了个手势："没有准头，年年都不一样，不过最低都得是这个数。"

安岚一惊，她是在香院出身，看得明白莫掌事这手势，她粗略一算，心里咋舌，一场大香会下来，光位置分配这一事，相关的香师，殿侍以及侍香人就不知赚了多少。难怪赤芍不愿理会这等事，付了银子的，自然希望得到更多的特权，所以那丁掌事才会那般理直气壮。

只是这样真金白银的事，他们却还能给丹阳郡主面子，可见崔氏在玉衡殿下的本钱可真够足的。安岚想到此，便断了同玉衡殿好好协商的心思，再想刚刚在燕子楼看到丹阳郡主那边气定神闲的模样，以及广寒先生那般温暖的声音，她不由皱起眉头。

"安侍香？"见安岚问这么多，却还是什么都没说，莫掌事按捺不住，再次问，"此事该如何解决？馥香院不能就这么耽搁下去。"

安岚回过神，便道："我知晓了，今日之内，我让你顺心。"

"今日之内？"莫掌事一愣，马掌事也不敢相信，便问："安侍香，有何良策？"

"将你们两院的香品单拿来我看。"安岚没有解释，只是吩咐一句。

两人不解地对看一眼，迟疑了一会，即吩咐身边的人去拿。

不多会，安岚便接过两人递过来的香品单，仔细看了一遍，然后拿笔在每一份单子上圈了几个香品名，随后道："这几种香品，你们先别售卖。"

两人瞧了瞧被圈出来的那几种香品，更是不解："这是为何？"

长香殿的香是最优质的，所以，即便是香殿之间，也是有买卖关系。莫掌事和马掌事本以为安岚圈出的，是那丁通达往年从他们这购买的香品，只是一看，却发觉丁通达需要的那几种香品，并没有在安岚圈出的香品内。

"照我说的做，若是有玉衡殿的人问你何因，便说是我的意思。"安岚说着，就放下笔，往两边看了看，然后将手笼在袖子里，往天玑殿的方向走过去。

两人看着安岚的背影，愈发糊涂。

没用多少功夫，安岚便找到了源香院的位置，陆云仙早瞧见她，不等她走进，就迎过去，打量着她道："好些日子不见了，知道今日多半会看到你，我一早就出来。"

安岚微微欠身，随后打量了一下源香院所处的位置，微微点头："极好。"

陆云仙笑了笑："托你的福，还算不错。"

这是客气话，安岚心里清楚，到现在为止，她还没有给陆云仙带去什么实际的利益，但陆云仙看起来并不计较，表现出极难得的耐心，并且待她一如既往的亲切。

安岚客套过后，直接道："这会儿过来，其实是想请陆掌事帮个忙。"

陆云仙倒是爽快："你说。"

安岚如刚刚一般，请陆云仙拿出源香院的香品单子，圈了几种香品，让她今日别售卖。陆云仙问何因，安岚将笔放下："现在我先不说，但一会你便知道了。"

陆云仙打量了她两眼，笑道："你总是让人意外，行，就照你说的，这几种香的买卖，我今日就不做了。"

"多谢！"安岚道谢后，就离开源香院，寻到开阳殿那边，找到谢蓝河。

安岚说明来意后，谢蓝河同样是不解，但并未多问，只是道了一句："这几种香品，仅今日停止售卖倒是可以，若是……"

安岚道："仅今日足矣，只是莫要与人说明，仅今日停止售卖。若是香殿的人问起何因，你说是我的意思便可。"

谢蓝河点头："可以。"

安岚甚是感激，行了一礼："多谢！"

谢蓝河打量了她一眼，道："还有什么需要我帮忙的？"

安岚摇头，笑道："这一件就够了。"

谢蓝河看着她欲言又止，但终究没有开口说什么，只是点点头。

他今日过来后，也听说了丹阳郡主前几日在此，做了不少得人心显名望的事，所以，如此强劲的对手，他不免有些担心安岚扛不住。

……

安岚回到天枢殿这边，便见莫掌事和马掌事脖子都伸长了，瞧着她过来后，忙问究竟是怎么回事。

"且耐心等一会。"安岚没有急着回答，只道了这么一句，然后就袖手站在一旁，有些木然地看着眼前热闹繁华的景象，脑子想着的，却是另外一个画面。

丹阳郡主还未过来，广寒先生同郡主说什么呢？燕子楼的那几位客人，有什么重要的事情吗？

她，比起郡主，差那么多吗？

但是先生赠了她"意可香"，其意，分明是极看重她的，只是，为何忽然又冷着她？

……

大约过了一个多时辰，莫掌事几乎要按捺不住的时候，忽然看到玉衡殿的殿侍找了过来，便直接找到安岚身边："安岚姑娘，车殿侍长有请。"

玉衡殿的殿侍长姓车。

安岚回过神，转头看了那殿侍一眼，就点点头，示意他带路。

再次来到玉衡殿这边，被请到一个小茶室坐下后，便瞧着一位留着美须的中年人从外进来，开门见山地问："安岚姑娘为何要针对在下？"

安岚站起身道："殿侍长何出此言？"

"安侍香何必装糊涂，既不让人卖香给玉衡殿，又让人明明白白告之是安侍香的意思。"车鸿运说到这，就探究地看着安岚，"只是，车某更好奇的是，安侍香为何会知道玉衡殿要买这些香？"

玉衡殿从别的香院进的香很多，但是，安岚圈出的那几种，确实是玉衡殿必须要的，别处代替的绝不行。

"既然殿侍长如此直截了当，那么我也不拐弯抹角。"安岚站起身后，就将手放在袖子里捂着，施施然道，"殿侍长要香，我要香集市的位置。"

"香集市的位置，安侍香如何要到我跟前来。"车鸿运面上露出恰到好处的意外和不解，随后好心提醒道，"安侍香若对香集市位置的划分有何不满，便照规矩提出异议，只要超过半数的人附议，那便可以重新安排。"

这话说得诚恳，诚恳得如似一位经验丰富的前辈在教导蒙懂无知的后辈，安岚微微一笑："这个再论。"

她道出这四个字后，就再无别的话了。

车鸿运准备了一肚子的话，却见眼前的姑娘根本没打算接，并且还是那副气定神闲的模样，令他有种无处着力的感觉，于是心里不由有些焦躁，要是别的倒算了，怎么偏偏就挑了那几种香呢。那都是崔大香师每年指定要的，要的量倒是不多，但要求非常严格，如此条件下，想去别处找同样的香替代，根本不可能。恰好这些香年年都是由他负责采买，若真出了什么差错，大香师怪罪下来，他这位置怕是就要让出来了。

只用了两息时间，车鸿运就衡量清楚，相对来说，真正着急的是他。为崔大香师采买香品一事若出了问题，他就没法交代了，而眼前这小姑娘，即便香院的位置没处理妥当，或许会承受一些压力，但为此负责的人却还远远轮不到她。

只是车鸿运却不打算这么轻易就让对方如愿，再说，他一把年纪了，被一个小姑娘这般明着算计，心里无论如何都觉得不舒坦。

"姑娘能拦着一日，说到底，这卖的是姑娘与人的交情。"车鸿运不急不缓地劝说，"姑娘以为，这样的交情能顶用几日。"

安岚坦然道："一日足矣。"

车鸿运有些意外她如此坦白，只是，这样的坦白，其背后怕是另有含义，于是便抚须一笑："一日的话，车某还是等得起的。"

安岚接着道："一日之后，我会全部买下那几样香。"

车鸿运一怔，遂打量了安岚一眼，拿不准她这话是认真的，还是仅是随口说说来唬人的。

一会后，车鸿运开口："姑娘，有这等决定权？"

那几种香不算什么名贵的香品，但量不小，全部购下，其数额，绝不是一个侍香人能做决定的。

"我只是个普通的侍香人，自然是没有这等决定权的。但是，若不用天枢殿的名义去买，就无所谓有没有决定权了。"安岚看着车鸿运道，"以景公之财，那点儿东西，岂在话下。"

车鸿运一怔："姑娘是借景炎公子……"

安岚收了口，没有接车鸿运这句话，只是唇边噙着一丝笑。

迟疑了一会，车鸿运也笑了笑，面上明显是不信。

"白胶甘松两种香品，购入的时限是大香会结束之前，最好是大香会开始第五到第七天这三天内。"安岚看着车鸿运道，"车殿侍长那，应该有个时间表，我说的可对？"

车鸿运的表情终于出现明显的变化，他诧异地看着安岚："你如何——"

只是话一出口，他忽然醒悟过来，这话一问出去，等于是承认安岚说的没错，于是赶紧又收住。随后，停顿了一会，才问："姑娘想要哪个位置？"

安岚心里松了口气，能问出这句话，说明事情成了一半。她将早准备好的图纸拿出来，展开，指着其中一处道："不是我想要哪个地方，而是这里，原就是划给天枢殿的，如今却被玉衡殿的人占着，所以请车殿侍长出面处理。"

车鸿运道："此事，我需先了解一下情况。"

"可以。"安岚收起图纸，凉凉地道，"只是，过了今日，那些香品就都入我囊中。到时，车殿侍长若要买，就来找我吧。"

车鸿运微微蹙眉，这小丫头，说话的神态，有些目中无人了。

"对了。"安岚走到门口时，又停下，"刚刚我一过来，广寒先生就找我过去交代了好些事，随后命我过来集市这边处理，丹阳郡主却留在广寒先生那，暂且帮忙旁的事。车殿侍长若是不信，可以跟百里大香师打听一下，当时，百里先生也在场。"

安岚说完就走了，车殿侍长皱起眉头，沉默了一会，便喊人进来，命其去打听景炎公子如今在何处。随后又唤了另外一人进来，问起百里大香师刚刚在哪，结果得到的答案同安岚说的一样。

自白广寒的晋香会开始，长香殿内的人便都注意天枢殿的动静，车鸿达也不例外。所以，他自然清楚安岚能入天枢殿，谁的功劳最大。而在那之前，他也有所耳闻，那小丫头在还是个香奴的时候，百里大香师就已经有意要将她直接提上香殿。

再想安岚准确说出那几样香品，甚至指明他的时限，车鸿运很难不动摇。他在茶室内来回走了几步，随后停下，罢了，何须去搅那摊浑水，万一真坏了他的事，岂不得不偿失。

只是他刚一出茶室，正要唤人过来时，突然想起，自己一开始问的那句话，那姑娘一直就没有回答。她到底怎么知道那些香品的，甚至连其中两种的时限都清楚！

……

安岚回到天枢殿集市这边时，莫掌事和马掌事忙跟上，小心问："安岚姑娘，车殿侍长说了什么？"

安岚不答反问："前几日，此类的事情，丹阳郡主都是如何解决的？私下协商了？"

两人皆是一怔，莫掌事想了想才道："莫某见过两次，郡主只是过去找相关的几位说一声，玉衡殿的人似乎与郡主极熟，没几句话功夫，事情便都办得妥妥的。"

　　安岚微微抬眉："结果都是玉衡殿退让？难不成，丹阳郡主到来之前，天枢殿一直在吃亏？"

　　莫掌事愣了愣，同马掌事对看了一眼，随后才有些疑惑地道："往年也没有这等情况，似乎今年玉衡殿的人比较……"

　　是这样吗？

　　安岚微微蹙眉，特意抬高郡主的名望么，再绊一绊她。

　　正想着，玉衡殿的人又找了过来，还是刚刚那位殿侍，其走到安岚身边后，特意打量了她两眼，才道："车殿侍长说，安侍香要的位置已经挪出……"

　　待那位殿侍离开后，莫掌事和马掌事还有些不敢相信，事情，竟就这么解决了。

　　"快去准备吧。"安岚淡淡道了一句，随后转头，就看到丹阳郡主的马车在前面停了一下，并探出脸往她这看了一眼。

第058章　喝茶·说明·见面

　　两人的目光对了片刻，安岚才微微颔首，丹阳郡主也轻轻点了点头，随后放下车帘子。

　　此时莫掌事和马掌事都已经去忙着香院的事了，蓝靛瞧着丹阳郡主的马车走远后，才开口道："刚刚那两位掌事不放心，还是寻人去请了丹阳郡主。"

　　安岚两手笼在袖子里，表情没有变化，只是默了默，然后问："郡主做什么了吗？"

　　"还未曾。"蓝靛摇头，"我看着郡主本是准备要过去的，却恰巧您这边就已经办妥了，郡主刚刚那一眼，怕是也是对姑娘能办妥此事感到不解。"

　　安岚此时关心的却不是这点儿事，她兀自琢磨了一会，开口问："郡主，这是往哪去？"

　　这问题，蓝靛当然不清楚，安岚也没打算从蓝靛这得到答案，不过是喃喃自语罢了。

　　只是这话才落下没多会，她就在对面那看到个熟悉的身影，安岚两手从袖中拿出，往那走过去。蓝靛一怔，随后也跟上。

　　熙来攘往的街道上，那人只是闲闲往那一站，即便只是个背影，也是分外引人注目，好些过往的姑娘瞟过一眼后，几乎都挪不开脚步了。也只有这个时候，安岚才有些分不清,他到底是景炎公子还是广寒先生。

穿过马路后,她就敛了急切的脚步,悄悄调整了一下呼吸,然后走过去,试探着开口:"景公子?"

那人回身,嘴角扬起,冬日的风也跟着变柔软了,他看着她笑,眉眼温和,深幽的眸子里似盛着三分春意:"哦,你怎么在这?"

"景公子。"安岚确定了,微微欠身,然后往对面示意了一下,"天枢殿的集市摊位在这。"

景炎往那看了一眼,收回目光,打量着她问:"才过来的?"

"过来有一会了。"安岚说着,就郑重行了一礼,"多谢公子。"

若不是他相助,她此时怕是还被赤芍留在大雁山上,什么都接触不到。

她认真的小模样带着几分憨态,同她那颗七窍玲珑心一点都不相符,景炎看着那双轻轻扑闪的睫毛,顿了顿,才道:"本该如此。"

安岚抬眼,大着胆子邀请:"外头天冷,我煮了茶,斗胆请公子喝一杯热茶。"

"士别三日,当刮目相看。"景炎微微挑眉,随后笑道,"小狐狸,你是又有事求我?"

安岚小心看了景炎一眼,见他眼里盛着一泓轻轻柔柔的笑意,便放心道:"不是的,只是想跟公子说几句话。"

豆蔻年华的少女,面对风姿过人的年轻男子低低说出这样的一句话,怎么听,都像是要告白的意思。景炎侧过脸笑了一笑,才又转回来,打量着她,揶揄着道:"我若拒绝,可就真是不解风情了。"

安岚一怔,随即恍悟过来自己刚刚那句话带着多大的歧义,面上顿时一热。

景炎已经抬步往对面走去,她咬了咬唇,只得装傻,赶紧跟上。

茶室内,炉子上的水正咕咚咕咚冒着热泡,腾腾的白雾从壶嘴里喷出,正好润了这冷冬里的燥,化了外头带进来的寒气。

景炎解下大氅,安岚赶紧走过去接住,景炎瞥了她一眼,眼里笑意更盛,坐下后,看着她将自己的披风仔细挂好,便道:"你这是做了什么对不起我的事了?"

安岚在景炎对面跪坐下,亲手给他倒上一杯茶,然后双手捧着送到他跟前,低头道:"刚刚,未经许可,就借了公子的名,安岚向公子赔罪。"

"我说你怎么一下子变得这般乖巧可人了。"景炎似笑非笑地看着那杯茶,"不知这杯茶,价值几何?"

安岚垂着脸,也不知他是真的生气还是佯装生气,也不敢偷看,就如实将刚刚的事道了出来,说完后,举着茶盏的双手已经微微有些颤抖了,却依旧不敢放下。别人对她的好,都不是平白给的,也不可能一直任她予取予求,若不懂得珍惜和经营,她所得的这些好,随时都有可能被收回去。所以,她刚刚在同车鸿运说出那些话时,就已经做好负荆请罪的准备了。

"呵……"她说完后，景炎低低一笑，那声音低沉轻缓，似上好的丝缎，柔柔地从耳朵旁滑过。安岚遂觉得手上一轻，手里的茶盏被接了过去，她终于松了口气。

"玉衡殿每年购入的香品不少，为何单单挑那几样？"景炎品了一口茶后，将茶盏放下后，饶有兴趣地问了一句。

安岚坐正后，才回道："因为那是崔大香师需要的，车殿侍长绝不敢有丝毫怠慢。"

景炎微微扬眉："你怎么知道就是崔文君要的香品？"

"我进过玉衡殿数次，所以，记得那里的香。"安岚抬起眼看着景炎道，"几次见崔先生，都看到崔先生身上佩戴同样的香囊，香囊里的味道也是一样。"

"你仅凭那香囊的香气，就判断出她的香用了哪些香品？"

"其实并没有完全猜到，但是那几样，是我能肯定的，又恰好最好的都在那几个香殿当中，所以安岚就大胆做了那个决定。"

景炎看着坐在自己跟前的女子，他还记得，他初见她时，她做的那件事，可远远比今日这件事要严重得多。而在那等情况下，她忽然碰到他，还能若无其事地坐下为他煮茶，当真是个胆大心细的，更难得的是，还有如此天赋。

片刻后，景炎才开口："你有没有想过，若那车鸿运不接受你的条件，你该怎么办？"

"那就只好求到公子面前了，那些打算要购买的香也不是没有出路，我当时是已经想好了香方……"

景炎又问："为何要费这么大力气，据闻丹阳郡主处理此等事，是轻而易举。"

"公子不是明知故问。"安岚垂下眼，淡淡道，"我若去求了郡主，广寒先生会如何评价我，又会如何评价郡主？"

景炎看了她一会，才道："那么，现在你觉得白广寒心里是如何看待你们俩的？"

安岚抬起眼，却片刻后又垂下："公子可知道？"

景炎笑了，手指在茶几上轻轻敲着，良久之后，才慢悠悠地道："知道。"

安岚赶紧抬起眼，他看着她，眼里含笑："但是不告诉你。"

那戏谑的神色，再配上那张脸，足以迷惑众生。

安岚愣住，外头的熙攘声似乎变得遥远，景炎看着那张愣怔的小脸，面上的肌肤细腻得似白瓷一样，却又比白瓷多了几份柔嫩和水灵，再配上那表情，真让人想掐一把。

他的手指在茶盏的口沿上轻轻画了两下，手臂到底没有抬起来。

好一会后，安岚才张口，生生将这件事略过去，道出另外一事："刚刚广寒先生在燕子楼会客，丹阳郡主也在，公子知道吗？"

"嗯，听说了，是南边来的贵客，同崔家也有些交情。"景炎微微点头，然后看着她道，"这么说，你也过去了？"

安岚点头："百里先生带我过去的。"

"百里翎。"景炎微微扬眉，轻轻摇头，"哪里有热闹就往哪里钻，嗯，他可说什么了？"

安岚摇头，迟疑了一会，又问："那位贵客，公子可知他们是为何事而来？"

景炎道："你当时不是在？"

安岚垂下眼："我才过去，那贵客就起身告辞了，说是家里的夫人正等着他回去。"

"倒是个有情有义的。"景炎淡淡道出这句话，语气里却没有多少感慨。

茶香氤氲了雪光，窗下那人修长的手指轻轻捏着茶碗盖，就这么一个动作，竟也显得风流倜傥，只见他拨了几下茶碗盖后，就放下，眼神扫过来。

安岚本就坐得很端正，却还是不由得直了直腰，随后就听他道："白广寒不会在选择上面耗费太多时间。"

安岚心里一紧，连呼吸都跟着重了几分。

"最迟也就是过了这个年，便会在你们之间做出决定。"景炎看着眼前的姑娘，嘴角边依旧噙着浅淡的笑意，"你可有胜算？"

安岚抿着唇，久久不能作答，炉子上的水还在滚着，那沸腾的热气似乎都扑到她身上，令她手心出了细微的汗。

景炎看着她，目光柔柔，却又从中品不出究竟是何种意思。

"多谢公子告之。"良久，安岚才开口，道出这句话时，似轻轻吐了口气。

"获得白广寒的认可固然重要，但是，天枢殿殿侍长的态度，亦不能忽视。"景炎慢悠悠地道，"长香殿，侍香人主内务，殿侍长主外务。白广寒的继承人，自然是能直接总管殿内的侍香人，但却还管不到殿侍长头上。所以，殿侍长的态度，亦决定了谁能在那个位置站得稳，否则，香殿的庶务便会起乱。"

安岚表情肃穆，认真地点头。

景炎看着那双清澈的眼睛，不由得笑了笑："你对天枢殿的殿侍长了解多少？"

安岚想了想，才道："殿侍长姓李，名怀仁，出自江南世家，少时中过举，今已年过五十，为人细心，经手的事从未出过错，在殿侍长一位已有二十年，外人多称其一声李爷。发妻已过世，两儿子如今都在天枢殿当差，小女儿六年前也已出嫁。"

"功课做得不错。"景炎呵呵一笑，然后道，"二十年前，白广寒还不是天枢殿的大香师，所以，仅论资历，便是白广寒也要敬他三分。而且，当年白广寒还曾在他手底下当过差，所以，天枢殿的殿侍长如今是越发倚老卖老。"

安岚仔细看了景炎一眼，却见他连眉头都不见蹙一下，眼神依旧温柔，嘴角边的笑意也未曾褪去，只是，刚刚那句话里，却分明带着三分冷意。

景炎接着道："今日，燕子楼的客人，也是来自江南李家。"

安岚一怔，便问："是和李殿侍长是同宗同族的李家？"

"就是那个李家，当年李怀仁能站上这么个位置，多少是离不了李家的扶持，不过，这些年李怀仁跟江南那边私下的往来倒没有以前那么勤了。"景炎轻轻呷了一口茶，温热的茶水在舌尖转了转，才接着道，"你可知道，江南李家对天枢殿意味着什么？"

"李家是天枢殿在南边最大的客户，还关系到不少宗室的人脉。"安岚没有迟疑，马上开口道出这么一句，入天枢殿这么段时间，她费了那么多心思，不会连这点事都不清楚。天枢殿在北边的生意和人脉，是景家支撑，在南边的大部分关系，则跟李家分不开。

原来，之前在燕子楼看到的那位蓝衣文士，是李家的人，这寒冬腊月，从江南那边赶来长安，是为何事？

"过来的那位，是李家本家的三老爷，叫李怀荣，是李怀仁的堂弟。照说，这两人的关系本是很亲的，但有一年，两人忽然起了矛盾，以至于李怀仁不得不离开江南，最后落脚长安，并从此定居在此。"

安岚问："那矛盾，难道是因天枢殿而起的？"

景炎摇头："那倒不是，矛盾是因李怀荣的夫人叶氏，叶清清而起的。"

安岚心里微异："叶氏……"

景炎道："没错，叶清清同叶德清是亲兄妹，只不过叶清清是养在外祖母身边，在江南长大，因而同李家常有来往，所以自小就认识李怀仁和李怀荣。"

安岚迟疑着道："是两男争一女，所以生出了矛盾？"

景炎挑眉，瞥了安岚一眼："小姑娘脑子里就想着这样的故事？"

安岚面上微窘，讪讪道："男男女女之间有矛盾，不大多因为这个吗？"

景炎失笑："哦，你哪来的这种认识。"

"叶家是书香门第，名望不算低，但论富贵却是远远比不上李家的。既然叶清清自小跟李家常有往来，自然是长辈牵的头，并且多半是抱着结亲之意。"安岚一本正经地道，"听闻叶老爷当年风采过人，不然哪能得薛灵犀倾心，如此，想必叶清清当是国色天香，因而会有两男争一女的事，也不奇怪。"

景炎笑了，眼里带着几分戏谑地打量着眼前的小姑娘："丫头，你懂得倒真不少。"

安岚被他这么看得有些不大自在，便垂下眼，喃喃道："我也只是随便瞎猜的，让公子见笑了，公子请继续说吧。"

景炎又低低笑了两声，直到瞧着安岚越发局促了，才敛了笑声，接着道："虽不明具体原因，不过当年叶清清谈婚论嫁时，确实同李家那两位少爷有些纠葛。总归最终是叶清清成了李家的三奶奶，李怀仁则远离江南，到了长安。"

安岚问："那如今李三爷带着其夫人来长安，是为何事？"

景炎道："半年前，李夫人忽然患了失魂症，竟不记得李三爷了，甚至不记得自己已经成亲，并且生儿育女了，却单单只记得李怀仁。"

安岚一怔，遂问："怎么患上失魂症的？"

"说是不慎摔倒磕到脑袋后，就有了这毛病。"

"那李老爷特意带李夫人过来找广寒先生,是……"

"一是因为叶清清如今只记得李怀仁,吵着要找人,李三爷只得先将人带过来;二是,李三爷知道大香师有常人所不及的能力,希望大香师能唤醒叶清清的记忆。"景炎看着安岚道,"香本身就具有唤醒记忆的功能,并且还能舒缓人心。"

安岚怔然,好一会后,才问:"那广寒先生是应下了?"

景炎摇头:"叶清清如今不仅患上失魂症,而且对陌生男子有很强的排斥感,情绪敏感易激动,所以白广寒打算将叶清清交给我和丹阳郡主。"

安岚愣了一愣,瞧着景炎不像是在说笑,便赶紧道:"公,公子,先生是要看我们,谁能治好李夫人吗?"

景炎微微一笑:"约莫是这么个意思吧。"

安岚呆了半晌,才低声道:"丹阳郡主也知道这个事了?"

"这会儿,丹阳郡主应该已经过去叶清清那边了吧。"景炎慢条斯理地道,"江南李家和清河崔氏也有往来,郡主小时候还去江南玩过,应当见过叶清清。李三爷这次过来,本是托白广寒出面请崔文君去看看他夫人,正好丹阳郡主在,这事便先交给丹阳郡主瞧瞧。大香师毕竟不是随叫随到的,有丹阳郡主做牵引,再加上白广寒的面子,到时候若是李夫人还不见好,崔文君怎么也会去瞧上一瞧。"

安岚放在膝上的两手微微握紧,景炎看了她一眼,笑道:"是白广寒让我来找你。"

安岚站起身:"那我现在过去,公子……"

"自当是我再充一会好人,送你过去。"景炎说着也站起身,理了理衣袍,然后笑道,"每次一有跟你有关的事,我就清闲不得。"

"有劳公子了。"安岚说着就要行大礼。

景炎遂抬手阻止她要跪下的动作,眉眼含笑地看着她:"好了,我这也是忠人之事,再说我不管你还谁管你。"

出了茶室后,安岚小心翼翼地问:"真是广寒先生托公子过来告诉我这些的?"

景炎睇了她一眼:"你是不信我,还是不信白广寒。"

"不是……"安岚惴惴地垂下眼,想起在燕子楼时的失落,和陡然升起的贪心,声音不由得带上连她都不曾察觉的委屈,"我以为有丹阳郡主在,广寒先生不会想着我。"

景炎回头认真打量了她一会,眸色深幽,什么都没说,直到安岚抬起眼时,他才道:"你跟这里交代一下,我在马车上等你。"

景公子,是恼了吗?

安岚看不懂那眼神,同两位侍香人交换了一下当差的时间后,才有些忐忑地走到景炎的马车旁。却想到景炎刚刚那眼神,心里莫名就有些犯怵,那样的人,真的只需要一个眼神,就能令人心生不安。

"姑娘。"跟车的小厮提醒了一下,安岚回过神,小心上了马车。

这车内竟比刚刚的茶室还要温暖,景炎此时已歪在炕几上闭目养神,她上来后,他微微睁开眼,在她要在车内的矮凳上坐下前,往自己旁边拍了拍,示意她坐过来。

安岚迟疑了一下,就挪过去,小心坐下,并讨好地道:"公子要喝茶吗,我给您倒。"

景炎这才睁开眼,打量了一会她这副小心翼翼讨好的模样,不由得摇头一笑:"你啊,说你聪明,偏偏有时候又笨得不行。"

安岚不敢搭话,她自然清楚景炎公子待她极好,但她从未将这份好视为理所当然。面对这样的另眼相待,她心头喜悦的同时,也要付出更多的小心翼翼,谨慎揣摩。

不是自小娇宠出来的孩子,怎么可能做得到坦然接受旁人的关爱和示好。

每尝到一丁点儿的甜,贪婪吸取的同时,更多的是对于失去的恐惧。

李怀荣在长安的落脚处是景炎命周达去办的,正好清华街上有个空置的大宅子,叫锦鱼园,是某位富商留在京城的产业,因跟景府有交情,便托为代管。这宅子离景府也不远,来往方便,得了景炎示下后,周达便让人收整一番,请李三爷夫妇住了进去。

以锦鱼为名,自然是因为这园子里养了许多锦鱼。

只是,眼下已经是寒冬腊月,前些日子还大大小小地下了好几场雪,城外的雁湖上都结了一层薄冰,湖里的鱼都藏在水底下,哪还能看得到半点鳞片。

所以,当安岚随景炎入了锦鱼园,瞧着九曲回廊下那白雾腾腾的池水,以及在池水里悠游的鱼群时,不免诧异地放慢了脚步。

"这是温泉水,取的是地热,所以即便是冬天也不会结冰。"景炎见她感兴趣,便停下,看着水里那一条条肥硕的锦鱼道,"这池子里除了观赏的锦鱼,还养着不少鲤鱼和青鱼,个个膘肥肉厚,无论是清蒸还是红烧,都极美味。若是自己垂钓,更是别有一番乐趣。少时我每每馋了,就会撺掇着府里的几个兄弟,拿着钓鱼竿偷偷溜进来,钓上几条肥鱼,也不管是什么品种,串起来后就在后院起个火堆,直接烤着吃。"

安岚有些讶异景公子跟她说这些事,愣愣地问:"好吃吗?"

景炎面上的表情有极短的一瞬陷入追思,随后嘴角边漾出轻柔的笑:"人间美味。"

那样的一笑,春水般的温柔下,浮动着三分寒冬的冷意,竟是风流傀俏无人能及,如此风情,才是人间盛景。

安岚不住眼地瞧他,景炎眼风从她脸上扫过,便抬手在她额头上轻轻一弹:"馋了?一会叫厨房给你做两条。"

风扬起他宽大的袖袍,安岚回过神,有些尴尬地摇头:"不是,没有馋,这温泉的泉眼,是在哪呢?能出这么多水!"

"锦鱼园有一口小泉眼,在后院,是挖池子的时候发现的。可惜温度不够高,所以修建这园子的时候干脆引水绕园,因而这里锦鱼随处可见,时常半夜都能听到鲤鱼扑腾的声音。"景炎领着她往里走,并往景府的方向示意了一下,"还有一口大的泉眼在白园,那口温泉的水温较高,不适合养鱼,景公便命人在那里修了个天然的温泉池子,正好冬日里泡上一泡。"

安岚诧异:"白园里也有温泉?"

"嗯,在白园东侧,之前你是住在西侧梅屋那边,自然看不到。"景炎说到这,就转头看了她一眼,笑道,"这么冷的天,正合适泡温泉,这里离得又近,你好好表现,兴许白广寒一高兴,就许你去他的温泉泡一泡。"

安岚赶紧道:"安岚没有那等奢想。"

景炎看着她笑:"有也没关系,再说这怎么是奢想。"

安岚垂下眼,想说真没有,却又觉得特意这么强调反倒别扭,便打住了,再瞧着已经走到正房这边,便问:"李夫人要在这里留多长时日?"

"李家家中长辈俱在,她总要回去过年的,最多留一个月。"景炎说着就踏上台阶,然后停下,转身看着她道,"李夫人如今戒心比较大,她能不能接受你,还说不准。"

安岚一怔,如此说来,她若不得李夫人信任,岂不是连跟丹阳郡主竞争的机会都没有了?

却不及她问出口,就见之前在燕子楼里见过的那位蓝衣文士从厅内出来,随即就朝景炎拱手道:"景公子过来了,有失远迎有失远迎。"

景炎回礼,随后指了指安岚:"这位是安岚,亦是天枢殿的侍香人,尚有几分伶俐,广寒先生便命她过来陪一陪尊夫人。"

李怀荣朝安岚揖手:"有劳安岚姑娘,给诸位添了麻烦,李某甚是惭愧。"

安岚欠身行礼:"李三爷言重了,安岚若能尽上一份心,是安岚的荣幸,也不负先生所托。"

李怀荣请他们进去时,景炎问:"广寒先生呢?"

李怀荣道:"广寒先生有事,在下不敢久留,一个时辰前已经离去。"

景炎点头,瞥了安岚一眼,然后代她问了一句:"丹阳郡主还在?尊夫人可记得她?"

"郡主在,说来也奇,内子同郡主不过是十年前有几面之缘,却还记得郡主。"李怀荣也不知是欣慰还是不解,说着就摇头一叹,"偏身边相处多年的人,愣是一个也记不住了。"

景炎劝道:"事已至此,也莫要太着急。"

李怀荣微微点头,吩咐旁边的丫鬟将夫人每日喝的参茶端来,然后对安岚道:"内子如今极不喜陌生人近身,又坚称自己没病,所以,只能委屈姑娘一会扮作丫鬟进去,若是能让内子喝了姑娘送进去的参茶,便说明内子不排斥姑娘的接近。若内子不喝,姑娘也别表明自己是天枢殿的侍香人，因为……因为某些原因，内子对天枢殿的人甚是反感。"

安岚看了景炎一眼，景炎点头。

不多会，那丫鬟便端着一碗参茶过来了，安岚接过去，随后便入了正屋，往里间走去。只是才走到里间门口，就听到里头传出丹阳郡主的声音："一直听人说长安是个好玩的地方，特别是夜市，据说新奇的玩意应有尽有，只是我之前一直是住在宫中，夜里出宫不易，所以还没逛过长安的夜市。"

"那可惜了，正好如今我过来了，不如咱们约个时间，去夜市开开眼，你看如何？"安岚顿住，这声音带着三分雀跃，听着完全不像是已有三个孩子的妇人，倒像个未出阁的姑娘。

"我自然是愿意的……"丹阳郡主说了半句，安岚就掀开帘子走了进去，丹阳郡主遂停住，看向安岚。

叶清清也抬眼看过去，见是个面生的姑娘，便皱了皱眉头，只是瞧着她手里端着的是自己常喝的参茶，便当她是锦鱼园的丫鬟，故没有当场发作，只是拧着表情，明显是一脸的不快。

"娘子，您的参茶煮好了。"安岚端着参茶走过去，微笑着道。

叶清清是个保养得宜的女人，虽没有崔文君那等温柔中暗藏刀锋的气韵，亦不似柳璇玑那等颠倒众生的霸道，却也清清爽爽，端端正正，即便已经临近四十，但看起来也不过三十出头，算是个难得一见的美人。

候在外面的李怀荣听到安岚称叶清清"娘子"，遂讶异地看了景炎一眼，低声道："这姑娘，好细的心思。"

叶清清既不记得自己已成亲，若安岚一进去就以"夫人"称之，定会令叶清清反感。李怀荣心里暗叹，刚刚他忘了交代，其实也不好怎么交代，却不想这姑娘已经留意到了。

"搁着吧。"屋内，叶清清懒懒地说了一句，并不打算喝。

安岚早有预料，将手里的人参茶往几上一放："是我疏忽了，这茶正烫着，是得先晾一会。"

叶清清再次皱眉，正要开口让安岚出去，安岚却在她张口之前又道："原来郡主也在。"她说着就给丹阳郡主行了一礼。

丹阳郡主只好站起身回礼，若只是下人，丹阳郡主只需坐着受这一礼便可，断没有起身回礼的。所以叶清清将出口的话收了回去，来回看了看她们俩，不解道："你们认识？"

安岚道："认识，郡主平易近人，品行高洁，与人交往，从不问出身。"

"安岚姑娘太过奖了。"丹阳郡主笑了笑，也奉承道，"安岚姑娘才华过人，能与安岚姑娘结交，是我的荣幸。"

叶清清奇了，坐直起来，仔细打量安岚几眼，正待要问她们是怎么认识的，安岚却又开口："刚刚进来时，听郡主和娘子说到长安城的夜市，正巧我前几天听到一个关于夜市的趣事，可说与郡主和娘子听听。"

第059章　故事·记忆·错过

既然是跟丹阳郡主相识的，叶清清多少放下了戒心，加上她正同丹阳郡主聊长安夜市，就有人在她面前说有关于夜市的趣事，她自当是想听的。

丹阳郡主心知自己是被对方借道了，她有些讶异，便看了安岚一眼，心里暗暗纳罕。之前在燕子楼，先生并未留下安岚，现在安岚怎么又过来了呢？是先生的意思吗？先生因何改变主意？

安岚看着丹阳郡主道："是个关于金玉生香的故事，不知郡主可有听过？"

"这倒没听说过。"丹阳郡主收回深思，淡淡一笑，重新坐下。

"金玉生香，这名儿可真好听，我们江南那边，有种面果子，叫金玉圆子。你倒说说，这金玉生香是个什么样的故事？"叶清清没注意眼前两人流露出的微妙情绪，品了一下这名字，不禁生出几分好奇。

安岚开口道："长安城的夜市主要集中在东坊那几条街，其中有一条街是专门卖吃食的，如此说来，这金玉生香跟金玉圆子倒是有缘了，金玉生香也是那条街上一种极有名的小吃。据说，甚至有位南边的世家公子千里迢迢地过来，就是为吃上那一口金玉生香，并为此在长安城落脚，从此再未回江南。"

原来也是跟吃食有关的，叶清清初一听，当即少了几分兴趣。只是当安岚说到南边的世家公子时，她心一动，原本兴致缺缺的表情也跟着收了起来。

丹阳郡主心头亦是一动，再看叶清清的表情变化，看着安岚的眼神也跟着凝重几分，心道果然是有备而来。

安岚接着道："我听几位上了年纪的嬷嬷说，二十余年前，长安城是没有金玉生香这等小吃，直到有位公子从南边过来后，这等小吃才在那条街兴起。"

叶清清忍不住开口问："那位南边来的公子叫什么？难不成这等小吃的，还是个男人想出来的？"

安岚笑道："都是口口相传的故事，是不是真有这么一位公子也无人考究，不过故事里，人们都将那位江南来的公子称为金玉公子，估摸着就是为了衬这道小吃才给取的名字。"

叶清清忽听到"金玉公子"这四字，脸色当即一变。丹阳郡主则是微怔，金玉，锦鱼，这两字是谐音，难不成里头藏了什么事，她竟不知道！？

屋外，李怀荣又看了景炎一眼，却没说什么。

金玉圆子，确实是江南的一种小吃，但这种小吃在江南的名声不显，因为普通人家吃不起。那是他们少时，几个交好的世家子弟凑在一块，让府里的厨子给弄出来的名堂。一碗金玉圆子，仅仅是用料，就快一两银子了，一般人家哪里吃得起。一开始他们本是取了个金玉满堂的名儿，叶清清觉得不合适，李怀仁便改为金玉圆子。后来，也不知是怎的，大家就戏称李怀仁为金玉公子。

金玉公子，也称得上名副其实，李怀仁比他们年长七八岁，除了庶出的身份比他们略低一些，别的方面都是拔尖的。当年不说那些待嫁的姑娘，就是还未及笄的叶清清，也都是一颗心全系在金玉公子身上。

原以为，那个人早就从叶清清心里抹去了，却不想，都过了这么些年，竟又冒了出来！这到底是什么孽缘！

李怀荣心里很是恼恨，跟他生活了十多年的妻子，连孩子都生好几个了，结果心心念念的却还是别的男人，这叫他将脸往哪搁！

"景公子。"李怀荣忽然转身，"在下有件事想拜托公子。"

"李三爷无须客气，只要是在下能帮得上的，自当不会惜力。"景炎说着就往里看了一眼，然后问，"是否去书房？"

李怀荣想了想，便点头。

屋内，安岚也差不多将这个故事说完了，其实是个很简单的故事，世家出身的公子，自南千里迢迢而来，因运气不好，一时有些落魄，因而那段时间常夜里出去喝酒。正好那酒庄旁边有个专门卖甜汤的摊子，摆摊的是个年轻貌美的姑娘，那位公子来的次数多了，自然就同那姑娘熟络起来，于是渐渐由喝酒改为喝汤。尔后有一天，公子正在姑娘那儿喝汤呢，忽然来了几个恶霸调戏姑娘，公子自然出手相助，结果公子被恶霸狠揍了一顿，姑娘的摊子也被砸。原以为这事儿就这么过去了，谁想那公子也不是个面人儿，几番谋划，竟叫那几个恶霸入了大狱，那条街上，但凡摆摊的，没有不吃过那恶霸的亏，公子此举自当得人心。

只是姑娘一家子的生计却日渐艰难，于是那公子就教姑娘做一种甜汤圆子，甜汤里的圆子有黄白两种颜色，汤水里不知添了什么香料，入口生香，食之令人回味无穷。因那姑娘的名字里有个香字，这甜汤圆子便取名为金玉生香，后来，人们干脆称那位公子为金玉公子。

根本就是个普通到俗套的故事，甚至没有茶楼里的说书先生随口一个段子来得吸引人，但是，叶清清听完后，那表情似有些痴了。

丹阳郡主探究地看了安岚一眼，迟疑了一下，开口问："二十年过去了，不知当年那摊位可还在，那位金玉公子又身在何处？"

安岚道："摊位在是还在的，但据说那位姑娘已经不在了。至于金玉公子，听闻同那位姑娘成亲后，夫妻俩就离开了东坊，只留下金玉生香。"

这话，似乎藏着好几个意思。

丹阳郡主问："那姑娘不在了是何意？"

叶清清则问："他们成亲了？门不当户不对的，如此轻易就成亲了吗，成亲后去了哪？"

安岚笑了笑，端起那碗参茶递到叶清清跟前，感慨似的叹道，"两人共过患难，已然心心相印，门当户对又算得上什么。这茶凉了，说了这么多，娘子喝一口润润嗓子先。"

叶清清有些怔怔地接过那碗参茶，机械地仰头一饮而尽。

丹阳郡主在一旁看着，默然无语，安岚接过空了的茶盏放回去，才接着道："听说两人恩爱了好些年，还生了几个孩子，几年前，那姑娘就病逝了，无论真假，总归这说来，也算得上是一段佳话了。"

叶清清忽然道："你们出去吧，我累了，想歇歇。"

安岚端起那只空了的茶盏，道了一声："是，娘子请好生歇着。"就转身出去了。

丹阳郡主亦起身告辞，跟在安岚身后出去。

"安岚姑娘。"两人出了房间后，丹阳郡主叫住安岚，问道，"刚刚那个故事，是真的？"

安岚停下，转身道："故事只是故事，听过就算了，郡主何须追究它的真假。"

"那位金玉公子是谁？"丹阳郡主探究地看着安岚，迟疑着道，"难道，是天枢殿的殿侍长？"

她入天枢殿这段时间，并非一点功课都没做，只是，一时间没有安岚准备得这般周全。她总觉得，眼前这位比她小一岁，甚至很可能是她表妹的姑娘，似乎随时都准备充分，究竟要心思谨慎到何等地步，才能做到这一点。

安岚没有点头，也没有摇头，只是笑了笑，就走开了。

……

丹阳郡主出了锦鱼园，回到香集市这边后，沉默许久，就往玉衡殿那边走去。

刚刚在锦鱼园，她打听到，安岚是景炎公子亲自带过来的，如此，定是广寒先生的意思了。安岚到底是得先生看重，而她，若不是叶姨指明要见她，先生会如何选择？丹阳郡主看着冬日的朗朗晴天，心里生出几分忧虑。

叶姨的情况，她已大致了解，但还不好把握，需要问一问姑姑。

安岚正迟疑着要去哪找景炎公子时，便瞧着那清新俊逸的身影从一侧走廊那出来，行到她跟前时,似笑非笑地道了一句:"我还不知道,原来金玉生香有这么个故事。"

安岚有些讪讪地道:"刚刚都是我胡乱编的,让公子见笑了。"

景炎微微抬眉,安岚接着道:"之前打听李殿侍长的时候,就已知道李殿侍长的妻子姓沈名香,出身市井,自小在夜市摆摊养家。之前听公子说起李殿侍长以前同李夫人有些纠葛,如今李夫人又只记得李殿侍长一人,为博得李夫人的注意,我便临时编了这么个故事。"

景炎低笑了一声:"如此说来,那夜市里根本没有什么金玉生香的小吃。"

安岚道:"长安夜市的小吃有近百种之多,金黄两色并带有香味的吃食不下十种,因来处不一,好些小吃的名字也有不同叫法,再添个新鲜的名儿,又有个美好的故事,食客们都不会有意见的。"

"金玉生香和金玉圆子可都跟金玉公子有关,你就不担心李夫人有心出去尝一尝?"

安岚看了景炎一眼,欠身道:"刚刚我已同李夫人说起夜市,夫人也喝了我送过去的参茶,接下来李夫人若要出去,应当是不会反对让我跟随,所以,拜托公子替我安排。"

景炎笑:"你且说说。"

安岚便接着道:"李殿侍长的妻子已经过世多年,那金玉生香,李夫人即便尝了觉得不过尔尔,亦不会怀疑什么。一个二十多年前的故事罢了,故事的真假不重要,重要的是,李殿侍长确实是娶了沈香为妻。"

景炎看了她好一会,才开口:"丫头,一个女人忘了所有,却独独记得一个已经与她不相干的男人,只是因为当年情根深种?"

安岚一怔,表情有瞬间的茫然,片刻后才有些尴尬地道:"这个,我其实也不是很明白,但是,总不会是仇怨,不然叶氏也不会嫁入李家,而且……"

景炎问:"而且什么?"

安岚垂下眼:"求而不得,本是心魔。"

景炎神色微异,安岚默了默,又接着道:"无论是忘了还是记得,都是因为有些东西无法面对,承当不起,所以心自行作出了选择吧。"

良久,景炎才道:"是吗。"

安岚抬起眼:"刚刚瞧着李夫人的神色不太好,今日应该是不想有人打扰,郡主也已经回去了。"

景炎道:"今日你也先回去,需要你过来的时候,我会去接你。"

安岚有些受宠若惊,呆了一呆,才道:"公子是……也一道接郡主?"

"看情况再论。"景炎说着,戏谑地看了她一眼,"你难道还看不出,我一直就偏向你。"

忽然听到这一句,安岚讷讷不知如何言语,片刻后才慌忙行礼:"公子大恩,安岚一直铭记在心。"

景炎笑了笑，便转身："走吧，我送你回去。"

安岚跟在后面，不时抬眼看一看那俊逸挺拔的背影，心中难掩欢喜和忐忑，两手紧紧握在一处，胸口那热热的，令她呼吸都跟着重了几分。终于一日，广寒先生也会看重她的吧，如此，才能不负公子大恩。

上了马车后，景炎将一个小巧的手炉放到她手里："你穿得有点少，难道天枢殿的冬衣不够？"

"多谢公子。"安岚乖乖接了那个手炉，垂下眼看了看自己身上的穿着，摇头道，"没有，冬衣发了好几套，前几日下雪，香殿又给我添件狐裘大氅。"

景炎问："狐裘大氅正适合这样的天气，为何不披着，是尺寸大了？"

安岚有些不好意思地笑了笑，娇嫩的面颊上浮出两抹淡淡的红，是独属于这个年纪的腼腆："很合适，就是那大氅太漂亮了，今儿是下来集市，我怕人多，弄脏了。"

景炎挑眉，无奈摇头："衣服重要还是人重要，有衣服不穿，干冻着！"

"也没有冻着，以前过冬，都没穿得像现在这么好。"安岚说着，就摸了摸身上的新亮又柔软的袄子，眼里是明明白白的高兴，"这衣服穿着很暖和，袖子还能遮住大半个手掌，两手一笼，风就丝毫吹不到。以前，香院的冬衣是两年才发一次，有时候小了，也改不得，穿上两年，袖子就短了半截，手腕都露出来了，风一吹，像刀子一样刮过来，那会儿还要干活，一整天里两只手都不知往哪儿藏……"

安岚说到这，忽然意识到自己尽在唠叨些以前的琐碎，遂停下，局促地笑了笑："我说着说着就忘了，让公子听烦了吧。"

景炎看着她，车内光线昏暗，使得那眼神看起来比平日还要温柔，似还隐隐带着几分悲悯，只是他语气却是淡淡的："若弄脏了，便让浣衣娘拿去洗，若是洗不干净，让蓝靛给你重新领一件，天枢殿还不至于会缺这一两件衣服，白广寒也不是小气的人，不可能会为这点事对你有成见。"

安岚垂下眼应了声："是"。

车厢内沉默了一会，景炎才又道："说回刚刚的事吧。"

安岚询问地抬起眼，一时不明，刚刚的事是指的哪件。

景炎道："李三爷迫切希望，李夫人尽快想起两人之间的事，最好忘掉有关于李怀仁的一切。"

安岚微微点头，她能理解李三爷的心情，任何一个男人面对这样的事，应当都是这般希望。

见她没有言语，景炎便问："你觉得如何？"

安岚迟疑了一下，先问出一句："之前李夫人应当是看过大夫的，大夫怎么说，李夫人如今的身体……"

景炎道："已经全好了，照理应该恢复记忆。"

安岚道："可能是她不愿想起。"

景炎问："为何？"

"我只是直觉……"安岚有些忐忑地开口，抬眼瞧着景炎认真的表情后，心里稍安，便接着道，"或许是因为她心里念念不忘别人，从而无法面对李三爷，所以干脆忘记，如此，原因是愧疚；也或许是因为她以为李三爷做了对不起她的事，她却又无法脱离，所以干脆选择遗忘，如此，原因是信任。"

景炎看着她良久，唇边缓缓现出一抹笑意："我会传达给白广寒的。"

与此同时，丹阳郡主坐在崔文君跟前，迟疑着道："侄女如今是拿不定主意，究竟是因为愧疚，还是因为信任，所以李夫人选择遗忘。"

崔文君看着几上的茶花，因李夫人的事，想到安岚那把记忆锁，打开那把记忆锁的钥匙会是什么？

"金玉生香……"崔文君手指抚过开得最艳的那朵山茶花，笑了笑，温柔的眉眼，只是笑容却有些冷，"她倒是会编。"

谎话张口就来，简直跟白纯一模一样！

丹阳郡主一怔，从思索中回过神，抬起眼："姑姑的意思是……"

崔文君冷嘲道："沈香遇到李怀仁不久，就将摊子盘给别人，然后拿出全部身家跟着李怀仁采买香材去了，还弄什么金玉生香？李怀仁那样的人，怎么可能会为个小吃摊位费心，沈香又是个以夫为天的女人，认准了那个男人，自然就将他的话捧为圣旨。也算她运气好，李怀仁借了她这块跳板后，倒也没将她抛弃，相敬如宾地过了二十多年，留下三个孩子才闭眼，也算是美满的一生了。"

丹阳郡主诧异地张口："那个故事……是安岚编的？"

崔文君瞥了她一眼，拿出剪子仔细剪下那朵山茶花，放到丹阳郡主跟前："叶清清是个死心眼的女人，心有执念，无法自解，至于是何因，你去找李怀仁便知。"

丹阳看着那朵放在自己跟前的山茶花，重重花瓣，笼着一团谜样的香。

"沈香过世后，李怀仁曾求过其妻入梦的香境，只是大香师的香境，不是谁都能求得来的。"崔文君看着丹阳郡主道，"你是个有天赋的孩子，又是出身崔氏，香的阴阳调和君臣配伍你自都清楚，又得白广寒指点，自当明白，所谓香境，便是以香勾动诸天神佛取心中欲念于无中生有。"

丹阳郡主点头，只是神色略有些迟疑，却片刻后还是开口道："广寒先生说过，对于香境，我更擅于破而非立，如果李殿侍长求的是一场香境，我……"

而安岚，则正好与她相反。

"运气，技巧，勤奋，都能成为你的助力，你既有入门的资格，又得了白广寒的肯定，学会那些不过是早晚的事。"崔文君淡淡道，"这朵花是香引，可以助你为李怀仁起一场香境。到时你是与他做一场交易，是让他将他跟叶清清的恩怨告诉你，还是用香境勾出他藏在内心深处的欲望，直接取得你想要的答案，都随你。"说到这，崔文君又取出一个精致小巧的香盛，在她面前打开，接着道，"我带你入一次香境，你仔细留意，只允你半个时辰，半个时辰后你若是依旧摸不清其规则，就不必再来了。"

丹阳郡主心脏一下子跳得厉害，未曾想，姑姑竟会如此慷慨，除非是继承人，否则谁都没有这样的福分，能得如此大礼。

……

到了香集市，安岚下车后，又对那马车行了一礼。

景炎掀开车帘，看着她问："可想好了，接下来怎么打算？"

"我打算去找李殿侍长，或许，他会知道李夫人为何忘了自己的丈夫，却单单记得他。"安岚行礼后，两手笼在袖中，"若能确定原因，便能知道如何处理了。"

景炎笑了笑，不再说什么，微微点头，然后便放下帘子。

安岚目送景炎的马车离去后，赶紧找蓝靛问李殿侍长何在。

"客栈那也没瞧见。"蓝靛往左右看了看，示意了一下前面那位殿侍，"刚刚那位殿侍说，殿侍长今儿没来集市，应当在香殿呢。"

安岚想了想，便道："如此，就回香殿一趟。"

蓝靛问："现在吗？"

安岚点头，总归刚刚她已经同别的侍香人换了当差的时间，只是要抬步时，她又停下，往旁看了看，然后问："你可有看见丹阳郡主？"

蓝靛道："郡主一回来就往玉衡殿的集市那去了，似乎是要找崔大香师，只是崔大香师没在集市，郡主便直接回香殿了。"

安岚微诧，心里莫名生出些许不安，总觉得要被人抢先一步了，便道："马上回去。"

然而，她却没想到，她的马车在往长香殿回去的路上，郡主的马车已经从长香殿那出来了，并且正好与她的马车错过，只是两人都在车内，天又冷，帘子一遮，外面什么情况自然俱不清楚。

安岚回到天枢殿的时候，已经是下午了，满怀希望地去前殿找殿侍长，却被告之，殿侍长中午时候就已出去。去往哪，那殿侍查了一下香册，便告之，是给皇后娘娘送香去的。

皇宫？

安岚怔然，若是某座王府，她或许还有前去拜访的可能，但是皇宫，天家之门，怎么可能随便去敲。

安岚怔怔地出了前殿，蓝靛那也打听消息回来，找到她这，低声道："丹阳郡主确实是回来过，并且一回来就去找了崔大香师，在崔大香师那留了约半个时辰，就又出去了，却不知去往何处。"

安岚抿着唇，片刻后，才张口道："多半是回宫里去了。"

蓝靛一愣："回宫？"

安岚抬眼看着冷风呼号的天，两手不甘地紧紧相握，她即便得了景炎公子偏爱，竟也跨不过那道天生的鸿沟吗？

片刻后，她问："广寒先生回来了吗？"

蓝靛摇头，安岚咬了咬唇，就转身："下山。"

蓝靛跟上，迟疑着问："姑娘是打算——"

"殿侍长中午就出去了，这会儿或许已经回了集市，过去看看，多半能见上。"

"万一殿侍长直接回香殿呢，岂不错过？"

"若是回香殿，应当能在路上碰到，一会交代车夫路上仔细留意。"

……

差不多与此同时，丹阳郡主已入皇宫，坐在清耀夫人跟前，将今日之事都说了出来。

"如此甚好。"清耀夫人听完后，露出一个极其满意的笑容，"看来真是老天都帮你，正巧那位殿侍长今儿送香入宫，我已经交代下去了，一会就将人请到这边。"

丹阳郡主点头，只是面上却没什么高兴的神色，甚至微微蹙着眉头。

清耀夫人一看她这神色，不免担忧，便问："怎么，难道你姑姑教你的，你没有学会？"

丹阳郡主摇头："丹阳并未辜负姑姑所望，只是……"

清耀夫人不解："只是什么？"

丹阳郡主道："我只是在想，安岚这会儿是不是也在找殿侍长。"

"若是的话，只能说她时运不济，怨不得旁人。"清耀夫人淡淡道出这么一句，却见丹阳郡主依旧蹙着眉头，便又道，"难不成，你还要替她着想？"

丹阳郡主摇头，眼神清明："倒也不是，只是觉得，若非姑姑帮我，怕是我即便是走到这，也……"

清耀夫人冷笑："你当她是光靠自己走到这一步？能从一个小小的香奴爬到她如今这个地位，你当她仅靠那点儿天赋？没有足够的心思，没有了得的手段，仅是白广寒的晋香会，她都入不了。"

第060章 拒绝·许诺·兴趣

丹阳郡主久久沉默，清耀夫人也点到即止，没有继续往下说。

片刻后,丹阳郡主打开随身携带来的玉匣子,匣子里的山茶花宛若依旧开在枝头。这是大香师所赠,每一缕香都蕴含着一个大千世界,窥得规则,便足以幻化无穷。她仅仅入门,那半个时辰所学,不过依葫芦画瓢,却就已被那妖娆的一面惊得无法言语。

之前几次无意中进入香境时的感觉,都没有自己亲自接触并发觉可以操纵时来得震撼。那时,一个世界掌握在自己手中,当真是翻手为云覆手为雨。

丹阳郡主怔怔地看着那朵山茶花,修长白皙的手指在玉匣上轻轻抚过,安岚,是不是早就尝过这种感觉了?所以她才会那般急切,甚至有种不顾一切都要达到目的的执着?面对景炎公子的帮助,毫不客气地全盘接受,甚至随时做好准备,温顺的外表下隐藏一颗极具攻击性的心。

她似乎能理解了,当真,是诱人!

虽身处红尘,却能手握乾坤。

良久,丹阳郡主喃喃自语般地问出一句:"为什么景哥哥会选安岚?"

清耀夫人淡淡一笑:"对于心腹的选择,身份高贵者反而不比一开始就一无所有的人占优势,你的地位,决定了不会对他言听计从。更何况,崔家已经有一位大香师了,若再出一个你,无论是对天枢殿还是对景府来说,利和弊都很明显。"

"既如此,广寒先生又怎么会让我入香殿?"

"景公虽富,但景府的底蕴终比不上崔氏,更何况景公膝下无子。即便景炎已入族谱,是景公指定的唯一继承人,可说到底,终究不是景公亲生,景公身后那一众亲戚应是敢怒不敢言,想必不少人还存有取而代之的心。而白广寒的精力主要放在天枢殿,景炎一人独撑如此庞大的家族,不是件容易的事,如此情况,若能得崔氏相助,自当是最好的选择。只是,相助的同时也会有制约,景炎应当是不愿日后受崔氏掣肘,所以,眼下对他来说,他是宁愿扶持那个毫无根基的小丫头。"

丹阳郡主将这些事消化了好一会后,才道:"可是,安岚,亦有可能是姑姑的孩子,若真如此,岂不一样同崔氏撇不清干系?"

"这也是他们没料到的吧。"清耀夫人嘲讽地一笑,"不过,如此看来,你的机会便更大了。"

"安岚若真是姑姑的孩子,姑姑会不会后悔今日帮我?"丹阳郡主合上玉匣子,"姑姑冷落我那么多年,为的就是那个孩子。"

"你无须想那么多。"清耀夫人看着丹阳郡主道,"你应当像安岚一样,抓住一切能抓住的机会,那个姑娘,她不见得就比你看得明白,但有一点,她目标明确,心无旁骛,甚至不择手段。"

正说着,外面丫头进来报,李殿侍长过来了。

清耀夫人遂起身:"我随你去见一见这位殿侍长。"

……

安岚在朱雀大街等了一个时辰，才终于看到有人从宫门出来，上了天枢殿的马车。

"姑娘？"李殿侍长的马车已经离开那了，蓝靛本以为安岚马上要追过去，却见安岚还站在那，沉默地看着宫门，似乎在等着谁，便问，"姑娘不去追李殿侍长吗？"

"等一等丹阳郡主。"在冷风里站了一个时辰，忽然开口说话，才发觉喉咙有些干，故声音有些低哑。

蓝靛想了想，便道："即便郡主知道什么，难道会告诉姑娘？"

安岚微微垂眸，她倒不是奢望会从丹阳郡主那知道什么，只是想确认一下，郡主是不是已经从李殿侍长那知道应该知道的答案。总归，如今这情况，她早点去见李殿侍长和晚点去找，都一样了。

又过了一刻钟，果真瞧着丹阳郡主从宫门内出来，安岚便走过去。

"安岚姑娘。"丹阳郡主面上露出几分诧异，打量着她道，"你……可是在等我？"

"是。"安岚微微点头，然后道，"可否上马车说话？"

她实在觉得有些冷了，而且午饭还没吃，眼下说话已经有些打战。

丹阳郡主瞧她脸色不大好，知道她在外头站了很长时间，于是看着她的眼神微微有些复杂。

郡主车厢内的炭盆一直烧着，铺着锦褥的座上还放着熏笼，几上的热茶亦是刚沏，配茶的点心精致得不像是给人吃的东西。

"等了多长时间了？"丹阳郡主给她倒了杯茶，温和地道，"既然是坐了车过来，为何不在车内等着，又没披大氅，这是生生冻着了吧。"

安岚接过那杯热茶，道了谢，轻轻抿了一口，思索了一会，才抬起眼："郡主已经跟李殿侍长见过面了？"

原来，真是为李殿侍长来的。

丹阳郡主默了默，便微微点头，这个时候，似乎不用过多交流，两人都清楚对方心里想着什么。

安岚握着茶杯的手微紧，她顿了一顿，又问："那么，李夫人的事要如何处理，郡主是已经有答案了？"

她问得坦然，坦然到丹阳郡主不愿敷衍她，于是，想了想，便道："虽无十成把握，但总是摸到头绪了。"

"是吗？"安岚垂下眼，片刻后，放下茶杯，然后抬起眼微微颔首致意，"多谢郡主的热茶，安岚多有打扰，郡主莫怪。"

她说完，就起身下车去。

"安岚。"丹阳郡主却掀开车帘，叫住她。

安岚回头，丹阳郡主看了她一会，笑了笑："没什么，天色晚了，你早点回去，别着凉了。"

安岚点头："多谢郡主关心。"

看着那个单薄的身影走向她自己的马车后，丹阳郡主才放下车帘，面上却陷入沉思。本以为，会看到她失落的表情，却没想，从始至终，那姑娘整张脸都显得很平静，还真是，从未见过这样的人。

"姑娘，是回集市，还是去找殿侍长？"安岚上了马车后，蓝靛问了一句。

"先去找殿侍长。"安岚轻轻搓着冰冷的双手，呵着气道，"让车夫快些。"

"既然着急，姑娘刚刚为何又要耽搁那些时间？"蓝靛往外吩咐了一句，又接着问，"丹阳郡主说什么了？"

安岚轻轻摇头，蓝靛便叹了口气。

李殿侍长是直接回天枢殿，安岚后脚也跟着回去，只是，当她过去求见时，却被李殿侍长拒绝了。

"姑娘，进侧厅那等吧，天暗了，这里风大。"等了小半个时辰，都不见人出来，蓝靛便在安岚身边劝道，"您可是连午饭都没吃呢。"

安岚背着风，紧了紧披在身上的大氅："李殿侍长这还没传晚饭吧。"

蓝靛往殿门那看了看："之前出去的那两殿侍，或许就是去传饭的，姑娘是不是也先回去用了饭，然后再过来？"

安岚又问："往日殿侍长都什么时候传晚饭？"

蓝靛想了想，便道："也差不多是这个时候。"

安岚微垂下脸，避过忽然刮来的那阵寒风，然后才又抬起脸："你给我拿个手炉过来。"

"姑娘还要再等下去？"蓝靛诧异，迟疑了一会，还是低声劝道，"其实，姑娘何不等广寒先生回来，从先生那求了话，到时殿侍长自然不会拒绝见您了。"

安岚摇头，蓝靛见劝不听，只得照着她的话去办。

只是蓝靛刚离开没多久，殿侍长的晚膳就送过来了，是一名姓龚的殿侍亲自拎着食盒，后面还跟着两个捧着热水棉巾的侍女。

安岚下了台阶，挡住那名殿侍，因行动的关系，大氅轻抖，便有淡香逸出。

龚殿侍停下："安侍香，殿侍长既然说了不想见任何人，就不会改变主意，安侍香还是先回去，兴许明儿过来，就能进去了。"

安岚微微欠身，看着他手里的食盒道："龚殿侍辛苦，这晚饭，我帮龚殿侍送进去吧。"

龚殿侍摇头："不敢劳烦安侍香。"

他说完这句话，就侧身，打算从安岚身边过去，不想安岚却从大氅里伸出手，拦住他。龚殿侍诧异，却抬眼时，神思霎时陷入恍惚，眼前闪过无数画面，竟分不清是梦是醒。安岚顺利从他手里接过那个食盒，漠然转身，往殿门走去。跟在龚殿侍后面的那两侍女并不晓得发生了何事，只当是龚殿侍自行将食盒交给安岚，便也不出声，从善如流地跟在安岚身后。

只是就在安岚将跨过那道高高的门槛时，一阵冷风猛地袭来，周围的淡香瞬时杳无踪迹，龚殿侍一下子清醒过来。

身处香殿多年，又是在这么个位置，绝非蠢人。

龚殿侍大约明白自己刚刚出了什么事，心头震惊的同时，就要叫住安岚，只是他才张口，不知为何，又收住即将出口的声音，沉默地看着安岚提着本该是由他送进去的食盒走了进去。

李殿侍长当年金玉公子的外号，称得上名副其实。

即便已到了知天命的年纪，无论身材容貌还是神态，都没有一点老人的痕迹。

即便他头发已经有些花白了，但看起来却仅有四十出头，脸型和五官都能看得出其年轻时应该是何样的风采，即便是现在，也依旧魅力不减。

未成想是安岚提着食盒进来，李怀仁瞥了她一眼："想不到，在我手底下办事的人，竟已投诚到安侍香面前。"

"殿侍长误会了。"安岚将食盒轻轻放下，郑重行礼，"是我给龚殿侍设了个虚幻的小香境，令他神思恍惚，我才从龚殿侍手中接过食盒，过后，我会去广寒先生跟前领罚。"

一直以来，被大香师选中的人，多多少少都能触摸到香境之门。因此，长香殿对此有严令，未得大香师许可，或未得对方许可，不得使用香境以达到一己之私，违者，自当是要受罚。

这话才落，龚殿侍就从外进来，面上带着分明的诧异和忐忑。只见他走过来后，先是看了安岚一眼，然后才看向座上的殿侍长，就要开口解释。

李怀仁却摆了摆手，示意他出去，龚殿侍只得将嘴里的话生生收回去，再看安岚一眼，垂下脸，退了出去。

"安侍香来晚了。"李怀仁有些意外，却不觉诧异，看着站在自己跟前，似晨露般娇嫩的小姑娘，淡淡道，"本座需要的香境，已有人送来。"

龚殿侍退出去后，安岚心里松了口气，只是那口气还未松完，听到这句话，心里即是一惊。

如此说来，丹阳郡主是用一场香境从李殿侍长这里换得所需？

见那姑娘沉默下去，李怀仁便道："安侍香请回吧，本座用膳，不喜旁人打扰。"

安岚抬起眼，看着李怀仁道："殿侍长的决定，是不是下得太早了？"

李怀仁看着安岚，面上神色不变，只是眼中隐隐露出几分诧异，这姑娘，比他以为的要聪明。

"事情还未最后定下，殿侍长何不多做一些准备。"片刻后，安岚接着道，"丹阳郡主能许给您的，我未必不能。"

李怀仁微微眯起眼睛，好一会后，才开口："安侍香能许本座什么？"

安岚沉默了一会，不答反问："殿侍长愿意让我看到心中所想吗？"

李怀仁神色微凝，刹那间，这殿内的空气似乎变得比外头还要冷。

"我可以许诺，永不查探殿侍长心中所想。"安岚几乎是抱着赌一把的心情，缓缓道出这句话。如果她没猜错的话，广寒先生应当也给过殿侍长这样的许诺，否则，在景炎公子已经透露出不满的情况下，天枢殿却依旧什么都没做。而身处如此高位，并稳坐多年，最不愿的，怕是让人将自己看得通通透透。

承诺在天枢殿的地位不变，承诺永保尊荣，只要广寒先生在，这样的承诺没有任何保障，但是，刚刚那句话则不同。

死一样的沉默，良久，李怀仁才缓缓开口："安侍香这句话，须得成为大香师后，才有效。安侍香初出茅庐，怕是不知道，有的人入香境很容易，有的，则是需要费一番功夫，非大香师不能。"

安岚问："如此，殿侍长已知谁是下一任大香师？"

李怀仁笑了，不是赞许的笑，而是像终于发现一件有趣的事情后的笑。

片刻后，他问："安侍香以为那句承诺，能从本座这换取什么？"

算是打动他了，但也仅仅是令他生出几分好奇。如果她提出的要求不合适，那么就真的彻底失去机会了，她同丹阳郡主的较量，也将提前结束。

安岚有些紧张，手心不由得握了握，然后才道："我想知道，丹阳郡主今日从殿侍长这得到了什么？"

李怀仁看着站在面前的姑娘，那双看着自己的眼睛黑白分明，清澈纯净，还带着几分少女的稚气。毫无疑问，这双眼睛很漂亮，甚至可以说很有灵气，因为当被这双眼睛凝视时，即便是到了他这个岁数的男人，也很难不被吸引。

而更加吸引人的是，她还未发觉她所拥有的魅力，既锐利又蒙懂，虽美丽却不自知。

丹阳郡主一样是个极貌美的少女，但因高贵的身份，及自小所受的教育，使得她不会这么专注地，咄咄逼人地去凝视一个人。丹阳郡主看人的时候，无论是眼神还是表情，都很端庄，对位高者是恭顺与敬重，对平辈者是亲和与尊重，对位低者是温和与宽容。无论如何，都不会流露出丝毫让人产生误解的机会，她的一言一行，完全是个大家闺秀应有的做派。

所以，此时安岚这样的眼神，坦然自若地透露出野望，理所当然地表现出执意，清楚而分明，绝不是一个好姑娘应该有的。

然而，很多时候，吸引人的，往往不是那些循规蹈矩的东西。

这姑娘很敏锐，他之前跟丹阳郡主的那场交易，虽仅仅是一场交易，但其实还是带了一点偏向。或者说，他在这之前，更加看好丹阳郡主，因此那场交易很顺利就完成了。原因很简单，除去丹阳郡主本身的能力和强悍的背景外，如今又添上崔大香师的支持，如此条件，在历任大香师当中，都是少见的。

只是，眼前这姑娘，那双眼睛里潜藏着的，竟是个狼崽子般的灵魂。

天赋重要吗，当然重要，因为那点天赋决定了凡俗之别。但除了天赋外，天性更加不可忽略，特别是对现在的天枢殿来说，选择一位什么样的继承人，将决定了天枢殿日后的命运。

他身处殿侍长之位二十年，服侍过两代大香师，经历过天枢殿两次巨大的危机。

一次是十三年前白夜忽然离开，一次是七年前，白广寒差点陨落。

眼下的天枢殿看似平静，但其中暗藏的危险，如潜伏在黑暗中的猛兽，不知何时会突然伸出利爪露出獠牙猛地扑出来。

依丹阳郡主那样的天赋和背景，即便不够老练，但凭借着自身的条件和其家族背景附加的力量，也足以对抗这样的危机。但是，一个拥有同样天赋，并且外表看着温顺柔弱，实际上却像个狼崽子一样的继承人，似乎也能让人生出几分期待。

究竟是白广寒看中了这丫头，还是，只是景炎看中了她？李怀仁忽然对此很有兴趣。他知道天枢殿那个最大的秘密，但是，七年来，他一直不敢去确定这个秘密。他亦知道天枢殿有内奸，其主使者也知道那个秘密，但对方同他一样，也无法确认，并且不敢轻举妄动。

良久，李怀仁才再次开口："一句话。"

"一句话？"安岚紧接着问，"什么话？"

李怀仁淡淡一笑："那句话封在一个上了锁的匣子里，钥匙，我已经命人送到李夫人那了。"

安岚一怔，如此说来，决定的因素在于，谁能将那句话送到李夫人跟前！

丹阳郡主是不是已经送过去了？广寒先生知道了吗？

……

从殿侍长那出来时，夜幕早已降，浓黑的苍穹上有几粒悠远的寒星在微微闪烁，久久地诉说着空寂和孤独。

蓝靛不知何时已经过来，并一直在殿门口候着，瞧着她出来后，即走过去，将暖腾腾的手炉交给她："姑娘问出答案了？"

"一半吧……"安岚抱着手炉下了台阶，"广寒先生回来了吗？"

蓝靛摇头："没有。"

安岚走了几步，又问："丹阳郡主呢？"

蓝靛又摇头："我一直未回伴月居，倒不清楚郡主可有回来。"

安岚便不再多问，抱着手炉往伴月居走去，蓝靛有心想问她跟殿侍长都说了些什么，但安岚并不想多说，她只好暂时作罢。

回到伴月居后，安岚先往郡主住的地方看过去，见那里亮着灯，她心头莫名松了口气，随即迫不及待地往那走去。

刚准备敲门，那门就从里头打开了，却是秀兰。

"秀兰姐姐。"安岚微微颔首，敛去眼里的急切，面上露出微笑，"郡主可在屋里？"

秀兰有些不善地打量了她一眼："郡主今儿太累了，需要早点休息。"

这是很客气婉转的拒绝请她进入的话，安岚却似没有听出来，垂下眼看了看秀兰拎在手里的食盒，又道："郡主是刚用完晚膳？"

秀兰面上愈加不善，只是这会儿丹阳郡主的声音从里传出来："可是安岚姑娘来了，请她进来。"

秀兰只得往里应了一声，然后让开身，请安岚进去。

安岚微笑致谢，走到里间门口时，正好丹阳郡主往外出来，安岚遂迈过门槛，走到丹阳郡主身边："刚刚我瞧着这边亮着灯，便过来看看，顺便问问集市那边的情况如何。因我今儿才下去，却又跟人换了当差的时间，心里总有几分不踏实。"

"都挺好的，我听说有几个香院的摊位有了纷争，还是你给解决的，说来你可比许多人强。"丹阳郡主请她坐下，命人上茶，然后打量着她道，"安岚姑娘这是打哪儿回来？"

之前两人在宫门口分手时，她料到安岚应该是去追李殿侍长了，这会儿问，也是想确认一番，亦想知道，安岚能从李殿侍长那知道些什么。

安岚眼睛往丹阳郡主屋里一扫，就看到桌子上放了个上了锁的锦匣子。

"我从李殿侍长那回来。"安岚如实相告，然后示意了一下那个锦匣子，直接问，"那个，便是郡主从殿侍长那换得的东西？"

丹阳注意到安岚这会儿用了个"换"字，不禁有些意外，这说明，李殿侍长已经告诉安岚，他们之间是做了一场交易。

迟疑了片刻，丹阳郡主才微微点头。

安岚试探着问："里面……是什么？"

丹阳郡主笑了笑，摇头："我也不知道。"

安岚轻轻叹了口气，又问："郡主就只从殿侍长那换了这个匣子，殿侍长没再说别的？"

丹阳郡主沉吟一会，也坦然道："自然是还说了一些话，只是，却不方便对安岚姑娘说了。"

第061章　选择·闺蜜·落水

如此坦白，安岚倒没法再试探下去，于是默了一默，便站起身："郡主早点休息，我就不打扰了。"

"安岚。"送到门口的时候，丹阳郡主迟疑了片刻，又叫住她，"如果有别的选择，你会放弃天枢殿这个机会吗？"

安岚微偏着脑袋看了丹阳郡主一会，问道："别的选择，是指的什么？"

丹阳郡主斟酌了一下才道："比如别的大香师也要选侍香人，你又正好合适。"

"别的大香师……"安岚略一思忖，笑了笑，"郡主或许不清楚，于我来说，那等同于重生的好运，很可能一生只有一次，而那唯一的一次幸运，我在数年前就已经用过了。如今，或许真的会有郡主所说的那等选择，或者说是机会。但我是个福薄的人，受不起那样的好运，我跟郡主不一样，在这样的地方，我无人可依靠。"

所以她不会轻易冒险，也不会轻易相信任何人。

曾经那样的信任，是她宛若一张白纸的时候付出的，此后再也不会有。

她并没有为今时今日的地位迷了心，她如今确实可以依靠景炎公子，但是景炎公子之所以会让她依靠，是因为景炎公子想将她扶上天枢殿继承人之位。如果离了天枢殿，她怎么可能再寻得到这样的倚仗？如今有景炎公子扶持尚且行得不易，可见若无任何倚仗，她怕是寸步难行。

丹阳郡主怔然，安岚行了一礼，便转身走了。

片刻后，秀兰走过来，迟疑了好一会，还是忍不住低声道："她这会儿过来，不知打的什么主意，郡主还是要提防着她些才是。"

丹阳郡主收回目光，转身回了房间，坐在桌子前，手放在那上了锁的匣子上轻轻抚摸，眼微垂，秀气的眉毛微微蹙起，却没说什么。

江南李家跟清河崔氏也有姻亲关系，所以，李家当年发生的大小事情，自宫里出来后不久，就有人整理好送到她手中。因而，即便李殿侍长对当年跟叶清清的事没有谈及多少，她却也知道个七七八八，再加上这个匣子里的东西，足以保证她能打开叶清清的心扉，寻出失魂的原因，然后对症下药。

但是，为何她心里，却还是存着几分没来由的担忧？

她回想刚刚安岚看着她说出那些话时，那双眸子，黑得纯净，竟看不到任何情绪。

"我是个福薄的人，受不起那样的好运，我跟郡主不一样，在这样的地方，我无人可依靠。"

……

翌日，即便锦鱼园那边没什么消息传来，但香集市的事情并不少，说不准什么时候又闹出什么纷争，因而还是需要有人轮流照看，所以安岚几乎是跟丹阳郡主同一时间下山。

到了集市的时候，已是上午，今儿天气没有昨日晴朗，阳光灰蒙蒙的，但好在风不大。已经第五天了，集市的一切都走上正常轨道，往正阳街这边会集的商人越来越多。有的摊位或是香馆不时会爆出一阵唏嘘，多半是出了上品香，或者某位豪商一掷千金。而每每碰到这样的客人，无论是别处的香馆还是长香殿的香院，都会请出香师，由香师出面请贵客入香室，谈一番风月，品一席风雅，如此，日后的买卖也能就此敲定。而若是有身份尊贵者前来，除去香师外，香殿的侍香人也得跟着露面，一是为锦上添花，二是为香殿留下人脉，巩固关系。

而这样的招待或许不能马上见利，但每位侍香人都不会拒绝这样的机会，甚至争抢着露面。因为，日后的高低，就是由平日这些积累决定的，谁都不知道，足以改变一生的运气什么时候会降临。

中午已过，却依旧未见景炎公子，也不知锦鱼园那是什么情况了，安岚微微有些着急，但让她稍感安心的是，丹阳郡主也没有离开集市，如此，她还是有机会。

未时起，集市的人流开始减少，若有什么事也都有各院的香使和香使长看着。

安岚和丹阳郡主以及另外几位侍香人一同坐在茶室内小憩，两人面上看着平静无波，实际上都有些心不在焉，旁的侍香人兴致勃勃地谈论今日光临的贵客，她们只在一旁听着。

一会后，秀兰忽然进来，走到丹阳郡主身边低声道了几句。丹阳郡主听完后，就起身走到赤芍跟前请下午的假，赤芍没有问原因，点点头就算答应了。

原本有些喧闹的茶室一下子安静下去，几乎所有人都看向丹阳郡主，随后又将目光转向安岚这边。即便不清楚具体事情，但多多少少总会有些风声走漏，在座的每个人都清楚安岚和丹阳郡主之间的较量，没有人不重视这件事情，因为这结果，跟他们息息相关。

丹阳郡主告假离开，只能说明锦鱼园那有消息传来了，但是她却没有接到消息。安岚垂下眼，如事不关己般看着手里的茶盏，她知道此时大家都在看她，也知道丹阳郡主已经从她身边走过去了。

那些人看她的眼神里，有同情，有可怜，有放心，也有幸灾乐祸。每个人都猜测这一刻她心里在想着什么，或许大部分人都以为，她此时一定很难过，因为难过，所以甚至不敢抬头。

其实，他们都猜错了，被人抢先一步，对她来说称不上意外。

所以，难过倒不至于，她只是有点不安。

因为她在等一个机会，一个有些渺茫，但却是她唯一的机会。

安岚的淡定，令茶室内的人都有些诧异，赤芍也将目光停在她身上许久，随后她忽然注意到，一直跟在安岚身边的蓝靛没在。她仔细想了想，似乎今儿这半天，蓝靛一直就没露过脸。

丹阳郡主已经坐上马车离开了，安岚还在慢慢品着那杯已经变冷的茶，赤芍的目光不时落在她身上又移开，不知为何，她忽然觉得有些烦躁。而就在这会儿，蓝靛忽然进来了，如刚刚秀兰进来时那般，走到安岚身边低声道了几句。

只是，安岚听完后，却没有如丹阳郡主那般马上起身，只是微微点头，然后再无别的动作。

这下，旁边那几位侍香人再忍不住，其中一位便笑着道："蓝靛你跟安侍香说什么呢？有什么秘密是我们听不得的？"

另外几位亦跟着附和要蓝靛说出来，赤芍只在一旁冷眼看着。

蓝靛笑了笑："也不是什么秘密，只是到底不是我的事，如果安侍香让说，我就说。"

听了这话，不知为何，那几位侍香人都有些讪讪的，特别是瞧着安岚依旧事不关己地坐在一旁，令她们更加不知该如何开口。只是这样的态度，却也激起某些人心里的怒意，毕竟能被选入天枢殿，并顺利成为侍香人，大部分的出身本就不低。即便不是郡主、县主之类有封号的皇亲国戚，却也不乏一些世家小姐。这也是为何，安岚即便不惹事，却也总与她们格格不入。

有人左右看了一眼，就似笑非笑地道了一句："安侍香似乎每次同我们坐一起，都这么沉默，是不是瞧不起我们，不愿意跟我们坐在一块？"

安岚这才抬眼，看向对她说话的那位侍香人，她记得对方姓武，叫思思，父亲似乎是个品级不小的京官。

原以为安岚抬起脸后，会跟武思思你来我往地暗讽几句。毕竟，在她们眼里，能有景炎公子做靠山，即便最后输给丹阳郡主，安岚也有足够的本钱不需看她们的脸色。却不想安岚只看了武思思一眼，忽然就笑了，不是嘲讽的笑，不是示威的笑，也不是虚假的笑，而是很自然的笑，笑中带着和善，甚至还带着一点儿不好意思。

武思思一怔，安岚已经开口："我性子内向，不怎么会说话，以前又是专门干粗活的人，各位姐姐都出身高贵，相貌性情，为人处世，无一不佳，我难免自惭形秽，便不敢多言，以免露短招人笑话。"

这么一番自贬的话，倒叫武思思等人一时不知该怎么接，偏她这些话，逐字逐句地看，也没说错，但是仔细一琢磨吧，又觉得像是在讽刺他们。她一直以来都沉默寡言，所以看起来确实是性格内向；她出身香院，并且很长一段时间是香奴身份，自然是专做些粗活的人，这也没错；至于说她们出身高贵，性情相貌为人处世皆好这句话，她们也不想否认，因为能走到侍香人这个位置，无论男女，这些都是基本条件。

可是，这么一句错都挑不出的话，为什么，听着总觉得那么不对味呢？

许是每个人一开始都等着安岚要跟武思思针锋相对，同时又隐隐有些忌惮安岚，所以就连平日里那几位最会说道的，这会儿的反应竟也都被慢了半拍。

而安岚的话落下没多久，外头进来一位侍女请安岚出去，说景炎公子有请。

于是，这下就更没有人说话了。

安岚起身，走到赤芍身边，也请半日的假。

赤芍沉吟片刻，一样什么也不问，就点了点头。

安岚走到门口边，又回身，朝屋里的人欠身行了一礼，然后才转身出去了。

而因为她推开门时，外面的冷风灌进来，茶室内的侍香人似一下子被吹得醒过神，随后猛地琢磨过来，为何总觉得安岚刚刚那些话不对味了。她将自己贬得那么低，又将她们夸得那么好，可是，眼下能跟丹阳郡主较量的人是她，被白广寒大香师点中的人是她，受景炎公子青睐的人是她，名满长香殿的人也是她，那事事皆好的她们是什么？

……

安岚上了马车后，便见车内那人依旧如以往般懒洋洋地靠着引枕，半阖着眼，姿态闲散，神色慵懒，十足一副浊世贵公子的模样。

"是不是等着急了？"景炎示意安岚在他身旁坐下，然后低低问了一句，声音有些含糊，似刚睡醒的样子。

安岚摇头："没有，公子来得很是时候。"

景炎歪着头看了她两眼，又闭上眼睛，慢悠悠地道："本是想早点过来接你的，只是刚刚睡了一觉，起来得有些晚了。"

"让公子受累了。"安岚低声道，"公子若还觉得困乏，就再睡一会吧。"

"你倒是坦然。"景炎说着就调整了一下重心，睁开眼打量着她道，"有收获了？"

安岚摇头，迟疑了一会，才道："让丹阳郡主抢先一步。"

"嗯，那怎么办？"他问出这句话时，有些漫不经心，所以显得极为不在意，甚至有些无情，不似一直关心，甚至是偏向她的他会用的语气。

但安岚面上并未露出受伤的神色，或者，在她心里，景炎公子能不表现出失望的神色，对她来说，就已经足够。

安岚没有说话，景炎也不追着问，只是抬手在她脑袋上轻轻拍了拍，然后又闭上眼睛往引枕上一歪，继续补觉。安岚便将旁边的披风拿过来，小心盖在他身上，景炎也不睁眼，只是微蹙了蹙眉，呼吸略重了几分，似真的很疲惫。

不多会，马车便在锦鱼园门口停下，安岚没有急着下去，而是在景炎耳边低声道："公子，到了，公子到锦鱼园的客房里休息吧，或是回景府，在这车里睡，到底不舒服。"

"你先去。"景炎似贪恋车内的温暖，不愿起身，依旧闭着眼睛，只是开口轻轻道了一句。

安岚迟疑了一下，又道："公子，我请人抬轿子过来？"

"不用。"景炎吐出这两字时，微皱了一下眉头，似有些不耐烦。那么俊美的一张脸，那样肆意的一个人，无论表现出任何情绪，其效果都会数倍放大。

于是安岚不敢再多嘴，起身轻手轻脚地下了马车。

这是她第二次进锦鱼园，一个人，但她上一次走过的路都已经记在心里，所以进来后，就要往叶清清入住的那屋走去，只是领着她进来的那管事却道："夫人这会儿正会客，请安姑娘稍等一会，侧厅那已备了茶点。老爷说，姑娘是贵客，只是男女有别，不好单独接见，只请姑娘莫要客气。"

安岚停下脚步问："过来的是哪位客人？"

那管事道："是夫人的亲侄女。"

安岚道："可是叶三姑娘？小名婉儿？"

那管事微怔，随后笑着点头："原来安姑娘知道，确实是叶三姑娘。"

"安岚！"管事的话刚落，旁边忽有惊喜声传来，安岚转头一看，可不就是金雀。

她虽离开源香院了，但每隔一段时间，金雀都会将源香院的消息传送到她手中。

故她清楚，如今叶府所用的香，大部分是由源香院直接提供，并且负责送香的是金雀。而金雀也因此结识了叶府的三姑娘叶铃，两人相处甚佳，故自叶蓁死后，叶铃就常常找金雀进府聊天，以排解忧虑。

今日金雀给叶府送香，正好叶铃要过来看望叶清清，金雀便趁机请叶铃也带她去锦鱼园。今儿一早，金雀就收到消息，安岚今日极可能要去锦鱼园，她们许久没见面了，正好有这个机会，自然不能错过。

天气虽冷，但今日无风，锦鱼园的人又少，清净得很，两人干脆就在外头赏鱼。

听金雀简略说了情况后，安岚微微蹙眉："这么说，眼下叶三姑娘和丹阳郡主都在李夫人屋内？"

"嗯，两人到这里就前后脚的时间。"金雀一边回想，一边道，"许是因为之前叶二公子的事，叶三姑娘对丹阳郡主一直心存芥蒂，丹阳郡主瞧着倒是大大方方的，似有心修好，主动屈尊上前打招呼，并提出同叶三姑娘结伴一块去看李夫人。"

安岚又问："秀兰可有陪着郡主一块进去李夫人屋内？"

金雀摇头："没有。"

安岚接着问："那郡主当时有没有拿着什么东西进去？"

金雀仔细回想了一下，还是摇头："我瞧着，郡主是空着手进去了。"

安岚看着池子里悠闲的锦鱼，有叶三姑娘在，郡主应当不会拿出李殿侍长的东西。

"你要问的可是个墨绿色的锦匣子？"金雀说着就比画了一下，"我瞧着秀兰手里拿着个锦匣子，约莫这般大小，好似还上了锁。"

"嗯。"安岚说着就往两边看了一眼,神色微凝,"秀兰眼下在哪?"

"原是候在李夫人屋外的,只是李夫人不喜里里外外都站着人,郡主便让她去东厢的耳房那候着。"金雀说完后,就低声问,"那锦匣子里是什么东西?"

安岚道:"应该是封信。"

"信?"金雀一头雾水,"谁的信?"

安岚沉默地看着池子里的锦鱼,她知道,只要她将这件事一说,金雀定会帮她,可是,这样就真的将金雀拖下水了。

"哎呀,话都说到这份上了你还迟疑什么。"金雀有些着急,语气不由得快了几分,"要赢过郡主本就不容易,你今儿叫我出来,不就是因为我能帮上忙吗,再这么犹犹豫豫下去,一会叶三姑娘跟李夫人叙完话,咱们想合计什么可就不容易了。"

安岚一顿,看向金雀,沉吟片刻,便将此事的始末大致道了出来。

金雀听完后,即道:"还真被郡主抢先了,幸好这会儿有叶三姑娘拖着,不过那匣子里的东西好办,一会我瞅准机会就进去拿。"她说到这,看了安岚一眼,小声问,"你有准备吧?"

对这等的事,两人已心有灵犀。

安岚从袖中取出一封空白的信交给金雀,金雀一笑,接过来放入怀里:"叶三姑娘一直以来都有同她姑母通信,感情不一般,叶府前段时间又出了那么多事,依我看,叶三姑娘跟李夫人且聊着,丹阳郡主或许会提前出来。你一会去李夫人那附近转转,丹阳郡主若出来了,你拖住她,我一完事就给你消息。"

她交代完就转身,没有丝毫犹豫,安岚心里一紧,不由得伸手抓住她:"金雀。"

金雀回头,不解。

"你要小心。"安岚迟疑了好一会,才道,"她是郡主,身份尊贵,万一……"

"你放心,我知道的。"金雀给她一个放心的笑,就往东厢耳房那去了。

今日无风,但阳光稀薄,所以这园子里的景物看着总有些灰蒙蒙的,本就冷清的地方,更显得萧索。她久久看着金雀的背影,压住心头的忐忑和不安,转身顺着池塘的沿线往李夫人那慢慢行去。

果然,她才走过去没多会,就瞧着丹阳郡主从李夫人屋里出来。

丹阳郡主这一出来,自然看到不远处,站在池塘边的安岚,正好安岚也往她这转过身,朝她微微颔首。她亦点了点头,有些意外,也有些疑惑,安岚这会儿过来,还能做什么?正迟疑着是不是过去试探一番,旁边就走过来个丫鬟,说安岚请她过去。

"什么时候来的?"丹阳郡主走过去,往旁看了看,"怎么没看到景公子?"

"刚到,公子没进来。"安岚说完后,故作不知地问,"郡主刚刚从李夫人屋里出来,是已经办妥了?李夫人眼下如何?"

丹阳郡主打量了她一眼,然后笑了笑:"正巧碰上李夫人的侄女过来,就是那叶府的三姑娘，刚刚一同进去说了几句话，她们姑侄要叙旧，我便先出来了。"

安岚轻轻一叹："叶三姑娘也是可怜，也不知道她要如何面对以后的日子。"

说到这个，丹阳郡主面上也露出几分恻隐："可不是，竟会有那样的病，还代代相传，想来就叫人不寒而栗。"

安岚跟着点头，随后转身，往跟东厢相反的方向，顺着鱼池漫步："同这样的不幸比，我觉得自己以前吃的那些苦，也算不上什么了。"

提到这个，丹阳郡主不免有几分好奇，便同安岚并肩一边走，一边问："你以前，都过的什么样的日子？"

安岚转头瞥了丹阳郡主一眼，忽而一笑，以前的事她本不想说，只是要拖住郡主，这话题便不能断，于是拣几件以前的事细细道了一遍。当然，那些辛酸难堪的苦楚她一句未提，说到的多是些苦中作乐的事情。只是那在丹阳郡主听来，已是难以想象，又因知道安岚有可能是崔文君的女儿，所以心绪更加复杂，于是站住脚，转身，有些发怔地看着池子里的锦鱼。

不知过了多会，她心里一叹，抬眼转头，却看不到安岚了。因前面正好有个假山，她当安岚是走去假山那边，便也抬步要过去，却就在这时，有人从后面猛地推了她一下，她甚至来不及喊出声，就掉进池塘里！

第062章　救人·事发·承认

安岚惦记着金雀那边，虽说金雀完事后会过来，但是因她这会儿正好走到假山这，担心金雀若是过来了找不到她，便趁着丹阳郡主出神的时候，快步绕过假山，往东厢那边看了看。

却不想没等她看几眼，就听到"扑通"的声音从假山后面传来。

她一惊，随即就听到丹阳郡主的呼救声，她只觉头皮一麻，慌忙转身绕回去。

这是温泉水没错，但假山这的鱼池离泉眼已经很远了，在这样的天气，水温仅能保持不结冰。

冬天穿得厚，这一落水，身上衣服马上成了催命符。

安岚转回去时，丹阳郡主已经快看不到头了，连求救的声音都喊不出来，只见两手在水里毫无章法地扑腾，眼见那水马上就要没顶。

丹阳郡主自是不会凫水，一般来说，但凡是大家出身的姑娘，没有会凫水的。

长安在唐国的北部，不靠海，虽有个雁湖，但那雁湖离皇宫近，附近又修了几座皇家别院，自不会有不长眼的百姓跑去那边玩水。所以，不说大家出身的姑娘，就是那些没什么规矩条框的寒门小户，一百个里，也挑不出一个会凫水的姑娘。

安岚一边脱下身上的厚衣服，一边大声喊："快来人啊，郡主落水了！"

锦鱼园的人少，这里又是后院，除去李夫人外，余下的不是丫鬟就是婆子，怕是没一个会水。而小厮和护卫则都在前院，若是等前院的人赶到，丹阳郡主怕是已经沉下去了。而且，以郡主之尊，那些护卫即便是赶过来了，也极可能不敢马上就跳下去救人。

那短短的一瞬，安岚几乎将所有后果都想到，有人要害她。

她不清楚郡主究竟是怎么落水的，但郡主若有个三长两短，她知道自己绝对好不了。

脱了身上的厚袄子后，安岚一咬牙，就跳了下去。

她不知道自己为什么会凫水，似乎七岁之前，她就已经学会这门求生技能。

三年前，她一次外出时，不慎被桂枝偷偷推到池塘里，也就是那个时候，她才发现自己竟会凫水，而这件事，连金雀和安婆婆都不知道。

这鱼池里的水完全都不像什么温泉水，安岚跳下去的那一瞬，被刺激得无法呼吸，几乎忘了怎么划动四肢，幸好身体的本能还在，后院的丫鬟婆子闻声赶过来时，她已经抓住丹阳郡主，正吃力地抱着丹阳郡主往岸边拖。

李夫人和叶三姑娘也跑出来，瞧着这一幕，都吓白了脸。

安岚的手摸到岸沿的时候，前院的护卫也赶到了，只是令人想不到的是，有个小厮随那几位护卫一块跑近了，结结巴巴地道："夫，夫人，清耀夫人来了，已经进来了。"

"什么？"李夫人正命人赶紧将郡主救上来，忽然听到这话，一时有些发蒙，下意识地往前院方向看去，就看到一位身着凤穿牡丹通袖长袄的贵妇领着数位丫鬟婆子往这边过来，陪在身边的，是她毫无印象的"丈夫"李怀荣。

今儿一早，清耀夫人就觉得心神有些不宁，上午陪了宫里的娘娘聊了半日，中午又陪太后用了午膳，然后如往常般小憩了半个时辰，却醒来后，还是觉得心里不安稳，于是干脆出宫往锦鱼园这边来。

却不想，这一过来，竟就看到自己闺女落水的一幕。

"吐了水就没事了。"

"快快快，快拿大氅包着，千万别吹了风。"

"去请大夫！"

"快，背去我屋里，云翠快去，再给那屋里添个火盆。"

"小心，小心……"

丹阳郡主被拉上去后，一群人乱哄哄地忙了一会，就万分紧张地往屋里送去。竟没人留意，那池子里还有一个没上来，倒是清耀夫人离开前，瞥了她一眼，才有两个婆子会意，走过去帮忙拉了一把，随后锦鱼园的两个丫鬟也转身跑了回来。

下面冷，上来后更冷，安岚觉得自己舌头似乎都冻僵了，而刚刚脱下扔在地上的那些冬衣也不知被谁捡走了。她上了岸后，青白着脸，瑟瑟发抖地站在那，瞧着好不可怜。被清耀夫人留下的一个婆子还不知具体情况，只是刚刚瞧着是这姑娘下水救的郡主，便将自己身上的袄子脱下来披到安岚身上，和善地道："姑娘快去屋里换了这身衣服，免得感了风寒。"

安岚感激地点头："多，多，多谢！"

被锦鱼园的丫鬟送去客房的时候，安岚不时看着东厢那头，却依旧不见金雀的身影，她心里有些担忧，同时又有些放心。这会儿那么乱，是个好机会，金雀应当不会错过，只是，刚刚那位贵妇人是谁？

叶清清的旧识吗？但是，当时那妇人分明对丹阳郡主异常关心，那神情，简直……

安岚心里猛地一惊，进了客房，脱下身上的湿衣服时，牙齿一边打战，一边问："两，两位姐姐，可，可知，刚刚，那位贵妇人，是，是谁？"

其中一位丫鬟摇头，另一位想了想，才道："好像是清耀夫人，奴婢刚刚听进来通报的小厮这么说的。"

安岚猛地打了个寒颤，觉得身上更冷了。

幸好这会儿热水送了进来，只是因事出突然，又是先顾着丹阳郡主那边，所以送到她这的热水有点少。

"兑点凉水，姑娘先泡着，厨房那已经在烧了。"

安岚倒不计较，也没法计较，二话不说就踏进澡盆里，片刻后，身上才终于恢复了点知觉。

金雀那边，怎么还没有消息？

新烧的热水已经送过来，给她添上了，丹阳郡主那边也传来了消息，说是已经醒了，大夫说无大碍，这会儿也跟她一样，正在热水里泡着。

安岚心里隐约生出不安，还是，金雀不知道她在这边？不应该，动静闹得那么大，一打听就知道了。那么，难道是，没有得手？

她琢磨许久，直到感觉牙齿不再打战，身体也完全恢复知觉后，就赶紧起身擦干。

只是才刚穿好衣服，头发都没来得及擦干，有个丫鬟就进来道："安姑娘，清耀夫人请你过去。"

安岚手上的动作一顿，随后点头，她有心理准备，丹阳郡主落水的事，肯定不会这么轻易就揭过。

头发没有全湿，但这么出去，寒风一吹，冷热相冲，怕是会更加不好。安岚正用力拧干发梢上的水，那传话的丫鬟退出去后，又一个丫鬟进来了，手里捧着件朱红色的大毛斗篷，是李怀荣让送来的。

无论如何，她都是长香殿的人，又是景炎公子直接带过来的，李怀荣不敢让她在自己这里出什么事。安岚想了想，便明白李怀荣的顾忌，同时也令她心中稍安。接过道了谢，趁着穿戴整理的时候，她又将这件事前后捋了一遍。

丹阳郡主为什么会落水？

自己不小心落下去的可能性太低，那就是他人所为，可是……当时那附近，除了她和丹阳郡主，还会有谁？丹阳郡主出来之前，她已经在那站了一段时间了，并没有看到别的人。

不可能是提前藏身在那，对方怎么知道她要往哪边走？那便是她和丹阳郡主散步的时候，有人偷偷尾随过来了？

安岚忽地打了个寒战，若真是这样，那人寻的时机简直太好了。就挑她离开丹阳郡主的视线时下手，所以，眼下最关键的是，丹阳郡主当时有没有看到那个人？若是有看到，她自当没了嫌疑，若是没有看到，即便丹阳郡主不怀疑她，清耀夫人却不会轻易相信她。

可是，为什么会对丹阳郡主下手？真的只是为了要嫁祸给她？

这可不是源香院那等程度的勾心斗角，丹阳郡主的身份摆在那里，若郡主真有个万一，又是跟她单独在一起的时候出事，到时，她绝不会是这件事里的受益人，而必将是受害人。

即便景炎公子有心护她，怕是，也无能为力……想到这，她忽地又打了个激灵。丹阳郡主是在锦鱼园出事，而锦鱼园是景炎公子安排李怀荣夫妇住进来的，郡主若真的……那无论是李怀荣夫妇，还是景炎公子，都必将会受到牵连。

安岚觉得自己的手迅速转凉，天枢殿在南方的影响力，离不开李家的帮忙，同理，景炎公子对天枢殿的重要性，无人不知。丹阳郡主刚刚若真的溺水身亡，那不仅是她，怕是整个天枢殿，都将会受到重创！

旁人不知天枢殿的情况，但她，经过前面那几件事后，已隐约感觉到，那里存在着一个极大的危机。而在这等情况下，天枢殿若再从外部受到重创，将会是什么后果？

安岚甚至觉得身上都冷了，好深沉的算计，好厉害的一步！

"姑娘可穿戴好了？"正想得出神的时候，忽然走进一位眼神锐利的婆子，盯着她道，"老婆子是过来领姑娘过去的，别让夫人等得不耐烦了。"

她不认识那婆子，那婆子也没有说明是哪位夫人，但安岚知道，定是清耀夫人。

她戴上斗篷上的帽子，轻轻吐了口气，然后点头。

出了房门后，那婆子打量了她几眼，倒没再说什么。安岚的心却跟着一沉，从那婆子的神色中，她感觉到，这一趟过去，怕是不仅仅是问话那么简单。

于是跟着走了几步后，安岚低声问："请问嬷嬷，郡主她怎么样了？"

那婆子又看了她一眼，面无表情地道："郡主是福星高照之人，自当没事。"

安岚松了口气："太好了。"

那婆子没再看她，似没听到这句话般，脚下的步子甚至没有放缓丝毫。

安岚心里又是一沉，看来，清耀夫人是真的怀疑上她了。

可是，清耀夫人刚刚明明亲眼看到她下水将丹阳郡主救上来，即便她如今跟郡主是竞争关系，清耀夫人应当也不会如此武断，怀疑是她所为。或者，只是这婆子本就习惯一脸严肃的表情，而她也是想多了？

希望如此，安岚不由得握了握拳。

只是，当她随那婆子进了堂屋，看到金雀跪在堂屋中间，她的脑子即轰的一声，几乎是瞬间，就明白了清耀夫人为何会怀疑她了。

金雀旁边还站着秀兰，堂屋两边候着数位丫鬟，个个神色紧张。清耀夫人坐在首座，目光冷冷，叶清清陪在一旁，表情有些茫然。叶清清右侧则站着叶铃，叶铃此时正看着金雀，面上带着几分不敢相信的神色。

领着安岚进来的婆子似乎怕她不懂，特意介绍清耀夫人是一品诰命身，她面见应当跪下行礼。安岚没有迟疑，摘了斗篷的帽子后，就跪下磕头："长香殿侍香人安岚，见过夫人。"

"你就是安岚。"清耀夫人打量着她，"之前在源香院当差的小香奴？"

"是。"安岚垂着眼，因是跪在金雀旁边，所以看到金雀的手有些发抖，她的心也禁不住有些发颤。本以为清耀夫人叫她过来，是要问丹阳郡主落水一事，可是，这一开口就提源香院，说明她的担心果真不假，金雀多半是被发现了。

清耀夫人又道："旁边那丫头，你可认得？"

安岚转头看向金雀，金雀这时也抬起脸，看向她。此时那么多人盯着，她们自然不可能交谈，甚是没法做任何有意义的眼神交流，只是，金雀在抬起脸的那一刻，用力咬了咬下唇。很多人在害怕的时候，都会下意识地做这个动作，所以，即便大家都看到，却没有人去注意，因而自然也没有人知道，这个动作在她们俩之间，代表的意思是：我什么都没说。

"回夫人，我认得。"安岚收回目光，看向清耀夫人，"她是源香院的香使，叫金雀。"

清耀夫人接着道："听说你们在源香院的时候，就很是要好，两人几乎形影不离，平日里无论做什么事，都会相互商量。"

"是。"安岚低头应声，心里微微发寒，她是初次见清耀夫人，但清耀夫人却对她的过往甚是了解。

"你在源香院升为香使长后，她便在你手底下当差，因而无论什么事，她都听你的。"清耀夫人的声音里并没有怒气，只是，这一句接着一句地发问，却令人有些喘不过气。

安岚道："我们都在香院当差，只是差事不尽相同罢了，但领的都是香院的差事，没有人敢敷衍，自当是要听从安排。"

清耀夫人定定看了她一会，心道，果真是个不简单的丫头，都这时候了，竟还如此沉得住气。

在一旁看着的叶清清有些不大自在，瞧着安岚还跪在那，便轻轻道了一句："崔姐姐，要不先让这姑娘起来吧。"

此时堂厅内很安静，所以叶清清这句话即便说得很轻，她旁边的人却还是能听得清楚。至少，两边的丫鬟都听到了，但是清耀夫人却似什么都没听到般，冷冰冰地看着安岚："如此说来，你离开源香院后，她做什么事，就都与你无关了？"

安岚沉默了好一会，才抬起脸："不知金雀她做了什么？"

清耀夫人看向一旁的婆子，那婆子会意，上前一步，指出金雀趁乱进丹阳郡主的房间，偷窃丹阳郡主的贵重之物，被当场拿住后，竟还拒绝将赃物交还。连郡主的东西都敢觊觎，实施偷窃，这等罪行足以将她打入大牢，流放千里。

果真……安岚脸色微白，转头看向金雀，金雀忽然抬起脸，看着那婆子道："我说了我没拿，我都没来得及拿，你们让我交还什么！"

清耀夫人冷幽幽地道："岂容你狡辩，给我掌嘴。"

这宫里走出来的掌嘴，可不是用手打耳光，而是拿一块约莫手掌宽，手指厚的木板往嘴巴上拍打，没几下，就能让整个嘴唇肿起裂开，跟着牙龈出血，接着两边脸也会随之肿胀。下手重的，甚至能将牙齿打落，故安岚一看那婆子从袖中拿出那专门掌嘴用的东西，即站起身挡在金雀面前："慢着！"

清耀夫人冷笑，但没有开口，因而那婆子并没有停下脚步，片刻就走到安岚身边，面无表情地道："此事若是与姑娘无关，姑娘就莫要多管闲事。"

安岚没有让开，也没有看那婆子，而是看着座上的清耀夫人："金雀是长香殿的人，夫人即便要论罪，也应该先通知长香殿一声。"

"她只是个香院的香使，郡主是什么身份，岂容她侵犯？而且是被当场抓住，并没有冤枉她，即便我当场将她打死了，香院也说不得什么！"清耀夫人冷幽幽地道，"花嬷嬷，还愣着干什么，难不成要我自己动手。"

花嬷嬷应了一声，就示意旁边两丫鬟过来拉开安岚，叶清清想劝一下，只是看到清耀夫人那样神色，她嗫嚅了一会儿，竟不敢出声。

眼见那两丫鬟过来了，安岚只得道："此事与金雀无关，是我授意，她不过是听命行事。"

金雀霍地抬起脸，花婆子停下，并示意那两丫鬟退回去，叶清清愣住，叶铃诧异地看向安岚。清耀夫人毫不意外，只是嘴角边的冷笑愈加明显，因是正中下怀，所以倒不着急了，她先是打量了安岚一会，然后才道："是你指使金雀去偷郡主的东西。"

安岚看着清耀夫人道："没错，是我。"

"安岚！"金雀忍不住低声道，"你疯了！"

清耀夫人嘲讽地一笑："很好，敢作敢当。"

安岚接着道："此事我会向广寒先生坦白，到时先生定会给夫人一个交代。"

她如今的身份跟金雀不一样，她是白广寒亲自指定的侍香人，等同大香师的半个弟子，即便认了罪，清耀夫人也不能越俎代庖惩罚她。当然，凭着清耀夫人的身份和背景，又是眼下这么个情况，清耀夫人要真的动了手，事后白广寒也不好还回去。但是，丹阳郡主如今也是白广寒的侍香人，并且正极力争取天枢殿继承人之位，如此，清耀夫人自然要有所顾忌，不可能就为这一点偷窃之事，下了白广寒的脸面。

似早料到她会这么说，清耀夫人冷哼一声，忽然问："郡主是怎么落水的？"

来了！

安岚心头猛地一跳，暗暗握了握手心，然后一脸平静地看着清耀夫人道："郡主落水的时候，我正好走到假山另一边，待我听到郡主的呼喊声后，跑过去时，郡主已经在水里了。"

"一派胡言！"清耀夫人忽然提高声音，目光骇人，"我已问了，当时那里就你和郡主两人，你们本是并肩而行，偏走了半段路，你就悄悄离开了，然后趁郡主不注意，从后面将郡主推到水里！真想不到，小小年纪你竟包藏此等阴险之心，下手如此狠毒，今日即便是白广寒大香师在场，我也饶不得你！"

清耀夫人冰冷的声音几乎镇压住了全场，安岚深深吸了口气，抬起眼道："此事夫人是冤枉我了，郡主落水那附近，假山环绕，要藏一两个人很容易。而且，那人既然是从后面推的郡主，那郡主应当没有看到那个人，既没有看到是何人，又如何断定就是我？再者，若真是我推了郡主落水，我又怎么可能会下去救郡主？"

"当真是巧舌如簧。"清耀夫人冷笑，"你自是没有胆量真的谋害郡主，因为你真正目的只是让金雀顺利偷走郡主的东西，郡主落水，大家自然慌乱，到时定会都赶到池子那边，如此，金雀才能寻得机会下手。至于你会下水去救郡主，不过是为了洗清嫌疑，让别人不能怀疑到你。可惜，你选的人不中用，得了手，却也被人抓到了，不然还真查不出你有如此险恶心思。"

"这些，都是夫人臆测，并非是证据。"安岚脸色微白，看着座上的高贵的妇人道，"郡主落水，我也很震惊，万幸没有大碍，夫人爱女心切，想为郡主讨个公道，我能理解。但是，是我做的，我认，可不是我做的，我绝不会平白受此等冤屈。"

"呵——"清耀夫人笑了，冷笑，"能养出这样一身硬骨头，倒叫我意外，你不认没关系，自有人会认，金雀虽是听你的话行事，但偷的对象却不是普通人，所以，这活罪还是难逃，花嬷嬷……"

然而不等清耀夫人吩咐下去，安岚即打断她的话，大声道："那也不能算是郡主的东西，那是天枢殿李怀仁殿侍长要交给李夫人的东西。"

叶清清猛地一惊，一下子站起身："你说什么？"

清耀夫人脸色一沉，安岚又接着道："李夫人，那的确是李殿侍长要交给您的东西，是李殿侍长亲口对我说的。"

"是，是什么？"叶清清说着，就转身看着清耀夫人，有些不满地道，"崔姐姐，既然是给我的东西，怎么郡主还留着？您怎么也不说一声！"

清耀夫人有些愤怒，也有些意外，那丫头，比她想象中要狡猾得多，简直不像是一个十四五的小姑娘应该有的心性。即便丹阳郡主没有看过匣子里的那封信，却也知道，李殿侍长不可能会将一封空白的信交给她，那封信被换了，没有找回来之前，不能对叶清清透露，不然，此事就失了先机。

可是，这丫头竟一下子就看破这一点，为了保住金雀，直接将叶清清拉了进来。

见叶清清满脸急切，安岚遂好心提醒："东西还在郡主那，李夫人若是想看，就找郡主去吧。"

清耀夫人阴恻恻地看向安岚："那匣子里的东西，已被你指使金雀偷走。"

叶清清一愣，安岚即道："金雀当时确实是想去拿匣子里的东西，但是，如金雀所说，她还没来得及拿，就被人发现了。而依清耀夫人之前所言，当时发现金雀的人应当对金雀搜了身，却没有找到什么，所以，李殿侍长的东西必定是还在郡主那。"

叶清清一想，确实是这个理，便再顾不得眼前这些事，就往里间走去，此时丹阳郡主正歇在那。

清耀夫人正迟疑着要不要让人拦住叶清清，却见她留在丹阳郡主身边的丫鬟走了出来，行到她跟前道："夫人，郡主请您进去，说是有话想对夫人说。"

清耀夫人想了想，就站起身，走到安岚跟前："郡主不是普通人，今日你指使旁人偷窃郡主之物，郡主又被人暗算，这两件事，无论是天枢殿还是景炎公子，都必须给一个交代。至于广寒先生，你以为，大香师会不在意身边的侍香人有偷窃行径，天枢殿又能容得下你这等卑劣狡诈之人？"

第063章 推断·真凶·长跪

跪在一旁的金雀死死咬着牙齿，忍住不出声，她怕自己一出声就是破口大骂，逞了口舌之快，却白给对方送去一个为难自己的机会。安岚自然也没有就清耀夫人这番话做任何回应，甚至，她心里也觉得清耀夫人说得没错，她今日所为，确实卑劣，甚至有些不计后果，但她不后悔，她只是对金雀觉得愧疚。

清耀夫人说完后，就留下两个婆子看着她们，其实，照理应是将金雀单独关起来的，因金雀还没有将偷走的东西交出来，若是给了她们私下交流的机会，那东西怕是再拿不回来了。只是清耀夫人转而一想，但这里毕竟不是她的地方，她今日带的人手也不够，而叶清清也只是暂居此处，怕是不便强来，倒不如就给她们个机会，让她们自己将东西交出来。

果真，清耀夫人一离开，金雀就看向安岚，一副欲言又止的表情。

安岚却朝她轻轻摇头，金雀一怔，随后恍悟，她太着急了，眼下这情况，最要不得的就是着急，谁沉得住气，谁就能稳得住。于是，她重新垂下眼，依旧跪在那，如刚刚般，一动不动。

安岚看着金雀，说不急是假的，不说这事最终能不能解决，仅是眼下，只要清耀夫人不开口，金雀怕是要一直跪下去。她知道长跪的滋味，特别是跪在坚硬的地砖上，用不了半个时辰，膝盖就是钻心的痛，无论怎么换重心，那疼痛的感觉都没法减轻，超过一个时辰，整个腿就都麻了，但麻归麻，膝盖上的痛感却不会减弱分毫，并且随之，腰也跟着痛，整个人恨不得瘫坐下去……

叶铃走过来，看了她们俩许久，才开口道："你们，究竟想做什么？"

安岚没有回答她的话，金雀这会儿却不敢看叶铃。

"金雀，你托我带你进来，就是，为了去偷郡主的东西？你骗我！"叶铃既恼怒，又失望，甚至还有点悲凉，说不清究竟是什么感觉。刚刚清耀夫人并没有怪罪她，但她却还是觉得面上发烧，金雀毕竟是她带进来的，论起来，她也需要为此事负责。然而，最让她难以接受的是，金雀利用了她的信任。

"对不起。"金雀垂着脸，低声道歉。

安岚更加愧疚，可此时此刻，面对叶铃那失望又愤怒的表情，她也不知该说些什么。面对别人的恶意刁难，她可以做到毫不犹豫地反击，也可以暂时忍着，慢慢谋划，冷静应对。唯有面对被她的行为伤害到的真情时，她会变得笨口拙舌，心里剩下的除了愧疚，就是无措。

"你们——"叶铃看了看金雀，又看了看安岚，"你们，可真叫人恶心！"

金雀垂着脸，眼圈微红，听到那句话，身上颤了颤，依旧是一句辩解都没有。

安岚低声道："你不要怪她，她也是听了我的话才不得不那么做，错的人是我……"

叶铃冷笑，打量了安岚几眼，好一会后才道："我若知道你们原就认识，我断不会让她踏进我叶府一步！"

安岚心里一沉，这句话，等于是金雀送香的差事丢了，于是忍不住又开口："三姑娘，金雀她……"

却不等说完，金雀就伸手轻轻拉了拉她的裙子，低声道："三姑娘会怪我也是应该的,我今日之事,确实让三姑娘下不了台了。"

安岚闭上嘴,心里轻轻叹了口气。

与此同时,丹阳郡主那,清耀夫人的脸色也不大好。

"你相信不是她。"清耀夫人看着躺在床上,脸色还有些苍白的丹阳郡主,气得想斥责她几句,却又舍不得,只得压着怒意道,"丹阳,很多时候,宽容可以彰显一个人的气度,但有的时候,宽容却会助长他人的卑劣行径。"

"我知道母亲的意思,但推我落水这件事,我觉得不会是她做的。"丹阳看着清耀夫人道,"而且,我当时确实没有看到那个人,母亲即便再关心我,也不能如此轻易就断定是她所为,若真不是,岂不是我恩将仇报!"

清耀夫人轻轻摇头:"那丫头不是一般的狡猾,她是完全摸清了你的性子。难怪刚刚她在我面前即便认罪了,也还能表现得那么理直气壮,原来,她除了倚仗目前的身份外,还有一份倚仗,是在你这。她知道如果她为此受罚了,你一定不会答应。果真是不简单,这样的人,不除的话,日后必将成大患!"

丹阳郡主一怔,清耀夫人接着道:"你是不是因为她救了你,所以你心怀感激,怎么都不愿相信,就是她推你下水?"

丹阳郡主没有开口,落水的恐惧,生死一瞬的绝望,没有亲身经历过,无法体会。

清耀夫人道:"据我了解,源香院附近没有任何可以学凫水的水塘或是河流,香院对香奴的管束也极其严格,不可能让她们随便出门,那么,一个姑娘家,怎么学会凫水的?什么时候学会的?你想过这个问题没有?"

丹阳郡主愣住,这个,她确实没有想过,只是迟疑了一会,就道:"这也……说明不了什么。"

"说明的事情多了。"清耀夫人眼神微冷,"为了今日这件事,她不知谋划了多久。没错,无论是你还是她,都不会料到叶清清会入住锦鱼园,并且还拉扯出李殿侍长,她不会未卜先知,自然不会为今日之事做准备。"清耀夫人说到这,忽嘲讽地一笑,"这样的手段,我见过不止一次,她是未雨绸缪。那丫头,单凭那份稳得住的心态,就可看出其心机之深。即便没有今日之事,你早晚也有落水的一天,甚至还有可能是同她一块落水,而到时,你以为,她会如何选择?"

丹阳郡主哑口无言,清耀夫人接着道:"据闻,天枢殿的水多,大雁山的大小山瀑几乎都集中在天枢殿,水池子想必也不少。"

"母亲,你这都只是推断。"丹阳郡主沉默许久,叹了口气,就掀开被子下床,"落水的事先不说,匣子里的东西才是眼下要紧的,我本就是为此事而来,如今变成这样,须得想着怎么跟李夫人交代。"

刚刚叶清清奔去丹阳郡主那里时,在清耀夫人的提前授意下,李怀荣在叶清清进入丹阳郡主的房间之前，就将叶清清拉走了，夫妻俩之间的争执暂且不说。

清耀夫人拦不住丹阳郡主下床，只得陪着一块过去，只是丹阳郡主来到正堂这边时，却发现安岚竟不在里头，只剩金雀一个人跪在那里。

"人呢！？"清耀夫人当即一问，面露薄怒。

其中一个婆子慌忙道："那位姑娘说要解手，花嬷嬷便领着她去了。"

清耀夫人的脸色越加不好，隐隐觉得安岚定是在打什么主意，不过花婆婆也是个谨慎的人，应当能看住，于是眼睛往金雀那扫了一眼，又问："去多久了？"

那婆子有些忐忑地回道："有一会了，应当是快回来了。"

丹阳郡主走入厅内坐下，有些复杂地看着跪在地上的金雀，源香院的金香使，她有印象。她记得最初几次遇到安岚，其身边都跟着这姑娘，特别是晋香会那几次，更令她印象深刻。所以，当听说金雀进屋偷她锦匣子里的东西时，无须金雀交代，她就已经想到安岚。而当时，她才被安岚救上来没多久，真是讽刺。

无论在哪，主子犯错，身边的下人即便什么都没做，也都会跟着遭殃。金雀如今即便不在安岚手下当差了，但刚刚安岚既已承认，旁人自然将她们归为一伙。安岚暂时罚不得，但对金雀清耀夫人可没什么顾忌，再说，郡主落水一事也被清耀夫人扣在安岚身上，所以在安岚没有给出一个真正的交代之前，金雀依旧逃不过这一劫。

"你会开锁？"沉默地打量了金雀片刻，丹阳郡主才缓缓开口，对此事，除去愤怒外，她更多的是意外。这两个就比她小一岁的姑娘，自小就被关在源香院那个地方，却一个会凫水，一个会开锁，究竟是怎么学得的这些本事？

金雀微微抬眼，看了看丹阳郡主，随后又垂下眼，既不点头，也不开口，便是默认了。

丹阳郡主又问："是你根本不知事发后会面临什么后果，还是……她许了你什么，竟能让你做这样的事？"

金雀依旧没有开口，清耀夫人面色微沉，旁边的婆子极会察言观色，即适时地敲到一句："再如何姐妹情深，出了这等事，谁也保不住你，问什么，姑娘还是乖乖回什么，免得一会儿受皮肉之苦。"

金雀还是没有开口，跪在那，像个木头人。

此时已近傍晚，阳光一点一点褪去，厅内的光线也跟着暗了几分，只是这会儿又远不到掌灯的时候。于是，此时无论看什么，都添了一层灰暗之色，就连屋顶似乎也跟着低了几分，令人心情压抑。

丹阳郡主将目光投向门外，清耀夫人沉声道："安岚怎么还没回来，让人去找找！"

这话才落，就听到外头有脚步声传来，先进来的是花嬷嬷，神色肃穆，隐透着几分担忧。跟在花嬷嬷身后的是个衣着得体的丫鬟，那丫鬟瞧着很是战战兢兢的，脸色苍白得不像话。走到门边时，她似乎不敢进来，被花婆婆拽了一下，才趔趄地迈过门槛时，大家即发现她竟没有穿鞋，脚上就一双白袜子。

走在最后面的才是安岚，她身上还披着那件朱红色的斗篷，里外发烧的颜色似一下子将这灰暗的厅堂照亮了几分，而更加令人诧异的是，她手上竟拿着一双鞋，并且瞧着应当就是那丫鬟脚上的那双鞋。

丹阳郡主一怔，她来长安就带了两个贴身侍女，一个是秀兰，一个是梅兰，只是梅兰一到长安就病了，她便放梅兰到别处养病去。梅兰病愈后，她已入了天枢殿，天枢殿本就有侍女，即便是郡主，其贴身丫鬟也仅能带一个，于是她依旧将梅兰留在外头。大香会这些天，因事情繁多，她这才将梅兰叫到身边替她做些杂事。

所以，今儿来锦鱼园，她将秀兰和梅兰一块带上。

现在，跟在花嬷嬷身后进来的那丫鬟，就是梅兰。

清耀夫人神色微凝，扫了安岚和梅兰一眼，然后看向花嬷嬷。

花嬷嬷拽着梅兰上前，在她肩上用力一按，便见梅兰扑通一声跪在地上，浑身抖得像筛子。

丹阳郡主不解："这是——"

花嬷嬷垂首道："夫人，郡主，今日之事，这贱婢应当也是参与了。"

清耀夫人皱了皱眉头，丹阳郡主怔了怔，有些不敢相信："梅兰？"随后又看向安岚，眼里有震惊，心中怒意难平，难不成，安岚竟连她身边的丫鬟都收买了？

"究竟是怎么回事？"清耀夫人面上倒没多少意外，只是神色愈冷。今日之事，叶家的人和锦鱼园里的人，她不好直接动手，但丹阳郡主身边的人，她自是要一一过问的。只是这里不是她的地方，带的人手又不够，难免束手束脚，便打算回宫后再严审，锦鱼园这，也得去太后那求一道懿旨才好行事，却不想，竟有人提前动手了。清耀夫人看向安岚，这丫头，当真是不可小觑。

梅兰跪在地上，一眼都不敢往上看，丹阳郡主从座上站起身。

花嬷嬷道："这贱婢的事是安姑娘发现的，还是让安姑娘来说吧。"

丹阳郡主又是一怔，再次看向安岚，金雀也诧异地抬起脸。

安岚走到丹阳郡主跟前，将手里那双绣花鞋递到丹阳郡主跟前："郡主请看。"

丹阳郡主不解地接过那双绣着喜鹊踏梅的绣花鞋，仔细看了两眼，没发现什么异常。她心里纳罕，却又知道安岚不会无缘无故叫她看这双鞋，于是又仔细看了一会，却依旧没有看出什么不对劲的地方，但是闻到了些许淡淡的香气，不是脂粉香，而是略带几分辛味的草叶香。她即翻开鞋底，瞧着沾到鞋底的那点儿草叶后，怔然恍悟。她刚刚受了凉，嗅觉不比平时，所以一开始没有注意到这点儿味道，现在看到了，不用安岚解释，她也明白这是什么意思。

她落水之前，同安岚在那走一段路，自然看到那路边和假山周围，种了好些莎草。因锦鱼园常年无人居住，那些莎草自然无人清理，所以即便那片莎草枯于寒冬，没于白雪，但昨日天放晴后，雪一化，地上便又露出那些莎草。

即便是枯萎的莎草，其香味却还是在的，普通人或许难以察觉，但却瞒不过她们的鼻子。

安岚道："莎草是源香院每年都收的香料，所以我对这个味道很熟悉，即便身上只沾了一点，我也能辨得出来。正巧，刚刚我出去时，碰到这位姐姐。我问过了，锦鱼园，就只有一个地方种植莎草。"

丹阳郡主面色微沉，梅兰是她今日才带过来的，刚刚她同安岚在池塘那闲逛，并没有带上梅兰，那么，梅兰的鞋底怎么会沾到这些草叶，答案不言而喻。只是这个答案，却让她有些难以接受，她身边的丫鬟怎么会对她下毒手！

"既然郡主已明白，我就不再多嘴了。"被身边的人背叛，终究不是件好听的事，而且，这其中到底藏了多少事，怕是丹阳郡主也不愿让人知道，安岚说着就往后退了两步，退到金雀身边，垂眼道："金雀的事，我认，只是，我眼下终是天枢殿的人，这个错，我应当先去先生面前说明，再于先生面前领罚。所以，请求郡主看在我刚刚救您的分上，莫为难金雀。"

"你说什么！"清耀夫人正琢磨那双绣花鞋是怎么回事，却忽然听到这样一番话，即厉声呵斥，"这番算计，倒是一点不亏，你回了天枢殿领罚，究竟是不是罚，谁又能知道，即便知道，这罚得合不合适，到时谁又能说上一句不是。"

安岚依旧垂着眼道："夫人放心，我并非回天枢殿，而是去景府白园领罚。"

"白园。"清耀夫人眯了眯眼，"若广寒先生不在白园，该当如何？"

安岚平静地道："我会在白园门口跪到先生回来。"

清耀夫人一怔，丹阳郡主也诧异地看向她。

安岚再次恳求："所以，请郡主让金雀起来吧。"

金雀眼圈一红："安岚……"

清耀夫人看了她们许久，缓缓道："让她将偷走的东西交出来，我便可不追究她今日之事。"

金雀咬牙道："我说了，我根本没有拿！"

清耀夫人冷笑："嘴巴还是这么硬，不知道骨头是不是也真的能这么硬。"

安岚抬起眼，看向丹阳郡主："郡主何不去跟李殿侍长确认一番，如此不就知道，金雀说的是不是真的。"

金雀垂下眼，依旧一脸倔强，清耀夫人微微皱眉。

丹阳郡主同安岚对视良久，终于开口："母亲，让金雀起来吧。"

清耀夫人面上露出怒意，几乎是恨铁不成钢地看着丹阳郡主，丹阳郡主走过去在清耀夫人耳边低声道了几句，又示意了一下手里那双鞋。眼下，还有更重要的事，梅兰为何要害她，背后的人是谁，究竟是怎么收买到她身边的丫鬟，目的何在。

至于那匣子里的东西，她会私下去找安岚，终究是同在天枢殿的侍香人，若真弄得鱼死网破,怕是最后,谁都讨不得好。

　　金雀起来了,她可以休息,却不能马上回源香院,也不能离开锦鱼园,清耀夫人依旧命那两位婆子轮流看着金雀,避免她跟安岚有任何私下交流。说到底,清耀夫人不相信金雀没有拿走锦匣子里的东西,只是眼下的意外状况让她愿意退让一步,但如果接下来安岚无法给她一个满意的答复,或是丹阳郡主在这件事上从优势转为劣势,那么金雀将随时面临责罚。
　　依清耀夫人的道行,要收拾一个人,有太多法子可用了,特别是这个人有把柄握在她手里的时候。
　　安岚自然是清楚这一点,看着金雀起来,趔趄地跟着一个婆子去厢房"休息",她眼神一黯,默默拜谢,然后也退了出去。
　　看着那个身影离开后,清耀夫人低声问了一句:"她真的会去景府长跪?"
　　"她既然说了,定是会这么做的。"丹阳郡主面上神色有些复杂,"她确实想得很多,这一跪,既表现出赔罪的诚意,又不至于让我背上恩将仇报的名声,还能试探广寒先生,或是景炎公子对她的态度。"
　　清耀夫人有点儿意外,又有点儿欣慰,同时还有点儿惋惜,最终轻轻叹了口气:"你既都看得清楚,为何还要让她如愿?那丫头心计如此深沉,连自小一块长大的伙伴都能利用,你真以为她当时跳下水救你,是完全出自真心?"
　　丹阳郡主道:"我知道,她救我也是为了自救,但到底,她是救了我。"
　　清耀夫人沉默一会,微微蹙眉:"其实她并不比你聪明,你的天资也不输她,身世背景更是如今的她无法比的,你只是在心计和杀伐决断上逊了她。"
　　"所以她要比我难过多了。"丹阳郡主轻轻一笑,随即又微微一叹,"她和金雀自小相依为命,她们之间有很深的情义,否则金雀也不会为她做这样的事。且不论匣子里的东西是不是已经被换过了,刚刚我一直观察她的神色,她自以为不后悔,但其实早就后悔了。只不过像她那样的人,应当是心里明白,做过的事,再怎么后悔都没有用,只能尽力弥补。这样的对手,又跟姑姑有着那样的关系,我找不到足够的理由,不让她去忏悔。"
　　清耀夫人怔住,她没想到丹阳心里是这么想的。
　　好一会后,清耀夫人才回过神,恢复冷静,重新开口:"这是你的机会,你可以跟她提你姑姑开给你的那个条件,她若真的在意金雀,就一定不会拒绝。"
　　丹阳郡主却沉默下去,清耀夫人即打量着她道:"你心软?她若真的技不如人,也怪不得别人,更何况,没了天枢殿,她还有你姑姑那条路,论起来,她比你幸运多了。"
　　丹阳郡主笑了笑:"我知道了,母亲放心,我既然答应了姑姑,自是不会食言。"

得了这句话，清耀夫人才稍稍放心，终于将目光放在已经跪瘫的梅兰身上。

清耀夫人微微眯起眼，梅兰是她给丹阳挑的丫鬟，她怎么都没想到，才刚入长安，梅兰就被人收买了。只是，今日落水一事，到底是单单针对丹阳郡主，还是通过丹阳郡主来针对天枢殿。能将手伸到丹阳郡主身边，在她眼皮底下玩把戏，这个人，绝非等闲之辈。

只是，这件事到底是在锦鱼园发生的，那位景炎公子，当真一点都不知道？

……

广寒先生果真不在白园，景炎公子也不在景府。

景府的老仆将安岚领到白园门口后，就退开了，安岚站在门口看了一会，然后推开门，走进去。白园很静，也很干净，但一个下人都看不到，白梅已经开了，园子里浮动着淡淡的梅香，只是此时的安岚却无心欣赏梅花，她有些失神地走到白广寒的寝屋前，直直地跪了下去。

似乎所有力气和思考的能力，都在锦鱼园那边用光了，此时的她，觉得脑子一片空白，唯感觉到心里有隐隐的期待和莫名的恐惧。她希望能看到那个人，无论是广寒先生还是景炎公子，她觉得，自己快要迷失了。

半个时辰过去了，没有人出现，甚至连景府的下人都没过来往她这看一眼。

一个时辰过去了，白园内，依旧只她一人，天已暗，她的身影看起来单薄而模糊。

不知又过了多久，周围忽然亮了起来，她心里一喜，慌忙抬眼，却见是景府的下人在点灯。温暖的灯光照清楚她面上的五官，同时也照清她目中的失望，点灯的下人也退了出去，又剩下她一人。

两条腿已经麻了，若非身上披着斗篷，她或许早就冻僵了。

一开始，她还能理解成景炎公子不在府中，但这么长时间过去了，她能进白园，能在这跪着，能让景府的下人无一个敢与她说话，她就是再不会思考，也明白，是谁授意。即便景公子真不在府里，也定知道她过来寻他，可是他却不愿见她。

这是景炎公子的意思，或许也是广寒先生的意思。

安岚握在斗篷里的双手止不住地颤抖，她感到从未有过的恐慌。

而就在这会，她忽然听到脚步声，那一瞬，巨大的惊喜袭来，她霍地转过脸，可是，看到的却是丹阳郡主。如被泼了一盆冷水，目中的惊喜瞬间褪去，脖子僵了好一会，才慢慢转回去，恢复之前的跪姿。

"你……"丹阳郡主走到她旁边，有些震惊地看着她，"真的一直这么跪着？"

"郡主消气了吗？"安岚沉默了许久，才缓缓开口，语气里没有丝毫讽刺的意思，只是很平静地询问。

丹阳郡主神色复杂地看着她，片刻后才叹道："坦白说，你让金雀去偷我匣子里的东西，我确实极为愤怒，但是，你既救了我，我便没想在这件事上为难你。而且，金雀的事，一被发现，你马上就认了，这令我有些意外。"丹阳郡主说到这，似在犹豫，顿了一顿，才接着道，"李夫人之事，仅凭一封信不能判定高下，所以，那封信，我就当是赠予你了，你起来吧。"

安岚垂眼看着眼前的雪地沉默，一会儿后，才道："郡主想让我答应什么？"

丹阳郡主诧异："你知道我还有别的事？"

安岚平静地道："郡主能过来，应当是已查清郡主落水之事确实与我无关，信的事郡主也不计较了，但即便这样，郡主也仅是让我起来，却不说放了金雀，如此看来，郡主来找我，自是还有别的事。"

丹阳郡主张了张嘴，叹道："你放心，我既不为难你，自然也不会为难金雀。"

"多谢郡主。"安岚平静地道，"郡主说吧，无论什么条件我都答应。"

丹阳郡主又是一怔，重复着她那句话："无论什么条件，你都答应？"

"是的。"

"即便我让你现在马上离开天枢殿，你也答应？"

"如果这就是郡主的条件的话，我会答应。"

长久的沉默，直到开始下雪了，丹阳郡主抬起脸看着夜空，深呼吸了两下，然后道："我们，堂堂正正地比一场吧，输的人，离开天枢殿。"

"好。"

"就定在大香会结束之前。"

"好。"

她答应如此之快，似早就有所预料，丹阳郡主不禁有些失神。

"你为何不起？景公子可能今夜都不回来，看样子，广寒先生应当也不会过来了，你还打算继续跪下去？"

安岚沉默，很多时候，沉默就是一种回答。

"这样下去，你会生病的。"丹阳郡主忍不住道，"即便不生病，再这么跪下去，你这双腿也得废了！"

安岚依旧没有说话，似乎说完刚刚那件事后，别的事情就再与她无关了。

丹阳郡主有些发怔地看着那直挺挺的跪姿，面对这样执着的人，忽然间，她觉得再说不出任何话，于是，轻轻叹了口气，转身离开。只是她走了几步后，迟疑了一会，又停下，回身道："其实，你知道我不会对你提出那样的条件。"

她不会对安岚提出马上离开天枢殿的条件，所以安岚才会答应得毫不犹豫。

安岚沉默了一会儿，没有正面回答，只是轻轻道了一句："郡主，你是个好人。"

丹阳郡主看着那跪在雪地里的背影，品着这句话，品出里头的羡慕和愧疚，沉默许久，忽然问："你不是？"

"……我不是。"她回这句话时，声音更低了，语气里带着几分难言悲凉和无可奈何，看到了刻在自己骨子里的东西，自私和卑劣，阴暗和潮湿，表面伪装起再多的平静和淡定，也掩盖不住骨子里的贪婪狭隘和愚蠢。

丹阳郡主不知该说些什么，有时候，她觉得，她能看得懂安岚，但有时候又觉得完全看不懂。就如此时，她能看到安岚的难过，但是，又非常不能理解，安岚为何这般难过。就如她不明白，安岚为何还要继续跪在这里，若是忏悔，这也足够了。

丹阳郡主带着几分怅然走了，安岚还跪在那，雪花落在她朱红色的斗篷上，好不显眼。白广寒看着那个跪着的身影，明明一动不动，他却觉得她似已泪流满面，整个人在无声哭喊：帮帮我……

第064章 对话·一夜·担忧

又一人行来，月夜的雪地里，两个连影子都一样的男人站在梅树下，月光倾泻，华光似水，花影浮动。

"你在惩罚她？"

"惩罚？怎么会，刚刚只是不便见她。"

"既如此，不让人给她传话，也不阻止她跪在那，又是何意？"

"她在反省，应该的。"

"你……真打算培养她？"

"我？是她希望如此，我尽力满足。"

"在我看来，是为她希望还是为你所想，如今已很难界定，你越来越认真了，这并非好事。"

"无非多费点心思，并不影响结果。"

"你知道我在担心什么。"

"一开始我想错了，一颗拥有大香师之才的真心，唯有同等的真心才可换得。"

"你——"

"……"

想要表现不同，就要有承担后果的准备，你这次面对与你没有丁点私怨的人手起刀落毫不犹豫，但愿你下次还能做到这样！

赤芍冰冷的声音自脑海中响起，安岚茫然了一瞬，想起陈家村那对姐妹，想起陈大壮，想起李小梅跟陈大伟以前偷情的事，被她设计在李大梅面前揭开，随后那两个家庭陷入混乱，村里的流言四起，孩子的哭声，女人的骂声，男人的戏谑声……

后来怎样了呢？

她记得李小梅似乎有个儿子，但是出了这事后，没两天李小梅就跳河死了。她猛地打了个激灵，其实，李小梅的死，是因为天枢殿的内奸一事，与她，并没有直接关系，但是，赤芍当时与她说的那些话，却越来越清晰。

如果李小梅跟天枢殿没有丝毫关系的话，就当时发生的事，接下来的日子会如何，她一直都没有想过，也不愿去想那些问题。她并不后悔当时的决定，即便是现在，她也不觉得后悔，除非当时有更好的法子，否则她还会那么做，可是，心里这恐惧的感觉究竟是怎么回事？

是金雀！

清耀夫人报了官，金雀被官府押走了，因金雀会开锁，结果将之前源香院存香房几次丢失香品的事也都带了出来，一块算到金雀身上，连香院里几位香奴和香使不见了东西，也都怀疑是金雀干的，更多人因不满金雀在源香院内得陆云仙青睐，平步青云，于是四处煽风点火，安婆婆也不得不离开源香院。最后，她在阴暗潮湿的牢房里看到金雀，她看不到金雀的脸，只看到那浑身血迹，触目惊心！

她跑去求景炎公子，景炎公子却拒绝见她，又去求白广寒，白广寒也只是看了她一眼，就转身离开。

她说不出话来，隐隐约约觉得，所有人都离开了她。大雨倾盆，她跪在墓碑前，雨水冲刷下，她看不清墓碑上的字，哭声堵在喉咙里，令她浑身颤抖，心脏似乎要炸开了，一道雷电劈下，她猛地醒过来，眼神涣散，浑身冷汗，呼吸沉重。

是，是梦吗？

好一会后，她的眼睛才恢复焦距，却发现自己是躺在床上，陌生的房间。

"做噩梦了？"她刚要动，旁边就传来一个清淡的声音，语气温和，听起来有种奇异的吸引力，能安抚人心。

她眼珠一转，才看到白广寒就坐在她旁边，正看着她，背着光，看不清他面上的表情，只觉那双眼睛无比深邃，竟没了平日的淡漠。

"先生？"安岚脑子有瞬间的空茫，随即大惊，就要起身。却刚一动，白广寒就轻轻按住她："你有些发烧，膝盖也冻伤了，躺着。"

"先，先生，我……"安岚怔怔地看了白广寒一会，又看了看这房间，然后茫然道，"我怎么会在这？"

"你在外面晕倒了。"白广寒看着她，"现在已是下半夜。"

安岚怔住，好一会后，才小心问："这是先生的房间？"

白广寒没有回答她的话，而是站起身，转身走开，安岚倏地一慌，梦中的景象一下子在脑海中浮现，她不知哪来的力气，猛地坐起身，伸手抓住白广寒的衣袍。白广寒站住，转回身，没有斥责，只是询问地看着她，短暂的诧异后，表情就恢复平静。

"别，不要我。"那一瞬，她张口，道出的是心底的声音，带着恐惧和恳求，像个迷失的孩子。

白广寒静静地看了她一会，开口道："不会。"

安岚却还抓着他的衣袍不放手，白广寒便握住她的手，加了一句解释："你声音有些哑，我给你倒杯茶。"

那么清冷的人，手掌却是意外的温暖。

安岚慢慢恍过神，怔怔地松开手，白广寒走到桌旁给她倒了杯热茶，然后走过来，递给她。安岚受宠若惊地接过去，茶杯上传来的温度令她愈加不知所措。白广寒在她旁边重新坐下，见她还只是捧着那杯茶，一动不动地看着他，便道："是安神茶，能温嗓子，你出汗过多，再不喝，明日起来喉咙定会肿痛。"

安岚垂下眼，小心翼翼地将那杯茶喝光，然后依旧捧着那个茶杯，垂着脸，不知该说什么。

"为何要过来这边跪？"白广寒再问，因是下半夜的关系，所以他的声音很低，因而听起来不复平日里的冷清。

安岚依旧垂着眼，低声道："今日，锦鱼园那边发生的事，先生知道了吗？"

"嗯。"白广寒淡淡道，"所以你自请惩罚？"

安岚垂着脸不说话，白广寒伸手接过她手里的茶杯，宽大修长的手，意外的温暖。

"想见我？"白广寒接过茶杯后，又问，"是自请惩罚，还是求我帮忙？"

安岚怔了好一会，才低声道："我不知道。"

白广寒将手里的茶杯放在一旁，然后伸手，隔着被子握住她的膝盖，轻轻捏了捏："疼吗？"

安岚点点头，白广寒收回手："跪的时间太长了，又是在外面，这几天尽量在床上休息，一个月内膝盖不得再受压迫。"

安岚怔怔地看着他，白广寒交代完后，又看向她，观察了她一会，才道："想问什么？"

安岚有些颤颤地开口，"是因为景公子的关系吗？"

没有人比他更明白她真正想问的是什么，白广寒看了她片刻，淡淡道："你的事，能左右我决定的，只有你本身。"

安岚愣在那，白广寒看着她苍白的脸，便道："休息吧。"

"先生！"他将起身时，安岚又抓住他的袖子。

白广寒沉默地看着她，那平静的表情，令她有些胆怯，但却让她手上的力道又紧了几分。这是极为不敬的动作，这又是极为依赖的动作，白广寒表情不变，看不出喜怒，却也没有甩开她的手,只是看着她。

安岚睫毛颤了颤,嗫嚅地问:"先生,什么时候回来的?"

白广寒道:"你晕倒之前。"

安岚只觉呼吸一紧,咬了咬牙,大着胆子,仔细看了白广寒两眼,只是房间的烛火不够明亮,他又是背着光,令她总看不清他眼里的情绪。

如先生这样的身份,没必要对她说谎,如此,先生应当是早就回来了,那么,自然也知道她一直跪在白园内求见,可是,先生却一直没有现身。如果她没有晕倒的话,是不是,她即便跪上一夜,也见不到他。

想到这,安岚忽觉得全身力气似一下子被抽干净了,抓住衣袖的手慢慢松开,只是心里终是不甘,还有心头陡然生出的委屈,令她忍不住又问出一句:"先生,是不是,对我失望了?"

白广寒没有回答她的话,却道了一句:"把手给我。"

安岚一愣,不明所以地看着他,白广寒已经伸出右手,手掌向上摊开。

这是大香师的手,也是一个男人的手,这只手掌握着超凡的能力,在某方面来说,甚至是握着至高权力,所以,它看起来那么完美,完美到极具魔力,仅是放在她面前,就已带着致命的吸引力。

安岚怔怔地将自己的手伸出去,轻轻放在他掌上。

白广寒握住,安岚遂觉一阵风袭来,身体瞬间凌空而起,似灵魂猛地被从身体里抽出,她下意识地要惊叫,只是声音还不及从嘴里出来,就被眼前的景象震撼得失了声。

星空,浩瀚无边,美得让人窒息。

从来都是只能仰头遥望的繁星,这一刻,竟离她这么近,她身处其中,世界消失了,除了手上的温暖,就是近在眼前的这些星光,数之不尽!

这就是先生的力量!

刚刚她还躺在床上,却一眨眼,竟就站在星空中,拂面而来的风,手上的力道,掌心的温暖,虚幻而又真实,令她激动得浑身都在微微颤抖。

白广寒的声音忽然在身边响起:"看到了什么?"

安岚恍惚回神,好一会后才惊叹道:"满天繁星,触手可及。"

白广寒看了看她,然后将目光看向那些繁星:"你只看到了繁星?"

安岚一怔,心里倏地有些慌,再一看,却还是满目繁星,闪烁迷人,她迟疑了好一会,才道:"安岚愚钝,请先生赐教。"

"不必紧张,并非是考你。"白广寒微微抬首,看着前面,"没有看到浓墨一样的夜空吗?星空,两者本是一体,没有必要分出界限,这界限也根本分不出来。"

安岚呆了一呆,隐约觉得这句话似已有所指,只是要开口问时,眼前的星空忽地淡去,远处的彤日徐徐升起,越来越耀眼的光芒令她下意识地闭上眼睛,待感觉光线柔和后，再次睁眼，看到的却是前面微微跳动的烛火，鸦青的帐幔，袅袅香雾，以及眼前的人。

消失了吗，比梦还要美的香境。

那一瞬的美好，回想起来竟是莫名的失落，以及无论如何也抑制不住的渴望。

她怔怔地垂下眼，看着自己还被握住的手，贪婪地感觉手上传来的温暖，身上一动不敢动，似乎这样的感觉持续得久一些，她心里的渴望就有望能得到满足。

"休息吧。"白广寒松开手，站起身，见她还那么一动不动地坐着，迟疑了一下，又道，"可明白我的意思？"

安岚微微点头，握住被松开的那只手，似想要留住那点温暖。

白广寒站在她面前："说说看。"

安岚将两只手都藏到被子里，低声道："先生是想告诉我，很多事情，对和错，并没有分明的界限，很多人，身上都是同时具备优点和缺点，很多结果，并非只有一个答案。"

所以，他根本不在乎今日之事，对她，自然也还谈不上失望。

白广寒微微点头，声音比之前轻柔了几分："悟性极佳。"

"可是……"安岚忽然抬起脸，有些急切地道，"我不知道——"

白广寒问："不知道什么？"

安岚怔怔道："不知道，该怎么办。"

她已经习惯了算计，习惯了周旋，习惯了利用身边一切可利用之物，这几乎成了她的本能。

白广寒道："你不是早就做出选择了吗？"

安岚不解，有些茫然地抬起眼，白广寒看着她道："你很敏锐，只是经验不足，思虑不够。"

安岚还是那么怔怔地看着他，白广寒看着她这样的表情，似叹了口气，却没有再多说，手一挥，铜钩上的帐幔落下，他随后转身出去了。安岚好一会才回过神，将藏在被子里的手拿出，然后将脸埋在自己的手掌里。

没错，她以为她不知所措，其实早就做出了选择。

……

次日，天大亮后，安岚才醒来。

白园的丫鬟进来服侍她梳洗时，她问了时间，才知道竟已是巳时了，不禁有些慌，也顾不上再用早饭，穿好衣服后，就赶紧走了出去。正要打听白广寒歇在何处，却瞧着景炎从前面走来，笑意吟吟，风流倜傥。

景炎走到她面前后，一边打量着她，一边问："醒了，可用了早膳？"

"公子早。"安岚行礼，遂觉得膝盖那隐隐作痛。

景炎又问:"你这是要出去了,膝盖好了吗?"

安岚怔然抬眼,景炎伸手在她额上轻弹了弹:"可想开了?"

安岚迟疑了一下,终是忍不住问了一句:"公子,昨儿也在府里?"

景炎淡淡一笑:"没错,我一直就在。"

安岚慌忙垂下眼,掩住眼里的失落,顿了顿,再次欠身道:"安岚还有差事要办,就先告辞了,广寒先生那,还请公子帮我说一声。"

她说着就要转身,景炎却提前拿手指顶住她的额头:"怪我昨日不见你不理你?"

安岚赶紧摇头:"没有,安岚不敢。"

景炎低笑两声,又在她额头上点了两下,才收回手道:"不用觉得委屈,我虽未出来见你,但一直看着你。"

安岚抬起脸,有些不解,景炎却没有多做解释,接着就问:"要回锦鱼园?"

安岚点头,景炎看了她一眼,想了想,便道:"那就去吧,叶清清的事解决后,大香会就要开始了,你还有得忙的。"

"是。"安岚应声,顿了顿,见景炎没再说别的,这才转身,却下台阶时,又觉得膝盖隐隐作痛,似乎还影响了小腿,走路不免有些乏力。

景炎察觉到她的不对劲,便跟上道:"药膏记得涂,晚上休息前用热水敷一敷膝盖,别小小年纪就落下什么毛病。"

安岚一边走,一边应声:"是。"

本以为只是送她出景府,给她派辆马车的,不想却同她一块上了马车,似也要过去一趟的意思。

"此事本就与我有些关系,我自当是要去看一看。"瞧着她面上隐隐露出几分惊讶,景炎笑了笑,"否则,清耀夫人如何善罢甘休。"

安岚问:"清耀夫人,昨晚没有回宫吗?"

"没有,同丹阳郡主一块留在锦鱼园了。"景炎摇头,淡淡道了一句,似精神不济,声音略有些沙哑。

安岚迟疑了一会,又问:"广寒先生呢?"

景炎坐了没一会,就往车上一歪,然后看着她,懒洋洋地道:"一早就出去了。"

安岚垂下眼,没再说什么,两府是在一条街上,离得很近,就这么几句话的工夫便到了。

安岚先下车,然后候在一旁,待景炎也下来后,她才去敲门。

也不知金雀如何了,她心里有些忐忑,生怕又出什么意外。不过,昨晚郡主既然过来同她说了那番话,应当就不会为难金雀了吧。

进了锦鱼园后,景炎就直接去找李怀荣了,安岚本以为她会先见到丹阳郡主或是清耀夫人,不想却是叶清清先过来见她,并且叶清清此时看起来有些急切,看着她的眼神带着几分审视。

安岚行礼后,才开口问:"打扰夫人了,听说金雀还在府里,不知我现在能否去看看她?"

不待叶清清回答,就听到她身后有个声音道:"我陪你去。"

安岚回头,便看到丹阳郡主自她身后走过来,精神瞧着极好,面上还带着几分笑意,看起来极为淡定从容。

"郡主。"安岚行礼,然后往丹阳郡主身后看了一眼,没有看到清耀夫人,她松了口气。

丹阳郡主也回了一礼,关心道:"昨晚还好吧。"

安岚轻轻点头,有些复杂地看了丹阳郡主一眼,想起昨晚她对自己说的那句话:李夫人之事,仅凭一封信不能判定高下,所以,那封信,我就当是赠予你了。

她相信丹阳郡主有自信说出这句话,但是,有清耀夫人在,她就不得不多想一层。或者,那句话的含义,没那么简单,她心里莫名有些不安,于是往锦鱼园大门那看了一眼。

昨日她随景炎公子来锦鱼园时,没有带蓝靛,因为有些事她还需要蓝靛去查探。一夜过去了,应当能查出什么来吧,即便比不上清耀夫人的手腕,但天枢殿同江南李家一直有往来,蓝靛在天枢殿当差数年,又是景炎公子特意安排进去的,应当不会差多少。就是,看蓝靛,或者说广寒先生能给她的权限是多少。

"郡主。"叶清清看向丹阳郡主,"一夜已过去,李殿侍长的东西,郡主应该交给我了。"

安岚微诧,即看了丹阳郡主一眼,李夫人如此情急之下,丹阳郡主竟还拖了一夜,如此说来,果真是等着她的吗?

丹阳郡主对叶清清微微点头:"我刚刚就已送到清姨房里了,只是没看到清姨,便让丫环在清姨屋里等着。"

叶清清一怔,随后赶紧转身,有些急切地往自己的房间赶去。

她猜错了?安岚又看了丹阳郡主一眼,那么,拖这一晚,并非是等她今日过来,十有八九是去李殿侍长那打听消息,跟她的打算一样。

"走吧,我带你过去。"叶清清走后,丹阳郡主才道,"若非我母亲一定要留下金雀,昨晚我就让她回去了,不过你放心,没有委屈她,早上我也命人给她送了早膳,这会儿应当用完早膳了,你们把该说的都说了,然后就让她走吧。"

安岚心里诧异,面上却不显,只是道了一句:"多谢郡主,有劳郡主了。"

不多会,就走到金雀这边,是个客房,外头候着位婆子。丹阳郡主过来后,那婆子行了一礼,就给推开门,然后让到一边。

安岚看了那婆子一眼,心道,难怪得丹阳郡主带她过来,若是换了别人,这扇门怕是不容易开。

"我说了我什么都没拿，你们到底要关我到什么时候，我在香院那还有一堆差事呢！"不等她进去，就听到金雀不满的声音，听起来精神还算不错，安岚略略放了心。

"郡主，你……"她们进来的时候，金雀先看到走在前面的丹阳郡主，即不满地站起身，只是随即就看到丹阳郡主身后的安岚，她本是要接着抱怨的话一下子吞回去，面上也露出几分谨慎。

"你们聊吧，我去交代一声，一会你就能直接回去了。"丹阳郡主笑容得体地看了金雀一眼，又朝安岚略一颔首，然后就转身出去了。

金雀愣住，有些不敢相信地看着丹阳郡主的背影，一直目送她出去，并且没有别的人进来，她才看向安岚，低声道："怎么回事？她们这是玩什么把戏？"

安岚从门口那收回目光，她知道候在门口那婆子没走，应当是清耀夫人命那婆子看着的，只是冲着丹阳郡主的面，没有进来。不过，就凭这点便看得出来，清耀夫人是真的松口了，只是，猜出这点，安岚反觉得心里一沉，看来，那封信的作用已不大。

不过，只要没发生让她后悔的事，就真的是万幸了。

"安岚……"金雀忙走到她身边，在她耳边快速地道了一句，然后才又大声道，"你放心，昨晚我在这过得挺好，郡主还让人给我送了被子，早上又让人给我送了热腾腾的粥和包子，郡主真是个善心人。"

安岚笑了笑，她知道金雀是在代她说丹阳郡主的好话，希望由此能让清耀夫人不计前嫌。毕竟，昨天的事，她等于是有把柄落到清耀夫人手里，那怎么说都不是件光彩事，日后若说出来，对她多少会有些影响。

"源香院那边，我让人给陆掌事传了话，你不用担心，这会儿便回去吧。"安岚看着金雀，心里有些酸涩，勉强笑了笑，然后低声道，"对不起。"

金雀一怔，遂看了她一眼，然后撇了撇嘴："说这个干什么，我都没说，你倒先说了。"

安岚怔了怔，随后笑了笑："是啊。"

金雀又道："我知道你心里怎么想的，你不也是明白我心里是怎么想的，所以才会叫我过来的吗？倒是我，没帮上忙，倒给添乱了。"

她们，在那段漫长又艰难的日子里，是最亲密的朋友，也是最好的搭档。这样的失败是第一次，但这样的坎坷却不是第一次。

她有困难，她一定过来帮。

她若出事，她也一定不会抛下她。

她们，一直以来，就是这么相互扶持着过来的，不曾变过。

……

"为何不让人看着，听她们都说了些什么！"清耀夫人有些不悦地看着丹阳郡主，"你一直这副软心肠，叫我如何放心？"

丹阳郡主给清耀夫人倒了杯茶，递过去，微笑着道："母亲太多虑了，并非是我心软，而是实在没有这个必要。即便我真让人进去看着，她们也不会在旁人跟前说些不该说的，如此，何不卖一个人情于她。"

清耀夫人接过茶，轻轻抿了一口，收起面上的不悦，想了想，便又问："李夫人那边如何了？"

提到这个，丹阳郡主倒是微微蹙起眉头："已经将东西交给她了，只是清姨不喜旁人候在身边，我也不好一直盯着，以免令她反感，只让秀兰候在她房间附近。"

提到秀兰，自然想起梅兰，清耀夫人面上的神色凝重了几分。

指使梅兰的人，她只查了个大概，结果答案竟是指向长香殿，虽没有再继续往下查，但凭她的直觉，这件事怕是再查不下去了。但是，知道这个大概，已令她甚是震惊，她既出身崔氏，又是特意过来长安城，对长香殿的事自然不是一无所知，她只是没想到，有人竟敢把手伸到丹阳郡主身边！

与此同时，景炎这边，也已跟李怀荣说得差不多了，只是今日，他却没有急着走。

李怀荣一边给景炎倒茶，一边道："既然那两姑娘都是广寒先生指定的，李某自是不敢小觑，但是，李家这事事关重大，李某还是希望景公子能多多留心。"

叶清清的记忆不仅关系到他身为一个丈夫的尊严，也关系到李家的百年信誉，不然，他怎么也不可能千里迢迢，带叶清清来长安寻解决的法子，甚是有可能会因此再次见到他不想再见的人。

第065章 猜测·帮忙·合作

安岚将金雀送出锦鱼园的时候，正好在门口碰到蓝靛，便顺道将她领了进来。

"查得如何？"安岚一边往里走，一边问。

蓝靛跟着她身边道："天枢殿和江南李家的庶务往来，都是由天枢殿的殿侍长直接负责。所以，一直以来，李家都希望能跟天枢殿的殿侍长拉近关系，甚至一直努力让自家人坐上那个位置，所以当年李怀仁能坐上长香殿殿侍长之位，李家确实起了不小的作用，但是，当时李怀荣并未出过什么力，据说两人之间还有些私怨，似乎是跟李夫人有关。不过奇怪的是，李怀仁当上殿侍长没几年，却反帮了李怀荣一把，让李家将李怀荣推出来同他谈跟天枢殿间的庶务往来，李怀荣由此才在李家掌握了实权。不过，最近几年，李家逐渐起用几位后辈接管同天枢殿间的庶务，一点一点剥夺李怀荣手里的权力，

所以李怀荣如今自是着急的，而且……"

"而且什么？"

"是听李夫人身边几个嘴碎的丫鬟说的，暂不知可信度有几分。"蓝靛顿了顿，接着低声道，"据说在江南时，李夫人不知因为什么事，拿了李老爷几份重要的契书，偏就在那当口得了这什么失魂症，死活想不起这事。李老爷将自家整个院子都翻了一遍也找不到那几份契书。若是到了时间，李老爷拿不出那几份契书，不仅李老爷会蒙受巨大损失，在李家的地位也将不保。所以这都年底了，李老爷也不辞辛苦，千里迢迢带着李夫人来长安。听说刚到长安时，李老爷就想请李殿侍长出来见一面，只是李老爷的话没能传到李殿侍长跟前，也可能是传到了，但是李殿侍长不愿见。不得已，李老爷只好拿出李家的名帖，又用了李老太爷当年同广寒先生的一点儿交情，如此才求得广寒先生出面。"

安岚心里生出几分怪异的感觉，如此说来，李老爷真正紧张的并不是他夫人，而是他自己的利益？如今叶清清虽是将李老爷的事情全都忘了，却也不能否认她已为人妇的事实，更何况两人已经有了几个孩子。如此种种，在来长安之前，李夫人自然已经知道。可即便如此，眼下两人即便住在同一屋檐下，却也不同房，李夫人甚至不愿接触李老爷，若心里没有很强的排斥感，定做不到这等地步。

李夫人失忆前，应当是跟李老爷起了很大的矛盾，但是，李老爷人都带来长安了，又这般着急，却什么有用的讯息都没说。

安岚眉头微蹙，如此，应当是有两个可能，可能李老爷不愿说他和他夫人之间究竟出了什么事；也可能是，他们夫妻二人根本没有闹出什么矛盾，只是李夫人忽然知道了什么，而矛盾还没来得及爆发，李夫人就出了事，所以，李老爷自然什么都不清楚。

是这样吗？究竟是哪种原因？安岚久久沉思，不由得停下脚步，没再往前走。

若叶清清知道安岚此时心中所想，定会大为吃惊，因为安岚其中的一个猜测，几乎像是亲眼看到了事情的过程。

"姑娘？"见安岚走着走着，忽然就不动了，正好这会儿又看到丹阳郡主的身影从前方经过，蓝靛便低声提醒，"姑娘接下来如何打算？丹阳郡主似乎是往李夫人那边过去了。"

安岚抬眼，看着前方，低声道："你能打听到这些事，想必丹阳郡主也能打听得到。"

蓝靛微微点头："或许会比我打听得更清楚，崔氏同李家本就有姻亲关系，长安又是所有消息汇聚之地，清耀夫人亦是有备而来。"

所以，她能猜到的，丹阳郡主应当也能猜到。

安岚沉吟一会，又问："昨儿，丹阳郡主这边可有派人去会李殿侍长？"

"这个……"蓝靛有些为难地摇头，"若是丹阳郡主身边的人，我自然是能认得出，但若是清耀夫人派人去，我就不能确定了，而且，殿侍长那边的消息，并不容易打听得到。"

安岚沉默片刻，往两边看了看，见不远处一直有人盯着自己，便抬步往叶清清那走去。刚刚金雀告诉她那封信的下落，她很想去拿来看看，只是，她心里也很清楚，清耀夫人等的就是这一刻。只要她敢去拿信，那么，最后那封信绝不会落到她手里。

眼瞧着安岚一直没什么异动，花嬷嬷便将此番情况说与清耀夫人听，清耀夫人冷笑："丹阳是个心善的孩子，没那丫头那么多心眼，那封信，安岚无论看是不看，都是占了便宜。"

花嬷嬷道："即便是让她看了，如今也没什么用。"

清耀夫人摇头："你们都想岔了，那丫头，真正目的不是要看那封信，而是要拖住丹阳。丹阳先拿到李殿侍长的信，等于是比她先行一步，她心里不甘，用了下作的手段让人去偷信。你看，这样一来，她看不到，丹阳自然也看不到。"

花嬷嬷劝道："夫人无须恼火，这等小丫头，心思奸诈，手段下作，终究是上不得大台面，大香师自是都看在眼里。"

……

"郡主，你给我看的就是这个？"叶清清再压不住心头的焦虑和躁怒，将手里那封空白的信拍到桌上，"郡主能不能别跟我玩这等把戏，您和那位姑娘无论有什么私怨，都应当你们自己解决！"

"清姨息怒，清姨定是误会了。"丹阳郡主叹了口气，走过去道，"我怎么可能会糊弄清姨，昨儿那情况，清姨也是瞧见的。"

叶清清定定看了丹阳郡主好一会，才道："这么说，真是被人掉包了？"

丹阳郡主不由得苦笑："清姨，说到底，我也不清楚。"

叶清清沉默一会，就道："去请安侍香进来。"

此时安岚已经候在叶清清的房间附近，听到寻来的丫鬟道出叶清清请她进去后，她点点头，就跟着走过去。

"姑娘？"蓝靛有些担忧。安岚看了她一眼，就道，"这会儿景炎公子应当还在前院那同李老爷叙旧，你过去瞧瞧，看看能不能打听出别的。"

"会开锁的小姑娘，真想看看清耀夫人当时那张脸……"柳璇玑眯着眼睛趴在罗汉床上，长发倾泻，修长的手指轻轻拨动琵琶上的琴弦，慢悠悠地道，"我喜欢手巧的小丫头。"

桌案旁，谢云正执笔替她写花笺，听了这话，只是瞥了她一眼。

阳光自窗棂外照进来，斑驳的光落在他脸上，愈加显得那张面容如兰似玉。柳璇玑微微起身，手支着下颌，歪着脸看着眼前的男人。

长安谢氏，其历史比唐国还要深远，出过数位手握重权的内阁宰相，如今更是出了一位大香师。但是，世人提起谢家，首先想到的却不是谢家子弟在朝中任何官职，也不是长香殿的谢云大香师，而是，谢氏的书画。

谢家最初是以书画扬名，后引领风骚，最终成一脉，千年传承。

提起书画大家，没人会略过谢氏。

谢云是谢氏嫡系，自小就得家族精心栽培，若说他的香是万金难得，那么他笔下的字画，亦称得上是千金难求。

大香师的香会，之所以令人趋之若鹜，除去那神秘莫测的香外，还有一个重要的原因，那便是，在香会上的每一点享受和见识，都是可遇不可求的。

譬如柳璇玑的香会上所用的每一张花笺，拿出去，都能炒出一个令人瞠目结舌的价格。柳璇玑极少办香会，而她办一场香会所用的花笺，最多不过十二张。

因谢云的大香师身份，在世人眼中，早就超凡绝俗，故而即便是王侯将相，也不一定能让他提笔着墨。所以，这"千金难求"，其重点不在千金上，而在难求上。

但是，这份"难求"，在柳璇玑面前，永远是例外。

半个时辰后，谢云放下手中的笔，然后抬眼看向还靠在罗汉床上的柳璇玑，见她还是那副不羁的模样，坐没坐相，愈显妖娆，便习惯性地微微蹙眉："在男子面前，你就不能坐得正经些，如此模样，成何体统。"

柳璇玑咯咯咯地笑了，翻身从床上下来，也不穿鞋，踩着厚厚的地毯，赤足走到谢云跟前，手放在他肩膀上，打量着他道："这么多年了，你这古板的毛病怎么一点没改，而且……还是那么口是心非。"

她说着就在他耳朵上轻轻吹了一口，谢云的脖子即红了，遂有些恼怒地瞪了柳璇玑一眼，但却没有推开她，可是也没有顺势占她便宜，只是正正经经地站着，当称得上君子如兰。

"画得不错。"柳璇玑在他肩膀上拍了拍，就转身，拿起其中一张花笺看了看，然后瞟了他一眼，"还有个忙要你帮。"

谢云一边理着袖子，一边问："你还有什么事？"

"帮我去百里翎那要两个人。"柳璇玑修长的手指夹着那张花笺，放在唇边，看着他道，"那妖人跟我不对付，我若去说，他肯定不答应。"

一样的超凡地位，一样的美艳妖娆，一样的肆意风流，本该是惺惺相惜的两个人，偏偏却相互看不上，并且处处针锋相对。

谢云手上的动作停下，看了柳璇玑一眼，目中又露出不赞同的神色："你要插手他们的事？"

"呵，你跟我已经是心有灵犀了吗？"柳璇玑走过去，拿那张被自己吻过的花笺在他下巴那轻画了画，"我还没说呢，你就知道我想做什么了。"

谢云夺过她手里的那张花笺，又蹙起眉头："白广寒的事没那么简单，你别去插手。"

柳璇玑微微扬眉:"怎么就成他的事了?"

谢云理好衣袖后,握着那张花笺负手道:"你刚刚提起那姑娘可不光是百里翎的人,跟安侍香是一个香院的,如今只要是跟安侍香有关,天枢殿那边会留意。"

"这么说,你是不答应了?"柳璇玑偏着脑袋看他,媚眼如丝,"真让我亲自过去跟那妖人讨人?到时候怕是免不了又要跟他打上一架,他能耐不小,我保不准次次都能赢,你不心疼?"

谢云皱起眉头:"你这是为何?"

"日后你便知道了。"柳璇玑轻轻叹了口气,手放在他肩膀上,唇边含笑,声音微哑,"不会让你白白帮我,就当我欠你一个人情,你想要什么,也可以跟我说。"

她这样的诱惑,似有意又似无意,谢云撇过脸,淡淡道:"百里翎不一定会答应。"

柳璇玑道:"我直觉,他不会不答应。"

谢云想了想,又看了看时间,便转身离开,只是刚出门,柳璇玑在后面笑道:"记得给我补一张新的花笺,那张沾了我口脂的,就送你了。"

谢云脚步微顿,将自己手里的花笺翻过去,果真看到上面印着一抹暧昧的红,是女子用的口脂,幽香扑鼻,他回头,便见那女人倚在门上,似笑非笑地看着他,姿态妖娆,颠倒众生。

……

"安侍香,给我吧。"安岚一进去,叶清清就道出这么一句。

安岚面上露出不解:"不知李夫人要什么?"

"安侍香何须在我面前装糊涂,昨日发生的事情,我可是都看在眼里。"叶清清有些不耐烦地皱起眉头,"安侍香不必有所顾虑,我已同郡主说了,昨日的事情就算过去了,再不会追究,所以,安侍香赶紧将调换的信给我。我也不会偏向你们当中的任何一个,到时谁能帮上李家,就看你们自己的本事了。"

安岚叹了口气,摇头道:"李夫人真是误会了,我身上并没有您需要的信,昨儿金雀也确实没有调换那匣子里的信。"

"你——"叶清清眉头紧皱,丹阳郡主也有些意外,她不明白,安岚到现在还死撑是为什么,难不成心里还担忧?丹阳郡主正要开口,安岚却看着叶清清,提前问出一句:"李夫人,你为何想看李殿侍长的信?"

叶清清一怔,随后眼神变了几变,好一会才开口道:"既然是他给我的,我当然想看看到底说了什么。"

安岚又道:"夫人不是将以往的事情都忘了吗?"

叶清清道:"没错,但我唯独记得他。"

安岚又问:"记得他什么?"

很温和的语气,但因是追着问的,所以听起来似乎带着质问之意。

叶清清愣住，丹阳郡主也有些诧异，就低声道："安岚，你怎么了？"

"我也曾失去一段很长时间的记忆，所以，我知道那是什么感觉。"安岚看着叶清清道，"夫人是想找回那段记忆，还是，只是想知道事隔多年后，李殿侍长要对您说的话？"

叶清清怔怔地看着安岚，安岚盯着叶清清，坚定而缓慢地道："我可以帮您。"

丹阳郡主不由得从椅子上站起身。

只是丹阳郡主才站起来，叶清清就忽地往椅子上一靠，原本极有神眼睛一下子失去焦距，面上露出迷茫之色，那表情，看起来竟像是在做梦。

"你——"丹阳郡主先是一惊，随后面露薄怒，"你做什么！还不住手！"

房中的景象就在她一惊一怒间，如雾般散去，取而代之的是满山遍野的杜鹃，自淡而浓，绚烂明媚，悠远的钟声传来，抬眼，便见远处有寺庙殿宇隐于山花处。而此时的叶清清，正一脸茫然地站在花丛中，她和安岚，则站在叶清清身后不远处。

这是？

这是江南之景！

丹阳郡主去过江南，所以认得，远处那座殿宇，是江南香火最旺的普安寺，其周围遍种杜鹃花，每年花开时节，都吸引无数人前来观赏，更是文人墨客最爱的聚会之所，因而此处便成了江南名景，她自当一眼就认出。

丹阳郡主震惊不已，不是为安岚在说话的时候暗设了香境，而是这香境竟是江南之景，安岚怎么会知道这个地方，是去过江南？还是，她已能获取别人心里的世界？叶清清自江南而来，那这必然是叶清清的世界！

可是，怎么可能！

不过，且不论安岚怎么做到的，现在这样实在是太胡闹了，这样下去，清姨必会更加混乱。丹阳郡主责备地看了安岚一眼，就抓住安岚的手，严厉地道："我不想跟你闹，你把这香境撤了。"

"嘘……"安岚忙打了个噤声的手势，周围的景象也跟着抖了抖，就好似平静的水面被扔进石块，泛起涟漪。

她能力尚浅，自是骗不过丹阳郡主，她这样的香境，比琉璃还要脆弱，禁不起碰撞。

"郡主，"待周围那圈涟漪消失后，安岚才转过脸，看着丹阳郡主道，"既然我与郡主必将有一场真正的比试，那么，李夫人的事，郡主与我联手如何？"

丹阳郡主一怔："什么？"

安岚看了前面的叶清清一眼，才接着道："先生只让我们找出李夫人失忆的原因，并治好她，既如此，你我为何不能合作？坦白说，现在仅凭我一人，还不等找出李夫人失忆的原因，这个香境就消失了。"

"你……"丹阳郡主久久看着安岚，随后又看了看这周围的景色，忍不住问了一句无关紧要的话，"你去过江南？"

安岚摇头："印象中是没有的。"

丹阳郡主诧异："那你怎么会知道这个地方？"

"普安寺杜鹃花，江南名景，谁不知道。"安岚说着就看了看远处那座寺庙，"许多江南那边运过来的扇子和瓷器上，都绘有普安寺的杜鹃花，李夫人休息的这个房间内，也挂有一幅这样的画，郡主没注意吗，其实这个香境很粗糙。"

丹阳郡主又是一怔，她没想到……可是，对方这等细密的心思，却更加令她诧异。

叶清清那边似乎有异动了，安岚便转头看着丹阳郡主，等着她的答案。

丹阳郡主沉吟片刻，开口问："你，打算怎么合作？"

"先生说过，记忆只要拥有，就永远不会消失，忘记，是因为那些记忆沉底了，失忆，则是某些感情受到过大的刺激，暂时被封存住了。"安岚看着叶清清的背影，低声道，"我们现在还无法触及李夫人的内心，只能用别的法子诱出她被封存的情绪。"

丹阳郡主看了安岚一眼："先生，跟你说过这些？"

安岚顿了顿，才道："不是因为李夫人的事才说的，我跟郡主说过，我七岁之前的事情，全都想不起来了，因此，先生才与我说了这么几句话。"

丹阳郡主遂想起崔文君大香师，心里泛出几分异样，只是跟着安岚又道："李老爷，郡主见过的次数比我多，了解得也比我多，所以李老爷的角色，就拜托郡主了。"

丹阳郡主愣住："你说什么？"只是她这话才落下，就发现眼前的人忽然变了样，几乎是眨眼的时间，眼前豆蔻年华的少女就变成颔带胡须，面带威严的男人，正是李殿侍长！

"这样的世界很美妙是不是。"安岚看了看自己已变得陌生的手，一声轻叹，"郡主别介意，我的能力只能勉强支撑这个香境，无法再凭空化出李殿侍长和李老爷，并同李夫人互动，所以只能你我来顶替了。"她说着就看向丹阳郡主，"郡主有困难吗？"

这是联手合作，又何尝不是一番较量。

丹阳郡主神色微凝，明艳的容颜慢慢淡去，娇小的身量开始拔高，纤细的身板逐渐膨胀，眼睛、眉毛、鼻子、嘴唇、衣服、腰带、靴子……甚至眼角处细微的皱纹，都没有忽略，说话间，再找不到之前的痕迹。

安岚看着眼前年过四十，面带忧虑的男人，心里暗暗吃惊，这是在她的香境，虽说她放了权，但丹阳郡主能如此自如地收放，所有细微变化都掌握得恰如其分，绝不是件容易的事。她才知道，丹阳郡主的能力，远比她之前见识到的，甚至比她心里认为的，还要高！

丹阳郡主也看了看陌生的自己，然后微微皱眉："这不过是个样子，能起什么作用。"

安岚道："若我猜得没错，李夫人之所以会失忆，真正的根源，在这两个男人身上。而李殿侍长不想见李夫人，李夫人又不愿见李老爷，所以，我们干脆就将他们三人都放在一起，如此，李夫人应当能透露她心里的想法。"

"这怎么可能，清姨已将以前的事情尽数忘了，她平日里只是不愿看到李老爷，却不是见不到李老爷，眼下即便看见了，又有什么不一样。"

"当然不一样，这里是江南。"

"那……又如何？"丹阳郡主的声音开始有些不确定，"即便你在香境里暗示她，时间和地点变了，但却改变不了她已经失忆的事实，她又怎么会将已经封住的情感道出来。"

安岚道："她会的，她既然没有忘记李殿侍长，就证明她封存的那些感情依旧有缺口，她在渴求答案。并且她对答案的渴求，远远超过了对情感的封存，所以，她忘了所有，却依旧记得李殿侍长。只要有所渴求，外人就能有可乘之机，香境的本源不就在此吗？"

丹阳郡主怔了怔，不由得打量安岚一眼："你，为何这么确定？"

安岚沉默片刻，才道："因为我从未渴求过答案。"

她甚至是拒绝答案，所以，即便是大香师，也打不开她心里的那把锁。

第066章　过注·前因·怜爱

李怀荣放下茶杯，面带忧虑地道："在下年底之前须赶回江南，所以内子的事，还是希望公子能多费些心，广寒先生那边，也盼公子能美言几句，这份恩情，在下定会厚报。"

景炎笑了笑，却没说什么，握着茶杯的手微顿，然后站起身，走到屋外。

李怀荣诧异，也跟着起身出去，便见景炎负手站在廊下，往内院方向看去。

李怀荣不解："公子？"

"不用担心，尊夫人的事，这两天就能解决。"景炎收回目光，看向李怀荣，忽然一声轻叹，"不过尊夫人受此磨难，日后李兄自是少不了要分心照顾，除此外还要忙手里的庶务，一截蜡烛两头烧，想来真是不易。"

李怀荣微怔，景炎接着道："只是江南那边的庶务对天枢殿来说甚为重要，广寒先生也极为看重，照理说，有李殿侍长在，倒没什么可担心的。只是如今李殿侍长顾着江北的事已经足够忙了，再说，李殿侍长也一把年纪了，不比当年。"

李怀荣遂明白景炎的意思，其实，自三年前，李家开始起用后辈，接着李怀仁同他之间的联系也不再似以往那么密切后，他就知道，长安这边应是出了什么事。如今看来，果真不假，天枢殿的李殿侍长怕是要失宠了，景炎公子要代广寒先生从李殿侍长那收回天枢殿对江南庶务的主控权。

从长远来看，这对李家来说并不是好事，但对他来说，却是一个新的机会。他没有拒绝的理由，利弊太清楚了，于是李怀荣没有丝毫犹豫，即道："公子有慈悲心，又有大才，在下恳求公子帮人帮到底。"

景炎瞥了李怀荣一眼，嘴角边噙着一丝笑意，眼神温和，深幽的眸子里似真的带着几分慈悲。

李怀荣微微弯下腰，以一种臣服的姿态道："在下在江南所负责的庶务，多与天枢殿有关，心头甚是惶恐，生怕出差错，希望日后能向公子多多请教，但求公子日后能分心指点一二。"

……

叶清清在普安寺上完香后，一想到回去又要面对陌生的丈夫，就觉得胸口堵得慌，便撇下丫鬟，一个人出来走走。她不知道自己究竟是怎么了，总觉得日子过得浑浑噩噩的，明明没什么事，但心里郁气和愤怒却怎么都挥之不去，这些情绪究竟从何来？

她到底在愤怒什么？又在因何事忧郁？

她……怎么就嫁给李怀荣了呢？

叶清清走到一丛杜鹃花前停下，她不是完全忘记李怀荣，她只是忘了自己嫁的人是李怀荣，忘了那多年的婚姻生活。但是她记得成亲之前的李怀荣，也记得离开之前的李怀仁，她还记得，李怀仁是因为什么而离开江南的。是因为她，是为了她，是替了她的罪过，不得已离开江南的，并且当时的情况，几乎等同被李家驱逐！

但是……叶清清有些茫然地抬起脸，但是什么呢？

她想不起来了，这些年究竟是怎么过的，她只记得李怀仁走时的情形。

安岚慢慢走到叶清清身后，叶清清听到脚步声，警戒地转身，正要唤人，却看清自己身后的人后，一下子愣住。

好一会后，她才喃喃道："子耀？"

子耀是李怀仁的表字，此时的安岚在叶清清眼里，并非是如今的李殿侍长，而是二十几年前的李怀仁。

安岚沉默地看着叶清清，叶清清有些不敢相信地道："你回来了！子耀，你，你是专门来见我的？"

安岚依旧没有开口，看着叶清清带着迷茫的表情一步一步朝她走来，周围的杜鹃花以眼见的速度败谢，盛夏忽而转为寒冬，冷雾弥漫，脚下柔软的草地化成厚重的青石板，九曲回廊露出原貌，浓雾凝聚成水，有池环绕，锦鱼成群。

安岚开口，声音低沉，带着蛊惑的味道："这里是长安。"

叶清清怔住，猛地转头往左右看了看，面上的神色时而茫然，时而惊诧，好一会后才掩口道:"是,这里是长安,是锦鱼园,我,我是过来找你的!"

安岚问:"为何找我?"

"我,我不知道,可是——"叶清清怔怔地看着"李怀仁","你给我的那封信,为何什么都没写?"

安岚看着她的眼睛问:"你希望我写什么?你想看到什么?"

"你为何不叫我的名字了?"叶清清怔怔地看着她,目中含泪,"你是还怪我吗。"

安岚心里一动,时间太短,蓝靛查探不出太多的事情,特别是那么多年前的事,眼下若是能直接从叶清清嘴里知道,或许就能顺势探清叶清清失忆之前究竟发生了什么事,如此便能对症下药了。

叶清清哽咽着道:"你怪我也是应该的,若不是因为我,你也不会被迫离开江南。"

周围忽地起了雾,周围的景色时隐时现,安岚循循善诱地问:"因为我什么?"

叶清清不知不觉间被牵引着,面上的表情越加茫然,喃喃地将当年那些事道出,故事并不复杂,听起来甚至有些潦草。二十四年前的元宵夜,叶清清换了丫鬟的衣裳,怀着一颗爱慕的心偷溜出去找李怀仁,不想却碰到人贩子。当时的她,天真而单纯,几句话,就傻乎乎地跟着个陌生人走了,结果差点被人玷污,而挣扎中,她竟失手杀了那人。看着一地的血,她吓傻了。正好那时候李怀仁和李怀荣找了过来,两人看到那等情况,也都蒙了。不说杀人罪,单论她被人骗到那里,传出去,这闺誉定是保不住。

幸好李怀仁很快回过神,即让李怀荣带她离开,然后李怀仁主动承认,那人是他杀的。幸得死的那人本就背着几条命案,李家又走动了一番,最后这事在官府那草草结了案,只是李怀仁到底是杀了人,加上他生母的出身不好,他在李家本就过得尴尬,又添上这一事,更是待不下去了,便干脆离开江南。

只是他的离开,却让叶清清再也放不下。

安岚从叶清清断断续续的述说中理清了那段过往,有些诧异,她想象不出,那位李殿侍长,会是那么多情的人。

似因为这番喃喃的诉说激出了二十多年积压的情感,有什么被一下子冲破了,叶清清的声音突然拔高:"我一直觉得对不起你,一直感激你,一直放不下你,可我没想到——"

没想到什么呢?

安岚等着她下面的话,可是叶清清说到这,似忽然失了声,竟就那么生生地停住了。

安岚愣住,随后注意到叶清清面上神色愈加迷茫,眼里的情绪也是一时惘然一时震惊一时愤怒,来来回回地变幻着,唯不见清明。不是她想停,而是她自己也不知道想要说什么,那情绪就堵在胸口,那答案就被盖在一张薄薄的纸下面,但是,要揭开那张纸,还是差了一分力气。

就差一分。"

叶清清不由得往后退了两步，怔怔地看着"李怀仁"，她不知道自己怎么了，对眼前的人，明明是满怀感激愧疚以及思念，却为何又生出那些愤怒和恨意？

周围的白雾时浓时淡，安岚往旁看了一眼，雾中现出"李怀荣"的身影。

叶清清跟安岚诉说那些过往时，丹阳郡主一直在一旁，自然也都听到了。虽然在这之前，她对这件事已有所耳闻，但也仅是知道个大概，如今从叶清清嘴里听说，才总算明白这事的前后原委。

此时安岚看向她，她自当明白安岚是什么意思。

叶清清接下来要说的话，极可能就是造成她失忆的真正原因，但是，偏她因为失忆的关系，所以即便情绪已经堵到胸口了，却还是说不出来。

所以，眼下必须趁这个绝佳的机会，给她一个刺激。

而什么样的刺激最合适？

应该是李老爷。

这是安岚的想法，也是丹阳郡主的想法。

叶清清自失忆后，就不愿再看到李怀荣，却又单单记得李怀仁，并千里迢迢过来找他。如此，便说明，这两个男人，肯定是她失忆的关键，而刚刚叶清清看到"李怀仁"后，就不由自主地说出那么多事，眼下若是再看到李怀荣，或许，时机就能成熟了。

丹阳郡主自雾中走了出来，走到离开他们约两丈远的距离停下，因拿捏不准李老爷会说些什么，所以丹阳郡主走出来后，亦不开口，就只是沉默地看着他们。

叶清清转头，看到"李怀荣"后，先是愣了一下，随后目中露出诧异："老爷，你，你怎么也在这？"

丹阳郡主没有回答，而是看向安岚，安岚也看向她，就好似两人早有约定一般。

叶清清转回脸，来回看着她们俩，随即面上忽然露出怒意："你们，原来你们，是约好的，没错，你们是约好的——"

叶清清面上的表情接连变了几变，看着似乎要崩溃般，丹阳郡主忍不住上前两步："你，没事……"

叶清清几乎是反射性地也跟着往后退了两步，一脸复杂地看着丹阳郡主，看着她眼里的丈夫，片刻后才抖着唇道："你们，你们早就约好的，真是，好算计啊，若非我看到那封信，我都不知道，当年，你——"

她说着，就又转过脸看向安岚，几乎是歇斯底里地喊："你若无意于我，为何偏要招惹我？跟我说那些缠缠绵绵的话，就是为了将我卖给他！"她说着就抬手指向丹阳郡主，又是哭又是笑，"真是卖了个好价钱啊，可恨我这些年，一直以为自己亏欠你，亏欠了你们。呵，你们，你们俩可真是好兄弟，当真是将我骗得团团转。"

安岚和丹阳郡主皆是一怔，遂又对看了一眼，果真另有内情，只是具体是什么

情况，光凭着几句话，还不好整理清楚。于是安岚迟疑了一下，就道："你是不是误会什么了。"

"误会，哈——"叶清清面上露出嘲讽，"你在李家不受重视，过得不如意，心里一直就憋着气……"

失忆并非是她的选择，而是因为当时受刺激过大，又正好伤到脑袋，所以暂时忘了那些事，如今，情绪再次达到那个顶点，记忆即如潮水般涌来。在叶清清声声控诉中，安岚和丹阳郡主才终于了解这件事的前因。

当年的李怀仁一直想改变自己的处境，在得知叶清清有意自己，而李怀荣又有意叶清清后，他心里便有了个打算，开始有意无意地接近叶清清，但态度却是若即若离。那时的叶清清和李怀荣都只是少男少女，在情之一事上，哪里是他的对手。很快，李怀荣就找他，不停地打探他的意思，他则一直回避。究其原因，却是为了等到一个合适的机会，将自己的退让当做一个有力的筹码，换取最大的利益。而这个机会，很快就被他等到了，元宵夜那晚，他和李怀荣找到叶清清后，面对那等情况，他即同李怀荣达成一个看似不利于他的交易：李怀荣带着叶清清离开，杀人的事由他顶了。条件是，他代替李怀荣去长安，入驻长香殿，并且此后三年，李怀仁都要在钱财上资助他，同时还要照顾好他姨娘。

一直以来，李家都希望能将自家人安排进长香殿，原本那个人是李怀荣，但是，因为此事，便由李怀仁给替了。

当年的李怀荣还是个不谙世事的少年，心里又有爱慕之人，自然很轻易就答应这个交易。事出后，李怀荣真心为李怀仁顶罪一事到处奔走，日日去求爷爷告奶奶，总算将这事给办妥，将李怀仁送了出去，并且此后三年，也未曾食言，一直暗中支持李怀仁。

原本，事情到这里，叶清清即便心有不甘，也顶多是有一份惆怅，不会有这么多怨怒。可谁想到，当李怀仁在天枢殿站稳脚跟，李怀荣也在李家拥有了实权后，这两个男人在多次的庶务往来当中，因利益分配之事，不知将她扯出来说过多少次。最初时，李怀仁对李怀荣说，女人都送给你了，红利他自然要多占一些。后来，李怀荣却反过来对李怀仁说，若是舍不得，他可以将她送过去，而说出这些话时，她和李怀荣成亲还不到四年。

叶清清不知道自己是怎么看完那些信的，二十多年来，她一直以为，自己是他们心里最重要的人，结果才发现，她其实什么都不是。所有的一切，都不过是她自我感觉良好的想象罢了。男人在名和利面前，那些所谓的情和爱都不值一提，她，活生生地成了物品，成了笑话。

她如何不怒，如何不怨，可是，青春已逝，半生已过，她即便再不甘，再愤怒，又能如何？

可是，当怒气暂时被忘掉后，她最想问的还是，当年，他究竟有没有喜欢过她？

丹阳郡主怔然地看着叶清清，她儿时曾去过江南，知道眼前这个女人有多么骄傲。

以为自己得到世上最诚挚的感情，结果却发现，那份感情，甚至都不如俗世男女最普通的情爱，她爱慕之人所谓的倾心付出，其对象从来就不是她。而那位曾口口声声爱她要待她好的丈夫，也不过数年光阴，就已爱淡情薄，并将她归入与人交易的筹码里。

一直以来，她都误会了，他们却也乐见她的误会，怕是，这些年，一直在心里笑话她痴傻。可恨她竟真的一无所知，自以为是地过了那么多年，一朝梦醒，世界骤然轰塌。

陈年旧事包括心里的怨和恨都倾倒出来后，叶清清便像是被抽去了灵魂，有些呆滞地站在那，神色恍惚。丹阳郡主心有不忍，想上前安慰两句，却刚要抬步，就发现周围的一切景物忽然变得模糊起来，随即安岚的声音传来："李夫人应当能想起来了，郡主最好别再多事，毕竟，您现在是'李老爷'。"

丹阳郡主一怔，于是踏出的脚步又收回，随即似从梦中醒来，屋内暗香袅袅，几上的茶还冒着热气。叶清清身子晃了一晃，然后脸色一变，忽地从椅子上站起来，却还不及站稳，又一下坐了回去。

"清姨没事吧。"丹阳郡主忙上前去，叶清清却抬手阻止她靠近，片刻后，才询问地看了看她们俩："我刚刚……"

丹阳郡主迟疑了一下，就看向安岚，却发现安岚的脸色比刚刚苍白了许多。

安岚看着叶清清道："其实，夫人想见李殿侍长并不难，夫人同李老爷将事情说清楚了，由李老爷开口，广寒先生发话，李殿侍长自然不会再避而不见。"

叶清清怔怔地看着她："你——"

安岚却没有再多说，她第一次有意识地去设这样的香境，又勉强坚持了这么长时间，眼下只觉得浑身力气似被抽干了，胸口也觉得一阵阵恶心，膝盖还一直隐隐作痛，站了这么久，两腿都开始发颤，再不寻个地方好好歇一歇，她怕是要瘫下去了。

"接下来就交给郡主了。"安岚对丹阳郡主点了点头，就转身出去。

丹阳郡主却朝她走过去："你？"

"没事，只是有些累。"安岚微微摇头，又道，"刚刚，多谢郡主。"

她擅自做主先设了香境，若丹阳郡主不配合，或者丹阳郡主没有配合的能力，这件事都完成不了。出了昨儿那件事后，丹阳郡主还能不计前嫌，确实是个心胸宽大行事磊落的女子，真是比她好多了。

但，即便如此，她也不愿让步。

蓝靛没有去景炎那边，一直候在外头，见她出来后，瞧着她此时的脸色，吓一跳，忙走过去扶住她："姑娘这是怎么了，才一盏茶的工夫，怎的脸色就这般苍白！"

"才一盏茶的工夫吗？"安岚怔了怔，随后一笑，"我还以为起码半个时辰了呢。"

蓝靛低声道："姑娘，出什么事了？"

安岚道："不过是勉力施了一场香境，你扶我去那边歇歇，然后去告诉李老爷，李夫人已经想起以往的事情了。"

……

才在客房前面的美人靠上坐下，就瞧着李怀荣匆匆赶来，明显是从叶清清那碰了一鼻子灰，安岚唇边露出一抹笑，带着几分难以察觉的嘲讽。待他们走近后，安岚才站起身，行了一礼。

"安姑娘。"李老爷揖手道，"不是说内子已经想起以前的事了，却为何还是以前那般，不愿多言。"

"夫人确实想起来了。"安岚淡淡道，"同时也想起之前看过的一些东西，知晓了以往的一些事，一时间心绪混乱，所以不想多说吧。不过，令夫人愿不愿开口，主要还是看李老爷的意思。"

李怀荣一愣，接着心里怦地一跳，就试探道："姑娘说，内子想起之前看过一些东西？"

安岚道："许是信之类的吧。"

李怀荣脸色微变，他一直怀疑叶清清是不是看到了那些他同李怀仁的私信，所以才……如此一看，果真是了。

李怀荣离开后，安岚才看向站在一旁的景炎，有些局促地道："安岚，算是不负公子所望。"

景炎走到她跟前，抬手轻轻拨了拨她垂在脸旁的几缕发丝，眉眼温柔："脸色怎么这么不好。"

微凉的手指轻轻触到她的脸颊，安岚瑟缩了一下，越发觉得膝盖乏力。

景炎在她肩膀上轻轻拍了拍，目中带着暖暖浅笑："坐下吧，这般拘束，这是怕我么？还在怪我昨儿没有见你？"

"没有。"安岚有些茫然地重新坐下，看着自己的裙摆，"刚刚用了香境，所以有些累。"

放在她肩上的手并没有拿开，轻轻搁着，宽大的手掌在那细弱的肩膀上微微摩挲，像是安抚，带着几分宠溺的意味："真是逞能了，昨儿跪了那么长时间，今儿精神不济，还敢这般，若我不在，万一出了什么事，你要怎么收拾？"

安岚怔然抬眼，便见景炎也在垂眸看着她，漆黑深幽的眸子映出她的影子。

她越发局促起来，意识到此时自己坐着，公子却站着，实在是无礼至极，便要起身，搁在她肩膀上的手却微微用力，按住她，没让她动晃。

"香境若用得不小心，是会被反噬的，特别是像你这般莽撞，丹阳郡主若有一点对你不利的心思，你要么是被困在里面再出不来，要么是丢掉半条命，出来了也只能躺在床上。"景炎说着就解下自己身上的披风搭在她肩上，将她包住，"以前不是跟你说过这些，怎么就一点都不怕。"

那披风上还带着他的体温，安岚明知不妥，却又舍不得拒绝这样的温暖，便垂着脸，喃喃道："不是有公子在吗？而且，这里离白园不远，在先生的地方，应当没有人敢动别的心思。"

景炎一怔，随后笑了："我该怎么说你好呢。"

明明对任何事都满身戒备，却有时又对他有着无条件的信任与依赖，像个真正蒙懂的孩子，让他不由心生怜爱。

第067章 拿信·要人·交代

"这件事，广寒先生会如何评判？"沉默了好一会，安岚忍不住低声问了一句。

"担心了？"景炎负手站在她身边，寒风袭来，他侧过身替她挡住，宽大的衣袖飞到她脸上。淡淡龙脑茶香扑鼻，微凉，矜贵，是他身上的味道，但这幽冷飘忽地香却又似天枢殿内那孤高清冷的身影。

安岚抬眼看他，瞧着眼前这人与那人一模一样的眉眼，微微有些恍神，一时间竟忘了回答。

景炎也未等她开口，顿了顿，又接着道："你和丹阳郡主私下有了约定？"

安岚回过神，讷讷道："什么都瞒不过公子。"

景炎嗤笑："在景府立下那样的约定，还想瞒过我么？"

"没有。"安岚赶紧摇头，"没有想要瞒着公子。"

景炎看了她一会，他的披风搭在她身上，越发显得她娇小，宝蓝色的缎面亦将她面上的肌肤衬得愈加白皙，娇嫩嫩的，甚至可见皮肤下细微的血管，除却那双眼睛，怎么看，都还是个蒙懂的孩子，漂亮得惹人疼的女孩儿。

片刻后，他又问："你清楚丹阳郡主的实力吗？"

安岚点点头，随后又摇摇头。

了解一些，但又说不清。

迟疑了一会，她才问："公子，和先生不认可吗？"

"倒也不是。"景炎看着她，淡淡一笑，"他不会阻止你们之间的较量，不过，这件事他默认了，就等于你连反悔的机会也没有了，若是输了，即便我想留你，也是不能了。"

安岚点头:"我明白。"

……

约半个时辰后,安岚觉得好些了,便回到叶清清这边,正好这会儿丹阳郡主也从屋里出来,而李怀荣也终于能进去了。

"李夫人怎么样了?"瞧着李老爷进去后,安岚就走到丹阳郡主身边问了一句。

"略微缓过神,愿意见李老爷了。"丹阳郡主说着就打量了安岚一眼,"你呢?"

"还好。"安岚漫不经心地道,注意力放在那屋里。

只是一开始,那屋里根本没什么动静,也不知是那两人说话的声音太低,还是两人根本就没有说话。又干等了半盏茶时间后,丹阳郡主便道:"在这听着,终归不好,走吧。"

安岚看了丹阳郡主一眼:"并非是我想探听别人的私隐,这件事一开始你我就插手了,总得知道个始末,郡主若是心里过意不去,便避开吧,一会我给郡主转达。"

丹阳郡主叹了口气:"到底有些不习惯。"

这般大喇喇地偷听,是她从未做过的事,只是,香境,很多时候,就是探寻别人的私隐,比偷听更加赤裸裸。

却就在这会儿,屋里的交谈声提高了,最先传出来的是李怀荣不忿的声音:"这些年我待你如何,你心里难道不清楚,一直以来,你却又如何待我的,你难道都忘了?"

叶清清激动地道:"我如何待你的,我为你生儿育女,为你打理内院,替你孝敬公婆,没有一点不尽心,我有哪点做得不好!"

李怀荣冷笑:"到了现在,你还认为那都是为我!难道他们不是你的孩儿?那不是你的家?你口口声声皆是为我,这么些年,你究竟是为我,还是为你心里那人还债!"

叶清清一怔,随后恼怒道:"你说什么!"

"我说什么,你心里不是最清楚吗。我知道你心里有他,一开始我真的不介意,以为时间久了,你看到我的好后,你自然就能将他放下。可是,我一次次将心捧到你面前,你想的却还是他,生了孩子后,你想的还是他,二十年过去了,你忘不掉的还是他。我是谁?我是你丈夫,是你三个孩子的父亲,你扪心自问,你有没有真的将我放在心里?这么多年,你自以为的那些好,究竟是为我,还是为他?"

叶清清退了一步,心头忽地一乱,恼羞成怒:"你,你胡说些什么!你当这般胡乱指责我,我便会顺了你的心意?"

李怀荣看着开始心虚的妻子,抑住心头的怒意道:"你既什么都想起来了,孩子也该想起来了吧。"

叶清清怔住,面上的神色一时有些复杂。

"我若真的垮了,咱们的孩子将会如何,你可曾想过,你怨我恨我,难道要连同自己的孩子也一同恨上？"

屋里的声音再次低下去，屋外，丹阳郡主和安岚无言地对视了一眼，片刻后，丹阳郡主轻轻叹道："真没想到……"

没想到，站在李老爷的角度，这事情，又换了个样。

谁是谁非，竟有些说不清了。

万丈红尘，本就是大染缸。

"看样子，李夫人是迟早要松口的。"安岚低声道了一句，然后看了看天色，又道，"昨儿只请了一日假，我今儿得回香集市那了，郡主如何打算？"

丹阳郡主回过神，便道："我同母亲叙些话儿，迟些再走。"

"如此，我就先告辞了。"安岚说着就行了一礼，转身前，想了想，又道，"那个约定，郡主安排好后，请提前跟我说一声。"

丹阳郡主看着她，平静地回了一礼，然后微微点头："此事我母亲知道，也不会瞒着广寒先生的。"

她的意思是，请她不必担心，有广寒先生看着，不会不公平。

安岚当然明白，便又道："多谢郡主。"

却从叶清清那离开后，她并未直接往外走，而是又绕回客房那边，让蓝靛看风，她快速走到一个圆肚花盆跟前，轻轻抬起那花盆，手往下一摸，果真摸到下面藏着一封信。她也不急着看，将那封信藏到袖子里，才若无其事地出了锦鱼园。

景炎的马车依旧等在门口，车夫给掀开车帘，便瞧见景炎已在车内。

"公子也要去香集市吗？"安岚上了车后，小心问道。

"自然，往后这几天，才是真正忙碌的时候。"景炎看着她，轻轻浅浅地笑，那双深幽的眸子里，似什么都清楚一般。

安岚顿了顿，便将那封信从袖子里拿出来，乖乖递过去："这是李殿侍长的信。"

景炎嗤地笑了："给我做什么，你不是想看吗？"

安岚小心翼翼地看了景炎一眼，见他脸上并无责备或是轻视的神色，心里略略放了心，只是依旧不敢当着他的面拆开那封信。

景炎打量着她道："不看？那就先说说吧，昨晚那么执意要见我和白广寒，就是因为后悔做了这件事？"

安岚垂下眼，沉默许久，微微点头，然后又轻轻摇了摇头。

景炎目中了然，淡淡一笑："你是后悔，但却不是后悔做了这件事，而是后悔没有做好，怪自己思虑不周，反而连累了你的小伙伴？"

安岚怔然抬眼，诧异地看着眼前的男人，竟，完全清楚她心里想什么。

景炎接着道："你昨晚求见，是觉得自己在欲望和情义之间失去了平衡，不知道今后再次面对此等情况，要如何选择，因为两边你都不愿放弃，是吗？"

安岚忽觉得肩背微僵，此时她心里与其说是震惊，不如说是无措来得更准确。

她如今才知道，眼前的贵公子，不时给人的压迫感究竟从何而来。那总是含着一抹浅笑的眼睛，漫不经心的声音，亲切又随和的神色，以及温柔的话语，其实都只是他愿意展现出来的表象。

而即便明知道那只是表象，却依旧能让她放松和信赖，就好似，她打从心里认可他一般，亦好似她面对广寒先生时一般，这才是她感到无措和迷茫的地方。

小狐狸，因为在某些方面，你和我们是一样的。

你对金雀和安婆婆的温柔像他，欲壑难填的心性则似我，只是你还未自知，我们是同类。

景炎笑眯眯地看着她，看进她心里，看到她藏在目中的震惊和迷茫。

马车沉默地往前走，阳光从微微晃动的窗帘缝隙中透进来，落在他的乌发俊颜上，越发显得矜贵儒雅。

许久，安岚才回过神，垂下眼，低声道："求公子赐教。"

景炎低低一笑，随后才道："自然是尽量变强，除此外，没有更好的法子。"

安岚怔怔抬眼，景炎瞧着她那有些迷茫的表情，给她倒了杯茶："一直以来，你所求的，不就是这个吗？"他放下茶壶，慢条斯理地接着道，"两者之间如何选择，答案不是早就在你心里了。"

会矛盾，会挣扎，也有私心，但在关键时刻绝不会出卖。

"我……"安岚讷讷开口，却又顿住，想了许久，然后吁了口气，才再次开口，"多谢公子。"

"不想看看吗？"景炎示意了一下她手里的那封信。

安岚放下心里的包袱后，才觉得手里的那封信不再似刚刚那么沉了，听了这话，就点点头，然后将信小心拆开。

"这……"只是当她将里面的信拿出来后一看，却怔住了。

这封信，竟也是空白的！

景炎笑了："李殿侍长，还真是个妙人。"

安岚拿着那张空白的信，抬起脸，迟疑着道："公子，李殿侍长这……是何意？"

"若我没猜错，他这封信应当是给崔氏一个面子，而对于你们两位，他目前的态度是两不相帮。"景炎身子往后一靠，"以他如今的地位，在你们当中站队，那是下策。"

安岚不解，景炎瞧着她那认真的神色，又笑了笑："白广寒待他都要客客气气的，更何况你们两个。即便你们分出高下了，无论是谁，在天枢殿，最开始还是要先倚仗他的，若无他的帮助，你们在天枢殿也不能站稳到最后，所以这眼下，还轮不到他来讨好你们。"

安岚神色微变,所以,那晚她去找李殿侍长,其实并非是她说服了李殿侍长,而是,李殿侍长原本就没打算帮丹阳郡主。竟是,将她和丹阳郡主全都忽悠了一遍,并且最后,还说不出他有什么做得不妥之处。

正出神间,马车就停了下来,随后听到景炎道:"到了,你先去忙吧,多熟悉一下香集会的事也好。"

安岚回过神,掀开车帘往外看了一眼,然后回头道:"多谢公子。"

只是她将下车时,景炎又叫住她,问了一句:"天枢殿的藏书楼,你去过几次?"

安岚一怔,不解他为何忽然问起这个,想了想,才道:"三次,没有先生特许,侍香人每月只能进入两次。"

景炎点头:"都看了什么?"

安岚道:"只看了《香谱》和《药理》,还未看完。"

《香谱》共有十二卷,她即便记忆力好,理解力强,却终是太晚接触这些系统的东西,等同于要从头学起,所以如今也仅看到第三卷,《药理》就看得更少了。其实,她如今能将那些字大致认全,已算是非常难得,从香院出来的人,一百个里也挑不出一个能认得那么多字的。

然而,这些,对丹阳郡主来说,却是自小就接触的东西,并且还有老师手把手地教。天赋再高,在学习的时间上,她终是差了一大截。

景炎沉吟片刻,却没说什么,让她下车后,便离开那。

安岚目送景炎的马车离开后,也意识到了什么,眼里露出担忧,直到此时,她才意识到,之前应下丹阳郡主的那个约定,是有多么大胆,甚至是不自量力了。

……

崔文君眉头微蹙地看着眼前那妖娆的男人,按捺住心头的不快,平静地道:"为何只给一个?百里先生是嫌我送的礼诚意不够?"

百里翎支着下巴,打量着崔文君道:"真是奇怪,怎么我底下的人,最近都成了香馍馍,几位大香师都争着要。"

崔文君眉头微皱:"有人提前将金雀要走了,是谁?"

"你觉得会是谁?"百里翎眯着眼睛,似笑非笑地看着她,那表情,如似在等着看一出好戏。

"柳璇玑?"崔文君想了想,看着百里翎的眼神里也露出几分嘲讽,"应当是她了,想不到,百里先生这样的人,如今也拜在她的石榴裙下。"

"呵呵——"百里翎笑了两声,面上未见怒气,"若是她来要人,我当然不会给,只是她请了谢云出面,对谢云,我自然要给几分面子。"

崔文君沉默片刻,就站起身:"那么安婆婆,我让人带走了。"

百里翎笑眯眯地做了个手势:"请。"

"婆婆！"金雀有些急切地推开门，"婆婆，陆掌事刚刚跟我说，说——"

安婆婆正好要找衣服，瞧着她推门进来后，便直起腰道："别着急，急什么，来，金丫头给婆婆拿那件绣祥云纹的袄子，压在柜子下头了。"

见安婆婆竟自己一个人翻箱倒柜，金雀赶紧走过去扶安婆婆到椅子上坐下："怎么忽然要穿那件袄子？"

那件祥云纹的袄子是安婆婆为数不多的好衣裳，一般只有过年时才会穿。金雀在面对安婆婆时，向来是单细胞，问也只是随口问问，说话间已经弯下腰在柜子里翻了起来，没一会就翻出那件祥云纹的袄子，两手拿着抖开后，瞅了瞅，就笑着道："婆婆没穿过几次吧，这还跟新的一样呢，就是压出折痕了，等我熨熨再穿。"

"火斗在那。"安婆婆往旁指了指，明显是早已经准备好了。

金雀便将衣服拿过去，一边铺开，一边道："婆婆，刚刚陆掌事跟我说，璇玑殿选侍女，结果挑了我，说是已经定下名单了，让我收拾收拾准备过去呢。"

安婆婆听了这话，面上不见讶异，只是站起身走过去，帮她拉着衣服，然后问："你想不想去？"

金雀看了安婆婆一眼，叹了口气，微微嘟着嘴道："虽说香殿的侍女要比香院的香使风光，每个月的月钱也多，但现在我在源香院过得挺好，倒也不怎么稀罕那么侍女的差事。只是，安岚在那上头，她身边都没什么人帮衬，我便又觉得，这差事也正好，我们又可以处一块了。"

安婆婆笑了，枯老的手轻轻摸着被熨得温乎乎的袄子，慈爱地道："那你还苦恼什么？"

"其实，这事也轮不到我想不想，香殿那定下的事，哪能让我挑的。"金雀将衣服翻了个面，然后瞅了安婆婆一眼，"可是我走了，婆婆你怎么办啊！"

安婆婆道："傻丫头，你不用担心我。"

"哪能不担心的，你如今腿脚越发不利索了，没个人在身边照看，我和安岚都放不下心。"金雀皱着眉头想了想，便道，"我走之前，得求陆掌事要个香奴，就专门照看您。如今我和安岚都上香殿了，陆掌事日后指不定要依靠我们什么呢，这点小事，她应该答应吧。"

安婆婆摇头道："别瞎忙活，你这一走，婆婆应当也留不下来了。"

金雀随即抬高声音，不敢相信地道："难道陆掌事要赶婆婆出去！"

安婆婆叹了口气，有些无奈地看了她一眼："真是个笨丫头。"

金雀一愣，随后道："那婆婆的意思是？"

"玉衡殿也传话下来了。"安婆婆说着，就摸了摸那袄子，"去那等地方，总要穿得体面些。"

金雀愣了好一会，然后像是怕被人听见一般，低声道："婆婆的意思是，玉衡殿也，也挑侍女，结果挑中了婆婆？"

安婆婆错愕了一下，随后笑着摇了摇头："你这丫头，脑子就不会转弯的吗，婆婆这把年纪，又这样的腿脚，谁还能指着我去伺候？"

金雀面上一窘："那，那怎么会？"

袄子已经熨好了，安婆婆先挂起来，然后握着金雀的手，拉着她一块走到床边坐下："你自个儿想想，这好好的，怎么忽然将你和我都提到那上面去。"

金雀怔了怔，因安婆婆面上那等认真的神色，心里忽地一跳，就垂下眼认真想了好一会，然后才抬起眼，有些小心地道："难道，是因为安岚？"

安婆婆拍了拍金雀的手，轻轻点了点头。

"可是……"金雀怔怔地道，"若是因为安岚，那为何不是天枢殿挑我和婆婆进去，而是另外两个香殿？"

安婆婆道："傻丫头，天枢殿挑你和我上去能做什么，要知道，岚丫头如今争的是大香师继承人之位，也等于是香殿下一任主人之位。"

金雀点头："嗯。"

安婆婆接着道："就拿着源香院来说，这香院里头，几个香使之间，是不是都极为和睦？"

金雀撇了撇嘴："不过是表面上瞧着相安无事罢了，个个心里都憋着气呢，就怕旁人比自己多占了便宜，指不定什么时候背后使刀子！"

安婆婆轻轻一叹："可不是吗，香院如此，那香殿也不能免俗。"

金雀惊诧地捂住嘴："婆婆的意思是，那，那别的香殿是想拿我和婆婆对付安岚！"

安婆婆道："是不是对付，眼下还说不准。"

金雀一下站起身："这怎么行，这样的话，我还去干吗，我留在香院就好了。我这就跟掌事说去，婆婆，我，我不愿去，香殿不会强逼着我去吧？"

"别急别急，坐下。"安婆婆拍了拍床铺，待金雀又坐下后，她才接着道，"你刚刚不也说了，香殿都已经定下的事，哪里轮得到你愿不愿。傻丫头，这不愿的结果，可不是你能担得起的。"

金雀着急道："那怎么办。"

安婆婆替她理了理鬓角的发丝："刚刚婆婆也只是猜测，瞧把你给急的，不过是提醒你一下，让你心里明白，日后要警醒着些。若是……以后真有什么事，你要记得多想想，你们俩是一块儿长大的，性格不一样，却难得感情那般好，婆婆不愿看到你们日后因为什么事生分了。"

"不会的。"金雀摇头，想了想，又道，"那婆婆怎么办？玉衡殿的人有没有说让您去当什么差？您腿脚不便，他们怕是不清楚，万一给你安排什么重活儿，可怎么办？"

安婆婆笑了："这倒不用担心，玉衡殿的崔大香师还不至于这么做，要有差事多半也就是个闲差，不过是为着看住我罢了，差事并不重要。"

"安岚知道这个事吗？"金雀担心道，"昨儿在锦鱼园她都没提，怕是还不知道呢。"

"迟早会知道的。"安婆婆想了想，又道，"有几句话，婆婆要告诉你，你心里得记住了，免得日后到了那里吃亏。"

金雀赶紧点头。

"璇玑殿的柳璇玑大香师，面上看着妖娆妩媚，一身的软骨头，实际上却是个非常泼辣霸道的女人。她比较喜欢直来直往，所以你在她面前，无论她问什么，你都要如实回答，千万别撒谎。"安婆婆看着金雀的眼睛，极其认真地道，"而且，你千万记住，在大香师面前，你根本不可能瞒得住什么，只要他们愿意，可以在你完全不知道的情况下，挖出你藏在心里的任何事情。"

第068章　比试·认真·异样

白广寒才进天枢殿，就看到殿门口高高的台阶上，立着个锦袍乌发的身影，那人的存在感太强，还未走近，就已感觉到连周围的空气都弥漫着一股妖气。

"跑哪儿去了，这几天想见你一面真不容易。"白广寒踏上台阶后，百里翎便走到他身边，特意上下打量了他一眼。白广寒还是那身素白的衣袍，但看起来一点都不显单调，腰带衣襟袖口等处，都用同色系的丝线绣着精致的花纹，其中还掺杂着些许金丝银线，其考究程度，极其符合百里翎的胃口。而这样的衣饰，再配上白广寒宽大的肩膀，紧实的腰身，修长的双腿，以及那张冰雪般的俊脸，令百里翎每次都恨不能扒下他这张面具。

白广寒有些冷淡地瞥了他一眼，不打算理他，径直往里走，百里翎又道："还在忙那小丫头的事？"

"我想歇一会。"白广寒终于开口，声音平稳但极为冷淡，话里的意思已带上逐客令。偏百里翎完全不吃他这套，脚步一移，便跟上他，慢悠悠地道："你知不知道，我香院里那两人被那两女人提走了。"

白广寒依旧是那副表情，百里翎也不着急，接着道："我本是想给你留着的，偏这两天瞧不着你，她们又追得急，没办法，只好丢给她们了。"

"这事我知道。"白广寒终于开口，声音却依旧没有什么情绪。

百里翎扬了扬眉，他相信白广寒知道，只是他不解的是，白广寒为何一直没有开口跟他要人，竟白白给了那两女人机会。

"你不担心？"百里翎看着白广寒的侧脸，斜飞的眼睛微微一眯，"难不成你是故意的？"

白广寒走到寝殿门口，转头看他："你来就是跟我说这事？"

百里翎笑了，抱着胳膊歪在门框上看着他："就算没什么事要说，我不也时常来看你？"

白广寒推开门，百里翎直接跟着进去，白广寒眉头微蹙，但并没有开口赶人。

百里翎笑了笑："不过，今天还真有事要说，这是其一，其二是，大香会的斗香就要开始了，照惯例，今年是天玑殿和天枢殿的主场，这事，你有什么安排？"

白广寒道："跟往年一样。"

"呵……"百里翎笑出声，建议道，"就知道你会这么说，不过，今年还是弄点新鲜的事吧，不如就从你那两个宝贝身上做做文章。"

白广寒看了他一眼，目光含着一丝冷意，百里翎毫不在意地对上他的眼睛："你若心疼，怕有人折腾她们，不如让那几个后生都加进来，正好都是才入香殿的几个孩子。方家的方玉辉，谢家的谢蓝河，也顺便看看，他们心里的意向。"

白广寒在榻上坐下，这意思是要百里翎继续往下说。百里翎面上一乐，就在他对面坐下。

……

大香会第十一天，已连续在香集市忙了五天的安岚，等到了轮换时间，便回了天枢殿。接下来几天，她倒不用再去香集市忙活了，因而准备抽空去源香院看看安婆婆，只是还不及动身，丹阳郡主就找了过来。

"郡主准备好了？"安岚请丹阳郡主进屋，给她沏了杯银毫递给她，问了一句。

"嗯。"丹阳郡主接过那杯茶，轻轻拨了拨茶碗盖，然后道，"定在后天，一共比三场，是广寒先生和百里先生主持，另外几位大香师应当也都会到场，听说方玉辉和谢蓝河也会参与，但他们俩不计名次。"

"三场？"安岚微抬眉，有些讶异。

丹阳郡主点头："前面两场是关于香的基础，第一场是文试，第二场由第一场的结果来定题。"

"文试？"安岚想了想，便问，"如何比法？"

"应当是由香殿出一套考题。"丹阳郡主顿了顿，又道，"题目的涉及面会很广。"

安岚微怔，丹阳郡主说到这，就站起身，离开前，迟疑了一下，又道："题目应当都在藏书楼内，还有两天时间，你尽量抽空多去看看吧。"

安岚微微点头："多谢郡主告知。"

丹阳郡主离开后，蓝靛才有些担心地道："姑娘，藏书楼内存的书，可有数千本之多，跟香有直接关系的，也近千本，就这么几天时间，如何看得过来。"

去看婆婆的事又要暂时搁下了，安岚沉默片刻，才开口道："清河崔氏，其族内的藏书，想必也不少吧。"

蓝靛怔了怔，才点头："是，很多。"

所以，以丹阳郡主对香的追求，相关的书籍，怕是早看过了，没有看过的，这段时间在天枢殿的藏书楼内，应当也都熟读了。

什么叫差距，这就叫差距。

对方沉浸在书香中时，她在做什么呢？

安岚站起身，出了房间后，就直接往藏书楼走去。她知道来不及了，但是还没开始，她不能就此认输了。

只是，当走进藏书楼，看着那一排排，从新到旧，望之不尽的书籍，她第一次生出些许无力感。两天时间，莫说是看，就仅仅是翻，她都翻不完这些书。

安岚走到一个书架前，抬手抚上那已有些发黄的书籍，她喜欢这些书，甚至是敬畏。

"姑娘，要不，我先去打听一下文试题目的事？"蓝靛知道藏书楼的书很多，却还是被这些书的数量给吓到了，再想丹阳郡主所说，文试的题目就从这么多书里抽出来，更觉得头脑发胀，便给悄悄出了个主意。

安岚看了她一眼："出题的即便不是大香师，也应当是由大香师把关，你有本事能打听出详情来？"

蓝靛似被噎住，讷讷不能言。

安岚叹了口气，便道："你出去吧，不用管我。"

蓝靛只好行了一礼，然后轻轻退了出去。

安岚在那几排书架间走了一趟，抽出几本书，本是要走到桌椅那坐下来读，只是她转头，看了旁边的窗户一眼，只见阳光从外面照进来，在那窗户下面开出一地的花。那温暖又美好的感觉，令她想起安婆婆初教她识字的时候。源香院不可能会给她提供书籍和纸笔，所以安婆婆每次都是挑阳光明媚的日子，拿着根树枝，手把手地教她在院子的地上写写画画。

白广寒从书架后面走出来，看着窗户下盘腿而坐的姑娘。

藏书楼很安静，泛黄的书页记载了千年的光阴，细微的尘土在光束中飞舞沉浮，豆蔻年华的少女面带虔诚，乌发白袍的男子目光沉静，久久凝注，这一刻的时光宁静而隽永。

安岚翻开第一本书，只剩下两天时间了，但她选的却是一本已经看过的书，并且是一本已经熟读的书。这本书对所有香使来说，很普通，是每位晋为香使的人，都必须熟读的书，也是安岚在源香院接触到的，一本真正意义上的书——《香草集》。

因源香院主要负责草植之香，故而学习这本书，是每位香使的必修之事。

所以这本书对她来说，是特别的，是她真正认识香的源头。

在这座藏书楼内，面对浩瀚如海的书籍，她最先想到的就是这本书，摸着那泛黄的书皮，看着里头一个一个熟悉的字，她能找到安心的感觉。

安岚认认真真翻完那本书后，就抬起脸，闭上眼睛。

两天时间能看多少书？她一开始算了一下，然后就没再去想这个问题。

她已经输了时间，不可在心态上也输给对方。

她闭眼，是为休息，让眼睛和心情尽量放松下来，时间很紧迫，但她心里亦清楚，即便将留给她的时间再扩大十倍百倍，她也不可能将这里的书全部看完。

所以，她翻开的第二本书，依然是她曾看过的。

第三本，第四本……还是一样，有她在源香院时就看过的，也有她进了天枢殿后，前段时间入藏书楼看过的，总归，全是她已经看过的书。

阳光渐渐偏移，窗户的光线慢慢暗了下去，没有人计算时间，但是，外头的天色表明，此时已是傍晚。

她在藏书楼内，安安静静地坐了四个时辰，认认真真地看了六本书。

中午的时候，蓝靛将午饭用食盒装好，放在她旁边，就轻轻退了出去。两个馒头两盘小菜，以及一碗汤，她只用了一个馒头和半碗汤。

中途有藏书楼的芸香使进来，看到她坐在地上，甚是讶异，原是要开口请她起来，却不知为何，声音还未发出，就收了口，然后退到一旁处理自己的事，随后再无人前去打扰她。

太阳落山后，便是藏书楼关门的时间。

虽没有人提醒，但因为光线转暗的关系，安岚便也知道自己该离开了，于是合上最后一本书，仔细擦好，然后站起身，认真地整了整自己的衣服。接着抱起那几本书，放回书架上，再又从中挑出几本，打算借回去，晚上看。

只是当她抱着那几本书转身时，忽然看到有个颀长的身影从一旁走来，因光线的关系，一开始她并未看清那个人的脸，只是瞧着那身形，既有点像景炎公子，又有些似广寒先生。

她的心脏忽地一跳，莫可名状。

直到那身影走过来，站到她跟前，她看清那张熟悉却冷峻的容颜后，才恍过神，赶紧行礼："见过先生。"

白广寒看了看她手里那些书，伸手，安岚愣住，随后明白过来，怔怔地将手里的书递过去。白广寒拿在手里看了一眼，然后问："这些书，你没看过？"

除去今天外，她进入藏书楼仅三次，这三次当中，她看过什么书，白广寒大致清楚。

安岚没有多想就开口道:"看过。"

白广寒又道:"既然看过,为何还要再看,这藏书楼里的书,除去这几本外,没有值得看的书了?"

"不是!"安岚赶紧摇头,"这几本书,我只看过一遍,未能熟读,所以想再看一遍,希望可以全记下。"

"为何要全记下。"白广寒看着她,目光沉静,"这些都是关于香的最基本见解,文试的题目即便会从这里挑,所占比例亦不会太多。"

安岚看着白广寒沉暗的眼睛,片刻后,才有些拘谨地垂下眼:"两天时间,若选择太多,则顾虑太多,顾虑太多则心绪纷乱,如此,即便看再多书,怕是也难以记住。与其囫囵吞枣,印象模糊,无法落笔,不如将已看过的书熟记,以确保熟读的书能安放在心里。"

白广寒将书还给她,然后问:"可有觉得不公平?"

安岚摇头。

白广寒看着她,再问:"当真不觉得委屈。"

安岚再次摇头,抬起眼看了白广寒一眼,再又垂下,低声道:"若是追求真正的公平,我又怎么可能有站在先生面前的一天。"

自遇到景炎公子起,她对别人来说,就是不公平的开始。

运气,从来不讲公平。

白广寒没料到她会这么说,目光微凝,安岚即便是垂着脸,也依旧能感觉到那道视线,沉静的,悠远的,带着她还看不懂的内容,于是她抬起脸,对上那双黑沉沉的眼睛。

那双忽然看过来的眼睛,黑白分明,里面的渴求也写得分明。

她在他面前,从未有过多的表示,甚至没有真正述说过,但是,他能看到她心底的欲望,既直白又蒙懂,看起来有些矛盾,却因为矛盾而显得很吸引人。

"好好准备。"片刻后,白广寒留下这句话,就转身离开了。

安岚回过神,对着他的背影轻轻回了声:"是。"

她不知道,今日,她在看书的时候,他在看她。

她很认真,他亦是一样。

他从未花如此多的时间,和如此多的精力,去看顾一个人,所以,他希望她是值得的。

……

两天时间,几乎是眨巴个眼,就过去了。

这一天,也正好是金雀和安婆婆离开源香院,前往香殿的时间。

大香会第十三天,一早,安岚穿戴好后,推开门出去,就看到丹阳郡主已站在走廊那,似乎是在等她。

果真,瞧着她出来后,丹阳郡主便道:"地点定在寤寐林的铜雀台,我也是要过去的，我们一起吧。"

安岚迟疑了一下，就点了点头。

这是她们第一次同坐一辆马车，两人却没有什么话可说，精致但不算宽敞的车厢内，是长久的沉默。

直到走了约一半的路程后，丹阳郡主似觉得一直这般沉默下去不太合适，便开口道："你还好吧，脸色不大好。"

她们本就住在同一个院子里，挨得又近，这两晚安岚那屋什么时候熄灯，她自然清楚。今日安岚穿了件艾青色妆花袄子，颜色和花样都极适合她，只是这样淡雅的颜色却显得她肤色略有几分苍白，看起来像是没有休息好。

"还好。"安岚微微点头，也打量了丹阳郡主一眼，她记得，上次丹阳郡主去铜雀台，也同今日一般，穿着一身红色的衣裳，当时具体什么花样她记不得了，唯记得那明艳的红，明明那么张扬，穿在她身上却又那么恰到好处，不会有咄咄逼人之感。

丹阳郡主都先开口了，安岚觉得自己只回答两个字似乎有些不妥，便又道："刚刚出来的时候，似乎没有看到谢长流和方子明。"

长流和子明是谢蓝河和方玉辉的表字。

丹阳郡主道："他们是随各自的先生过去。"

安岚点头，又问："广寒先生也已经过去了？"

她刚刚离开天枢殿之前，去白广寒那请安，才知道白广寒已不在殿内。

"应当是。"丹阳郡主说到这，看了安岚一眼，迟疑了一下，才问，"你我之间的约定，景公子是不是已经知道了？"

安岚点头："郡主当时是在白园提出此约，自当是瞒不过景公子的。"

丹阳郡主沉默，安岚便又道："郡主放心，景公子并未反对。"

丹阳郡主笑了笑，轻轻摇头，却没再说什么。

……

在寤寐林入口处下了车后，安岚往两边看了看，悄悄吁了口气，这里没什么变化，只是各处都添了银装。将往里走时，她垂下眼，看了看前面，就在她三四步远的地方，地面微微凹下去一点，因雪被扫清的关系，所以看起来没那么明显，但是下雨天时，那里便会积出浅浅的一洼水。

她记得最后那场晋香会，她就是摔在那洼积水处，沾了满身的泥泞，最后还是迟到了，当时以为自己的路就止于那，没想景炎公子却给了她一个不敢相信的结果……

"安岚姑娘。"丹阳郡主下了车后，瞧着安岚正看着一个地方出神，而周围已经停了许多华贵的马车，那些从车内下来的人有认出她的身份，也有猜出安岚的身份，正要上来打招呼，她便叫了安岚一声。

安岚回过神，朝丹阳郡主笑了笑，便抬步往里走。只是她刚迈开腿，就看到景府的马车，她一顿，不由得就停住脚步，片刻后，果真看到景炎从那车内下来。前来寤寐林的客人，少有不认识景炎公子的，更有不少是想着法子要巴结景府的，因而景炎公子这一下车，即有几位刚下车的客人围了上去。

景炎也早就习惯了这样的场合，自当应对自如，一边与旁人寒暄，一边不忘往安岚这边看了一眼。那一眼很平淡，平淡到不像在看，而像是眼风无意扫过。自他下车，安岚就一直看着他那边，故当他这一眼遥遥看过来，便同安岚的目光对上。

只是，他也仅仅是看了一眼，或者说，淡淡地瞥了一眼，没有什么内容的眼神，然后就将视线移开了。

安岚微微一怔，旁边的丹阳郡主看着安岚有些孤寂莫名的身影，低声道："走吧，咱们别耽搁了时间。"

安岚再往景炎那看了一眼，见对方还是没什么反应，便收回目光，同丹阳郡主一块入了寤寐林。

只是走了一段路后，她又忍不住回头看了一眼，却见那风流倜傥，尊贵无双的男子，如往常般，挑不出什么不妥之处。但是，不知为何，她心里却隐约觉得有些不对劲，只是究竟哪不对劲，她又说不出来。

……

前来寤寐林的人不少，但是进入铜雀台的人，除去几位大香师外，却没几个。

今日前来寤寐林的，八成以上都是为了大香会的斗香一事而来，并且，他们还听说，今日的斗香，主角换成了长香殿的新人。

而这几位新人的身份，也早有人给挖了出来，所以，自然也有人知晓安岚和丹阳郡主之间的较量。安岚名不见经传，但是丹阳郡主的名声却不小，特别是在清耀夫人的安排下，长安城内，但凡爱香的大户之家，几乎没有不知道丹阳郡主的，于是今日这事，有赌坊甚至为她们俩开了一场赌局。

昨儿金雀知道那个赌局后，稍稍打听了一番，即瞪圆了眼睛，竟有八成以上的人押丹阳郡主赢。今日早上，金雀又去打听了一番，发现那赌局有了新的变化，一是压安岚的人多了两成，二是又新开了好几个新的赌局。除去每一场的输赢外，每场的分数预测也被赌坊的人拿来做文章了。

原来这三场比试，最终结果，并非单以输赢定论，而是以三场的分数总和来定。

第一场，文试，占二十分。

安岚踏上铜雀台的双子连心亭，瞧见里头已经摆好桌案，设了笔墨，另一边，几位大香师基本都到场了。安岚和丹阳郡主敛了衣裙，朝他们行礼，然后在传话侍女的示意下，依次入席。

只是还不及坐下，谢蓝河和方玉辉也到了，几人分别行礼后，才一同入座。

侍女分发试题时，安岚抬起眼，看向远处座上的白广寒。

　　此时，白广寒也正好看向她，只是那个对视，比刚刚更短，短到安岚甚至以为那是错觉。而这会儿，景炎公子却到了，并从另一边的楼梯走上双子亭，然后在白广寒旁边坐下。

　　那两张几乎是一模一样的脸在安岚眼中晃动，让她微微愣神，她将目光从白广寒脸上转到景炎身上，看了许久，依旧找不出有什么不妥之处，但是，心里那等莫名的、怪异的感觉却一直都在。

　　为什么？

第069章　辨认·卷子·鸿沟

　　铜雀台的双子亭是由一座桥连在一起的，在其中一个亭子内说话，正常的音量是传不到对面亭子里，可见这两座亭子之间，相隔的距离不短。可是，就是隔着这样的距离，安岚却觉得，她能看得清白广寒的眼神。

　　若说往日的印象里，那双眼睛流露出来的是淡漠，那么，此刻她发现，除了淡漠外，还有极深的沉静，就像……那晚他给她展现的星空，深沉而悠远。安岚忽然垂下眼，看了看自己的右手，那晚，就是这只手被握住，那是她第一次真正接触到他。带着力量的温柔，壮阔而宏大，自掌心的温度传来，那一刻的感知，就此被她刻在心里，她对他的了解，从此有了细微的变化。

　　无法言传，不可名状。

　　片刻后，安岚再次抬眼，白广寒却已经转头，同景炎交谈。景炎坐在他左后方，故两人交谈的时候，景炎倒不用转头，因而安岚亦能看清楚景炎的眼睛。

　　很多人，即便没有血缘关系，也会有某个五官生得一模一样的情况，或是眼睛，或是鼻子，或是嘴唇，或是脸型……

　　他们是孪生兄弟，那两双眼睛宛若一个模子刻出来，自然不稀奇。

　　但是，此时，安岚却发觉景炎的眼神，在白广寒的对比下，似乎明显比往日淡了几分。这个淡，并非冷淡，亦不是冷漠，而是，原本鲜活的感觉，一下子减弱了。

　　这是很细微的变化，或者说，这并不能算是直观的变化，而是一种看不见的、来自精神，或是心灵的感知。自瘴寐林偶遇那一刻起，他就将心思一点一点放在她身上，她亦对他付出全部的信赖。她的能力提高一些，他所费的心思便会多一分，两人已多次单独相处，私下交流，早已从陌生到熟悉，甚至多了一种奇异的亲密。

付出得到回应，两人之间必将会建立一种玄妙的联系，旁人看不见，当事者却能感知。特别是，如她这般，拥有可以跨入香境之门资质的人，其感知，更是要优异于常人。

景炎公子怎么了？

这样的变化令安岚不解，她的目光不禁在那两人脸上来回辨认，莫名的疑惑挥之不去。

她一直看着那边，目光如此大胆，自然引得另外几位大香师的注意。百里翎先是一笑，远远瞄了瞄安岚，然后眼睛一转，目光在白广寒和景炎面上流连："那小丫头一直在看你们，许久没看到那样的眼神了，真想知道，她到底是在看谁。"

藏不住的占有欲，简单直白，透着异样的吸引力，让旁人的心都跟着蠢蠢欲动。

百里翎微微眯眼，不住地打量安岚，忽然间，他发觉自己之前，似乎看错了这丫头。只是……百里翎眸光一转，又看了那两兄弟一眼，目中露出几分趣味，那小丫头，究竟是景炎看中的，还是白广寒看中的？

白广寒转头，又看了安岚一眼，依旧是刚刚那样的眼神，但并未回应百里翎的话。

侍女点上可以燃一个时辰的篆香，香烟飘出的那一刻起，便是文试开始。

安岚这才收回目光，提笔，阖眼轻呼吸，暂且搁下心里的疑惑，然后睁眼，将注意力全部放在眼前的试题上。

试题很多，多得出乎意料，一个时辰的时间，几乎没有给他们留思考的余地，必须不停地写，才有可能将这些试题全部答完。

谢蓝河提笔之前，看了安岚一眼。

他知道，这场文试，包括接下来的两场斗香，主要是安岚和丹阳郡主之间的较量。他和方玉辉虽也参与了，但并不会记分，亦不会记名次，在谢云和方文建看来，这仅是给自家后辈一个锻炼的机会。然而，谢蓝河却不这么认为，他一直觉得，他和安岚之间，欠了一场真正的比试，所以，这几场比试，他很看重。

安岚以前的身份，长香殿的人都知道，因而他心里清楚，这场文试，他比安岚占优势。

他虽自小同母亲生活在外，不曾进过谢家族学，亦无缘谢家的藏书阁，但蓝七娘在他六岁那年就送他去私塾读书。而谢六爷当年为讨得蓝七娘的欢心，除去香品外，亦没少往蓝七娘那送各种香籍香典。后来，他被接回谢家，在谢云的示意下，谢家的藏书阁自然也对他开放。如此，虽比不上丹阳郡主和方玉辉自生下就优越的条件，却要比安岚幸运太多。

人生本来就不公平，他看了安岚一眼，未因此而自喜，又看了看方玉辉和丹阳郡主，亦未因此而自怜。

希望你也如此。

他收回目光，提笔蘸墨。

丹阳郡主和方玉辉几乎是同时落笔，名门望族之后，有游手好闲偷懒耍滑者，亦有废寝忘食认真读书者，而他们，显然是属于后者。

丹阳郡主自落笔后，就不曾停过，当真是连思考都没有，仅看一眼题目，就直接写下答案。这套试题，从最基本的释义，到少有记载的偏门香方和传说中的典故分析，纵横了千年时间，跨越了南北万里，甚至远渡重洋。

安岚最先抬起脸，有些怔然地看向旁边一直低头认真答题的丹阳郡主。

究竟要熟读多少书，才能熟知这些题目？

她是郡主，身份尊贵，自小锦衣玉食，仆从环伺，即便什么都不做，亦无须任何努力，她的身份也决定了她一样能有富足的一生。

但是，眼前的事实却证明，那个身份尊贵的女子，并非是耽于享乐之辈。

安岚心里隐隐生出几分佩服，懒惰和享乐，是每个人都具备的弱点，在那样富足的环境下，要克服这些品性，并非易事。

安岚垂下眼，看着眼前的试题，她能答的，仅勉强有一半。

很多题目，她连听都没有听说过，而更让她心里感到窘迫的是，甚至有很多字，她竟都不认得。手里握着笔，笔上蘸着墨，她却没办法再写下一个字。

而旁边，同她竞争的人，手中的笔，如行云流水般，不停地将那一页页空白的卷子填满。

早早就停笔，干坐在那苦思，依旧无法落笔。安岚再次抬脸，看着前面香几上的紫檀卧香炉，袅袅轻烟从香炉内逸出，轻灵的线条随风舞动，转眼间散在空气里。她看着那变化莫测的香烟许久，然后收回目光，整理好自己的卷子，起身，交了上去。

有人诧异，随后却是了然。

香奴出身的侍香人，自然不可能答得完这套试题。

宾客那边，亦有人窃窃私语，甚是不解，这样一个姑娘，在长香殿，如何就能跟丹阳郡主相提并论？

安岚交了卷子后，在侍女的示意下退到一旁，静静候着。

谢蓝河趁蘸墨的时间看了她一眼，未在她面上看到沮丧或是不甘的神色，他略略放了心，将目光重新放到卷子上，迟疑了一会，再次落笔，只是速度比一开始的时候慢了些。

而这个时候，方玉辉写字的手微微一顿，接着眉头皱起，他遇到难题了，不是不会，而是有些拿不定主意，要写何种答案。犹豫了片刻，他转头看了谢蓝河和丹阳郡主一眼，便见谢蓝河写写停停，丹阳郡主则依旧心无旁骛，落笔不见丝毫迟疑。他微怔，随后心里生出一丝不忿，将目光再次落在眼前的卷子上，认真想了好一会，然后郑重落笔。

第二个交卷的是谢蓝河，此时离篆香燃尽还有一盏茶的工夫。

他当然也未能写完，但是，却是答了大半，若是有记分的话，想来那分数也不会太难看。只是……终究没能达到他想要的结果，谢蓝河轻轻叹了口气，起身交了卷，然后轻轻退到安岚旁边。

安岚朝他微微颔首，依旧安静地候在那。

谢蓝河陪她站了一会，忽然道："你，答得如何？"

安岚一怔，只是马上就道："仅答了一半，还不知是对还是错。"

谢蓝河道："你落笔时极其肯定，想必不会错。"

安岚侧过脸看了他一眼，迟疑道："你……还有空观察我？"

观察这个词，此时从她嘴里道出，似乎带着几分异样。

谢蓝河顿了顿，安静了一会，然后才若无其事地道："丹阳郡主快写完了。"

安岚轻轻应声："嗯……方少爷也快了。"

谢蓝河看了她一眼，迟疑道："你，可有担心？"

安岚将目光投到丹阳郡主身上，丹阳郡主此时依旧无比专注，半刻都不曾分心。面对这样的对手，担心？自然是有的，此事关系到她是走是留，怎么可能会不担心。但是，技不如人，她确实无话可说，只盼接下来的两场，能扳回一些局面。

谢蓝河的问话才落，旁边就快速走过来一位侍女，低声道："谢先生和百里先生请两位过去。"

谢蓝河即抬眼往那边看了一眼，安岚亦抬眼往那看过去。

谢云正往这边看，即便是坐着，但姿态挺拔端正，几位大香师当中，唯谢云最适以兰花喻之。百里翎同样也往他们这看，但即便远远瞧着，都能瞧得出他此时就好似没骨头般歪在那。且他们还没走近呢，就已经感觉到那双妩媚的眼睛正似笑非笑地打量着他们。这样的男人，即便一句话也不说，单是用那双眼睛打量你时，那妖娆的气息，也能令人呼吸不畅。

谢蓝河和安岚一块过去后，不及谢云开口，百里翎就笑嘻嘻地道："瞧着倒像是一对金童玉女，当真是赏心悦目，不如你们俩都去我那如何？我不会亏待了你们。"

谢云看了他一眼，却懒得搭理他这句戏谑的话，就示意谢蓝河过去。

今日入铜雀台的，其身份无不尊贵，而即便不是勋贵，却也是某一领域的大家，同白广寒或是百里翎有不浅的交情，自是值得结交。谢云之所以会让谢蓝河也过来，主要目的，就是借着这个机会，让谢蓝河结识这些人。

谢蓝河过去了，百里翎便朝安岚招手，示意她到自己身边。

安岚却先往白广寒那看了一眼，白广寒目光淡淡，没有任何表示，沉默即是默认。安岚想起自己在这场文试当中的表现，面上一热，即垂下眼，行了一礼，然后走到百里翎旁边等候吩咐。百里翎的位置同白广寒的位置是相邻着的，所以身为天枢殿侍香人的安岚，站在他们的座位之间，瞧着倒也不突兀。

"答得不好，被难住了？"百里翎又是那般笑眯眯地打量她，但目光却不时转到白广寒那边。

安岚垂着脸道："让百里先生见笑了。"

百里翎嗤的一笑，然后摇了摇头，目带戏谑："出题的是白广寒，你有多少本事，他应当是清楚的，却还是这般为难你，可真是过分是不是。"

安岚一怔，抬起脸，却不由转头往白广寒那看去，却瞧着景炎同白广寒告辞，说着起身离开此处，似乎要赶着去处理什么急事。安岚看着那匆匆离开的身影，不知为何，心里又生出几分怪异的感觉。

原本，想靠近了看一看他们，她之前是不是错觉，可是⋯⋯

只是这会儿，丹阳郡主那边，方玉辉交卷了，接着篆香终于点完，丹阳郡主也在那一刻放下笔。

"这时间的拿捏，当真是恰如其分。"百里翎赞了一句，然后又看了白广寒一眼。

其实，此时在大部分人眼里，安岚根本没有资格跟丹阳郡主比。他们皆不明白，广寒先生为何要从这两人当中选一个出来，包括安岚，心里也不免有些忐忑。虽说她文试的结果不好，她并不认为最终自己定会输给丹阳郡主，但却不得不承认，丹阳郡主确实非常优秀。

侍女很快就将他们四人的卷子送了过来，摆在最上面的，正好是安岚的卷子。

此时安岚就站在白广寒和百里翎中间，侍女将卷子先送到白广寒跟前，然后就退了下去。安岚眼睛一瞄，就看到自己的卷子有大片大片的空白，面上不禁一热，却在她垂下脸之前，白广寒忽然看了她一眼。

那眼神，有那么一瞬，令她觉得无比熟悉，但是待她再看时，又觉得刚刚只是错觉。白广寒将那些卷子翻了一遍，并未细看，就交给百里翎，百里翎也只是随意瞄了几眼，然后就往旁边示意了一下，遂有两位年长的香师上前接过那些卷子。

改卷的事另有人负责，成绩也不会当场公布，但比试继续。即便如此，单从交卷的时间看，大家也大致清楚这一场的胜负情况。

在座的宾客心里都表示理解广寒先生不当场宣布成绩的决定，到底是天枢殿的侍香人，即便输了继承人之争，照理，日后也是要留在天枢殿，因而，不能不照顾一下参与者的面子。

只是方玉辉对此却有些不满，他不认为自己会输给丹阳郡主，只是这场比试是由天枢殿和天玑殿主持，其结果，除去丹阳郡主和安岚外，并不影响任何人。所以，即便是方文建大香师，也不好对此提出异议。

至于谢云和谢蓝河，其本意并不在输赢，自然也没有异议。如此，其他几位大香师也不会表示反对，只是崔文君大香师不时打量着安岚，被那样的目光看得久了，安岚无法装作不知，禁不住抬眼往那看过去。

她不明白，崔大香师为何会如此关注她，甚至对她七岁之前的记忆表现出超乎常理的兴趣。无疑，崔大香师是个美人，即便在柳璇玑和百里翎这等夺人眼球的美人面前，也不见有丝毫逊色。不，或者说，这里的每位大香师，都各有风采，非是因为他们个个容貌绝佳，而是那等由内而外表现出来的超凡的气质，令人只看一眼就生出自惭形秽之感。

安岚不是第一次见崔文君，但奇怪的是，每次面对崔文君，她心里都会生出莫名的紧张感，不同于面对别的大香师时的那种紧张，因为，她此时的这份紧张里多了一点别的东西。她后来琢磨了许久，才辨出那点多出来的感觉，叫做危险。

那不知源于何处的敌意，令她惶恐而茫然。

因而，此时她看过去的眼神，带着几分困惑和不安。

白广寒看了崔文君一眼，那眼神在旁人看来并无特别，但崔文君却感觉到白广寒的眼神仿若实质化，带着警告的意味，夹着寒风拂面而来。崔文君遂抬眼看过去，唇边露出一抹笑，柔美的五官愈加温婉动人，宛若春暖花开。

只是花开了，但冷风未化。

百里翎饶有兴致地看着这一幕，那两人都很克制，只是表露态度，无意较出高下，因而，更加耐人寻味；柳璇玑微微扬眉，"呵"的一声低笑，却笑得张狂；净尘心里念了一声阿弥陀佛，准备一会若有意外，便出手阻止；方文建和谢云则都是面色如常，似没有察觉到此时亭内这细微的变化。

丹阳郡主看了看安岚，心绪甚是复杂，姑姑，从刚刚到现在，一眼都未看过她。她表现得越好，姑姑对安岚的关注就越多，就连景炎公子和广寒先生也一样，对安岚，总是另眼相待。

是不是，有些东西，无论怎么努力，都无法得到？

她第一次，对别人生出羡慕来。

……

因第一场文试是白广寒出题，如此，第二场斗香的形式，理应由百里翎定。

百里翎手里摇着一柄金丝楠木折扇，含情目似笑非笑地巡视了一遍在座的宾客，最后将目光落到安岚身上，扬起嘴角道："香之为用，其利最博。物外高隐，坐语道德，焚之可以清心悦神。四更残月，兴味萧骚，焚之可以畅怀舒啸。红袖在侧，秘语谈私，执手拥护，焚以熏心热意。皓月清宵，冰弦曳指，长啸空楼，苍山极目，未残炉热，香雾隐隐绕帘。此情此景，不以咏香，实为可惜。"

有人抚掌而笑："今日能闻长香殿咏香之妙，当真不虚此行。"

旁边的人即点头附和，咏香，本是斗香形式之一，将香之虚渺之玄妙之动人之意境，用诗词歌赋描绘出来，将转瞬即逝的感觉流传万古，此为文人雅士最为喜爱和追捧的斗香行为。

如此，斗的不仅仅是对香的感知，更是一个人心中的才情，腹中的文采。

时下唐人皆爱香，然斗香会却只在勋贵圈子及士大夫中盛行，究其因，不过因唯此阶层的人才有钱有闲并有此才情。

寒门亦有才子，但寒门才子无缘香事。

长香殿内，从大香师到香奴，虽几乎人人都能接触到香，但长香殿的香奴莫说吟诗作对了，单是识字的，十个里头挑不出一个，若是还会写的，百个里头，也寻不出一个。

而要是诗词歌赋都能信手拈来，那么，这个人绝不可能是香奴出身。

若生而为奴，并在温饱和安定尚无法保证的情况下，读书那是痴人说梦。

安岚能读会写，已是命运的眷顾，再奢求，便是过分了。

因而，百里翎的话一落，安岚的脸色霎时苍白。

若说第一场文试，她还可勉力一试，那这第二场，她真的，只有交白卷了。

即便不是三场两胜定输赢，但若前面两场真是如此结果，那即便她第三场能获得好成绩，想必最后总分也不可能会比丹阳郡主高。

直到此时，她才真正认识到，自己有多天真。

这样的鸿沟，即便她有舍命的决心和勇气，也无法跨越。

她确实有惊人的天赋和才华，但同时也有无法忽视的缺点。

安岚转头看向白广寒，她并未流露出恳求之色，只是看着他，微微有些怅然。

白广寒注意到她的目光，偏过脸，亦看过来。

那双眸子依旧沉静，淡漠，只是当落到她身上时，似乎带上一丝丝安抚的意味。安岚不知是自己的错觉，还是广寒先生在那一瞬，真的流露出那抹温柔。

"不过，一场一场来未免太无趣，因而第二场和第三场将同时开始。"百里翎的眼睛在丹阳郡主和安岚等人身上扫了一圈，接着道，"每个人，每一场都有弃权的权利，咏香之香品已准备好，若没有疑问，可开始第二场。"

谢蓝河揖手询问："请问百里先生，既然第二场和第三场可同时进行，如此，第三场斗香是何内容？"

百里翎呵呵一笑："第三场由白广寒定。"

白广寒缓缓开口："朝圣。"

第070章　香境·亲事·高墙

没有要求也没有约束，入了香境后，即可选朝圣之路。而此香境内的唯一规则，只要有人到达终点，香境便会自行散去。

听到这句话，安岚即感觉心脏猛地一跳，她抑制不住地抬起眼，看向白广寒。

香境由先生来设，如此，这是，先生特别定下的规则吗？

安岚只觉连双手都禁不住微微颤抖，她在心里默默算了一下，第一场文试占了二十分，第二场咏香占了三十分，第三场香境朝圣则是五十分。

她第一场文试结果再怎么糟糕，也不会是零分，丹阳郡主前面两场加起来，即便都拿到满分，只要她能在第三场第一个达到朝圣地，那么，她最终得胜的可能性还是很大的。

因而第二场将开始的时候，安岚毫不犹豫地举手表示弃权。

那一刻，丹阳郡主迟疑了一下，但还是静下心，认真面对第二场的咏香。

她有自己的骄傲，此时此刻，她若是马上跟着表示弃权，她会看不起自己。

她相信，广寒先生的香境，绝不会是先入者先到这么简单。

在方玉辉眼里，丹阳郡主才是他的对手，因而丹阳郡主在哪里，他便在哪里。至于谢蓝河，本是有那么一瞬，他也想表示弃权，但谢云看了他一眼，他终是打消了这个念头。

他既然回了谢家，又入了开阳殿，那么，他的所言所行，便不再是他一个人的事。他既受了谢家的荫庇，又得了谢云的恩，那么，他如今的任性，便只能在一定的范围内。

有了第一次的低头和退让，接下来便很容易会有第二次。

……

弃权者，另择席而坐。

安岚随侍女入了新的席位，只是她将坐下时，却不慎踩到裙摆，一下失去平衡，即往旁一歪。她大惊，赶紧伸手去扶旁边的席案，若是在这等场合摔了，那丢脸的不仅是她，广寒先生也会面上无光的！

然而，她伸出手这么一抓，结果抓到的却不是那黑漆席案，而是上了朱漆的栏杆！

这里是——

安岚茫然地睁开眼，看着眼前美轮美奂的院子，似刚从梦着醒来般，脑子一片空白。

"姑娘又打盹了吧。"蓝靛拿着个砚台走过来，弯下腰，小心摆在她跟前的桌子上，然后看了一眼桌上那张已落了几句诗的雪浪纸，又笑道，"我这香还未点上呢，姑娘的诗就已经出来了！"

"什么？"安岚不解地往桌上看了一眼，便见那雪白的纸上，落着几行秀丽俊挺的字：置酒未容虚左，论诗时要指南。迎笑天香满袖，喜君新赴朝参。迎燕温风旋旋，润花小雨斑斑。一炷烟中得意，九衢尘里偷闲。

这是……虽品不出这首诗的意境，但却看得出来，那字写得非常好。

她拿起那首诗端详了片刻，才抬起眼："这是我写的？"

蓝靛笑道:"可不是您写的,姑娘这是怎么了,自己写的东西竟不认得。"

"是吗……"安岚看着那几行诗,怔了一会,就拿起旁边的毛笔,照着那首诗誊写了一份。笔尖落在纸上的触感,文字的结构,一笔一画的走向,她都能感觉得到,那么清晰,但不知为何,她却觉得自己像是在做梦。

就好似,有人牵着她的手完成那几行字一般,安岚写完后,不禁摇了摇头,要甩开那种感觉。

"姑娘这是要裱起来吗?"蓝靛见安岚难得露出这般严肃的神色,而且重新写的这篇,看起来更好,便问了一句。

"不用。"安岚放下笔,又端详了一会,然后抬起脸问,"这里,是哪?"

蓝靛有些蒙了,瞧了安岚好一会才道:"这里是安府,是姑娘您的家啊。"

"我的家?"安岚面露茫然,想了许久才低声问:"这家的主人呢?"

蓝靛小心道:"夫人出去了,老爷也访友去了,姑娘可是有什么吩咐?要找老爷和夫人吗?"

老爷?夫人?

她的……爹娘吗?

安岚极其茫然,总觉得好像忽略了什么,但偏偏就是想不起来。她轻揉了揉额头,然后站起身,打算出去。

蓝靛忙道:"姑娘是要出去吗,我这就去备车。"

"不用。"安岚摇头,"我只是出去看看,一会就回来。"

只是她走到前院那,一开门,却看到外面有个少年正举手做出一个敲门的动作。安岚将门拉得大些,便看清那少年的五官,柔美,俊秀,眉宇间还带着几分倔强。

"安姑娘。"谢蓝河朝她揖手,"安姑娘这是要出门?"

"……谢公子?"安岚辨了好一会,才迟疑着开口,她认得这个少年,但是,却又觉得有些陌生,"谢公子找我?"

谢蓝河点头:"是,在下来赴姑娘的斗香之约。"

安岚不解:"斗香?"

"姑娘上月定了此约。"谢蓝河看着安岚,"照之前的规矩,输的人也不罚别的,姑娘若输了,十天内不得踏出家门。"

安岚微微抬眉:"若是你输了呢?"

谢蓝河想了想,便道:"在下若是输了,那便由得姑娘说做什么,便做什么。"

安岚看了谢蓝河好一会,才让开身,请其进来。

……

香席很快就摆好了,谢蓝河在香室外脱了鞋。

安岚进去后,却看着摆在自己跟前那个狐狸香炉微微出神,她怎么都想不起来,自己什么时候买了这么一个东西。片刻后，她将手覆在那个狐狸香炉上，轻轻摩挲了两下，心脏莫名地怦怦跳了起来。

谢蓝河已经点上自己的香，他动作无比娴熟，每一步都做得极其到位，如同他的人，规规矩矩，踏踏实实，令人舒心。

恬静的味道，正中平和，慢慢充斥整个香室，不知不觉间，让人放松，就算是再急切的心情，也消失得无影无踪。

不算出彩的香，并未给人惊艳的感觉，但是细细品来，却令人惊诧。

"这是什么香？"安岚忽然开口，神情怔忡。

"还未起名。"谢蓝河说着就朝她做了个请的手势。

他们之间的斗香，是品完对方的香后，写出此香分别和了几种香品，然后再相互品评。

天已入秋，园中的几株梨树都已结果，抬眼望去，便见一束阳光落在屋檐下的那枚梨子上，是半个月前才结的果，青中带白，被阳光一照，还能瞧见上面一层光泽。挂在走廊上的墨竹鸟笼被风吹得微微晃动，风里带着柔软的味道，再往远处看，那边还有竹栅绿草，池水如夏碧蓝，粼光闪闪。院中的仆从不时从旁经过，却未停留，身着粉色比甲的丫鬟从香室附近走过时，因她往外看的关系，便会站住朝她微微欠身，然后才过去。

丫鬟身上的衣着打扮都很体面，是个极为富贵的府邸呢……

"安岚姑娘？"谢蓝河见她竟是看向外面，并似乎已然出神，便轻轻叫了一声。

安岚收回目光，拾笔，却将下笔时，心里首先想到的却不是刚刚辨出的那几味香。

熟杏暖香梨叶老，草梢竹栅锁池痕。

写完后，她才怔住。

谢蓝河却已看过来，并将那张纸拿过去，还轻轻念了出来，随后连连赞好，又请她将这首诗作完。

安岚回过神，忙道："是我走神了，那是忽然……"

"福至心灵，所以下笔如有神。"谢蓝河微笑着接住她的话，真心叹服。

安岚遂觉得面上一热，心里莫名觉得窘迫，便垂下脸，将之前辨出的香品一一写出，然后放在一边。接着，蓝靛将她的香送来，她将早准备好的香取出，伸手拿品香炉时，又看了一眼旁边的狐狸香炉。

那一瞬，她手里的动作顿了一顿，谢蓝河并未发觉，身边的丫鬟也未察觉，甚至是她，都未有自觉。只是，接下来的一系列动作，即便她未出丝毫差错，但却总觉得自己像是处身事外一般。

一切都那么真实，一切又都那么不真实，她不知道自己怎么了。

直到谢蓝河起身告辞时，她才忽然间回过神，面上露出几分茫然。

"安姑娘今日似乎有些心不在焉。"谢蓝河看着她道,"可是有什么难事?"

安岚看了谢蓝河一会,轻轻摇头,谢蓝河离开后,蓝靛才笑着道:"谢公子往后可能不会常来同姑娘一块品香了,难得今天过来,姑娘却总是走神,谢公子应当是以为姑娘心里伤感吧。"

安岚不解:"嗯?"

"姑娘,难道……是忘了?"蓝靛瞧着安岚这神色,便道,"谢家要将谢公子接回去了,以后便是正经的世家公子,再不是寒门蓬户里出来的小子,外出访友应当就不似现在这么容易了。"

"谢家?"安岚顿了顿,"他愿意回去?"

"怎么会不愿意回去。"蓝靛笑了笑,"姑娘是天生的富贵命,自然不知道外头的苦日子是什么样,谢公子的身世您是清楚的,一年四季,也就穿在外头的那几件衣裳是没有补丁的。咱家老太爷赏识他,去年春节让白芍给他送两块墨,我跟着一道去,才瞧着他家连春节这样的日子,竟都不见有荤腥,那炉子上还熬着药,谢公子也没想到我们会来……"

接下来蓝靛说什么,安岚都听不大清了,心里只想着那句话:姑娘是天生的富贵命,自然不知道外头的苦日子是什么样。

只是过了一会,蓝靛又走到她跟前,拿着她写的那几句诗道:"姑娘前两天说过要赏我点东西,让我自个儿想好了再开口,我这会儿想好了,我就要姑娘写的这个。"

安岚奇怪地看了她一眼:"你要这个做什么?"

"姑娘这是答应了,一会我就送出去裱起来。"蓝靛一边仔细收好,一边道,"姑娘是不知道,您的诗词和字画,外头都有人高价求呢!"

安岚怔住:"高价求?"

"姑娘别误会,我求姑娘这个,不是为着拿出去卖的。"蓝靛忙解释道,"我就是为着以后逢年过节时,将姑娘的东西拿出来给大家看看,也长长脸。"

安岚诧异:"外头怎么会求我的诗词字画?"

蓝靛笑了,走到安岚身边:"咱府的老太爷是当世大儒,夫人亦是书香门第出身,姑娘自小又有才名,无论是写是画,都是老太爷手把手地教,而姑娘在香道上亦有不小的名望,所以姑娘的诗词字画,那外头的人自然是要争相来求了。"

安岚忽然笑了,并且笑得直接往榻上倒去。

蓝靛愣住:"姑娘笑什么?"

"没事,就是忽然想笑罢了。"笑了那一通后,安岚也没有坐起身,而是干脆躺在榻上,看着房顶。她真的不知道自己为何想笑,只是忽然间,就笑了,但她很清楚,那不是因为心情愉悦而笑。

蓝靛什么时候出去的,她没有留意,只是过了不知多会,蓝靛又进来说安夫人,也就是她母亲回来了,正往她这边过来。

安岚赶紧坐起身,心里莫名有些紧张,是自己的娘亲过来看她,而她又没有做错什么事,为何会紧张?并且,随着那外头的脚步声越来越近,她的紧张感越来越重。

脚步声在门口停下,她从榻上站起身,两眼紧紧盯着那张五谷丰登的锦帘。

帘子被打起,一位衣着素雅,三十开外的妇人微微垂着头进来,然后抬起脸往她这看过来。

为何,会有陌生的感觉?

安岚看着那位"熟悉"的妇人,一时间竟不知该如何开口。

安夫人笑着走过去,拉着她的手一块在榻上坐下,语气温柔地与她闲聊。安岚不知自己都说了什么,她甚至觉得她就像是个旁观者,冷眼看着眼前这温馨的一幕。她真的不知道,为何会有如此荒谬的感觉,她觉得,自己一定是病了。

安夫人给她说了一门亲,据说是极好的亲事,许多人家的夫人和待字闺中的姑娘都羡慕得不行。甚至有人酸溜溜地说,安岚的一切,家世,容貌,才情,以及如意郎君,真是样样都好,样样都比别人强,她过的,当真是所有女儿家梦寐以求的生活。

接着安夫人又说了许多,安岚却觉得自己既听进去了,又似没听进去,无论安夫人问她什么,她都是点头,心里浑浑噩噩的。安夫人却未察觉她的异样,晓得闺女的意思后,高兴地说了句要开始准备了,便出去了。

安府的姑娘定亲了,前来道贺的人特别多,安岚这更是三天两头就有年纪相仿的姑娘特意前来拜访,要么是亲戚,要么是世交,有人高兴有人酸涩,种种情绪日日上演,唯当事者表现漠然,旁人与她提到此事恭喜她时,她除了道谢外,就是低着头垂着脸,说不清是因为害羞还是真的不放在心上。

定亲的那家也是名门望族,家中规矩甚严,为此安夫人特意请了两位嬷嬷指点她。她学得极认真,许多事一点就通,那两位嬷嬷是出名的苛刻,对她却是赞不绝口,安夫人心里甚慰,府中下人亦跟着添光,无人不欣喜。

大喜的日子一天天临近,嫁衣盖头等亦都准备妥当,她摸着那鲜红的嫁衣,心里并无抗拒的感觉,只是微微有些惘然,一个人的时候,心里会闪现出莫名的疑问,这就是她想要的吗?

除了她自己,没有人能给她答案,但是,她的答案又在哪里呢?

学得快,一点就通,并能举一反三,却不代表是真的喜欢。

她并不喜欢教习嬷嬷同她讲的那些大家规矩,亦不为日后的贵夫人生活感到期待,她只是知道,在这个位置,就应该接受这样的安排,除非……除非什么呢?她忽然间感到茫然,似乎答案就在心里,令她的心跳不由自主地加快,但是,将要触到时,又忽然消失了。

嫁人的日子如期而至，她似变成了木偶，由着丫鬟给她梳妆打扮，顺着嬷嬷教她如何说如何走如何与父母亲人告别，最后如何坐上花轿。

一路上爆竹声几乎是响不绝耳，十里红妆绵延了数条街道，围观的百姓簇拥着出门观看，满眼望不尽的喧哗热闹，这是她从未有过的风光。

只是花轿的闷热令她心头隐隐有些烦躁，不过她很能忍，轻轻吁了几口气后，便将心里那些烦躁压了下去。外面的喧哗声却依旧不断，似沸腾的水，那盖子压得越紧，反弹的力道将越大。

终于，新郎官家到了，花轿停下，她扶着丫鬟的手从花轿出来的那一刻，惊雷般的爆竹声瞬间炸开，她将上前的脚步不由得顿住，蓝靛以为她只是害怕，忙抓紧她的手道："姑娘，往前三步是台阶，姑娘小心。"

她却没有照着蓝靛的意思走，而是稳稳站住，问了一句："我让你带的那个狐狸香炉，你带了吗？"

蓝靛一愣，随后低声道："带了，我让翠竹拿着呢。"

她吩咐："拿过来。"

蓝靛啊了一声，不明白自家姑娘这是怎么了，悄悄往旁看了一眼，低声道："翠竹跟着呢，姑娘别着急，一会我会亲自送到新房里的，姑娘先进去，千万别耽误了拜堂的时间。"

已经有人开始议论，新娘子怎么下了花轿就不走了？

跟轿的花娘也赶紧过来，请新娘子进去，安岚却还是那句话："拿过来。"

花娘有些蒙了，蓝靛更是着急，不晓得自家姑娘究竟是怎么了，怎么这当口弄出这么个事来，于是只得赶紧回头找翠竹，让她马上过来。

花娘在旁边不停地催，周围的议论声越来越大，乱糟糟的，她一开始还能听得清一两句，后来，只觉得那些声音全都糊在一起，似近似远，似梦似幻。

凤冠越来越沉，盖头越来越闷，之前勉强压下去的烦躁在她恍惚的这一刻开始蠢蠢欲动。

翠竹过来了，手里抱着那个狐狸香炉，蓝靛赶紧接过来，递到安岚的头下面给她看。安岚此时却什么都没看清，眼前只是鲜红一片，于是她忽然抬手，将盖头一把掀开！

红潮褪去，模糊的视线慢慢恢复，周围的声音似乎也在那一刻全都静止了。

然后，她在围观的人群中看到一个熟悉的影子，已换了一身簇新长袍的谢蓝河朝她作揖，送上祝愿，随后便转身离去。她看着那挺拔得有些决绝的背影出神，一会后，才顺着他离开的方向看过去，就看到了远处的巍峨雄山。

那是，长安城的大雁山，屹立在那里已经千千万万年，而她，却直到这一刻，才真正看到它。

谢蓝河没有回头，谢府的富贵荣华没能困住他，反而让他走得更远。

安岚忽觉得胸口那有什么在膨胀，之前一直触之不及的答案，一下子跳了出来，她脸色瞬间惨白，汗如雨下。

花娘简直要疯了，新娘子连新郎官的面都还没见着呢，又是在这大庭广众之下，竟就自己把盖头给摘了！这，这要怎么圆过去，这新娘子究竟怎么回事，莫不是脑子烧坏了，哎哟哟，这可怎么好……

蓝靛也傻在那了，安岚从翠竹手里接过狐狸香炉，然后看着蓝靛道："谢谢你，你可以走了。"

蓝靛愣住："姑娘你——"

花娘赶紧拽过安岚手里的盖头，一边要给她重新盖在头上，嘴里还一边说："是风吹的风吹的……"

只是不等花娘抬手，安岚就转头看着她道："这门亲，我要退了。"

哗——

安岚说完，便抱着香炉站在那，闭上眼睛。

她已做出选择，她确实想过，如果自己拥有这样的一切会如何，亦曾羡慕过这样的女子。她甚至认为，易地而处，她也不会比她们差，是不甘，还是欲求不满？但是，无论如何，比起心里真正的渴望，这些欲望，她都能拒绝。

而且，最重要的是，假的，终究是假的。

片刻后，她缓缓睁眼，周围的人和建筑，爆竹和轿子，瞬间化成灰烟，随风消散。

喧哗回溯了寂静，大梦初醒，世界一片荒芜，展眼望去，唯远处巍峨壮阔的雄山依旧。

先生，你在那里吗？

安岚远远遥望，我，会一步一步走到你身边的！

不论前方有千难万险，也不会回头，如若，即便是跪着也走不完，那便死在前行的路上吧。

路确实不好走，路上荆棘遍布，乱石横生。

但是这么一步一步，坚持不懈，总会有走到那个人跟前的时候。

然而，没有人会给她这么多时间，这条路，并非她一人独占。

说不清走了多久，似乎是一天，也可能是一个月，或者，仅仅只是一刻钟。

她的前面忽然平地筑起一堵高墙，墙高十余丈，并且往两边无尽延伸，将她前行的路，完完全全堵住！

她抬起脸，静候了一会，才看到丹阳郡主的身影出现在那高墙之上。

第071章　柴门·开门·回忆

第二场的咏香结束得很快，参与咏香的那三人几乎是同时进入第三场，另外几位大香师都在一旁观看，但没有人能真正窥视到白广寒的心意。

其实，有些人的心意，除非他愿意在你面前流露，否则，你永远都猜不到。

安岚在香境里经历另一番人生时，丹阳郡主已经跟方玉辉交上手了。两人的出身和成长的环境都相似，并且一样具有难得天赋，自然各有各的骄傲。而前面两场，他们之间的胜负一直未揭晓，所以，第三场，方玉辉一遇到丹阳郡主，就非要较出个高下不可。

然而，自入了长香殿后，他们之间的情况却不再一样。

方文建早就选了方玉辉，继承人的路已给他铺好，目前所有的一切，都是为日后能登上那个位置的历练。所以，他在这场香境里有退路，无论是输是赢，对他的继承人之位，没有任何影响。

但是，丹阳郡主却不同，在景炎公子，甚至是白广寒大香师都有所偏向的情况下，她要争的，是她为自己选择的路。即便这条路上，她有崔文君大香师暗中帮忙，也有家族的扶持，却也无法保证，这些能左右到白广寒大香师的决定，最终，要看的，还是她的表现。

所以，她比方玉辉更需要赢。

入了香境后，他们便都明白，朝圣之地，就在那座雄山之上。

……

安岚走到那堵高墙之下，伸手去摸了摸，随后心头震撼，这——是真的。

她知道这广袤的世界是先生的香境，先生应当不会在香境内偏帮任何人，之前她既然能令那场人生化成灰烟，那么，她就有可能让挡在她面前的所有东西，都消失。

可是，当她触摸到这堵高墙时，她知道，她无能为力。

因为，这是"真"的，不是真假的真，而是真才实学的真！

这堵墙，就是丹阳郡主腹中的学识，上天能夺走任何人的性命，却夺不去任何人的学识。她若想化去这堵墙，除非她也拥有这样的真才实学，否则，这堵墙将一直挡在她面前，她只能止于此，朝圣之路，便只属于丹阳郡主。

她有能跟丹阳郡主比肩的学识吗？当然没有，否则，她也不可能放弃第二场咏香。

她确实不如丹阳郡主，即便她在香道上有很高的天赋，即便她很用心很刻苦，并且可以抓住任何机会，甚至愿意为此玩弄手段，她也依然不如丹阳郡主。因为丹阳郡主也一样有很高的天赋，亦一样很用心很刻苦，并且无须分心去玩弄手段，就有无数机会送到面前。

虽然她自遇到景炎公子，并入了天枢殿后，就近乎贪婪地去学习和求索，但，时间终究是太短。经过那场虚假的人生，她才知道，拥有那样的出身，再加上十年的时间，究竟能看多少书，能学到多少东西。优越的出身和十年的积累，成就了挡在她面前的这堵高墙，上天都夺不走的东西，她能拿什么去破？

看着那堵墙，看着墙上的丹阳郡主，想着自己一路走来的过程，她略有些心酸，更多的是不甘心，不认命，不愿就此低头，不想就这么停下脚步！

无法熄灭的欲望，无法忽视的渴求，她绝不能，就这么认输。

丹阳郡主垂下脸，看着站在下面的安岚，几乎是有些庆幸地舒了口气。

她在方玉辉那耽搁了太久，安岚又是提前进入香境，她很担心她还未找到安岚，安岚就已经踏上山顶了。幸好，来得及，终让她在这看到安岚。只是之前她在方玉辉那花了太多力气，所以，此时面对安岚，她不得不一照面就用这种近乎是欺负人的粗暴方式，一下子阻断了安岚的路。即便此等做法过于嚣张，不是她的作风，但此等情况，她也只能如此，因为眼下，她不能接受任何不确定因素。

之前……因方玉辉腹中一样有才学，两人可以说是不相上下，所以两人为了困住对方，都争抢着在对方前面设置障碍，结果却因此在他们周围形成一个庞大又无比复杂的迷宫，那迷宫差点将他们俩都困在里头。最后她能从迷宫中走出，有一部分原因，还是运气。

两人一个在高墙上，一个在墙脚下，遥遥相望。

安岚看到丹阳郡主眼中的过往，几乎所有的天之骄女，自出生的那一日起，都有属于她们要走的路。而越是高贵的身份，其身上的桎梏自然就越重，所以，想要违背家族父母的意愿，需要的，不仅仅是勇气。

她看到幼时的丹阳郡主，为求得崔文君大香师的青睐，花了一个多月的时间蒸了一瓶花露，结果崔文君大香师却提早离开了，走之前，甚至没有告诉她一声。

她看到丹阳郡主在崔老太爷的震怒之下，一日一日地坚持下来。

她看到及笄后的丹阳郡主，为能来长安，在清耀夫人屋内跪了整整三天。

眼前的这堵高墙，每一寸，都记载着丹阳郡主的过往，心中的坚持，以及理想。

所以，这里，没有丝毫退让的余地。

……

安岚心里生出丝丝冷意，越是了解，她就越觉得无法逾越。

所以，不能越过，就只能停下吗？

可是，她只要停下，便等同于后退，退到哪？退回源香院吗？

她同丹阳郡主的约定，输的人，不得留在天枢殿。

失去天枢殿的倚仗，源香院怎么可能还会有她的位置。

世人多是恨人有笑人无，更爱落井下石，她之前一路高升，不知令多少人眼红心妒，若是摔下去……莫说立锥之地，怕是连自保都难求。

安岚垂下脸，两手握成拳，突地砸到那堵墙上，似希望能将这堵墙砸出一个洞来。只是，她的力道小得可怜，那一拳甚至不能称之是砸。

她紧紧咬着唇，几乎咬出血来，肩膀在微微颤抖，她走了这么远，拒绝了无数诱惑，不是为了这样的结果！

心脏似乎要爆开，肩膀在微微颤抖，不甘心，不甘心……

游离在香境和现实之间的几位大香师，之前一直是冷眼旁观，直到这一刻，柳璇玑才开口道："能走到这一步，那小丫头也算是难得了。"

方玉辉看了崔文君一眼："崔氏好手笔。"

百里翎忽然道："哦，果然没那么简单。"

看到那一幕的变化，几位大香师都有些怔住，崔文君甚至一下子站起身。

就在丹阳郡主转身的时候，安岚身后，忽然凭空出现一扇门，一扇柴门。

只是，跟着，几位大香师的眼前起了大雾，白广寒的香境隐去，不再让他们观看。百里翎微微挑眉，嗤笑出声；崔文君已经直接动手，要强行闯入；净尘念了一声佛号，无奈地做好准备。

只是，就在崔文君打算强行闯入时，白广寒的香境之门忽然大开，但凡心念有所意动者，全都被卷了进去，随即雾气化成寒霜，空气中隐藏着危险的味道。而被卷入的人，遂发觉自己竟是入了迷宫！

是白广寒以之前丹阳郡主和方玉辉交手时设下的迷宫为点，扩大了百倍。

昏暗的光线，狭小的空间，永远找不到正确的方向，除非香境破，否则，这个迷宫足以将人直接困死在里面。

但是，每位被卷入香境迷宫的人，其落脚处，都留了一扇门，是白广寒特意留的，只要推开那扇门，便能马上离开香境。但是，从这里出去的，便再不能窥视香境，亦不能再进来。

六个人，落脚的地方都不一样，但是，没有一个人去推开那扇门。

不说这六人当中，有对白广寒暗藏敌意者，单说白广寒大香师设下如此庞大的香境，对任何一位大香师来说，都是极大的诱惑。

百里翎往前后左右看了看，再闭上眼大致感觉了一下这个迷宫的大小，然后叹气般地笑了笑。一下子圈住六位大香师，并且崔文君明显是受到刺激的情况下，他还真敢！

百里翎抬起那双比女人还漂亮的手，轻轻抚了抚挡在自己面前的墙砖，目中露出几分兴奋。在外面，可以窥视到香境，但进来后，特别是被困在这里时，目力所及，也就这方寸之地了，除非，能走出这个迷宫。

这是白广寒精心设下的局，要破可不容易。

不过，六个人，只要有两位在这里动手，就能威胁到白广寒。

崔文君多半是忍不住要动手，藏在深处的那位，若不想错过这次机会，就一定会配合崔文君。

只要威胁到白广寒，就能真正看清白广寒，这既是诱惑，也是陷阱。

因为，只要动手了，白广寒便能看到，隐藏在深处的那个人究竟是谁。

百里翎试了一下，无法令眼前的迷宫消失，倒也不恼，无所谓地一笑，便转身换了个方向；净尘却直接盘腿坐下，神态安然；谢云走了几步后，也停下，仔细听，果真，没一会，他听到琵琶弹奏的声音；方文建神色肃穆，心里不停地计算，脚步不停地改变方向……

丹阳郡主已经踏上朝圣之路，只是，刚走了一小段，她忽然停下，然后回头。她的身后是那堵高墙，她不是大香师，目光自然越不过去，但是，她还是感觉到了一丝异样。

安岚，现在在做什么？

她心里生出疑问的同时，也生出担忧，只是片刻后，她压住心头的担忧，转回脸，往前加快脚步。

……

安岚看着忽然出现在自己身后的那扇门，先是怔然，许久，慢慢走过去。

门上落着锁，已经生锈，但依旧无比坚固，没有钥匙，绝不可能打开。

她看着那把锁，又伸手拿住掂了掂，随后似被烫到一般，慌忙收回手，并往后退了一步。那是她的记忆之锁，锁住的是她的记忆，所以，可以说这是她的一部分，因而，她可以感觉得到，那扇门后面的东西。

退开，是因为她直觉不愿接触那些记忆。

但是，刚刚她握着那把锁的时候，却感觉到一股莫名的力量，令她心脏止不住地狂跳，被锁住的，究竟是什么？

她转头，看着依旧挡在前面的那堵高墙，丹阳郡主走多远了？

于是，她再次走到那扇门前，看着那把锁许久，然后在自己身上摸了摸，找到一把钥匙。她看着手心里的钥匙，心跳得愈加厉害了，为什么，她会有这个？！

她拿钥匙试了一下，只听咔嚓一声，锁开了，柴门也跟着打开。

雨水，毫无征兆地，直接往她脸上身上泼了过来，伴随着铺天盖地的悲伤和绝望，令她几乎溺毙。安岚下意识地抬手挡在额前，并想退回到门外，只是，不等她往后退，那冰冷刺骨的雨水就消失了，取而代之的是一团柔和的光。

她慢慢放下手，抬起脸，那光芒却忽然大盛，刺得她睁不开眼，她当即觉得眼前一暗。

……

"安岚，快醒醒，醒醒！"

安岚在破了好几个洞的草席上翻了个身，有些不情不愿地睁开眼，迷迷糊糊地道："有吃的？"她说着，手不自觉地摸了摸自个儿的肚子，都凹下去了。自刘半仙的摊子被人砸了后，她和刘半仙有个把月没正经吃上一顿饱饭了。

"蓬莱客栈那来了只大肥羊。"将她叫醒的是个七八岁光景的男孩，姓唐，他爹生前只是狗蛋狗蛋地叫着自个儿的儿子，他也没等到个正经名儿，爹娘就双双出了意外，刘半仙瞧着可怜，便给他取了个"正"字为名。唐正还有个小他两岁的妹妹，刘半仙也一块儿给取了个"慧"字为名。

唐正瞧着安岚睁眼后，赶紧道："小慧在那盯着呢！"

"肥羊？"安岚从床上起来，蓬乱着头发问，"外地人？"

唐正点头："没错，好像是走商的，出手很大方，昨儿住进蓬莱客栈时，那小二哥就回答了他几个问题，便得了一两银子的赏钱呢！"

"这么多！"安岚一下子睁大了眼睛，"是做什么买卖的？贩香？"

唐正点头："我问了小二哥，那肥羊就是管他打听长安城的几家大香铺。"

"小慧在那看着？"安岚赶紧从床上下来，只是穿鞋时，忽然想起来一事，又问，"刘半仙知道吗？"

刘半仙在她两岁那年将她捡了回来，至今养了她五年，两人不是父女胜似父女。只是刘半仙是个瘸子，又瞎了一只眼睛，自己一个人过也是饥一顿饱一顿，多了个女娃，日子自然更加艰难。有时候，连着三天都没半粒米下锅，但即便如此，刘半仙也没想着要将她卖了。

刘半仙其实就是个给人看相跑江湖的，做的是扯谎的营生，偏胆子却生得比针眼还小，所以混了大半辈子，连正经的温饱都没能混出来。可是，即便混得再怎么惨，刘半仙都不允许安岚在外头胡来，因此，好些事情，安岚都要瞒着刘半仙。

唐正摇头："刘叔出去摆摊了。"

"走！"安岚套上鞋子，也不去看锅里有没有吃的，就直接往外去。

七岁的小安岚推开门出去的那一刻，安岚突感觉到一股看不见的力量猛地拉了她一下，她随即醒了过来，遂看到自己小小的身影已经往前面跑去了。

这是——

她看着前面越来越远的小身影，没有跟过去，因为她已经什么都想起来了，她知道接下来会发生什么事，所有的细节都清楚。她亦知道这不是香境，而是已经发生过的事情，是她记忆中的往日重现。

她抬手捂住眼睛，她能想起，却无力改变。

就那么呆站了许久，直到情绪稍稍平复下来后，她才慢慢放下手，然后转头，怔然地看着这间住了五年之久的低矮瓦房。期间有邻居不时从她身旁经过，却没有人能看到她，亦没有人瞧见她满脸的泪……

安岚抹了把脸，转身往刘半仙常摆摊的地方走去。

她是四岁还是五岁开始，就发现自己能借助香味来迷惑人，当时的她，并不知道，也从未听说过香境。第一次，她就用香境从隔壁街的张屠夫那骗了两斤五花肉，拿回来后，却说不清肉是怎么来的，让刘半仙惊惧了好些天，不过那两斤五花肉最终还是进了她和刘半仙的肚子。

接着，她又骗了馒头，包子，花生糖，甚至还给刘半仙骗回来两双棉鞋。

事情做得多了，多少被人察觉到异样，一开始她还说那些吃的都是唐正家姑姑给的，但这等话说得多了，总会露馅。刘半仙也因为那双棉鞋，一定要让她说明白是怎么来的，于是她在刘半仙面前施展了那点儿本事，也将那些东西是怎么来的，全都老老实实交代出来。

她原本是等着刘半仙夸她厉害的，结果却看到刘半仙吓得面无血色。

当时的她不明白，也不服气，刘半仙为什么不让她再用这么好的本事，甚至不让她告诉任何人。

她不得已答应了，但是挨不住饿的时候，或是刘半仙摆摊没有进项和生病的时候，她还是会偷偷出去惑人行骗。而且慢慢长大了点后，她也知道不能找附近的人，特别是不能找熟人下手，最稳妥的法子，就是找外地人。

所以，唐正在蓬莱客栈那附近溜达了好几天，终于找到一位适合下手的人，就马上跑过来告诉她。

走在记忆中的街道，看着曾经熟悉的地方，来到那个挂着刘半仙看相的摊位前，看着那位她嘴上从不喊，但心里曾一度认为是父亲的人。被刘半仙收养的那几年，她整天只顾着肚子，别的都没有多想，所以一直不知道刘半仙究竟是多少岁了，现在一看，似乎已是花甲年纪，她忽觉得一阵心酸。眼前的老人头发已经花白，佝偻着身子，因坐下的关系，瘸的那条腿倒不显，但是瞎了的那只眼睛却是很明显，全是眼白，瞧着有点儿吓人，所以很多人都不愿他盯着看。而且，他整个人看着有些邋遢，甚至是有些脏，故而他的生意一直很冷清。加上他有时候因为算得不准，又会有人过来拆招牌砸摊子，因而那日子过得怎样，可想而知。

她记得，那次刘半仙的摊子被人砸了后，他们不仅个把月吃不上一顿饱饭，而且刘半仙还病了。病了就没有收入，所以歇了没几天又要出去摆摊，她便再忍不住，跟唐正商议想办法挑一只大肥羊下手。

可他们却怎么都没想到，蓬莱客栈那只肥羊，竟会那般心狠手辣。

直到那个时候，她才明白刘半仙为什么不让她用那本事，然而年幼无知，悔恨已晚，终闯下大祸。

安岚站在刘半仙的摊位前，看着她曾经的"父亲"，眼泪再次汹涌而出。

蓬莱客栈的肥羊姓陆，叫陆丰，确实是个商人，但同时也是个土匪，而且走的多是见不得光的买卖。

安岚一直站在摊位旁陪着刘半仙，默默等着那一刻的到来。

她知道，这个时候，她在蓬莱客栈那已经得手了。

陆丰身上带着一只锦匣，那会儿她以为那匣子里装的定是金银珠宝，于是当时拿到手后，也没有打开看，只是掂量着分量很轻，正好合了他们的意，若是满满一匣子的金银珠宝，他们可不敢打主意，因而她到手后就马上撤了。

却不想，待她打开一看，里头哪有什么金银珠宝，就一张写了字的雪浪纸。

那时她和唐正都不识字，根本不知道那纸上写的什么，当然也不敢拿回去给刘半仙看，便直接扔了，然后将那锦匣子拿去当铺当了十三个铜板。接着她让唐正继续找下手的对象，她则拿着那十三个铜板给刘半仙抓药去。

可她才刚离开，陆丰就找到了唐正和唐慧，就是那个被当掉的锦匣子惹的祸。

被他们扔掉的那张纸，关系到陆丰数万两银子的买卖，陆丰没想到自己会栽到几个孩子手里，简直怒不可遏。

将近中午的时候，刘半仙收摊，摸出两个铜板买了两个烧饼回家，家里还有个女娃饿着肚子等他呢。

安岚拭了拭眼角，跟了上去。

果真，才走到半路，就有两人追过来将刘半仙截住，一副凶神恶煞的模样。

刘半仙吓得浑身抖成筛子，连救命也不敢喊，也不敢多问，佝偻着身子抖抖索索地跟着他们走。

陆丰把刘半仙和唐正兄妹都带出城外，他是土匪出身，谨慎习惯了，怀疑这桩事有可能是仇家做的，因而办事时，依旧习惯性地找个没有官兵的地方，将这事好好了结。

以前的一幕幕就在眼前上演，她却只能被动地旁观，一点忙都帮不上，甚至想打那时的自己几个耳光都办不到。她不想再回忆了，接下来的事情，她无法面对，可是，她却不知道要怎么从这回忆里挣脱出来。

她很快就抓好药，但是找过来时，看到的却不是刘半仙，而是陆丰留下等她的人。

直到那个时候，她才知道自己闯祸了。可是，陆丰要的东西她已经扔了，而且还是扔进臭水沟里的，哪还有可能找得回来。

陆丰却是不信，于是——

第072章　结束・飞越

她跟在他们身后一块去了城外，当时是秋天，天看起来有些阴。陆丰在城外挑了个破败的民舍落脚，那附近原先是一片果林，人烟稀少，那房屋原是守林人晚上睡觉的地方，只是后来果林荒废了，那屋子也就没人住了。

刘半仙被带到这里，瞧着唐正兄妹后，终于知道出了什么事，身上抖得更加厉害了，扑通一下就跪在陆丰跟前求他高抬贵手，放过几个孩子，他愿意做牛做马报答。陆丰气得踹了刘半仙一脚，旁边的几个跟班即骂骂咧咧，说一个糟老头做牛做马哪能抵得上那笔买卖……

安岚被陆丰的人带到时，正好就看到这一幕，她顿时红了眼，就冲上去要扶刘半仙，刘半仙却一把将她拨到自个儿身后，忍着痛继续痛哭流涕地求情。

她看着重现的这一幕，看着曾经的自己一脸惊惧又倔强地抱着刘半仙的胳膊说："咱们走！"

刘半仙却回头喝了她一声，然后一边骂她不听话不懂事，一边给陆丰磕头说自己没管教好，同时又拉着安岚跪下磕头认错。只是陆丰这会儿忽然问了一句，他们究竟是什么时候，怎么将他身上的东西偷走的。

刘半仙一下子顿住，抓着安岚的手忽地握紧。

那时的她虽还小，但也已经能明白刘半仙的意思，那是不让她说话的意思，而当时的安岚也已经意识到，这件事不能照实说出来，但是，不说出来，就没办法解释清楚。

结果是唐正说是他偷的，偏陆丰不信邪，即让唐正当下就偷一个看看，露一露本事。这一下，就露馅了，唐正被狠揍了几拳，唐慧吓得哭都不敢哭，刘半仙磕头磕得额头都出血了也不管用。

陆丰愈加相信，真正下手的定是另有其人。

刘半仙为着能拖点时间想法子，只得顺着陆丰的话认了，但是又说并不认识找他们的人，只是知道哪个地方能找到那个人，他可以领着他们去认人。

陆丰便将唐正兄妹和刘半仙扣下，让自己一个手下跟着安岚回去看看，究竟是谁要对付他。刘半仙松开安岚的手时，悄悄在她手心写了个"官"字，刘半仙以前是个秀才，曾经有过做官老爷的梦，每次喝了点酒就会叨念那事，还会用手指沾上酒在桌上写个官字，久而久之，安岚也就认得那个字了。

刘半仙在她手上写那个字，是要她想法子报官的意思。

安岚没办法，再次回了城里，以她的本事，要甩开那位监视她的人不难。她也确实照刘半仙的话去衙门报了官，结果却赶上衙门的官老爷不在，她只说了几句话就被几个衙役给轰了出来。

那时的她又惊又慌，完全不知道该怎么办，又怕她返回去晚了，刘半仙和唐正他们会挨打，可是，这么空着手回去，也无法解释。最后，她决定，无论能不能成功，她都要在那些人面前用自己那点本事……

只是她却没想到，她才刚回去，还不等陆丰问完话呢，之前被她甩开的那人也跟着赶了回来，并且告诉陆丰，她竟去报官了。

陆丰一听这话，顿时气炸了，他是土匪，身上带着几条不小的命案，在官府那都有记档，若是被拿住了，下半辈子怕是就交侍出去了。于是一怒之下，就抬脚往安岚身上踢去，那是个练过武杀过人的土匪，这一脚，绝对能要了一个孩子的命。

就在那一瞬，刘半仙扑过去将安岚推开，自己挨了那一脚，那一脚正好就踢到他胸口上，他们甚至听到骨头断裂的声音。

她泪流满面地看着这一幕，看着曾经的自己惊叫着朝刘半仙跑过去，看着唐正和唐慧也冲过来。可是悲剧再次出现，陆丰以为唐正兄妹要跑，即伸手抓住唐慧，将她提起来往后扔回去，结果这一扔，却将唐慧扔到墙上。才六岁的女娃，身上哪处地方不娇弱，这么一撞，当场毙命。

唐正要跟陆丰拼命，被陆丰身边的几个手下拦住，一下折断了他的腿。

刘半仙嘴里不停地涌出鲜血，他费力地抬手，想求陆丰放过孩子，可他已经说不出话来了，断裂的骨头刺穿了他的内脏，最后，他仅能勉强对安岚说出几个字："你爹，姓安，在，在……"

唐慧死了，刘半仙死了，唐正重伤，安岚疯了。

她无法承受记忆中的悲伤和悔恨，趔趄地跑出去，站在门口重重地喘气。

自那日后，她才真正明白，刘半仙为什么不让她用那等本事。不是要拘着她，而是，当时的他们，太过卑微，老的太老小的太小，根本无力去承担那样非凡的能力，她就像是个抱着金元宝走在大街上的三岁孩童，出事是迟早的事。

她忘了自己是怎么将刘半仙和小慧下葬的，只记得那天下了雨，雨水冰寒彻骨，她和唐正用手扒着泥土一把一把地堆在坟头上，两个坟都收拾好后，她就晕了过去。

唐正的腿伤了，背不动她，后来是跟刘半仙认识的一位牙婆子过来将她带了回去，只是，当她再次醒过来时，她却忘了之前的所有事情。

或许，是她有意锁住了那些记忆，也或许是，当时的她已经承受不住，身体出于自我保护功能，自行让她忘了那些事。那几年，她一直生活在市井中，日子虽过得贫寒，却也有温暖，所以，仅一道柴门便够了。

唐正那时才八岁，身上还带着伤，她又不记得他了，人还变得有些呆呆的，他也觉得她忘了那些事挺好，便将她托付给牙婆子，牙婆子答应会给她找个大户人家。

她辗转被卖了几次，约三个月后，便进了源香院，唐正则不知所终。

回忆淡去，她跪在柴门前，因为悔恨，所以选择遗忘。

原来，所有的不得已都只是借口，蓦然回首，她才惊觉自己带着满身罪恶，权衡得失早就刻在骨子里。她想做个好人，不是没有机会，而是在想和做之间，她早有选择。

刘半仙死的时候，她陷入了癫狂的状态，那短短的半天究竟发生过什么，他们是怎么逃脱的，事后她隐约有些印象，但并不愿说，而唐正则是因为晕过去了，所以不清楚，也以为安岚跟他一样也不清楚。只是唐正醒过来后，便看到陆丰带在身边的那两个手下都倒在血泊中，临死前面上都带着不敢置信的表情，而陆丰则不见了。

安岚跪在柴门前，抬手捂住眼睛，她想起来了，那个时候，她对陆丰和他的那两个手下同时施展了一场香境，令他们在香境内自相残杀。最后陆丰亲手杀了他的两个手下，而他自己也因此受了重伤。而她，因当时年纪小，从未有人指点过她，那场香境又是忽然爆发，所以不知道要怎么在香境内亲自动手，也没有能力将那个香境无限持续下去困死陆丰，因而香境自行消失后，陆丰就逃走了。

随后，路过的百姓发现了那里，去报了官，她和唐正才因此获救……

对多人同时施展香境并将所有人的性命握于股掌之间，她才七岁，就已经有了这样可怕的本事，偏她当时竟不自知。

最开始她恨自己不听话，随后她恨自己什么都不懂，出手太晚，而所有的一切，却都是因为她拥有那等与众不同的能力而起。所以，那道柴门，不仅锁住了她的记忆，也将她大部分的能力给锁住了。

回忆打开后，柴门便再没有存在的必要，其实，无论是锁住记忆，还是打开记忆，都是她的选择。她放下手，看着开始消失的柴门，再转过脸，看着身后那堵高墙。

从回忆中醒过来，现实并没有给她时间去缅怀和悔恨，面对那堵高墙，她依旧只有两个选择，是继续，还是放弃。

她站起身，转过身，慢慢抬起脸，看着那堵高墙，目中带着悲伤，但面上的表情却是一片平静。因为平静，所以显得自信，似乎，就在她抬起脸的那一瞬，她忽然之间，就长大了。

少女的青涩和蒙懂自她眼里褪去，那双乌黑的眸子显得愈发明亮。

宝石之所以耀眼，是因为，它曾经历过无数次的切割和打磨。

她身后的柴门在她抬起脸的那一刻，化成漫天飞羽，一半黑一半白，于苍茫天地间，看起来既圣洁，又邪气。

远处的高山上，白广寒静静地看着这一幕，看着那个孩子在他面前打开回忆，看着她的所有过往，看着她在他面前一下子长大，如坚韧的水晶，那么美丽又那么锐利。

柴门羽化的时候，几乎所有大香师都察觉到了这一刻的异样。

方玉辉还被困在迷宫内，谢蓝河则已经偏离了白广寒的方向，丹阳郡主早就用高墙挡住了安岚，照理，她们不可能再打照面。

那小丫头还能有什么法子？之前出现在她身后的那道柴门是什么？

百里翎，净尘，以及柳璇玑等人心里都生出这样的疑问，只有崔文君隐约猜到，安岚定是打开那道柴门了，她再忍不住，足下即有种子发芽，随后以潮水般的速度往周围蔓延，再往前后左右的墙壁上攀附，扎根，穿透，生长，扩大……

安岚身后的漫天飞羽并未消失，而是在空中聚拢成形，变成一只既像雕又似鹏的大鸟，大鹏一声长唳，在天上绕了一圈后，就俯冲下来，停到安岚身边。

翅膀和背部的羽毛是墨一样乌黑，胸和腹的羽毛则是雪一般的纯白。

安岚跳上它的背，大鹏即展翅高飞。

丹阳郡主在漫天飞羽的时候就已回头，自然看到了那只怪异的大鸟聚拢成形的整个过程，她初始是不敢相信，随后不得不信，紧接着她明白了自己将要面临的情况。

她转过头看了看自己离大雁山还有多远，她不知道安岚是怎么变出那只大鹏的，但是，这个变化却给了她一个提示。安岚骑着大鹏飞过那堵高墙的时候，那堵墙跟着消失了，化成一道彩光飞向丹阳郡主，随即安岚的大鹏也飞了过来，而此时，丹阳郡主的那道彩光亦跟着化成无数七彩的羽毛，并开始聚拢，隐隐显出凤凰的形态。

安岚命大鹏停在丹阳郡主头顶，冷眼看着，她现在其实可以直接攻击丹阳郡主，但是她什么都没有做。

丹阳郡主似乎也知道安岚不会攻击自己，或者此时她已经顾不上安岚会不会攻击她了，只是，无论她如何专注，她心里的那只凤凰就是无法真正成形。

"郡主，你确实是我不能及的，但是，这个，现在的你还办不到，你聚不成形的。"安岚忽然开口，轻轻摸着大鹏背上的羽毛，"在这里，它不是死物，而是活生生的东西。"

安岚的话才落，聚在丹阳郡主身边的七彩羽毛就散开了，片片飞舞，羽毛在阳光下折射出绚丽的光芒，那样美丽的一幕，几乎令人感动。

丹阳郡主微微皱眉，不相信自己就这么失败了，想要再来一次。

安岚又道："唯有知道了死，才会明白如何生。"

丹阳郡主一顿，抬起脸，看着大鹏背上的安岚："你是怎么做到的？"

安岚垂下眼，轻轻抚摸大鹏的羽毛，良久才道："若是可以，我宁愿永远也做不到这一点。"

丹阳郡主微怔，随后目中露出不解，她忽然发现，安岚看起来似乎有些不一样了，不是相貌的改变，而是整个人给她的感觉，较之以前……说不清，是更加沉静了，还是更加锐利了。

安岚没有多停留，说完那句话后，就命大鹏往大雁山飞去。

丹阳郡主站在后面，看着她的背影，心有不甘，良久，终是轻轻叹了口气。

……

片刻，大鹏就飞到大雁山前，安岚本是要让它直接飞上去的，她已经看到立在山顶上的那个人。然而，大鹏却背着她落到山脚下，然后微微垂下脑袋，似不敢再往前一步。

安岚诧异，随后了然，这里是他的世界，无人能放肆。

她在大鹏身上轻轻摸了摸，就转身踏上登山的台阶，她说过，她会一步一步走到他身边。